Bodie & Brock Thoene

Wächter über Jerusalem

Zions Erben – Band 1

FRANCKE
Verlag der Francke-Buchhandlung GmbH

Die Deutsche Bibliothek - CIP-Einheitsaufnahme

Thoene, Bodie & Brock:
Wächter über Jerusalem / Bodie & Brock Thoene. [Dt. von Ingo Rothkirch]. -
Marburg an der Lahn : Francke, 2001
(Zions Erben / Bodie Thoene ; Bd. 1)
(Francke-Lesereise)
Einheitssacht.: Jerusalem Vigil <dt.>
ISBN 3-86122-501-8

Originaltitel: Jerusalem Vigil

Published by arrangement with Viking Penguin,
a division of Penguin Putnam, Inc.

Deutsch von Ingo Rothkirch
Umschlaggestaltung: Henri Oetjen, DesignStudio Lemgo
Satz: Verlag der Francke-Buchhandlung GmbH
Druck: Wiener Verlag, Himberg, Österreich

Francke-Lesereise

1

Der grüne 1937iger Dodge raste durch die stillen Straßen von Tel Aviv. Sein Ziel war eine abgelegene Landebahn, auf der eine einmotorige Piper mit laufenden Motoren auf den Abflug wartete. Der 32-jährige Mosche Sachar und seine 22-jährige Frau, die brünette und blauäugige Rachel, lauschten – wie wohl der ganze Nahe Osten – gespannt dem Sprecher im Autoradio. Kaum eine Meile entfernt sollte sich etwas ereignen, was wie eine Bombe einschlagen würde.

Es war der Nachmittag des 14. Mai 1948. Die Einwohner Tel Avivs versammelten sich auf dem Rothschild Boulevard, dem Herzen der Stadt, und standen vor dem kleinen Museum, in dem Ausstellungsstücke die 3000-jährige jüdische Geschichte umspannten. Zu den erst kürzlich erworbenen Exponaten gehörte die 2000 Jahre alte Jesaja-Rolle, die am 29. November 1947 in Jerusalem aufgetaucht war – genau an jenem Tag, da die Vereinten Nationen für die Gründung einer jüdischen Heimat in Palästina gestimmt hatten.

Für Mosche und Rachel Sachar hatte das Auftauchen der Jesaja-Rolle gerade zu diesem Zeitpunkt und der dazu passende Inhalt jenes biblischen Buches eine Aussagekraft von ewiger Bedeutung. Die uralte Prophezeiung würde sich nun vor aller Augen erfüllen.

In Blut und Feuer wird Juda fallen. In Blut und Feuer wird es wieder geboren werden... *Und diese Wiedergeburt Israels sollte nun jeden Augenblick Realität werden.*

Sechs Monate zwischen Bangen und Hoffen waren vergangen, seit die Vereinten Nationen das Ende des britischen Mandats in Palästina und die Teilung des Landes in zwei Nationen - die jüdische und die arabische – erklärt hatten. Hunderte von Juden und Arabern waren schon in den Kämpfen gestorben, die überall im Land tobten. Jerusalem, das den Status einer internationalen Stadt bekommen sollte, wurde bereits monatelang von moslemischen Streitkräften unter der Führung des Großmuftis von Jerusalem belagert.

Nach dem Massaker jüdischer Terroristen in dem moslemischen Dorf Deir Jassin flohen viele arabische Bewohner aus Jerusalem. Ganze Stadtviertel wurden entvölkert und gleich darauf von den Dschihad-Moqhaden in Besitz genommen, die von überallher aus der arabischen Welt herbeiströmten. Es handelte sich dabei um die Kämpfer der irregulären Truppen des Großmuftis.

Die Wut und Brutalität gegen die jüdische Bevölkerung eskalierte. So wurde am 13. April ein Konvoi mit 75 jüdischen Ärzten und Krankenschwestern auf dem Weg zum Hadassah-Krankenhaus überfallen und die Männer und Frauen bestialisch ermordet. Rachel Sachar gehörte zu den wenigen Überlebenden.

Je mehr die Zahl der Flüchtlinge wuchs, die die Straßen Palästinas verstopften, desto lauter wurde auch der Ruf in den arabischen Hauptstädten vom Irak bis nach Ägypten, die Juden ins Meer zu treiben. 75 Millionen Moslems vereinigten sich zum Heiligen Krieg gegen eine halbe Million Juden in Erez Israel.

Der uralte Zwist zwischen den Brüdern Isaak und Ismael war wieder aufgebrochen und sollte sich nun in einer großen Schlacht entladen.

Eines Morgens vernahm man in Tel Aviv den Warnruf aus dem Haganah-Hauptquartier in Jerusalem: „Die britischen Truppen ziehen sich schon einen Tag früher zurück! Die Straße zwischen Jerusalem und Tel Aviv ist frei für den englischen Truppenrückzug. Schickt sofort einen Konvoi mit Männern und Waffen."

Diese Nachricht schlug ein wie eine Bombe, denn niemand war darauf vorbereitet. Mosche, der schon ein paar Jahre Offizier in der Haganah gewesen war, bekam den Befehl, die Gunst der Stunde zu nutzen und sofort in das jüdische Viertel der Altstadt von Jerusalem vorzudringen. Rachel sollte unterdessen in Tel Aviv bleiben und mit der Jewish Agency für den neuen Staat tätig werden, dessen Häfen von Einwanderern überquollen. Ankömmlinge wurden noch am Hafen rekrutiert, um so schnell wie möglich die Reservearmee zur Verteidigung Israels aufzubauen. Man hatte keine andere Wahl.

An diesem Nachmittag hieß es für Rachel, Abschied von Mosche zu nehmen, und niemand konnte wissen, ob es für immer sein würde.

Sie selber musste ihren fünf Monate alten Säugling, den sie adoptiert hatten, in einem Luftschutzbunker der Jewish Agency abgeben, in dem Kinder von Mitarbeitern durch Fachkräfte betreut wurden. Anschließend war geplant, dass Rachel am Hafen half, die ankommenden Flüchtlinge in ihrer Heimat zu begrüßen und zu betreuen.

Der Dodge bog von der Hauptstraße in einen holprigen Nebenweg ein, der durch einen Orangenhain führte. Das Zischen, Krächzen und Knarren im Radio wurde dabei immer schlimmer.

„Mach mal lauter", sagte Mosche, der angestrengt lauschte, während sie sich immer weiter vom Stadtzentrum entfernten.

„David Ben Gurion", raunte Rachel ehrfürchtig den Namen des künftigen Ministerpräsidenten ins Ohr ihrer kleinen Tochter. „Horch, Tikvah. Zum ersten Mal seit 2000 Jahren ..."

Mosche und Rachel lauschten gebannt, während der Säugling ungerührt nach der Brust der Mutter suchte. Und dann war plötzlich die sonore Stimme Ben Gurions zu hören, der seine Rede ohne einleitende Worte begann:

Im Land Israel stand die Wiege des jüdischen Volkes. In diesem Land ist sein spiritueller, religiöser und nationaler Charakter geformt worden. Das Volk hat hier bereits in souveräner Unabhängigkeit gelebt und hat eine Kultur von nationaler und internationaler Bedeutung geschaffen. Darüber hinaus hat es der Welt das ewige Buch der Bücher geschenkt.

Mosche und Rachel sahen sich an. Sie wussten, wovon dieser Mann redete, aber längst nicht alle würden die tiefe Bedeutung seiner Worte erfassen.

Vertrieben aus Israel, hielt das jüdische Volk überall in der Zerstreuung dem Land die Treue, betete ohne Unterlass und hoffte auf die Rückkehr und die Wiederherstellung seiner nationalen Eigenständigkeit. Sich seiner gemeinsamen historischen Wurzel bewusst, haben die Juden über die Jahrhunderte hinweg danach gestrebt, ins Land der Väter zurückzukehren und ihre staatliche Einheit wieder zu finden.

Von seinen Gefühlen überwältigt, fuhr Mosche seinen Dodge an den Straßenrand und stellte den Motor ab. Er lehnte sich vor, presste seine Stirn gegen das Lenkrad und suchte schließlich nach Rachels Hand.

„Es passiert wirklich", flüsterte er. „Rachel, es ist kein Traum!"

Schon in den vergangenen Jahrzehnten sind viele heimgekehrt. Sie haben die Wüste urbar gemacht, Städte und Dörfer gebaut. Aufgrund natürlicher und historischer Rechte des jüdischen Volkes und aufgrund der Resolution der Generalversammlung der Vereinten Nationen proklamieren wir hiermit die Gründung des jüdischen Staates in Palästina, der Israel heißen soll.

„Das ist die Prophezeiung aus Jesaja 43! Und *wir* sind die lebendigen Zeugen!", sagte Rachel, der Tränen über die Wangen liefen. Und dabei betrachtete sie die Narbe auf ihrem linken Unterarm, die entstanden war, weil sie eine Tätowierung der Nazis mit einer rot glühenden Messerklinge herausgeschnitten hatte. „Wir haben überlebt", murmelte sie und dachte dabei an all jene, die es nicht geschafft hatten, und an das Kind in ihrem Leib, das in den neuen Staat hineingeboren werden würde.

Wir reichen allen Nachbarvölkern die Hand zum Frieden. Und wir rufen alle Angehörigen des jüdischen Volkes überall in der Welt auf, uns zur Seite zu stehen in dem großen Kampf um die Erfüllung des Traums von Generationen – die Erlösung Israels! Mit dem Vertrauen auf den Allmächtigen unterschreiben wir diese Deklaration in Tel Aviv am 5. Tag des Monats Ijar 5708, am 14. Mai 1948.

* * *

Die jungen Kibbuzniks von Kfar Etzion hatten keine Zeit, die Gründung ihres Staates feierlich zu begehen. Sie erlebten stattdessen den Weltuntergang

„Lauf! Versuch, das Wäldchen zu erreichen!"

Die Feldblumen, die Daniel Caan mit jedem weiteren Schritt zertrat, waren blutrote Anemonen. Aber dafür hatte er jetzt kein Auge. Er hatte seine Schwester Suzannah am Arm gepackt und zerrte sie hinter sich her – nur weg von dem Horror, von der Schlächterei in Kfar Etzion. Dort hinten übertönte arabisches Maschinengewehrfeuer in immer neuen Salven die Schreie von fünfzig jüdischen Siedlern, die auf dem Hauptplatz des Kibbuz gerade hingemordet wurden.

Daniel hatte noch mitbekommen, wie Achmed al-Malik, der arabische Anführer, den Feuerbefehl gab, obgleich sich die Juden längst ergeben hatten. Das war keine normale Militäraktion. Es war ein Massaker, und diese Mörder konnten keine Gnade erwarten, wenn man ihrer jemals habhaft werden würde.

Seine Freunde, Jungen und Mädchen, die mit ihm voller Hoffnungen nach Palästina gekommen waren, lagen nun blutüberströmt überall im Sand, durchsiebt von den Kugeln der Mörder. Sie, die Vertraute geworden waren, sie, deren Eltern im finsteren Schlund der Konzentrationslager für immer verschmachtet waren – sie alle lebten nicht mehr. Es gab keinen Weg zurück für Daniel und Suzannah. Entweder fliehen oder sterben – das war die Wahl, vor der sie standen.

Dort lag ein Felsen, hinter dem man Deckung finden konnte. Doch als Daniel und seine Schwester ihn umrundeten, trafen sie auf einen arabischen Freischärler mit gezücktem Dolch. Er beugte sich über den Leichnam eines toten Kibbuznik mit lockigem Haar. Das konnte nur Daniels Freund Ascher sein. Aber es war schwer zu sagen, denn der Araber hatte das Gesicht seines Opfers schon schwer verstümmelt.

Suzannah schrie auf, und der so alarmierte Dschihad-Moqhad drehte sich blitzschnell um und schwang sein Messer zur Abwehr in einem weiten, tödlichen Bogen.

Es blieb keine Zeit mehr, den Rückzug anzutreten. Jedes Zögern hätte bedeutet, dass fünfzig Araber, die vom Kibbuz hinter ihnen her waren, sich auf sie gestürzt hätten. Deshalb ließ Daniel die Hand seiner Schwester schweren Herzens los und stürzte sich auf den Araber. Er schlug ihm den Unterarm mit solcher Wucht gegen die Kehle, dass der Mann zu Boden fiel. „Lauf!", schrie Daniel. „Versteck dich. Ich komme nach."

Daniel konnte nicht sehen, ob seine Schwester ihm gehorchte. Er musste zusehen, dass er das Messer in die Hand bekam. Mit 16 war er noch nicht ausgewachsen, aber er war verzweifelt, und diese Verzweiflung gab ihm die Kraft eines Menschen, der von Sinnen ist. Daniel gelang es, den Arm des keuchenden Arabers zu packen und einzuknicken. Mit dem Knie versetzte er ihm einen heftigen Stoß in die Seite. Der Mann sah ihn mit großen Augen an und rang nach Atem. In diesem Augenblick presste Daniel mit seinem ganzen Gewicht die Klinge in den Hals seines Gegners.

Und schon war er aufgesprungen. Die Verfolger waren nahe, zu nahe. Daniel hörte sie laufen. Aber wo hatte sich Suzannah versteckt? Sie war nirgends zu sehen. Daniel betete, dass sie sich bereits irgendwo im Unterholz verbarg.

Im hohen Bogen übersprang er das Steinmäuerchen, das die Grenze des Kibbuz markierte. Dann ging es einen Abhang hinunter auf das Buschwerk zu, dort unten, wo die Robinien standen. Bis Jerusalem waren es noch 14 Kilometer, und die beiden jungen Leute waren von Tausenden aufgestachelter Araber umzingelt, die danach lechzten, jeden zu massakrieren, den sie als Feind erkannten. Daniel wusste, dass ihre einzige Hoffnung darin lag, wenigstens bis Sonnenuntergang frei zu bleiben und sich dann im Schutz der Nacht über die besetzten Hügel durchzuschlagen. Doch die Chancen standen schlecht.

„Suzannah!“, hauchte er, als er ein Bächlein und die ersten Robinien erreichte. Rollende Steine, die von weiter oben kamen, sagten ihm, dass seine Verfolger dicht hinter ihm waren. Das Herz pochte wild in seiner Brust, und er dachte an Ascher und die anderen. Würden sie auch ihn fangen, so bedeutete dies, genauso verstümmelt zu werden und die Ohren für den Schmuck einer arabischen Uhrkette zu verlieren.

Daniel duckte sich hinter einen Baum, schmiege sich ganz dicht an seinen Stamm und spürte seine raue Rinde. Etwas entfernt lag ein großer Reisighaufen, der verbarg fast ganz einen Felsbrocken, und dahinter war eine Vertiefung im Boden, gerade so groß wie ein Sarg. Daniel kannte dieses Versteck. Er war schon einmal mit einem Mädchen hier gewesen. Und diese Monika war soeben beim ersten Mörserangriff ums Leben gekommen, so dass es ihr erspart geblieben war, von den einfallenden Arabern vergewaltigt zu werden, so wie es den anderen Frauen ergangen war. Deren Entsetzensschreie gellten noch immer in seinen Ohren und die Erinnerung daran versetzte ihn jetzt aufs Neue in Angst und Schrecken. *O Gott! Warum haben sie den Mädchen das angetan? Warum, Gott? Und wo ist Suzannah? Hilf ihr, dass sie sie nicht finden!*

Suzannah war nicht in der Grube, und Daniel machte sich Vorwürfe, dass er seiner Schwerster diesen so unzugänglichen Ort niemals gezeigt hatte. Er hatte sie doch unbedingt beschützen wollen, die unschuldige, kleine Suzannah. Mit 14 war sie noch viel zu jung, um all das mit ansehen zu müssen, was ihr nicht erspart geblieben war. *O Gott, lass sie nicht ...*

Daniel war rückwärts zu dem Loch gerobbt, wobei er mit einem Zweig seine Spur verwischte. Nun kauerte er in der Vertiefung und machte sich so klein wie möglich. Es war totenstill um ihn. Nur seinen eigenen röchelnden Atem hörte er und das sanfte Rascheln der Blätter im Wind.

Dann Schritte. Daniel konnte Arabisch und verstand die Worte der Männer.

„Ich habe sie ganz deutlich gesehen, Captain al-Malik“, hörte er jemand sagen. „Es waren zwei – ein Mann und eine Frau.“

Der Captain knurrte: „Gut, Hassan. Aber es wäre besser gewesen, du und deine Leute hätten ihre Pflicht getan, statt zu plündern. Dann hätten wir uns diese Verfolgungsjagd sparen können.“

„Natürlich, natürlich“, gab Hassan el-Hassan zu. „Aber wir werden diese hinterhältigen Juden schon noch kriegen, und ich werde sie eigenhändig zur Strecke bringen. Sieh mal, vier Uhren habe ich den toten Juden abgenommen. Nimm die, sie ist die Beste – aus Deutschland.“

Al-Malik grunzte. Dann war es einen Augenblick still. Offenbar betrachtete er gerade zufrieden die Beute. Dann war das Knirschen von Kies unter seinen Stiefeln zu hören, und die Schritte kamen näher.

Daniel keuchte noch immer wie ein schnaubender Büffel. *O Gott! Lieber Gott! Wird er mich hören? Er wird mich bestimmt hören! Er ist schon so nahe. Er muss mich doch schnaufen hören. Das ist mein Ende. Mein Gesicht, er wird es verstümmeln wie das von Ascher. Lass sie auf keinen Fall Suzannah finden. Vor allem lass sie nicht sehen, was sie mir antun! O Gott!*

Der starke Duft von türkischem Tabak zog an Daniels Nase vorüber.

„Ein feines Kraut, Hassan", rief al-Malik. „Hast du noch mehr Zigaretten bei den Juden gefunden? Mir wären Zigaretten jedenfalls lieber als diese Uhr."

„Nein, keine mehr. Einer von ihnen hat sie mir angeboten, wenn ich seinen Bruder verschone."

Daniel kniff die Augen zu. *O Gott, der redet über Arthur und Sammy!*

Hassan lachte hämisch. „Der bettelte: ‚Verschone meinen Bruder und töte mich dafür.' Ich nehme natürlich seine Zigaretten und lege sie beide um. Hier ihre Ohren. Man sieht doch gleich, dass es Brüder waren."

Daniel krallte sich mit seinen Fingern in die Erde und unterdrückte mit letzter Kraft seinen Entsetzensschrei. *Sammy! Arthur! Beide tot?* Die Brüder hatten im selben Lastwagen wie Daniel und seine Schwester gesessen, als sie das in Trümmern liegende Europa hinter sich ließen. Dreißig Schachteln Zigaretten für jeden Juden, das war der Preis, den sie für ihr Leben bezahlten, um nach Palästina transportiert zu werden. Jetzt aber war ihr Leben nicht mehr wert als die Asche, die von einer Zigarette fiel.

Plötzlich gellte der Schrei eines Mädchens. Schnelle Schritte. Jemand lief weg. Es war Suzannahs Stimme, oder? *Lass es nicht sie sein! Lass mich falsch gehört haben!*

Das Trappeln der Stiefel entfernte sich von Daniels Versteck.

Doch, es war Suzannhas Stimme. Es blieb kein Zweifel.

Daniel biss sich auf die Lippen, um nicht schreien zu müssen. Die Männer stritten. Einer schrie, er habe das Recht auf sie, weil er sie gefunden habe. Aber der, der sich Hassan nannte, bestand auf seinem Recht als Anführer.

„Sie gehört mir", verkündete al-Malik kategorisch.

Vielleicht bringen sie sie ja nicht gleich um. Vielleicht lassen sie sie danach laufen.

Daniel war wie erstarrt. Es waren immerhin drei Männer. Und sie hatten automatische Gewehre und Dolche. Aber wenn er jetzt loslaufen würde, dann wären sie beide verloren. *Rühr dich nicht von der Stelle*, befahl er sich selbst.

Eine Weile hielt er sich die Ohren zu, dann wieder schlug er mit der Faust auf einen Stein, bis es blutete.

Das Tackern einer automatischen Waffe mitten in die gespenstische Stille hinein. Dann Schweigen. Und während Daniel noch lauschte, wurde ihm schwarz vor den Augen. Eine gnädige Ohnmacht nahm ihm die Sinne.

* * *

Die Stunde war gekommen, da die verstreuten Juden der Diaspora in Israel ihre Nation wieder fanden. Es war das Ende einer zweitausendjährigen Fremdherrschaft über Jerusalem und Palästina, und nach dreißig Jahren zogen nun auch die britischer Besatzer ab.

Dazu bestimmt, nur eine Fußnote in der langen und kriegerischen Geschichte des Heiligen Landes zu sein, folgten die Soldaten des Britischen Empires den Kriegern Babylons, Persiens und Griechenlands, den Legionen Roms, den Truppen der Araber, der Kreuzfahrer und der Türken. Wie all die Eroberer zuvor, mussten auch sie nun das eingenommene Land wieder verlassen.

Das Schicksal des neugeborenen Staates und seiner wichtigsten Stadt Jerusalem würde nun wieder einmal durch kriegerische Auseinandersetzungen zwischen den Juden und ihren benachbarten Nationen entschieden werden.

Im jüdischen Viertel der Altstadt, in dem seit König Davids Tagen ein kleiner Rest von Juden noch immer lebte, wurden ein paar Rabbis, alte Männer, Frauen und Kinder von weniger als zweihundert Haganah-Kämpfern verteidigt. Synagogen, Thora-Schulen, Suppenküchen und so manches Privathaus waren zu Verteidigungsstellungen ausgebaut worden, in denen eine zerlumpte Truppe jüdischer Freiwilliger versuchte, die anstürmenden und hasserfüllten Moslems abzuwehren, die das jüdische Leben an diesem Ort für immer auszulöschen drohten.

So mancher Rabbi bedauerte den Abzug der Engländer. Allein die Anwesenheit der Fremden im Land hatte nach ihrer Auffassung das Viertel bis jetzt vor der Zerstörung bewahrt. Doch die meisten Bewohner des jüdischen Viertels begrüßten den Abzug der letzten Eroberer, obwohl auch sie sich vor den Opfern der bevorstehenden Schlacht fürchteten.

Ein trauriges und schrilles Pfeifen von Dudelsäcken hallte im Labyrinth der engen Gassen der Altstadt. Gleichzeitig erschallte von irgendwoher der dumpfe Ruf des Schofar. Immer und immer wieder erscholl das Widderhorn, bis die Menschen erwartungsvoll gen Himmel blickten, ob nicht doch noch die himmlischen Heerscharen erschienen, um den übrig gebliebenen Rest des jüdischen Volkes zu retten.

Doch es gab keine himmlischen Wesen, die in die Altstadt hinabstiegen.

Auf der Treppe vor der großen Hurva-Synagoge warteten Rabbi Schlomo Lebowitz und sein 10-jähriger Enkel mit einer Delegation weiterer Rabbis, während die Männer des Suffolk-Regiments ihre allerletzte Parade durch Jerusalem begannen. Gleichzeitig führten Haganah-Offiziere ihre Männer über die Hausdächer zu Stellungen, die soeben von den Engländern verlassen worden waren.

Rabbi Lebowitz beugte sich zu seinem Enkel herab und raunte ihm ins Ohr: „Zu dieser Stunde erfüllt sich die Sehnsucht eines jeden jüdischen Herzens. Du, mein Junge, musst stets im Gedächtnis behalten, was du gerade siehst. Du darfst niemals vergessen, dass du als Augenzeuge die Erfüllung der Verheißung des Herrn an sein auserwähltes Volk miterlebt hast.“ Und dann zitierte er die Worte aus Jeremia 30,3, damit Jakov sie niemals vergesse:

So spricht der HERR, der Gott Israels:
Schreib dir alle Worte, die ich zu dir geredet habe, in ein Buch.

Denn siehe, es kommt die Zeit, spricht der HERR,
dass ich das Geschick meines Volks
Israel und Juda wenden will, spricht der HERR;
und ich will sie wiederbringen in das Land,
das ich ihren Vätern gegeben habe,
dass sie es besitzen sollen.

Jakov sah zum Himmel auf und gelobte: „Das werde ich niemals vergessen, Großvater." Und zusammen sprachen sie das Schema mit allen Rabbis, die dabeistanden: „Höre, Israel, der HERR ist unser Gott, der HERR allein ..." Als dann aber die britischen Soldaten um die Ecke bogen, rief der Junge: „Sie kommen Großvater. Sie kommen."

Die Truppen marschierten bis zu den Stufen der Hurva. Dort hielten sie an, und die Dudelsäcke verstummten, so dass es still wurde auf dem Vorplatz. Nur der ferne Klang eines Schofar kam mit dem Wind herangeweht und verhieß den Wartenden die Wende ihres Schicksals.

Der kommandierende Colonel salutierte zackig und streckte dann seine Hand zur Seite aus, worauf sein Captain vortrat, ihm einen rostigen Gegenstand in die Hand drückte und wieder ins Glied zurücktrat.

Jakov beobachtete gespannt, wie der britische Offizier die Stufen der Hurva heraufkam und direkt vor Rabbi Lebowitz stehen blieb. Der Colonel nickte militärisch kurz und übergab das rostige Stück Metall dem Greis. Es war der uralte Schlüssel, der in eins der sieben Tore der Altstadt Jerusalems passte. Es war der Schlüssel zum Zionstor!

Der Großvater nahm den Schlüssel und hielt ihn fest in seiner Hand, worauf er sich zum Dank leicht verbeugte.

Der Offizier, dem die Rührung Tränen in die Augen trieb, sagte: „Seit dem Jahr 70 der neuen Zeitrechnung bis zu diesem Augenblick war niemals ein Schlüssel zu den Toren Jerusalems in jüdischer Hand. Dies ist das erste Mal seit 19 Jahrhunderten, dass Ihr Volk dieses Vorrecht zurückerhält."

Der Rabbi spürte so tiefe Dankbarkeit, dass er zu singen begann: „Gepriesen seist du, o Herr, der uns Leben und Nahrung gegeben hat und uns die Gnade erwiesen hat, diesen Tag zu erleben." Und an den Colonel gewandt, sagte er feierlich: „Ich nehme diesen Schlüssel entgegen im Namen meines Volkes."

Der Engländer verneigte sich kurz, drehte sich auf dem Absatz um und gab seinem Regiment ein Kommando, worauf die Soldaten zum letzten Mal die Altstadt Jerusalems im Eilschritt verließen.

Auf dem Kopfsteinpflaster des Vorplatzes blieben sechs Schultergürtel mit wertvoller Munition liegen, und zehn Mitglieder der Haganah, die in die belagerte Zone in Uniformen des Suffolk-Regiments vorgedrungen waren, setzten sich von der Truppe ab.

Diese zehn Männer, die letzten der Kolonne, lösten sich von ihren englischen Vordermännern und suchten gleich darauf Deckung in Nischen und Hauseingängen, wobei sie die Schultergürtel mitnahmen, die am Boden lagen – nur einer blieb liegen.

Jakov betrachtete den Schlüssel und berührte ihn ehrfürchtig. Als aber das Tackern von Maschinenpistolensalven von jenseits der Mauer zu hören war, lief er schnell, um den letzten Schultergürtel vom Pflaster zu holen.

„Beeil dich, Junge", rief der Großvater.

Den schweren Gürtel über die schmächtigen Schultern geworfen, lief er schnell zu einem der Haganah-Kämpfer und kauerte bei ihm, wobei er die Hausdächer nach arabischen Heckenschützen absuchte.

„Gut gemacht", lobte eine vertraut klingende Stimme, und Jakov blickte verdutzt in das bärtige Gesicht seines Schwagers. Es war tatsächlich Mosche Sachar. „Oi, du? Du hier?"

„Wo sonst sollte ich sein? Wer kennt schon die Altstadt besser als ich?"

Jakov suchte drüben seinen Großvater, der neben dem Portal der Hurva hinter einem Sandsack Deckung gesucht hatte. „Großvater, es ist Mosche", rief er freudestrahlend.

Und aus seinem Versteck heraus rief der Alte zurück: „Wo sollte er sonst schon sein! *Nu?* Gepriesen sei der Allmächtige." Und dabei winkte er siegesgewiss mit dem Schlüssel, so dass Mosche und Jakov ihn sehen konnten.

„Er hat ihn also", sagte Mosche und legte sich den Munitionsgürtel um. „Wir brauchen diesen Schlüssel, um das Zionstor aufzuschließen, wenn die unten in der Neustadt Männer erübrigen können, die uns dann hier im Viertel helfen müssen."

„Was macht meine Schwester?", fragte Jakov.

„Rachel geht es gut."

Mosche überprüfte gerade seine Maschinenpistole, als seine sonnengebräunten Gesichtszüge sich anspannten. Er ließ seinen Blick über die Hausdächer schweifen. Waren Landsleute dort oben oder vielleicht Feinde?

Von drüben kommandierte Großvater: „Mosche! Mosche! Schwiegersohn! *Du Meschuggener,* komm endlich."

Trotz dieses klaren Befehls vom Großvater war Jakov klar, dass Mosche nicht so ohne weiteres seine Position verlassen konnte. Er musste ein Vorbild für seine Truppen bleiben. In der Zeit, als Mosche nicht in der Altstadt war, hatte es zunehmend Spaltungen und Meinungsverschiedenheiten zwischen dem Militär und den religiösen Führern gegeben. Und Mosche, als weltlicher Gelehrter, der aber in der Enge dieses einmaligen Mikrokosmos aufgewachsen war, konnte als Einziger die Kluft, die sich immer wieder auftat, überbrücken.

„Er will sicher etwas über Rachel und das Baby hören. Und die Rabbis sind natürlich ganz gespannt, ob es gute Nachrichten wegen der Lebensmittelversorgung gibt. Schließlich sind wir abgeschnitten. Einige Rabbis machen sich große Sorgen, was geschehen wird, jetzt, wo die Engländer abgezogen sind. Und ..." Jakov zögerte: „Und es gibt noch etwas, was er dir erzählen will."

„Es geht um den Tunnel, nicht wahr?"

„Er wollte mir nichts weiter erklären." Jakov tippte an die Schläfe. „Aber es hat wohl mit dem Tunnel zu tun. Ein Geheimnis, sagt er. Ein sehr altes Geheimnis. Außer ihm weiß niemand darüber Bescheid. Ich bin zu jung ..."

Mosche hatte selbst das Erschließen alter Gänge unter dem jüdischen Viertel beaufsichtigt. Von der Hurva aus gingen viele unterirdische Gänge in alle Richtungen bis zu den Grenzen des Viertels. Geschützt vor arabischen Heckenschützen, die von Minaretten aus freies Schussfeld in das Viertel hatten, konnten Bewohner und Haganah-Kämpfer sich unterirdisch bewegen. Es gab Tunnel, die bis ins Armenische Viertel reichten, wo Verteidiger die armenische Bäckerei besetzt hatten.

„Du solltest ihn wirklich danach fragen", sagte Jakov ernst. Und er hatte Recht, denn wenn Großvater wirklich noch mehr über dieses Tunnelsystem wusste, dann brauchte Mosche diese Informationen.

Mosche nickte und legte seine Hand auf Jakovs Schulter. Wenige Augenblicke später huschten zwei Schatten über den Vorplatz und verschwanden hinter den Sandsäcken vor der Hurva, wo Mosche dem Rabbi in die Arme fiel.

* * *

Oben in der Kuppel der Großen Synagoge lagen auf eilends zusammengezimmerten Gerüsten Haganah-Kämpfer mit uralten Gewehren im Anschlag. Sie zielten durch die Fenster hinunter ins arabische Viertel der Altstadt, um Schaden anzurichten.

Gegen Angriffe verteidigt wurde die Synagoge allerdings von Männern mit Maschinenpistolen, die sich draußen auf dem Dach verschanzt hatten. Nur mit einer Geste schickte Mosche Sachar den Jungen mit einem vollen Patronengürtel hinauf aufs Dach zu Dov Avram, Ehud Schiff und den anderen Kämpfern, die das Gebäude gegen Angreifer verteidigten. Jede Patrone war wertvoll. Wenn alles aufgeteilt war, würde jeder Kämpfer drei weitere Patronen zur Verfügung haben.

„Mosche!", rief der alte Rabbi und küsste ihn auf jede Wange. „Ich wusste, dass du zurückkommen würdest. Und meine Rachel? Geht es ihr gut? Und was macht das Kleine?"

Mosche tastete nach seiner Hosentasche und zog einen Umschlag daraus hervor.

„Sie schickt dir und Jakov diesen Brief mit vielen lieben Grüßen."

Rabbi Lebowitz drückte den Umschlag an sein Herz. „Also geht es ihr gut?"

„Ja, sie ist gesund. Und sie betet für uns alle hier, dass wir durchhalten."

„Hoffentlich erhört der Allmächtige ihr Gebet. Weiß du, es sieht nämlich gar nicht so gut hier aus."

Mosche wusste Bescheid. Er war derjenige, der wohl am besten einschätzen konnte, wie verzweifelt die Lage im jüdischen Viertel wirklich war. Er nahm den Rabbi sanft beim Arm und fragte: „Und der Colonel hat dir tatsächlich den Schlüssel zum Zionstor gegeben?"

„Ein wahrer Segen, und ein Zeichen obendrein."

Schon monatelang hatten die Briten das Tor geschlossen gehalten. Sie wollten damit verhindern, dass Nachschub in die jüdische Zone geliefert werden konnte. Deshalb war diese Übergabe tatsächlich ein Segen.

„Schaltiel hat versprochen, uns mehr Verteidiger zu schicken, wenn es uns gelingen würde, das Tor zu öffnen. Und dafür brauchen wir den Schlüssel."

„Natürlich, natürlich." Rabbi Lebowitz reichte Mosche das rostige Eisen, und Mosche hing ihn sich an dem daran befindlichen Ledergurt um den Hals. „Nimm ihn ruhig. Ich hatte ja bereits meinen persönlichen Triumph, *nu*?"

„Und die Tunnel? Jakov sprach davon."

Jakovs Großvater legte seinen Finger auf die Lippen, strich über seinen grauen Bart, blickte misstrauisch über die Schulter und zog Mosche schließlich ins Gebäude hinein, worauf er die schwere Tür hinter sich schloss.

Er wurde plötzlich ganz ernst. „Ich werde nicht mehr lange leben", raunte er

„Sag nicht so was."

„Ja, denkst du, dieser alte Greis wird ewig leben?"

„Du wirst so lange leben, bis du deinen Enkel sehen kannst, den Rachel jetzt noch in ihrem Schoß trägt."

Des Rabbis Miene hellte sich für einen Augenblick auf. Doch schon bei der nächsten Maschinengewehrsalve draußen vor dem Tor war die kurze Freude verflogen. „Es reicht mir, wenn ich weiß, dass meine Rachel dein Kind unter ihrem Herzen trägt. Du bist ein guter Mann, Mosche Sachar. *Nu?* Ein aufrechter Jude und ein rechtschaffener Gelehrter – auch wenn du kein Rabbi geworden bist. Es gibt noch einiges, was ich dir zeigen muss. Es sind Geheimnisse, die ich nicht einfach ins Grab nehmen kann. Aber nicht jetzt, nicht in der Stunde des Triumphes – wegen des Schlüssels. Jetzt muss ich erst einmal Rachels Brief lesen. Kümmere du dich um deine Männer. Die Moslems heulen schon wie Kojoten vor den Toren unserer kleinen Welt."

2

Kaum 250 Meter nördlich der Altstadtmauer in der Saladin Road befand sich ein arabisches Kaffeehaus. Der Verkaufsraum, wo es türkischen Kaffee und zuckrige Backwaren zu kaufen gab, war kaum breiter als sein Eingang. Es war mehr ein Korridor als ein normaler Raum, in dem man sich kaum für länger aufhalten konnte. Drehte sich ein Kunde um, wischte er mit seinem Anzug sowohl die Mauer auf der einen Seite als auch die gläserne Theke auf der anderen entlang.

Am Ende trennte ein Vorhang eine winzige Küche vom Verkaufsraum ab. Auf der anderen Seite der Küche hing ein weiterer Vorhang, hinter dem eine Treppe in den Keller führte. Diese Treppe hinauf stieg Kasim Dajani, eine schwere Kiste schleppend, in der sich Werkzeuge für sein Gewerbe befanden.

Dieser eilends zu blockierende Korridor war es, der das Kaffeehaus so geeignet als Ausgangspunkt für Operationen machte. Als man noch täglich damit rechnen musste, dass die Engländer arabische Geschäfte stürmten, um nach Terroristen zu suchen, war es den Soldaten kaum möglich, schnell genug an den Kunden vorbei die Treppe zu erreichen. In der Zwischenzeit war Dajani längst mit seinen Materialien im angrenzenden Tunnelsystem verschwunden.

Kasim Dajani war ein Sprengstoffexperte. Er verstand es so meisterhaft, Bomben und Sprengstoffpakete zu basteln, dass er eines Tages zur Elitetruppe der *Tadmir* stieß, die als Terroristen für den Mufti tätig waren. Gelernt hatte er sein Handwerk von Friedrich Gerhardt, einem ehemaligen SS-Offizier, der bis zu seinem Tod der Kopf der *Tadmir* war. Gerhardt hatte die besonderen Talente Dajanis entdeckt und ihn Haj Amin el-Husseini vorgestellt.

Aber inzwischen waren die Engländer ja abgezogen, und bald, so betete Dajani immer wieder inständig, würden auch die Juden verschwunden sein. Dabei war es ihm völlig egal, ob sie in Bussen, Schiffen oder Särgen das Land verließen, ob tot oder lebendig, ob heil oder in Stücke gerissen – Hauptsache, sie machten sich davon – begleitet von Dajanis selbst gemachten Freudenfeuern.

„Raus! Raus!", brüllte er zwei alte Beduinen an, die in einer kleinen Nische saßen und kaum an ihrem Nachmittagskaffee genippt hatten. „Wir haben geschlossen!" Die Männer sprangen auf und verließen fluchtartig den Laden. Dajani schob einen Teller mit Backwaren beiseite, stellte seine Kiste stattdessen auf den Tisch und begann, liebevoll Zünder, Zündschnüre und andere Utensilien zu sortieren.

Kurz darauf erschienen drei Helfer, zu denen die Zwillingsbrüder Daoud und Gawan gehörten. Es waren Waisenkinder, deren Nachnamen niemand kannte.

Der dritte Helfer war der Besitzer des Ladens, Haroun Najid, dessen Name in arabischen Schnörkeln über dem Eingang prangte. Najid war ein dunkelhäutiger und behaarter Mann, dessen Hemd an Achseln und Brust dunkle Schweißflecken zeigte. Er kam fast immer um vor Angst, wenn er Dajani mit seinen Gerätschaften hantieren sah.

Dajani spielte so fingerfertig mit seinen todbringenden Instrumenten wie ein Pianist mit seinen Tasten. „Jetzt ist unsere Zeit gekommen", sagte er. „Wir werden jeden Tag 25, vielleicht sogar 50 Anschläge verüben, bis dieses Judenpack ausgeblutet ist." Seine Augen glühten vor Hass. „Wir werden Gerhardt rächen", schwor er. „Und es wird der Jude büßen, der maßgeblich Anteil am Tod unseres Helden hat. Wir werden diesen Mosche Sachar finden und seinen Kadaver in alle Himmelsrichtungen verstreuen."

Kasim Dajani befahl Najid, den Rollladen vor dem Eingang des Kaffeehauses herunterzulassen. „Aber erhabener Captain", sagte der Bäcker ehrerbietig, „die Briten sind doch weg. Da brauchen wir uns nicht mehr zu verstecken."

Normalerweise wäre Dajani aus der Haut gefahren bei so viel Einfalt seiner Komplizen, aber heute war er in Festtagsstimmung, und so ließ er es damit bewenden. „Der Einkauf in den Souks von Damaskus hat sich wirklich gelohnt", sagte er und deutete auf die ausgebreiteten Utensilien, die er mit Stolz betrachtete. „Die Großzügigkeit des Muftis ist so kolossal wie seine Genialität. Hört mal zu." Er winkte seine Kumpane herbei, um nicht so laut sprechen zu müssen. „Der Mufti, der schon bald König von Jerusalem sein wird, hat verschiedene ungläubige Wohltäter davon überzeugt, dass ihm alles daran liegt, den Krieg zu vermeiden. Sie unterstützen ihn deshalb mit großen Summen amerikanischer Dollar und englischer Pfund – und das alles im Namen des Friedens!" Dajani lachte aus vollem Hals. Er freute sich diebisch darüber, dass Haj Amin die dekadenten Westler derart hinters Licht führen konnte. Und obwohl seine Kumpane nichts verstanden hatten, lachten sie mit. „15.000 Pfund habe ich in Händen gehalten, Brüder. Das ist eine Stange Geld für ganz viel von meinem geliebten Dynamit."

„Aber warum müssen wir den Rollladen schließen?", fragte Najid noch einmal. „Es kann doch jetzt jeder wissen, was wir hier tun."

„Idiot!", fuhr Dajani ihn an. „Natürlich soll jeder erfahren, was wir anrichten, aber nicht jeder muss wissen, wo wir unsere Vorräte haben. Nicht jeder Dahergelaufene, der vorgibt ein treuer Diener des Muftis zu sein, darf eingeweiht werden. Ich bestimme, wer mitmacht, und niemand anders. Nun mach dich auf den Weg, Haroun. Geh zum Captain al-Malik und lass dir von ihm einen neuen Auftrag geben. Sag ihm, dass ich in Kürze zwölf große Minen fertig haben werde. Daoud und Gawan bleiben hier und gehen mir zur Hand."

Es war Najid anzusehen, wie froh er war, nicht auch noch an den Bomben basteln zu müssen. „Mache ich", rief er heiter und war in aller Eile zur Tür hinaus, bevor Dajani es sich anders überlegen konnte.

„Daoud", sagte der Bombenterrorist, während er einen Zünder begutachtete, „hol ein halbes Dutzend Milchkannen aus dem Keller."

* * *

Der Tag war heiß und drückend. Fliegen umkreisten nimmermüde die Glühbirne an der Decke, während Dajani im Hinterzimmer auf einer Liege ausgestreckt lag. Die Zwillinge waren ihm auf die Nerven gegangen, und so hatte er sie fortgeschickt. Gawan und Daoud hatten sich kurz verneigt und dann zurückgezogen. Draußen auf der Straße sahen sie sich grinsend an. Endlich hatten sie frei und konnten machen, was sie wollten. Herrliche Freiheit!

Sie hüpften ausgelassen durch die Straßen, bis sie schließlich den überdachten Basar im Herzen der Altstadt erreichten. Hier war nichts davon zu spüren, dass draußen ein Krieg tobte. Im Souk herrschte ganz normale Betriebsamkeit. Immerhin lebten 30.000 Araber innerhalb der Mauern Jerusalems. Die Soldaten des Heiligen Krieges mussten schließlich ständig versorgt werden, und das war sehr aufwändig.

Trotzdem gab es genug für den eigenen Verbrauch. In den Straßen des Viertels boten Händler lebendiges Geflügel zum Verkauf an. Die eingezwängten Hühner in ihren engen Käfigen warteten geduldig darauf, verkauft, geköpft, gerupft und ausgenommen zu werden. Schafsköpfe, deren Augen die schlendernden Passanten beim Vorübergehen anstarrten, hingen an Haken über blutigen Pfützen. Überall lungerten Soldaten der verschiedensten arabischen Kampftruppen mit übergehängten Gewehren herum, begutachteten die reichen Auslagen und freuten sich diebisch, dass auf der anderen Seite der Mauer ihre jüdischen Feinde verhungerten.

Daoud und Gawan rannten nicht mehr. Sie schlenderten gemächlich durch den Basar, an Gemüse- und Pitahbrot-Ständen vorbei und stopften sich heimlich die Taschen voll. Nachdem sie sich ausreichend mit Proviant versorgt hatten, begaben sie sich zu ihrem Versteck, einem zerbombten Hotel, in dem auch noch anderes Gesindel Unterschlupf gefunden hatte. Hier ließen sie sich erst einmal nieder und verspeisten ihre Beute.

Einzelne Sonnenstrahlen fielen durch die Löcher im Dach und erleuchteten ein wenig die sonst eher finstere Heimstatt der Heimatlosen.

„Ich hasse Dajani“, sagte Gawan mit einem Grinsen auf dem Gesicht.

Und Daoud erwiderte, einen Bissen Pitah-Brot kauend: „Er ist immerhin unser Gönner, Allah sei Dank. Durch ihn geht es uns besser als vorher."

„Wie kannst du das sagen? Wir sitzen hier wie immer und essen unser geklautes Brot. Was hat sich verbessert? Nur dass wir jetzt Schläge kriegen und er mit uns macht, was er will."

„Er ist ein Patriot. Und er hat schon viele Juden auf dem Gewissen."

„Die Juden, die Juden. Sie bedeuten mir nicht so viel. Es war doch gar nicht so schlecht, als wir noch für den Rabbi die Leuchter am Schabbat anzündeten. Er hat uns gut bezahlt und war obendrein noch freundlich zu uns – jedenfalls freundlicher als Dajani."

Daoud stieß seinem Bruder in die Rippen. „Halt den Mund! Wenn dich jemand hört, kommt er noch auf den Gedanken, dass du ein Juden-Freund bist."

„Bin ich doch auch ... jedenfalls früher war ich es."

„Es ist nicht Allahs Wille, dass du jemand magst, den du nicht mögen *darfst*. Die Juden sind ..."

„Schon gut! Jedenfalls war der alte Jude freundlicher als Dajani. Du glaubst gar nicht, wie sehr ich ihn hasse, auch wenn er ein Patriot ist. Er schlägt mich und brüllt mich an. Und er stinkt schlimmer als eine Ziege."

„Um genügend Juden den Garaus zu machen, muss man schon eine Menge Wut im Bauch haben, sagt man."

„Oder man muss verrückt sein."

„Das auch."

„Ich hoffe jedenfalls, dass Dajani lange schläft."

Gawan seufzte: „Manchmal stelle ich mir vor, es gäbe diesen Kampf nicht."

„Krieg ist etwas Heiliges. Und Dajani sagt, dass unser Lohn für jeden getöteten Juden groß sein wird: ein Leben im Paradies mit siebzig wunderschönen Jungfrauen."

Gawan zog eine Grimasse. „Mir wäre Lammbraten lieber – so viel, wie ich verputzen kann."

* * *

Im Kellergeschoss der Hurva-Synagoge hatten sich etwa zwei Dutzend Frauen aus dem jüdischen Viertel der Altstadt versammelt. Mosche Sachar kam die steile Treppe herunter und blickte über die langen Tischreihen, auf denen überall Blechnäpfe standen. Hier bekamen die Kinder des Viertels zweimal am Tag eine karge Mahlzeit.

„Schabbat Schalom, Mosche", rief Hannah Cohen mit tränenden Augen. Sie ließ sofort die Zwiebeln, die sie gerade schnitt, liegen, lief auf ihn zu und umarmte ihn so verschwitzt, wie sie war.

Hannah leitete die Suppenküche in dieser Gegend, die auch schon bessere Tage gesehen hatte. Überall musste man improvisieren. So wurden zum Beispiel ausrangierte Waschwannen zu Suppenkesseln umfunktioniert, die nun auf Paraffinkochern dampften.

„Geht es dir gut?", fragte er.

„Man altert schnell in dieser Zeit – jeden Tag ein bisschen mehr. Aber wir können ja trotz allem zufrieden sein, so wie es ist. Immerhin leben wir jetzt in einem eigenen Staat." Und mit einem Lächeln fügte sie hinzu: „Was wollen wir mehr? Und wie fühlst du dich so?"

„Gut. Es ist überwältigend. Und ihr ... ihr tut auch alles hier, um zu überleben."

„Was hast du uns mitgebracht? Nachschub? Lebensmittel?", fragte Hannah ungeduldig.

„Patronen."

„Sollen wir den Kindern etwa Patronen zu essen geben? Ich muss hier 500 kleine Mäuler stopfen, falls du es vergessen hast."

Sie stemmte die Hände in die Hüften und sah ihn herausfordernd an. „Und dann sind da noch die Erwachsenen im Viertel – tausend an der Zahl. Und jeder sperrt seinen Mund auf, jeder möchte seinen Magen gefüllt haben. Gut, ich kann auf ein paar Pfunde um die Hüften verzichten, aber die Kinder doch nicht."

„Der Staat Israel ist erst ein paar Stunden alt. Gib ihm wenigstens noch einen Tag Zeit", sagte Mosche, der Hannah ein bisschen aufmuntern wollte, aber er begriff auch, dass die Situation tatsächlich dramatisch war.

„*Ich* persönlich würde ihm noch viel mehr Zeit geben. Du weißt ja, unser Laden hier heißt *Milchtröpfchen* – ein paar davon bräuchte ich für meine Kleinen, damit sie sich einmal nicht in den Schlaf weinen müssen."

Mosche wollte seine alte Freundin ein wenig beruhigen: „Commander Schaltiel drüben in der Neustadt plant schon den Durchbruch zu uns, damit endlich die Verteidiger der Altstadt versorgt werden können."

„Ja, muss ich mir denn Sorgen um die Verteidiger machen? Die Kinder hier sind am Verhungern. Und was kann ich ihnen geben? Zwiebeln, immer nur Zwiebeln. Daraus kann ich höchstens eine dünne Suppe kochen. Und für die *Säuglinge* habe ich nur noch für morgen Milchpulver – genau für eine Tasse. Selbst das Wasser ist so knapp, dass wir es dreimal zum Waschen benutzen und anschließend damit noch den Boden wischen."

„Ein bisschen Geduld! Der warme Regen kommt bald. Versprochen!"

„Wann? Sag jetzt nicht: *Früher oder später*. Später ist jetzt schon."

„Du hast Recht", gab Mosche zu. „Ich muss genau wissen, wie viel Lebensmittelvorräte wir noch haben."

Sie zischte verächtlich durch die Zähne. „Zwiebeln haben wir. So fünf Tage können wir damit vielleicht noch dünne Suppe kochen. Hin und wieder bringen Kinder, die sich hinausschleichen können, ein paar Ähren von den Feldern mit. Und zwischen den Pflastersteinen wächst hier und da ein Löwenzahn. Man munkelt, dass einige hier Lebensmittel gehortet haben, aber ich weiß nicht wer und wo."

„Die Briten haben noch irgendwo eine eiserne Ration an Dosen zurückgelassen. Das könnte hundert Soldaten drei Tage reichen."

Hannahs Augen leuchteten. „Drei Tage, drei Tage? Was könnten wir aus einer Dreitagesration für hundert Engländer alles machen! Meine Mutter, sie möge in Frieden ruhen, würde sich im Grabe umdrehen, wenn sie wüsste, dass ihre Tochter es nicht geschafft hat, aus diesen Vorräten ein Festessen für tausend Leute zu kochen, von dem sie eine Woche lang zehren!"

3

„Sieh mal, Lori, das verheißene Land!“, rief Alfie Halder und deutete mit einer schweifenden Handbewegung hinaus, so wie Mose wohl einst seinen müden Wüstenwanderern von einer Anhöhe herab das Land Kanaan gezeigt haben mochte.

Er konnte sich gar nicht satt sehen an dem Panorama, das sich ihm von der Reling der *Joshua Reynolds* aus bot. In der Ferne war sogar schon als schmale, dunkle Linie das judäische Hügelland zu erkennen. Am Kai warteten endlose Reihen von alten Bussen auf die Ankömmlinge, deren gelbe Dächer verrieten, dass sie früher einmal als Schulbusse eingesetzt worden waren. Sobald ein Bus voll war, setzte er sich in Richtung Tel Aviv in Bewegung.

Mit 1 Meter 90 überragte der stattliche junge Mann seine blond gelockte Schwester, die neben ihm an der Steuerbord-Reling stand, erheblich. „Du scheinst gar nicht glücklich zu sein, dass du hier bist“, sagte er verwundert.

„Doch, doch“, antwortete Lori. „Aber ich bin erst froh und glücklich, wenn wir von diesem alten Pott runter sind.“

In diesem Augenblick erschien Lori Kalners Mann mit zwei über die Schultern geworfenen Seesäcken an Deck. Er kam direkt aus dem Bauch des Schiffes und musste sich erst an das Licht draußen gewöhnen.

„Da bist du ja, Jakob“, rief Alfie. „Ich dachte schon, du wärst verloren gegangen.“

Breit grinsend stellte Jakob die Säcke ab, in denen sich die wenigen Habseligkeiten befanden, die ihnen geblieben waren. Und mit einem Klaps auf Alfies Rücken sagte er: „Unkraut vergeht nicht, mein Lieber. Neun Jahre habe ich gebraucht, um wieder hier anzukommen. Was habe ich nicht alles dafür in Kauf genommen. Da werde ich schon rechtzeitig zum Ausschiffen an Deck sein und diesen Augenblick um nichts in der Welt verpassen.“

Bevor die Feuerwalze des zweiten Weltkrieges ganz Europa erfasste, waren Alfie und Jakob aus Nazi-Deutschland geflohen und wollten sich im britisch besetzten Palästina niederlassen. Dort internierte man sie jedoch sogleich als Fremde aus Feindesland. Schließlich brachte man sie nach Zypern, wo Jakob seine Frau Lori wieder fand, von der er getrennt worden war. Aber noch immer war ihnen Palästina verschlossen. Lori und Alfie galten als „unerwünschte Personen mit illegalen Verbindungen zur zionistischen Bewegung."

1948 gelang es ihnen schließlich, die Mitarbeiter einer Untergrundzelle der Haganah, die von Marseille aus operierte, zu überreden, sie mit anderen den Versuch unternehmen zu lassen, die britische Blockade zu durchbrechen. Seit der deutschen Kapitulation hatte die *Joshua Reynolds* immer wieder ihre menschliche Fracht nach Palästina gebracht: tschechische Juden, die als Partisanen gegen Hitlers Armee gekämpft hatten; polnische Juden, die in der Roten Armee gedient hatten und bei der Rückkehr nach Warschau feststellen mussten, dass ihre Heimat kaum weniger antisemitisch war als Nazi-Deutschland; und deutsche Juden, die den Gaskammern entkommen waren. Sie alle hofften nun, Sicherheit zu finden – in einem Kibbuz oder in einer der Städte des Landes.

Einen Tag vor der geplanten Ankunft in Palästina erreichte das Schiff dann folgender Funkspruch: *Nicht mehr nötig, die Blockade nachts zu durchbrechen. Wir haben unseren eigenen Staat!* So gehörte die *Joshua Reynolds* zu den ersten Schiffen der Alija Beth, der zweiten Immigration, die ganz legal im Hafen festmachen und ihre erschöpften Passagiere an Land gehen lassen durfte, von wo sie in Busse verfrachtet und in ihr neues Leben gefahren wurden.

* * *

Major Luke Thomas strich sich durchs rote Haar und zwirbelte ein Ende seines gepflegten Schnurrbartes. Vor ihm lag eine Karte Jerusalems, auf der die blauen Fähnchen die israelischen Streitkräfte symbolisierten, während die roten die Stellungen von Haj Amins Männern anzeigten.

Um das Gewirr der Frontlinien richtig zu deuten, musste man schon eine Vorstellung von der Topographie der Heiligen Stadt haben. Innerhalb der Mauern der Altstadt befand sich ein ungefähr zweieinhalb Quadratkilometer großes Areal, das von den Arabern kontrolliert wurde. Südlich angrenzend lag das jüdische Viertel mit einer seitlichen Grenzlänge von knapp 300 Metern. Dieses winzige Gebiet lag eingekeilt zwischen dem arabischen Viertel, dem Tempelberg und dem armenischen Viertel auf der anderen Seite.

Luke Thomas, der ein guter Freund von Mosche Sachar war, hatte erst vor kurzem die Streitkräfte Seiner britischen Majestät verlassen und diente nun David Schaltiel, dem obersten Offizier der Haganah in Jerusalem. Thomas informierte sich gerade über die militärische Lage und wartete auf Anweisungen von Schaltiel, der früher einmal Legionär der französischen Fremdenlegion gewesen war und einige Jahre im Konzentrationslager von Dachau verbracht hatte.

Schaltiel deutete auf die Karte der Altstadt. „Um das jüdische Viertel halten zu können, müssen wir wenigstens *einen* Zugang für die ständige Versorgung und dauerhafte Kommunikation schaffen. Ich schlage dazu einen Angriff von drei Seiten vor."

Die anderen Kommandeure und Adjutanten, die um den Tisch saßen, lehnten sich vor und studierten neugierig die Karte. Mehrere unabhängig voneinander operierende jüdische Kommandos waren durch ihre Repräsentanten vertreten. Einige von ihnen verachteten und misstrauten einander nicht weniger als ihren arabischen Feinden. Thomas blickte in die Runde und bemerkte, dass sich die Vertreter des Palmach bewusst lässig gaben, um jeden Anschein militärischer Disziplin zu verwischen, während die Haganah-Männer steif und militärisch korrekt auf ihren Stühlen saßen. Die Körperhaltung der Männer von der Irgun dagegen verriet, dass sie mit schlechtem Gewissen erwarteten, von den anderen verurteilt zu werden, denn sie waren es, die das Massaker an arabischen Zivilisten in Deir Jassin maßgeblich betrieben hatten.

Major Thomas war sich durchaus im Klaren darüber, dass sich die verschiedenen Gruppen hier im Raum trotz des gegenseitigen Misstrauens darin einig waren, ihm als Engländer und Christen mit äußerster Skepsis begegnen zu müssen.

„Der Palmach wird von Süden angreifen“, sagte Schaltiel. „Zuerst den Zionsberg, dann das Zionstor.“

Man wollte vermeiden, dass die verschiedenen Kommandos zu viele Berührungspunkte haben. Die Palmach-Kämpfer würden sich nur ihren eigenen Kommandeuren unterordnen. Und das Gleiche galt für alle anderen Gruppen.

„Die Irgun greift vom Hospiz Notre-Dame de France an, also nördlich der Altstadt-Mauer, und sichert den Zugang zum Neuen Tor“, erklärte Schaltiel.

Einer der Irgun-Offiziere, ein vierschrötiger russischer Jude mit einer Augenklappe, zwinkerte mit dem verbliebenen Auge und sagte mit dröhnender Stimme: „Dafür kriegen wir aber die gepanzerten Fahrzeuge. Wir werden sie am Tor brauchen, um unsere Flanke zur Suleiman Road zu verteidigen.“

„Kommt nicht in Frage“, sagte Schaltiel kategorisch. „Die Schützenpanzer brauchen wir für den Angriff der Haganah. Die Attacken von Norden und Süden sind lediglich Ablenkungsmanöver. Der kürzeste Weg zum jüdischen Viertel führt durch das Jaffator über die Kettenstraße. Dort brauchen wir die gepanzerten Fahrzeuge am dringendsten.“

„So, so“, brüllte der Russe. „Damit die Haganah allen Ruhm für sich beanspruchen kann, soll sie den Hauptangriff führen.“

Schaltiel, der Mühe hatte, sich zu beherrschen, antwortete: „Die Operation *Heugabel* muss mit Erfolg durchgeführt werden, um die Altstadt zu befreien, und dieser Erfolg hängt davon ab, dass alle drei beteiligten Kampftruppen ihren jeweiligen Auftrag erfüllen.“

„Ha!“, bellte der Einäugige. „Warum greifen wir dann nicht die nordöstliche Ecke der Altstadt mit allen Kräften an? Damit befreien wir nicht nur das jüdische Viertel, sondern schützen die ganze Stadt vor Gegenangriffen.“

„Ich habe dieses Treffen nicht einberufen, um Ihre Meinung zu hören, sondern um unsere Befehle an Sie auszugeben“, stellte Schaltiel fest.

„Ein Angriff auf das Jaffator ist sicher ein Himmelfahrtskommando“, protestierte Nachasch, der Kommandant des Palmach. „Die arabischen Scharfschützen oben auf dem Davidsturm verhindern in jedem Fall, dass wir das Tor stürmen ... selbst wenn es der Irgun gelingen sollte, ein paar Araber kurzzeitig abzulenken."

„Ich werde euch schon mehr als ein paar Minuten Luft verschaffen, ihr Zinnsoldaten", schnaubte der Russe.

„Ich habe den Eindruck ...", sagte Major Thomas laut und vernehmlich in Arabisch, so dass alle schon wegen der Sprache aufhorchten. „Ich habe den Eindruck ...", wiederholte er dann in hebräisch, „dass Sie sich hier wie arabische Stammesfürsten bekriegen. Ihnen ist wichtig, wer nachher den Ruhm für sich beanspruchen kann. Haben Sie denn nur Stroh im Kopf? Wenn das jüdische Viertel und die Verteidiger von Mosche Sachar nicht innerhalb von zwei Tagen entsetzt werden, werden sie von den Soldaten des Muftis überrannt. Nur Commander Schaltiel hat einen Plan, der sofort in die Tat umgesetzt werden kann. Kommandant, meine Männer sind bereit. Wann können wir aufbrechen?"

„Sonntagnacht", erwiderte Schaltiel, „sofern auch der Rest zu diesem Zeitpunkt einsatzbereit ist."

Der Einäugige blickte finster quer über den Tisch zu seinem Widersacher vom Palmach hinüber und sagte: „Wir sind bereit, während die Pfadfinder da drüben noch ihre Schuhbänder schnüren."

Nach der Sitzung sprach Major Thomas noch mit Schaltiel unter vier Augen. „Ich denke, Sie wissen, was ich sagen will", begann er.

„Sie sind längst nicht so vorbereitet, wie Sie soeben vorgaben", antwortete Schaltiel mit einem Grinsen.

„Sie haben genau ins Schwarze getroffen. Wir sind kaum zur Hälfte aufgestellt. Ich kann unmöglich eine befestigte Stellung mit den wenigen Männern angreifen, die ich zur Verfügung habe. Und außerdem müssen wir vorher noch unbedingt die arabischen Stellungen am Jaffator durch Aufklärung in Augenschein nehmen."

„Sie kriegen morgen Verstärkung."

„Aber sind das auch ausgebildete Leute? Und wie sieht es mit der Ausrüstung aus?"

„Sie bekommen, was mir zur Verfügung steht", sagte Schaltiel.

„Und was ist das konkret?"

Schaltiel gab Luke Thomas einen Klaps auf die Schulter. „Den Juden stehen 10.000 Gewehre zur Verfügung“, sagte er. „Etwas weniger als tausend Granatwerfer, keine Panzer und nicht eine Kanone, sofern Sie die aus dem vorigen Jahrhundert nicht mitzählen.“

„Kriegen wir denn kein Material von Übersee?“

„Vier Millionen Patronen, eine Menge Maschinengewehre, Feldartillerie und Granaten sollten gestern mit der *Borea* in Tel Aviv eintreffen.“

„Aber das sind doch fantastische Nachrichten!“

Schaltiel schüttelte den Kopf. „Ein britischer Kutter hat sie abgefangen und nach Haifa geleitet. Erst nach Mitternacht haben sie sie freigegeben. Im Moment wird sie zwar in Tel Aviv entladen, aber wer weiß, ob es uns gelingt, die Straße lange genug offen zu halten, um alles Material herzubringen. Ganz Israel wird zwar davon profitieren, aber Jerusalem ...“ Schaltiel zuckte mit den Achseln.

„Und nun?“, fragte Luke Thomas.

„Wie immer“, sagte Schaltiel. „Ich schicke Ihnen, was ich habe. Sie müssen eben das Beste draus machen.“

* * *

Im Hafen von Tel Aviv roch es nach Zwiebeln, Karbolineum und fauligem Seetang. Schauerleute entluden ein durch Beschuss stark in Mitleidenschaft gezogenes Frachtschiff. Kisten mit der Aufschrift LANDMASCHINEN und ERSATZTEILE FÜR TRAKTOREN stapelten sich überall.

Als Jakob Kalner das Geschehen auf dem Kai beobachtete und las, was auf den Kisten stand, runzelte er die Stirn. „Schöne Landmaschinen“, sagte er zu Alfie, seinem Schwager. „Kapitän Leonard hat mir erzählt, was wirklich in den Kisten ist. Es sind aus Amerika Teile für schwere Geschütze, die vom Krieg noch übrig sind. Und unter den Zwiebeln sind tschechische Gewehre. Außerdem eine Million Schuss Munition für den Verteidigungskampf gegen die Araber. Damit könnte man schon was anfangen, wären da nicht die unsicheren Straßen. Alles hängt davon ab, dass wir es schaffen, das Zeug auch der Haganah zu übergeben."

Lori stand bereits oben an der Gangway der *Joshua Reynolds*, als sie Jakob, der vorauseilen wollte, beim Arm nahm und ihn festhielt. „Versprich mir etwas", sagte sie, während sie mit den anderen den langen Gang hinabstieg. „Versprich mir, dass wir nie wieder getrennt werden! Nicht nach all den Jahren ... nach all den Tagen, an denen ich nicht wusste, ob du überhaupt noch am Leben bist."

Jakob rieb sich verlegen mit der Hand über den Mund. „Weißt du, damals in Marseille ..." Er suchte nach den richtigen Worten. „Da haben uns die Leute von der Haganah darauf vorbereitet, dass es Kämpfe geben wird."

„Klar wird es Kämpfe geben", stimmte Lori ihm zu. „Ich habe mich einverstanden erklärt, dich in dieses Land zu begleiten. Ich bin auch mitgekommen, weil du der einzige Angehörige bist, der mir geblieben ist. Ich werde an deiner Seite kämpfen, aber nicht getrennt von dir. Niemals wieder!"

„Schon gut", sagte Jakob, ohne sie anzusehen. Mitreisende waren bereits auf sie aufmerksam geworden, denn Lori redete so laut, dass alle mithören konnten. „Wir sind sowieso einem Kibbuz im Norden zugeteilt worden", sagte er schnell, um die Diskussion zu beenden.

Eine große, schwarze Limousine tauchte plötzlich zwischen zwei Lagerhäusern auf und bahnte sich ihren Weg mitten durch die Menge der Flüchtlinge. Direkt am Kai blieb sie stehen und ein untersetzter Mann mit einem ungebändigten weißen Haarkranz stieg aus. Sofort ging ein Getuschel und Gemurmel durch die Menge. Doch obwohl es ein Gewirr aus vielerlei Sprachen war, klang immer wieder ein Name hervor, den jeder verstand: *Ben Gurion!*

Das Gesicht des alten Mannes, der früher die Jewish Agency geleitet hatte und nun der erste Ministerpräsident des Staates Israel war, kannte jeder hier. Der polnische Jude, der sein Leben als David Grün begann und sich nun *Sohn eines Löwenjungen* nannte, wie sein hebräischer Name verkündete, war eine Vaterfigur für all diese Menschen hier.

„Sieh mal“, schwärmte eine Frau hinter Jakob Kalner in jiddisch, „was die uns für einen Empfang bereiten! Der Präsident selbst ist gekommen, um uns zu begrüßen!“

„Ministerpräsident, Mutti“, korrigierte ein zappeliges Männchen seine Frau.

Trotz der vielen Sympathiebekundungen huschte nicht einmal ein kurzes Lächeln über Ben Gurions Gesicht. Der arabische Krieg war gleich nach der Staatsgründung ausgebrochen und wurde sofort unerbittlich geführt.

Leonard, der Haganah-Offizier, der die *Reynolds* von Marseille begleitet hatte, bahnte sich seinen Weg durch die Menge der Passagiere, die das Schiff gerade verließen, was besonders auf der schmalen Gangway immer wieder zu Rempeleien führte. Unten angekommen, salutierte er vor dem Mann, den er mit „Boss“ anredete. Unter seinem Arm trug er eine lederne Tasche, aus der er jetzt eine dreiseitige Namensliste hervorzog. In Großbuchstaben stand darüber: *PASSAGIERLISTE.*

Die Ankömmlinge begannen sich auf dem Kai zu drängen, denn es standen noch keine Busse zum Abtransport bereit. Jakob stand nahe genug, um eine paar Worte vom Gespräch zwischen dem Offizier und Ben Gurion aufzuschnappen.

„Wie viele sind es zwischen 16 und 60?“, fragte Ben Gurion und fuhr fort, nachdem er die Zahl bekommen hatte: „Ich weiß, dass sie nicht ausgebildet sind. Wäre ich hier, wenn wir die Zeit für eine Ausbildung erübrigen könnten? Der Korridor nach Jerusalem ist offen. Diese Chance bekommen wir vielleicht nie wieder. Deshalb: alle nach Jerusalem.“

Jakob sah es dem Haganah-Offizier an, dass er seinen Protest nur mit Mühe hinunterschluckte. Der Mann trat einen Schritt zurück, salutierte kurz und bestieg dann eine alte Kabeltrommel als Podium.

„Achtung! Achtung! Alle mal herhören“, rief er. „Bleiben Sie alle bitte stehen und seien Sie leise.“ Es brauchte einige Zeit, bis sein Aufruf in alle Sprachen übersetzt worden war, die gebraucht wurden. „Sie werden gleich in Busse steigen, die Sie zu den Kasernen bringen. Dort werden sie registriert, und dann gibt es etwas zu essen."

Beifall brandete spontan auf und unterbrach seine Rede. Die Wochen auf See hatten vielen den Appetit verdorben. Seekrankheit und die Unterbringung unter Deck in engen und übel riechenden Kabinen hatten dazu beigetragen. Doch die frische Luft und die wenigen Schritte auf festem Boden brachte für viele die Erinnerung an gutes Essen zurück.

„Es gibt aber noch ein Problem", fuhr der Offizier fort. „Wir haben große Schwierigkeiten in Jerusalem. Männer zwischen 16 und 60, die körperlich leistungsfähig sind, werden sofort in die Heilige Stadt gebracht."

„Was?", rief eine Frau hinter Jakob. „Was hat er gesagt, Aaron?"

Lori warf Jakob einen grimmigen Blick zu, den er durchaus als Warnung verstehen sollte. „Ich hätte niemals London verlassen sollen ...", dachte sie

Ben Gurion war inzwischen wieder in seiner Limousine verschwunden und davongefahren. Zuvor waren jedoch zwei Frauen aus seinem Wagen gestiegen, auf die der Offizier jetzt deutete, froh, gleich nicht mehr im Mittelpunkt des Interesses zu stehen.

„Rachel Sacher und Rose Smith werden sich um die weiblichen Einwanderer kümmern. Die Busse, die gleich kommen und rechts stehen, sind für gesunde Männer zwischen 16 und 60. Alle anderen steigen links ein."

„Ich muss gehen", sagte Jakob so sanft wie möglich und befreite sich aus Loris klammerndem Griff, worauf er sie zwischen zwei Kistenstapel führte, wo die anderen sie nicht sehen konnten.

„Wenn du jetzt gehst, Jakob, wirst du mich nicht mehr finden, wenn du zurückkommst. Ich werde dann eigene Wege gehen." Sie befreite sich aus seinem Griff und sah ihn grimmig mit ihren blauen Augen an. Jakob wusste genau, dass sie gerade an die acht qualvollen Jahre der Trennung dachte.

„Das ist nicht dein Ernst."

Einige Seemöwen zogen krächzend über ihnen ihre Kreise.

„Es ist mir bitterernst! Ich lasse es nicht zu, dass ich schon wieder allein zurückbleibe. Du bist Jude. Aber ich bin ... wie nennt ihr mich doch gleich? *Goi? Schiksa?* Das hier ist nicht mein Kampf."

„Ich habe vor Gott geschworen, dass ich, sofern ich heimkehren würde ..."

„Aber was hast du *mir* geschworen, Jakob? Was?"

Jakob hatte seinen Glauben trotz aller Mühsal und Gefahren eigentlich immer nur gefestigt, während Lori als Tochter eines von den Nazis hingerichteten Pfarrers den Krieg in London überlebt hatte. Doch sie konnte nur ihr Leben retten, sonst hatte sie alles verloren – einschließlich ihres Gottvertrauens. Aber sie ließ sich auch nicht von Jakob mit seinem großen Glauben anstecken, vielmehr war eine Kluft zwischen ihnen entstanden, die sich ständig vertiefte.

„Ich habe versprochen, dich immer zu lieben", antwortete er, worauf er versuchte, ihr einen Kuss auf die Wange zu drücken. Sie aber stieß ihn fort.

„Dann geh endlich. Aber sieh dich nicht mehr um, denn ich werde nicht da sein und dir nachweinen. Ich werde dir niemals wieder Lebewohl sagen, Jakob. Es hat schon zu viele Lebewohls in meinem Leben gegeben. Du bist mir so schrecklich fremd geworden. Und ich weiß nicht, welche Rolle ich in deinem Leben noch spielen soll. Ich habe keine Lust mehr, mir darüber ständig Gedanken zu machen. Wenn du damals nicht zurückgekommen wärst ..."

Sie verstummte zwar, denn sie war über sich selbst erschrocken. Aber er wusste, was sie meinte. Wäre er damals in Warschau ums Leben gekommen, hätte sie wahrscheinlich einen anderen geheiratet, vielleicht sogar ein oder zwei Kinder gehabt und in Primrose Hill Village ein Wäschegeschäft eröffnet. Wie bald hätte sie all das vergangene Leid vergessen und ein geruhsames, beschauliches Leben führen können.

„Es tut mir Leid. Ich liebe dich", war alles, was er noch vorbringen konnte.

Dann drehte sie ihm den Rücken zu, ohne sich ein einziges Mal umzusehen, während er verstört davonschlich und sich ungerecht behandelt fühlte.

* * *

Es waren hauptsächlich französische und italienische Flüchtlinge, die sich um Rachel scharten. Und plötzlich fiel ihr auf, dass zwei Altersgruppen unter ihnen fast gar nicht vertreten waren: Ältere Menschen und Schulkinder. Kleinkinder gab es genug. Wo aber waren die Kinder zwischen sechs und zwölf?

Rachel kannte die Antwort, aber ihr Geist wehrte sich mächtig gegen die Vorstellung, dass sie alle Erez Israel nicht mehr erreichten, weil sie nicht überlebt hatten. Zehn Jahre lang war eine ganze Generation von jüdischen Kindern systematisch dezimiert worden, und nur eins von zehn hatte den Holocaust überlebt. Die Kleinen, die nun die Küsten Israels mit ihren Eltern glücklich erreichten, waren fast alle erst nach dem Krieg geboren.

Rachel brachte es nicht über sich, die kleinen Würmer anzusehen. Die Erinnerung an die Gesichter ihrer Geschwister, die nicht mehr hier sein konnten, war einfach zu schmerzlich.

Sie rang sich ein Lächeln ab. *Es wird nicht immer so bleiben,* hätte sie am liebsten in die Menge gerufen. *Ihr werdet über eure Verluste irgendwann hinwegkommen. Nicht auf ewig werdet ihr euch nach ihnen umsehen, wo sie denn bleiben, und nicht auf ewig werdet ihr euch wundern, warum sie nicht erscheinen, wenn euer Herz sich nach ihnen sehnt!*

Rachel wusste, dass die Arbeit in der neuen Heimat so manche Wunde im Laufe der Zeit heilen würde. Doch im Augenblick mussten fast alle damit fertig werden, dass ihre Männer fortgeführt worden waren, um in die Schlacht zu ziehen. Und noch einmal mussten sie sich mit der Hoffnung auf ein Leben in geordneten Bahnen gedulden, weil der Krieg offenbar unabwendbar bevorstand. Mit welchen Worten sollte sie da die Alleingelassenen noch trösten? *Schon morgen würden neue Wunden zu verbinden sein.*

Plötzlich sah Rachel eine blonde junge Frau mit verweinten Augen zwischen zwei Kistenstapeln hervortreten. Sie fiel sofort auf zwischen all den Frauen aus dem Mittelmeerraum mit schwarzem Haar und dunklerem Teint. Die schlanke Frau, die Mitte zwanzig sein mochte, trug trotz der Hitze eine lange Herrenhose. Rachel überlegte: *Sicher nicht gläubig. Die Kleidung spricht dagegen: ausgebeulte blaue Herrenhose aus Wolle, ein weißes Herrenhemd mit geöffnetem Kragen und aufgerollten Ärmeln, als wolle sie sogleich zu arbeiten anfangen. Um die Hüfte einen Pullover geschlungen. Eine Schweizerin? Vielleicht eine Holländerin?*

Die junge Frau stand etwas abseits. Rachel wusste aus Erfahrung, wie sie sich fühlte. Sie kam sich offenbar fremd vor unter all den anderen Frauen. Es musste ihr schlecht gehen, denn wenn Kinder auf dem Arm ihrer Mütter mit ihr schäkern wollten und mit den Ärmchen winkten, drehte sie sich mürrisch weg. Außerdem verschränkte sie die Arme vor ihrer Brust und sah mit finsterer Miene den Bussen mit den Männern nach, die sich, einer nach dem anderen, in Bewegung zu setzen begannen. Befand sich in einem von ihnen ein geliebter Mensch, der nun nach Jerusalem abtransportiert wurde?

Rachel konnte sich nicht erklären, warum gerade diese Frau sie so sehr beschäftigte. Es waren doch eigentlich so viele dort, die wissen wollten, wie es in ihrem Leben weitergehen würde. Sie alle konnten ihrem Schicksal nicht mehr entfliehen. Aber jene Frau schien die einsamste unter ihnen zu sein und die verletzlichste. Vielleicht lag es aber auch daran, dass Rachel sich noch sehr gut daran erinnerte, wie sie selber vor einem halben Jahr mittellos in einer Menge von Fremden gestanden hatte – bevor Mosche zu ihr gestoßen war.

* * *

Die von Mimosenbäumen beschatteten Räume der Rawda-Schule dienten dem Mufti von Jerusalem und seinen Truppen als Hauptquartier und als Munitionsdepot zugleich. An jener Stelle – nordwestlich des Tempelberges – stand vor 2000 Jahren der Palast des Herodes.

Captain Achmed al-Malik, der gerade Kfar Etzion überfallen und eingenommen hatte, stritt mit Khaled Husseini, dem Cousin des

Muftis, der praktisch die gesamten arabischen Verbände in Jerusalem kommandierte. „Ich weiß, dass Sie Mörser und Maschinengewehre haben“, schimpfte al-Malik. „Geben Sie mir, was ich brauche, und ich vertreibe in einem Tag die Rabbis und die alten Frauen. Sie haben sicher gehört, dass ich mit diesem Kibbuz auch kurzen Prozess gemacht habe.“

Noch während al-Malik sprach, trugen Männer zu zweit sechs offensichtlich schwere Holzkisten herein und stellten sie in einer Ecke ab. GRANATEN und SPLITTERBOMBEN stand darauf.

„Ich zweifle nicht an Ihrem Eifer“, antwortete Husseini, „aber ich habe keine Munition übrig. Die Juden können jeden Augenblick unsere westlichen Verteidigungslinien angreifen. Da kann ich nicht eine Waffe und nicht eine Patrone für Rabbis und alte Frauen verschwenden.“

„Begreifen Sie denn nicht, dass Sie den Juden einen Gefallen tun“, tobte al-Malik. „Lassen Sie im jüdischen Viertel keinen Stein auf dem anderen, statt Zeit zu vergeuden. Der Verlust des jüdischen Sektors wird alle ihre Streitkräfte in ganz Palästina demoralisieren.“

„Sie kennen eben nicht meinen Plan“, entgegnete Husseini.

„Sie haben also einen Plan?“, fragte sein Gegenüber spöttisch.

Khaled Husseini entschloss sich, diese Bemerkung zu überhören. „Da die Haganah alles daransetzt, das Viertel zu halten, binden wir ihre Kräfte dort.“

„Und sie unsere“, murmelte al-Malik. Und lauter sagte er dann: „Wäre es nicht von größter Bedeutung, die Eroberung Jerusalems abgeschlossen zu haben, bevor die Arabische Legion von König Abdullah eintrifft?“

Husseini winkte ab. „Sie, Captain, werden die Haganah in Atem halten. Sie werden ihre Attacken parieren und so ihre Munitionsvorräte erschöpfen. Darauf werden wir die Gegenoffensive in Gang setzen und sie endgültig aus unserem Land vertreiben. Rot wird das Meer von ihrem Blut sein, aber alles zu seiner Zeit – zur rechten Zeit!“ Mit diesen Worten deutete er auf eine gerahmte Inschrift aus dem Koran. Dort stand: *Zahle dem Übeltäter nur nach seiner Übeltat heim, denn Allah ist barmherzig.*

4

Etwa 600 Frauen und Kinder sahen zu, wie sich der Bus-Konvoi mit Söhnen, Ehemännern und Vätern in Bewegung setzte, noch ein Stück am Kai entlangfuhr und dann zwischen Lagerhallen in Richtung Tel Aviv verschwand. Ein kleiner Junge, der auf den Schultern seiner Mutter thronte, wedelte mit den Ärmchen seinem Vater ein letztes Lebewohl zu, und ein Mädchen in den Armen seiner Großmutter versuchte quengelnd sich ihr zu entwinden.

Niemand begriff so recht, was wirklich geschah, und so schwiegen die Frauen betreten. Nur ihre Gesichter sprachen das Entsetzen aus. Niemand schrie seine Klage über die Ungerechtigkeit dieses Augenblicks offen hinaus. Niemand sprach die üblichen Worte des Abschieds, an die man sich in den vergangenen Jahren so gewöhnt hatte. In Israel zu leben, das war ihre große Sehnsucht gewesen. Dort wollten sie niemals wieder voneinander Abschied nehmen. Doch schon mit dem ersten Trompetenschall waren ihre Träume zerplatzt.

Lori zog den Schal fester um ihr blondes Haar. Die Sonne schien gnadenlos vom wolkenlosen Himmel. Und sie fragte sich, wie die vielen kleinen Kinder dieses lange Warten hier aushielten. Aber mehr als die Hitze machte ihr die Tatsache zu schaffen, dass Jakob tatsächlich ohne sie gegangen war. *Sein Land bedeutet ihm offenbar mehr als unser gemeinsames Leben.*

Konnte der Krieg um Jerusalem eigentlich schrecklicher werden als die Luftangriffe in London, die Lori glücklich überlebt hatte? 40.000 Zivilisten waren damals umgekommen, und Lori hatte das Inferno ohne Jakob an ihrer Seite überstanden.

Die Schatten der Nachmittagssonne waren bereits ein Stück länger geworden, als eine weitere Kolonne von Lastwagen und Bussen auf der Kaianlage eintraf.

Zwei Frauen kletterten auf eine große Kiste. Die eine war Rachel Sachar, die andere eine sonnengebräunte, rundliche Matrone, die, als sie ihren Mund auftat, sich sofort durch ihren Akzent als Französin zu erkennen gab. Sie nahm ein Megaphon zur Hand und informierte erst auf Englisch und dann auf Französisch die Anwesenden: „Meine Damen, ich bin Madame Rose. Ich will mich kurz fassen, denn ich weiß sehr gut, was es heißt, mit Kleinkindern unterwegs zu sein. Ich hatte in Paris auch solch eine Rasselbande zu Hause. Während der deutschen Besetzung bin ich mit ihnen geflohen und habe mich schließlich – wie Sie auch – für Israel entschieden. Bleiben Sie bitte als Familien zusammen und stellen Sie sich hinter den Lastwagen an, damit wir sie in provisorische Quartiere fahren können. Die Engländer haben uns freundlicherweise ihre Kasernen überlassen. Sie haben richtig gute Küchen für ihre Soldaten gebaut – diese Engländer – und kistenweise Vorräte hinterlassen. Wir haben also genug Milchpulver für Ihre Babys."

Ein hörbarer Seufzer der Erleichterung ging durch die Reihen. Madame Rose übergab Rachel das Megaphon und stieg von der Kiste. Auf Polnisch, Holländisch, Deutsch und Jiddisch gab Rachel ihre Instruktionen: „Willkommen in Israel! Mein Name ist Rachel Sachar, und ich werde mich bemühen, alle Ihre Fragen zu beantworten." Sie sprach so freundlich und aufmunternd wie eine Fremdenführerin, die gerade zu einer Besichtigungstour einlädt. Aber Lori war das zuwider. „Ich weiß, dass Sie alle einen langen Weg hinter sich haben, doch mit Gottes Hilfe sind Sie in Ihrer neuen Heimat angekommen. Aber diese neue Heimat braucht auch gleich Ihre Hilfe. Sie denken wahrscheinlich, dass Sie ja bereits Ihre Männer, Brüder und Söhne hingegeben haben. Was erwartet Israel denn noch? Wir alle haben durch so manche Mühsal gelernt, mutig zu sein. Und jetzt müssen wir schon wieder mit dem Herzen eines Löwen kämpfen!"

Die eine oder andere in der Menge bemerkte, dass sie niemanden ansah. Überforderte es sie, das Leid in den Gesichtern ihrer Zuhörer anzusehen? „An all jene, die keine Kinder bei sich haben, richte ich folgende Frage: Haben Sie irgendwelche besonderen Fähigkeiten, die uns helfen könnten? Wir suchen zum Beispiel Frauen, die Krankenwagen fahren können oder imstande sind, schwere Lastwagen über unebenes Gelände zu bewegen. Wir wissen, dass viele von

Ihnen während des Krieges Arbeiten verrichtet haben, die sonst nur Männer machen. Deshalb sind Sie vielfach schon auf solche Aufgaben vorbereitet. Sofern Sie mehrere Sprachen sprechen, könnten sie sich als Dolmetscherinnen und Übersetzerinnen nützlich machen. Bitte treten Sie vor. Besonders Krankenschwestern werden an den Frontlinien benötigt. Wenn Sie sich der Hilfe Gottes gewiss sind und es deshalb noch einmal wagen wollen, für die gute Sache Risiken einzugehen, dann melden Sie sich bitte bei mir. Drei Busse am Ende der Kolonne sind für die Helfer reserviert."

Noch bevor Rachel ihre Rede beendet hatte, hatte sich Lori einen Weg durch die Menge gebahnt, um ganz nach vorn zu kommen.

* * *

64 Frauen von den Passagieren der *Joshua Reynolds* versammelten sich schließlich vor den Bussen am Ende des Konvois. Lori erkannte einige von der Schiffsreise wieder.

Erst eine halbe Stunde war es her, seit die Fahrzeuge mit den Männern abgefahren waren. Und Lori bedauerte bereits ihre harschen Worte und ihre Weigerung, mit Jakob darüber zu reden, was in ihr vorging. Eins hatte sie jedenfalls wieder gelernt: Es gibt einfach zu viele Unwägbarkeiten in diesem Leben, als dass man je im Zorn von einem geliebten Menschen Abschied nehmen sollte.

Ich muss ihn unbedingt wieder sehen – und wenn es nur dafür reicht, ihm zu sagen, dass ich es nicht böse gemeint habe. Ich brauche nur ein paar Augenblicke, um ihm Lebwohl zu sagen, um ihm klarzumachen, dass mir die Liebe allein nicht reicht. Ich sehne mich so sehr nach Leben – einfach nur Leben. Hier bekomme ich diese Sehnsucht nicht gestillt. Diese Kluft zwischen uns kann hier nicht überbrückt werden. Deshalb muss ich zurück nach London und von vorn anfangen.

Rachel und zwei grimmig dreinblickende junge Frauen verteilten Bleistifte und Fragebögen. Lori füllte ihren wie folgt aus:

FERTIGKEITEN: 3 Jahre freiwillige Feuerwehr in London. Während der Luftangriffe ausgebildet in der Behandlung traumatischer Verletzungen. Ambulanzdienst. Luftschutzwartin. Dreimal bei der Entschärfung von Bomben mitgeholfen.

NAME: Lori Kalner ALTER: 27 GESCHLECHT: weiblich
GESUNDHEITLICHER ZUSTAND: ausgezeichnet
GRÖSSE: 1,70 GEWICHT: 57 Kilo
NATIONALITÄT: Politischer Flüchtling/Großbritannien
HEIMATLAND: Deutschland bis 1939. Geflohen nach England vor Ausbruch des Krieges.
FLIESSEND GESPROCHENE SPRACHEN: Englisch, Deutsch, Französisch
EHESTAND: verheiratet KINDER: keine

Lori füllte den Bogen eilig aus, denn sie wollte so schnell wie möglich fort, und so gab sie ihn als Erste bei einem Haganah-Offizier ab. Der runzelte die Stirn, als er den Fragebogen überflog.

„Wo ist Ihr Mann?"

„Auf dem Weg nach Jerusalem."

„Sie haben sich wohl im Hotel *King David* zum Tee verabredet?"

„Ich habe Brandbomben der Nazis in London ausgetreten, während er von den Engländern auf Zypern interniert war."

Er reagierte mit einem müden Lächeln auf die Ironie ihrer Entgegnung. „Diese Engländer haben eine seltsame Art, sich zu bedanken, nicht wahr? Was hat Sie denn ausgerechnet nach London verschlagen? Keine schöne Stadt im Krieg."

„Stimmt. Ich habe dort Kinder aus dem Schutt graben müssen, während die Mütter zusahen. Das war hart. Wenn eine ganze Familie umgekommen ist, war das schlimm genug. Aber wenn nur die Kinder unter den Steinen lagen ..."

Er blickte wieder auf das Blatt und fragte: „Bombenentschärfung? Was heißt ‚geholfen' in diesem Zusammenhang?"

Sie antwortete: „Ich kniete neben dem Bombenspezialist Bobby Gilmore und reichte ihm die nötigen Werkzeuge und betete, noch genug Zeit zu bekommen, um steinalt zu werden."

Der Mann grinste. „Das wünscht man sich dann wohl in dieser Situation. Würden Sie so was noch mal machen?"

„Beten und Bobby die Werkzeuge reichen?"

„Beides."

„Bobby ist tot. In tausend Stücke gerissen. Nicht in meiner Schicht, obwohl ich gebetet habe. Aber das beweist wohl, was für eine Niete ich im Beten bin."

Er zuckte die Achseln und war doch ziemlich verblüfft über ihre Art, so unverblümt über heikle Dinge zu reden.

„Was waren das für Bomben?"

„Zwei 500-Pfünder und eine V1."

„Eine V1? Donnerwetter! Die Araber werden solche Dinger wohl nicht zu uns rüberschicken, aber Sie sind trotzdem engagiert. Die Frau hat Mumm. Steigen Sie ein. Ihre Geschichte ist einen Freifahrtschein nach Jerusalem wert."

* * *

Lori reihte sich gerade in die Schlange der am Bus 2 wartenden Frauen ein, als plötzlich das ihr wohl bekannte Dröhnen britischer Spitfires das allgemeine Gemurmel übertönte. Sie kamen von Süden, und die aus leidiger Erfahrung verängstigten Menschen blickten gen Himmel. Alle verstummten sofort.

„Kampfflugzeuge!", rief eine junge Frau, die sie zuerst entdeckte.

Lori beruhigte: „Das ist schon in Ordnung. Es sind unsere. Britische Spitfires. Sie kommen direkt auf uns zu." Diesen typischen Maschinenlärm hatte sie tausendmal über London gehört. Wie oft hatte sie in Primrose Hill oben auf dem Hügel gestanden und über sich die Luftkämpfe zwischen der Royal Air Force und der deutschen Luftwaffe beobachtet!

Rachel blickte ängstlich zu Lori. „Das sind britische Flieger?"

Lori deutete in die Luft. Die Flugzeuge kamen tief herein. Man konnte die Hoheitszeichen erkennen. Das waren eindeutig britische Flugzeuge. Aber Lori sah auch, dass jedes eine 100-Pfund-Bombe eingeklinkt hatte.

„Die Spitfires – ich glaube die greifen an!“, schrie der Mann mit den Unterlagen voller Entsetzen. „In Deckung! Geht in Deckung!“

Ein Aufschrei ging durch die Menge der Wartenden, die völlig schutzlos auf dem offenen Platz standen. In Panik warfen sich Mütter zu Boden und deckten ihre Kinder.

Lori und ein paar andere Frauen blieben wie angewurzelt stehen. Sie konnte nicht fassen, was sich vor ihren Augen abspielte. „Aber es sind doch unsere!“, rief sie, doch ihre Worte gingen im Dröhnen der heranbrausenden Maschinen und im Geschrei der von Panik ergriffenen Menschen unter.

Rachel sprang auf sie zu und riss sie zu Boden. „Es sind Ägypter! Ägypt ...“ Sie kam nicht weiter. Maschinengewehrsalven der Eindringlinge schnitten eine blutige Spur in den Menschenteppich der kauernden und völlig deckungslosen Frauen und Kinder. Lori spürte das Blut einer Frau in ihrem Gesicht, die sie eben noch von ihrem Bruder hatte erzählen hören. Sie war augenscheinlich sofort tot. Immer wieder prallten Schüsse von der Panzerung der Busse ab, wobei die Querschläger Umstehende verwundeten.

„Es sind doch unsere“, stammelte Lori immer wieder – fassungslos. Aber ihr inneres Aufbäumen gegen die unerbittliche Realität, die sich vor ihren Augen so grausam abspielte, nutzte nichts. Nur wenige Sekunden waren die Salven eingeschlagen, aber der Blutzoll war hoch, und die Schreie der Verletzten und Hinterbliebenen gellten über den Platz. Lori hob den Kopf und sah das Blutbad rings um sich her. Dutzende Tote lagen mit zerfetzten Leibern, über die sich Angehörige und Freunde wehklagend beugten. So manches Kind lag lebendig unter seiner toten Mutter begraben. Und Mütter herzten ihre leblosen Kleinen im Arm.

Die Kampfflieger zogen einen weiten Bogen über den Hafen. War es überstanden?

„Sie kommen zurück!“, rief jemand.

Und eine Männerstimme kommandierte: „In die Busse! Alle in die Busse! Los, los, los!“

Lori erinnerte sich an den Schaden, den eine einzige Bombe anrichten kann, und sie ahnte, dass sich die Marodeure noch nicht zufrieden gaben. Ihre Absicht war es bestimmt, den Hafen von Tel Aviv dem Erdboden gleichzumachen. Sie sprang auf und lief zu einem der Busse. Der Fahrer ließ den Motor aufheulen, bevor er den Gang einlegte. Verzweifelte schoben und stießen sie in Panik von hinten. Und während sie den Gang nach hinten lief, kamen die Bilder zerschossener und ausgebrannter Busse in London zurück. War sie gerade freiwillig in ihren eigenen Sarg gestiegen?

Draußen das unheimlich anschwellende Brummen der sich nähernden Spitfires. Die hintere Nottür des Busses stand noch offen. Frauen drückten herein, fielen übereinander. Nirgendwo wirklicher Schutz. Lori konnte sehen, wie sich die erste Bombe vom Leib des Flugzeuges löste, in einem sanften Bogen durch die Luft glitt, fast ästhetisch, und sich schließlich ins Dach des Busdepots bohrte. Sie presste sich an den Boden, und es gelang ihr, den Kopf unter einem Sitz zu bergen.

Im Bruchteil einer Sekunde barsten die Mauern und wurden von einem gewaltigen Feuerball nach außen getrieben, bevor das ganze Gebäude in sich zusammenfiel. Und schon erreichte die Druckwelle den Bus, hob ihn auf der einen Seite an, so dass er für einen Augenblick nur auf zwei Rädern stand und ließ ihn im Abebben krachend zurückfallen.

Plötzlich Totenstille. Lori hörte nichts mehr. Der Knall war so stark gewesen, dass sie für eine Weile ihr Gehör verloren hatte – welche Gnade unter all den schreienden und wimmernden Menschen.

Ein gelblich fades Licht fiel durch die Schlitze des gepanzerten Busses. Dichter Nebel aus Rauch und Staub hatte sich über alles gelegt und verdunkelte die Sonne.

Staub, dachte Lori. *Immer wieder dieser Staub, der den Himmel verfinstert, die Toten bedeckt und den Lebenden den Atem raubt …*

Ein Ruck ging durch das Fahrzeug. Dem Fahrer war es gelungen, den Gang einzulegen. So konnten sie in einer Seitenstraße erst einmal Schutz suchen.

* * *

Mosche war mit Dov Avram in den Vorratskeller der Hurva-Synagoge hinabgestiegen. Gemeinsam begutachteten sie die Munitionsvorräte und die übrige militärische Ausrüstung für die Verteidigung der Altstadt.

„Selbst mit dem, was wir heute hereinbekommen haben, können wir unsere Schützen nur mit ein paar hundert Schuss ausrüsten."

„Und wie sieht es mit Maschinengewehren aus?", fragte Mosche.

„Zwei, nur zwei Stück", antwortete Dov und rückte seine Brille zurecht. „Es sind beides leichte, luftgekühlte Modelle. Eigentlich haben wir noch ein schweres tschechisches, aber es ist kaputt, und niemand hier kann es reparieren."

„Ich werde es mir später einmal ansehen", schlug Mosche vor. „Granaten?", fragte er noch, während er gleichzeitig die Inventarlisten studierte. Als keine Antwort kam, fragte er noch einmal: „Und was ist mit Granaten?"

Er hatte nicht mitbekommen, was Dov bereits gesehen hatte, der mit dem Gesicht zur Tür stand.

„Rabbi Akiva ist gekommen, Mosche."

Der stattliche Mann mit seinem Homburger auf dem Kopf füllte fast den ganzen Türrahmen aus. Akiva, der Bürgermeister der Altstadt, war politisch der höchste Würdenträger des Viertels. Dov war mit Jehudit, seinem einzigen Kind verheiratet, aber ohne den Segen des Vaters. Und Akiva hatte seitdem kein einziges Wort mit seiner Tochter geredet. Als strikter Gegner eines weltlichen Staates Israel hatte er bis zuletzt gehofft, die Briten würden im Land bleiben. Er wollte nichts mit Ben Gurion, der Haganah und den staatlichen Institutionen Israels zu tun haben. Und so war auch Mosche Sachar sein Feind.

„Sachar", sagte er ohne Gruß. „Sie sind also zurück. Ich hatte gehofft, Sie Querulant für immer los zu sein."

„Das mag sein, Rabbi", erwiderte Mosche, der sich bemühte, die Situation nicht zu eskalieren. „Aber da die Briten abgezogen sind, müssen wir wohl oder übel miteinander zurechtkommen ..."

„Wir werden niemals miteinander zurechtkommen oder gar zusammen arbeiten, Sie Abtrünniger, der unberechtigt seine Nase in Dinge steckt, die ihn nichts angehen", fauchte Akiva, der sich mächtig aufplusterte. „Es sind Leute wie Sie, die uns alle ins Grab bringen. Wir haben friedlich mit unsern arabischen Nachbarn gelebt, und wir würden es immer noch tun, wenn Sie als Heiden sich nicht einmischen würden."

Nach der Lehre ultraorthodoxer Juden würde Israel nicht vor der Ankunft des Messias wieder geboren werden. Jeder Versuch, einen jüdischen Staat durch menschliche Anstrengungen zu errichten, wurde von Leuten wie Rabbi Akiva als gröbste Gotteslästerung betrachtet, was nur Gottes Rache über die Juden heraufbeschwören konnte.

Mosche, der seine Worte sorgfältig wählte, antwortete: „Die Briten haben ihre Truppen zurückgezogen. Ob Sie es nun mögen oder nicht, wir müssen uns wehren. Auch Sie würden doch sicher nicht die Frauen und Kinder in diesem Viertel opfern wollen."

Akiva lief rot an vor Zorn. „*Sie* sind es, die die Kinder opfern! Sammeln Sie Ihre Soldaten und verschwinden Sie, dann werden wir mit den Arabern über den Frieden verhandeln."

„Das kann ich nicht, Rabbi", sagte Mosche. „Und auch Sie würden nicht lange überleben, wenn wir es wirklich täten."

„Pah!", rief Akiva, drehte Mosche den Rücken zu und verschwand keuchend die Treppe hinauf.

„Rabbi", rief Dov ihm hinterher, „Ihre Tochter hat nach Ihnen gefragt. Sie betet für Sie."

Akiva hielt inne. Und ohne sich umzudrehen, sagte er: „Ich ... habe ... keine ... Tochter."

* * *

Zwei feindliche Flugzeuge, zwei Bomben.

Damit hatte der Krieg um die Unabhängigkeit Israels begonnen.

Man zählte die Toten im Hafen von Tel Aviv: 20 Kinder unter drei und 26 Erwachsene. 60 Menschen wurden verwundet.

Krankenschwestern, die eigentlich so dringend in Jerusalem gebraucht wurden, mussten nun selbst in überfüllte Kliniken um Tel Aviv zur Behandlung gebracht werden.

Rachel Sachar war glücklich in einen gepanzerten Bus geraten, der nun über den Pass von Bab al Wad fuhr.

Sie kannte Jerusalem gut. Dort würde sie sicher Gelegenheit haben, den Mangel an männlichen Hilfskräften ausgleichen zu helfen. Ihre Tochter Tikva wusste sie in guten Händen. Der Luftschutzbunker der Jewish Agency bot ausreichend Schutz, und nette Leute würden sich um sie kümmern. Das hoffte Rachel zumindest. Sie hatte noch mit dem Gedanken gespielt, das Kind mitzunehmen. Gut, dass sie es dann doch nicht getan hatte!

Der Bus war nur zu drei Vierteln besetzt. Niemand war zum Reden zumute, denn der Schock über das Erlebte saß noch tief. Und so schliefen die meisten oder blickten gedankenverloren durch die Sehschlitze zum Fenster hinaus. Am Stadtrand von Tel Aviv hatte sich ihr Bus einem größeren Konvoi angeschlossen. Rachel saß direkt hinter dem Fahrer.

Zweihundert Lastwagen und Busse wirbelten eine Menge Staub auf, und das Brummen all der Motoren in der engen Schlucht summierte sich zu einem gespenstischen Röhren. Als dann fünfzig britische Lastwagen mit Soldaten von Jerusalem her über den Pass entgegenkamen, musste der Konvoi anhalten, um alle Fahrzeuge durchzulassen.

„Das sind die letzten der Mohikaner“, bemerkte der Fahrer spöttisch, als die Lastwagen an ihnen vorbeirumpelten. „Zum Glück sind sie jetzt raus aus Jerusalem.“

„Wir sind spät dran“, meinte Rachel, die sich bemühte, nicht allzu besorgt zu wirken. Immerhin hatte man ihr gesagt, dass es wichtig sei, Jerusalem zu erreichen, solange die Truppentransporte noch unterwegs waren. Die Anwesenheit britischer Soldaten würde selbst noch während des Abzuges arabische Angriffe verhindern.

„Ich bin Amerikaner. In Chicago habe ich auch Busse gefahren“, sagte der Fahrer und sah Rachel über den Rückspiegel an.

Sie bemerkte an seinem Gesicht, wie angespannt er war. Offenbar wollte er sich durch ein wenig Konversation nur ablenken. „Ich fürchte mich nicht vor Gangstern – nicht mal vor den Schurken des Muftis.“

Rachel wusste nicht, was sie erwidern sollte, und deshalb schwieg sie. In Gedanken kehrte sie zurück zu jenem verhängnisvollen Ort am Hafen. Noch einmal sah sie die schrecklichen Bilder vor sich. Dann dachte sie an die Männer, die wahrscheinlich gerade in Jerusalem eintrafen und die ihre Frauen und Kinder zurückgelassen hatten. Sie ahnten noch nichts von dem Schicksalsschlag, der sie schon getroffen hatte. Vielleicht würde es sich schnell in Jerusalem herumsprechen, aber vielleicht auch nicht. Wie viele würden in der Gewissheit kämpfen und fallen, dass ihre Frauen und Kinder in Sicherheit und am Leben seien!

Golden, so hieß der Fahrer, redete weiter: „Denen ging es sicher nur um die Waffenlager, nicht um die Menschen am Kai. Sind schließlich keine Nazis, die speziell darauf aus waren, Juden umzubringen. Die wollten nicht gezielt Leute umbringen. Wir waren nur zufällig da. Gut, dass die Bomben nicht die Munitionsdepots getroffen haben, sonst wäre nichts mehr von uns übrig.“ Rachel sah es ihm an, wie nahe ihm das alles ging. Er blickte hektisch hin und her – mal zu ihr im Rückspiegel, dann zur Seite und dann wieder nach vorn auf die Straße. „Man muss in allem auch immer das Gute sehen, nicht wahr?“

Rachel nickte, ohne irgendetwas Gutes in der Sache zu entdecken. Sie blickte nach unten und betrachtete nachdenklich ihre Hände. Wenn er doch nur endlich schweigen würde! Dass die Menschen immer glauben, selbst bei Schicksalsschlägen, die man nicht mehr begreift, gute Miene zum bösen Spiel machen zu müssen. *Die Kinder! Die vielen kleinen Kinder!*

„Ich konnte nichts tun“, sagte er leise, und Rachel wusste, dass er nur noch mit sich selber redete. „Ich habe sie kommen sehen, erst als alle anderen sie auch gesehen haben. Die Bomben kamen hereingesegelt. Hab sie fliegen sehen – über die Köpfe der Kinder. Ganz plötzlich – und schon war alles vorüber. Musste doch zusehen, euch alle so schnell wie möglich rauszubringen, nicht wahr?“

Rachel war zum Umfallen müde. Sie berührte von hinten seinen Arm, und der Mann fuhr zusammen. Als er sich kurz umblickte, sah sie, dass Tränen die Furchen seines Gesichtes hinabrannen. „Sie haben Recht. Gut, dass sie die Munition nicht getroffen haben", sagte sie. Dann stand sie auf und ging nach hinten, wo Lori Kalner schlief.

5

Die Sonne war schon untergegangen, als Daniel durch das Geräusch von Schritten erwachte. Blitzschnell kamen all die schrecklichen Erinnerungen wieder, wo er sich befand und warum. *Suzannah, Ascher – alle tot, und ich lebe?* Die Schritte kamen immer näher. Jemand suchte etwas. Was oder wen? *Es ist nur einer. Vielleicht kann ich ihn überwältigen. Oder soll ich weglaufen, bevor er andere ruft?*

Ein paar Meter vor Daniels Versteck hielt die Person inne und verhielt sich eine unendlich lange Zeit ganz still. Plötzlich ein Ruf: „Es ist niemand hier, Euer Ehren. Absolut niemand. Vielleicht ist er nur verwundet worden. Ich werde weitersuchen, und wenn er hier in der Nähe ist, werde ich ihn schon noch erwischen. Seine Schuhe nehme ich mir als Lohn für all die Mühe."

Daniel erschrak. Die Stimme kannte er doch! Es war der blinde Bettler, der manchmal im Wadi kampiert und dann regelmäßig am Tor des Kibbuz erschienen war, um sich etwas Essen zu holen und hin und wieder etwas zum Anziehen. *Der ist gar nicht blind, sondern ein Spion. Undankbarer alter Streuner! Statt dich durchzufüttern, hätten wir dich lieber abknallen sollen!*

Noch immer bewegte sich der Kerl nicht von der Stelle. Sein Atem pfiff und röchelte. War er bewaffnet? Daniel nahm sicherheitshalber einen Stein und machte sich bereit, dem Alten den Schädel einzuschlagen, bevor dieser auch nur eine Hand heben konnte.

Der Mann räusperte sich, und das Buschwerk vor dem Versteck raschelte. Angstschweiß rann Daniel über Stirn und Wangen und brannte in den Augen.

Der Bettler begann wieder zu sprechen, aber diesmal rief er nicht laut, sondern raunte in Daniels Richtung: „Ich weiß, dass du da drinnen steckst, mein Junge."

Daniel hielt den Atem an.

„Sie sind überall. Deine Freunde sind alle tot. Alle. Komm nicht raus, bevor du dreimal den Schrei der Nacheule hörst."

Ich könnte ihn töten und weglaufen. Wie viele Geheimnisse hat er schon den Arabern verraten? Wenn ich laufe, habe ich vielleicht noch eine Chance. Dieser Dieb. Dieser Lügner. Er wird es ihnen verraten und seinen Lohn kassieren.

„Ich werde deine Schwester begraben, mein Junge. Ihr Leiden ist vorüber."

Woher weiß er, dass es meine Schwester ist?

„Sieh nicht zurück. Immer nach Norden, Richtung Jerusalem. Hab keine Angst. Der Gott deiner Väter ist mit dir!"

Vom Hügel kam die Stimme von Hassan el-Hassan: „Hast du was gefunden, alter Mann?"

„Nein, Euer Ehren, ich pinkle nur", rief der Alte.

Und in Richtung Buschwerk flüsterte er: „Folge dem Wadi über die Hügel von Jerusalem. Berichte dort, was du gesehen hast. Das gleiche Schicksal erleiden die Juden in Jerusalem, wenn sie sich den Dschihad-Moqhaden des Muftis ergeben. Sie liegen überall entlang der Straße nach Hebron."

* * *

Muhammed Said Haj Amin el-Husseini, der Großmufti von Jerusalem, Initiator vieler Überfälle und selbst ernannter Hüter der Rechte der Araber, sah sein Gegenüber fassungslos und wutentbrannt an. „Den Musrara halten? Ein arabisches Nest? Ich möchte nicht, dass wir irgendetwas *halten*", schalt er. „Mein Befehl lautete klar und unmissverständlich, dass wir die wichtigen Stützpunkte in Jerusalem *einnehmen*, sobald die Engländer abziehen. Habe ich mich nicht klar ausgedrückt, Ahmed Schukairy?"

„Doch, doch, das haben Sie", erwiderte der Angesprochene kleinlaut. „Aber die Engländer sind einen Tag früher als erwartet abgezogen, und da sind die Zionisten eben ..."

„Allah schenke mir Geduld!", rief der Mufti, hob seine Hände und blickte zur Decke. „Ich bin umgeben von Leuten ohne Hirn und Verstand! Also gut. Was gibt es Neues?"

Mit diesen Worten schlug der Mufti seinen weiten Mantel um

die schmächtigen Schultern und ging schnellen Schrittes ins angrenzende Zimmer seiner Hotelsuite in Damaskus.

Schukairy, der die Gewohnheiten seines Chefs gut kannte, ahnte, dass sogleich ein Stimmungswechsel bei ihm eintreten würde, und so beeilte er sich, ihm zu folgen.

„Wir haben die Eroberung der jüdischen Siedlung von Kfar Etzion abgeschlossen", berichtete der Adjutant seinem Herrn in der Hoffnung, ein paar positive Nachrichten würden seine Laune schon verbessern. „Die Rache für unsere Toten in Deir Jassin ist damit vollendet. 150 Juden gibt es nicht mehr."

„Ein schäbiger kleiner Kibbuz 15 Kilometer südlich von Jerusalem, was ist das schon!", schnaubte Haj Amin. Dass so viele Menschen dabei umgekommen waren, obgleich sie schon kapituliert hatten, schien ihn dabei wenig zu interessieren. „Was gibt es sonst noch Neues?"

Schukairy blätterte hastig in einem Stapel von aufgezeichneten Funksprüchen und las dann einen vor: „Unsere Truppen haben das Hospiz Notre-Dame de France eingenommen."

„Der strategisch wichtigste Punkt nordwestlich der Altstadt! Das ist gut. Noch mehr Nachrichten? Was ist mit der Allenby-Kaserne?"

„Wir hatten sie schon eingenommen", berichtete Schukairy, „aber dann sind wir durch einen heftigen Artillerieangriff wieder vertrieben worden."

Der Mufti umrundete mehrere Male seinen Adjutanten, wobei er ihn mit seinen Blicken zu verschlingen drohte. „Telegrafieren Sie meinem Cousin und Captain al-Malik: Die Kaserne muss um jeden Preis unverzüglich wieder eingenommen werden. Wir können uns an dieser Stelle keinen Rückschlag erlauben. Und verbreiten Sie im Radio, dass es uns einzig und allein darum geht, den jüdischen Staat von der Landkarte zu tilgen, und dass wir kurz vor dem Ziel stehen."

„Sie wollen die Zionisten so erschrecken, dass sie aufgeben?", fragte Schukairy.

„Ich möchte König Abdullah davon abhalten, sich bei uns einzumischen", rief Haj Amin aufgebracht. „Niemand darf an unserem kurz bevorstehenden und vollständigen Sieg in der Heiligen Stadt zweifeln. Abdullah soll meinetwegen König in Jordanien sein, aber Jerusalem gehört mir. Und nun geh schon!"

* * *

In seinem hoch über Amman gelegenen Palast warf König Abdullah noch einmal einen kurzen Blick auf das Schachbrett vor ihm und verkündete dann siegesgewiss: „Schachmatt!"

Sein Premierminister, Tewfic Abou Hoda, der schon ein paar Züge zuvor das Unheil hatte kommen sehen, legte seinen König als Eingeständnis der Niederlage aufs Brett. „Ich gratuliere, Majestät", sagte er.

Abdullah seufzte. „Könnte man doch auch Konflikte in der Weltpolitik so elegant lösen. Was meinen Sie, Sir John?"

Diese Bemerkung war an die dritte anwesende Person gerichtet, den Befehlshaber von Abdullahs arabischen Legionen, den seine Männer Glubb Pascha nannten. Der Engländer saß dem König zu Füßen auf einem Kissen. Obwohl Abdullah sich wenig für Etikette und Rangordnungen interessierte, sorgte Glubbs britischer Sinn für hierarchische Ordnungen dafür, dass er stets darauf bedacht war, den Kopf des Königs niemals zu überragen, was allerdings bei der zierlichen Statur des Herrschers gar nicht so leicht war. „In der Tat, Majestät, Sie haben stets versucht, mit Vernunft und dem Willen zur Versöhnung den Ausbruch dieses Krieges zu verhindern."

Die Männer, die an genau jener Stelle saßen, wo früher einmal Abdullahs Zelt gestanden hatte, wussten, was der Engländer meinte. Der König war tatsächlich der einzige arabische Monarch, der nichts gegen einen jüdischen Staat in Palästina einzuwenden hatte. Er hatte sich sogar insgeheim mit Golda Meir von der Jewish Agency getroffen, weil er immer noch hoffte, den Krieg zu verhindern. Dabei hatte er die Zionisten gedrängt, die Ausrufung des israelischen Staates zu verschieben. Abdullah machte kein Hehl daraus, wie sehr er den lasterhaften König Farouk von Ägypten und seinen Günstling, den ehrgeizigen Großmufti, verachtete.

Aber auch Abdullah war nicht ohne Ambitionen. Die Haschemiten hatten viel von ihrem Ruhm und Glanz an die Saudis abtreten müssen, und Abdullah strebte danach, wieder als Führer der arabischen Welt anerkannt zu werden. Als die Vereinten Nationen für die Teilung Palästinas in einen jüdischen und einen arabischen Staat stimmten, hoffte der König, bei dieser Gelegenheit die Gebiete jenseits des Jordan und Jerusalem annektieren zu können. Diese Hoffnungen waren keineswegs unberechtigt, denn sein 10.000-Mann-Heer war die am besten ausgebildete und ausgerüstete Truppe von ganz Arabien. Außerdem konnte die strategische Ausgangslage im Herzen Palästinas nicht günstiger sein. Er befehligte eine Panzerarmee, besaß genügend Truppentransporter und eine schwere Artillerie mit großer Reichweite.

Diese Streitkräfte waren bereits in Marsch gesetzt worden, und so hatte die Arabische Legion nördlich und südlich Jerusalems den Jordan überquert.

„Sagen Sie mir, wie Sie die britische Reaktion auf unseren Vorstoß nach Palästina deuten", fragte der König Glubb Pascha.

„Die britische Regierung arbeitet lieber mit Ihnen als mit dem Mufti zusammen, Sire. Sie haben ihm seine intimen Kontakte zum Führer nicht vergessen und werden deshalb nicht gegen irgendwelche Eroberungen protestieren ... selbst wenn es Tel Aviv und die Küste trifft, vorausgesetzt ..."

„Vorausgesetzt, wir lassen Jerusalem in Ruhe", ergänzte Abdullah, wobei er über seinen Spitzbart strich. Voraussetzung dafür, dass Großbritannien Berater schickte und Waffen an Transjordanien lieferte, war einem geschlossenen Abkommen zufolge, dass die für drei Religionen heilige Stadt international verwaltet blieb, also weder den Juden noch den Arabern gehörte. So hatten es schließlich auch die Vereinten Nationen beschlossen. Dieses Abkommen erlaubte es den Briten, bei ihrem Abzug Munition in großer Menge der Arabischen Legion zur Verfügung zu stellen, statt sie im Meer zu versenken.

„Wir halten uns an unser Versprechen“, sagte Abdullah. „Die Heilige Stadt wird im Frieden leben können.“

* * *

Daniel lag leise weinend im Gras – schon eine ganze Weile. Irgendwo da draußen grub der Bettler ein Loch. Daniel hörte das rhythmische Einstechen einer Schaufel und das Plumpsen der Erde danach.

Dieses Geräusch – es war ihm so wohl vertraut. Ja, es war Frühling, die Zeit zum Säen, Pflanzen und Umgraben. Neues Leben sollte jetzt überall hinein in die tote Erde. Daniel hatte die Feldarbeit lieben gelernt. Die Monotonie und Gleichförmigkeit der täglichen Arbeit auf den weiten Feldern des Kibbuz hatte im Laufe der Zeit seine aufgewühlte Seele befriedet. Die Wunden begannen zu heilen. Und er fand auch den Glauben wieder.

Der letzte Stich, und die Schaufel schwieg. Daniel hörte, wie der Alte den Leichnam ein Stück schleifte und in das Grab gleiten ließ. Dann prasselte Sand und Geröll darauf wie versteinerter Regen. Daniel biss sich in die Hand, um nicht schreien zu müssen. Er versuchte zu beten, aber ihm fiel kein Gebet ein, das groß genug gewesen wäre, um seinen Schmerz in Worte zu fassen. *Höre, o Israel.*

Aus dem Stegreif stammelte er ein Totengebet, tonlos und kaum zu hören:

Wir geben in deine Hände, Gott ... in die Erde Zions ... Suzannah Caan. Ein schönes Mädchen. Letzte Woche 14 geworden. Tochter von Joseph und Isabelle Caan, die mit allen ihren Angehörigen in Treblinka zu Tode kamen. Staub zu Staub, Asche zu Asche. Mama, Papa, vier Brüder, zwei Schwestern. Meine Familie! Meine Familie! Nur einer hat überlebt ... ein Bruder ... ich, der Feigling, der im Versteck hocken blieb, während fremde Männer sich an ihr vergingen.
O Gott! Warum ... warum bin ich nicht gestorben? Warum habe

ich nicht um ihr Leben gekämpft? O Gott, es ist von uns niemand mehr da, außer mir!
Da liegt sie nun – Suzannah. Sie sang so gerne. Sie hatte Mutters Hände. Ihre braunen Augen wie Papa. Aber Mutters Kinn. Wie oft hat sie gelacht. Klug war sie, und jeder mochte sie ... auch ihre Geschwister, die alle tot sind ... außer mir. Wir sangen zusammen und werden es wieder tun in der Ewigkeit.
Wie heißt es beim Propheten? Schwerter zu Pflugscharen? Wann wird das sein? Wann endlich? Suzannah, du warst das Letzte, was mir noch geblieben war. Papa hat gesagt, ich soll auf dich aufpassen. ‚Lebt wohl' hat er uns zum Abschied befohlen. ‚Lebt für uns, die wir allzu früh gehen müssen'. Nun hast auch du, Suzannah, keine Chance zu leben. Das hat Papa nicht gewollt.
Mama meinte, in Erez Israel würden wir das Land bebauen und reiche Ernte einfahren. Ihr werdet niemals mehr hungern, hat Mutter gesagt. Bring sie nach Hause – nach Zion – hat sie befohlen. Suzannah, deine kleine Schwester, nimm sie mit – baut Kohl an und lebt. Sie werden die Juden in Zion nicht töten, das hat sie versprochen. O Gott, du hast uns im Stich gelassen. Warum bringen sie uns hier um? Du hast uns das Land verheißen. Oder ist das alles ein großer Irrtum? Hast du gesehen, was sie ihr angetan haben? Wo warst du, Herr? Niemand hat uns gesagt, dass wir uns eines Tages in diesem Land gegenseitig in die Erde legen werden.

Die plötzliche Stille draußen riss Daniel aus seinen Gedanken. Er versuchte etwas in der Dunkelheit zu erkennen. War das alles überhaupt real? Oder durchlitt er nur gerade einen unendlichen Albtraum? All das konnte doch nicht die wirkliche Welt sein! Sicher würde er gleich erwachen. So etwas passiert einfach nicht.

Da, der Schrei der Nachteule aus dem Unterholz. Daniel erinnerte sich an die Anweisungen des Alten. *Ich bin ja doch wach! Also auf nach Jerusalem!*

Beim dritten Piff kam Daniel aus seinem Versteck hervor und trat hinaus in den Wadi. Ein trockener, warmer Wind blies durch das Tal. Daniel unternahm keine Anstrengungen mehr, sich zu verbergen, denn es war dunkel geworden. Er sah hinauf zu den Sternen und staunte. So unendlich viele! Unberührt kühl funkelten sie wie immer. *Warum sind sie denn nicht herabgefallen? Wie können sie dort oben schimmern genauso wie gestern, als alle noch lebten?*

Auf nach Jerusalem!

Aber hier, ein paar Schritte entfernt, war Suzannahs Grab. Am liebsten hätte er sich darüber geworfen und hätte gewartet, bis die Freischärler gekommen wären, um auch ihn zu töten. *Mama, es tut mir so Leid! Sie töten doch die Juden hier. Und ich weiß nicht, warum gerade sie. Ich habe nicht genug auf sie aufgepasst. Papa, muss ich jetzt für sie mitleben, für euch alle? O Gott!*

Er kehrte diesem Ort des Schreckens für immer den Rücken und machte sich, immer wieder strauchelnd und ausgleitend, auf den einsamen Weg nach Norden, vor ihm die schwarze Nacht.

* * *

Als Lori erwachte, war es schon dunkel draußen. Rachel Sachar saß neben ihr.

Lori versuchte sich zurechtzufinden. Bilder schossen ihr durch den Kopf. *London – Luftschutzsirenen. Um ihr Leben rennende Menschen, die in den Schächten der U-Bahn verschwinden. Rauchende Ruinen und Straßen voller Schutt. Schreie aus den Steinhaufen von Menschen, die dort unten hilflos ihr Leben lassen. Gott! Hilf mir! Gott im Himmel!*

„Geht es Ihnen gut?“, fragte Rachel.

Lori fuhr zusammen und rückte von der fremden Frau ab. Sie rieb sich die Augen, als wolle sie die schrecklichen Erinnerungen wegwischen. „Tel Aviv“, sagte sie, sobald sie wusste, wo sie war. „Wie viele tot?“

„106 Tote und Verletzte.“

Rachel machte keinen Unterschied zwischen Toten und Verletzten, zwischen Kindern und Erwachsenen. Und Lori wollte keine Einzelheiten wissen. Auf dem Schiff waren sie noch vollzählig gewesen. Lori erinnerte sich an all die hoffnungsfrohen Gespräche, die sie hier und da mithören konnte – über das verheißene Land, über Propheten und Könige, über Milch und Honig. *So viele Hoffnungen! Und was war daraus geworden?*

„Ich muss wohl eingeschlafen sein“, sagte Lori.

„Es ist doch gut, dass Sie schlafen können.“

„Es ist eine Technik, die ich während der Luftangriffe in London gelernt habe. Man muss es schaffen, jede Minute auszunutzen, um wenigstens eine Mütze voll Schlaf zu finden.“ Und dann wechselte sie abrupt das Thema: „Wieso kamen eigentlich Spitfires?“

„Die ägyptische Luftwaffe fliegt Maschinen, die die Briten ihnen dagelassen haben. Unsere bekommen dafür deutsche ME-109 aus tschechischen Beständen. Sie können jeden Tag hier eintreffen. Dann kann das, was sich in Tel Aviv ereignet hat, nicht ...“

„Das ist ja beruhigend“, sagte Lori. „Ach übrigens, ich wollte mich noch dafür bedanken, dass Sie mich am Kai zu Boden gerissen haben.“

„Nicht der Rede wert! Ich wollte eigentlich in Tel Aviv bleiben, weil ich meine kleine Tochter dort habe abgeben müssen. Aber man hat mir zu verstehen gegeben, dass jeder, der helfen kann, in Jerusalem gebraucht wird.“

„Ich muss meinen Mann finden, wenn wir ankommen“, erzählte Lori. „Ich muss ihm noch unbedingt ... etwas sagen.“ Sie sah ihn vor sich, wie er seinen Kopf in ihren Schoß legt und sie freundlich anlächelt. Ihr war ganz plötzlich so klar wie nie zuvor, dass er Teil ihres Lebens sein sollte und musste. *Ich liebe dich, Jakob – seit wir uns begegnet sind,* dachte sie.

„Sie haben Ihren Mann auch gleich nach Jerusalem eingezogen?“

„Eingezogen ist gut! Ich würde eher von kidnappen sprechen.“

„Mein Mann ist auch in Jerusalem. In der Altstadt – zusammen mit meinem Großvater und Bruder. Mein Großvater ist dort Rabbi und ...“

Lori wurde plötzlich alles zu viel. Der Stress der vergangenen acht Stunden brach sich von einer Sekunde zur anderen Bahn. „Sie wissen wenigstens, wo Ihr Mann ist. Die meisten von uns ... Ich hätte den Rest meines Lebens in London verbringen können, hätte mein

Mann nicht unbedingt herkommen wollen. Dort fallen keine Bomben mehr, und die gefallen sind, habe ich überlebt. Er ist Zionist, und ich, ich ... ich bin gar nichts. Ich hätte die britische Staatsbürgerschaft bekommen können. Ich habe sie mir redlich verdient. Aber Jakob ... Wir sind acht Jahre verheiratet und haben nur drei Monate zusammen gehabt, einschließlich der paar Tage auf einem stinkenden Narrenschiff unter einer alten Rettungsbootplane. Und kaum sind wir an Land, schnappen ihn Ihre Leute. Ich bin nicht freiwillig hier. Das habe ich ihm auch gesagt, habe ihm gedroht, dass, wenn er mich allein ließe ..."

Rachel betrachtete sie von der Seite. „Das war sicher sehr schmerzlich für Sie."

Lori sah grimmig aus dem Fenster. „Das kann man wohl sagen! Nicht eine Bombe ist während des ganzen Krieges auf Ihr Jerusalem gefallen, es gab höchstens ein paar arabische Übergriffe. Aber jetzt hat Sie das alles eingeholt. Und ich mache mich auf den Weg dorthin! Was für eine Ironie des Schicksals!"

Rachel tat diese Frau Leid.

„Warum starren Sie mich so an?", fragte Lori mürrisch.

„Sie sprechen sehr gut englisch."

„Ziemlich gut, danke. Ich habe es bei meinen Feuerwehreinsätzen in London gelernt."

„Ja, ja, wir alle haben viel durchstehen müssen in letzter Zeit."

„Und wir werden noch einiges durchmachen."

„Aber eines Tages werden wir es überstanden haben."

Lori lachte verzweifelt auf: „Das nimmt nie ein Ende!"

Rachel überlegte, was sie dieser verbitterten Frau antworten sollte.

„Auch Sie werden eines Tages Frieden finden."

„Das ist ziemlich unwahrscheinlich", erwiderte Lori, der es Spaß zu machen begann, diese allzu koschere Jüdin zu provozieren, die wahrscheinlich noch nie in ihrem Leben einen Fußbreit aus dem Schatten ihrer Synagoge getreten war.

Rachel zog die Augenbrauen hoch und musterte Lori wie eine Lehrerin ihre ungezogene Schülerin. „Sie werden sich schon eines

Tages heimisch fühlen. Unsere Soldaten legen in sieben oder acht Sprachen ihren Fahneneid ab."

„Englisch würde mir schon genügen."

„Sie könnten ja Sprachunterricht geben."

„Könnte ich."

Der Motor röhrte und ächzte die Passstraße hinauf. Ein britischer Schützenpanzer mit hastig aufgemaltem Davidsstern überholte mit Mühe auf der schmalen Straße und schoss voraus in die Dunkelheit. Immer wieder knurrte und krachte das Getriebe, wenn die Steigung allzu steil wurde und der Fahrer zurückschalten musste.

„Wo sind wir überhaupt", fragte Lori nach einer Weile.

„Das müsste der Pass Bab el Wad sein. Gut, dass wir diesen Zugang noch haben. Unsere Männer halten Latrun und beherrschen damit die Straße. Wer weiß, was morgen ist."

„Was soll morgen sein?"

„Das ist die einzige Versorgungsroute von Westen nach Jerusalem. Ohne diese Straße wird das jüdische Jerusalem von der Außenwelt abgeschnitten sein."

„Und was ist mit dem Osten?"

„Im Osten fließt der Jordan. Und jenseits des Jordan liegen 10.000 jordanische Soldaten in ihren Stellungen – alle ausgerüstet mit englischen Waffen und angeführt von dem Engländer Sir John Glubb. In Jerusalem selbst gibt es dann noch die Truppen des Muftis. Sie alle brennen darauf, einen Stein aus Jerusalems Mauern als Souvenir mit nach Hause zu nehmen. Das sagt jedenfalls Ben Gurion."

„Und der Norden?"

„Syrien, Irak und andere."

„Und was ist im Süden?"

„Da liegt Ägypten. Sie haben erfahrene Kampfpiloten aus der deutschen Luftwaffe angeheuert. Ein paar Piloten der Royal Airforce sind auch dabei. Sie fliegen die britischen Spitfires."

„Ist denn an diesem Krieg überhaupt jemand beteiligt, der aus *diesem* Land stammt?"

„Einige schon", sagte Rachel. „Und viele drängt es zu den Waffen, um das Land zu verteidigen – Sie natürlich ausgenommen."

* * *

Immer wieder stieß Daniel in der Dunkelheit mit dem Fuß an größere und kleinere Steine, die im ausgetrockneten Bett des Baches lagen. Und immer wieder blieb er stehen, um ins schwarze Nichts zu lauschen. Kein Geräusch deutete darauf hin, dass jemand in seiner Nähe war. Nur ein fernes, unregelmäßiges Grollen war von den Hügeln Judäas her zu hören.

Daniel wusste, dass dieses unheimliche Geräusch kein Donnergrollen war, sondern vom Bersten Hunderter Granaten herrührte, die gerade auf jüdische Siedler herniederregneten.

Es war schwierig, bei dem spärlichen Mondlicht den Weg zu finden. Immer wieder geriet er in Wadis, die zunächst nach Norden zu führen schienen, dann aber bald nach Westen abknickten, so dass er den Rückweg antreten musste. Allein die Salven der fernen Artillerie leiteten ihn zu seinem Ziel.

Er musste es erreichen, denn die Haganah sollte erfahren, was in Kfar Etzion wirklich geschehen war. Dieser Kibbuz war sozusagen ein Vorposten der Heiligen Stadt gewesen und gehörte zur äußersten Verteidigungslinie. In Jerusalem musste man erfahren, dass die Eroberer keine Gnade walten ließen. Das alles war kein Mannschaftsspiel, bei dem der Verlierer wegen seines tapferen Einsatzes noch belobigt wird. Es war vielmehr ein Spiel auf Leben und Tod. Wer nicht siegte, verlor gleich alles – seinen Besitz und auch das Leben. Hatten das die Menschen in Israel überhaupt schon begriffen? Sie mussten es!

Das Bewusstsein, eine Mission zu erfüllen, trieb Daniel vorwärts durch diese trostlose und einsame Nacht. Dass die arabische Todesmaschinerie zwischen ihm und der Heiligen Stadt lag, war von hohem symbolischen Wert. Ihr Getöse zeigte ihm nämlich den Weg, um eine wichtige Botschaft zu überbringen: Kapituliert nicht, denn das bedeutet den Tod!

Daniel trat auf einen Stein, der blieb nicht liegen, sondern rollte zur Seite. Sein Fuß glitt ab, das Gelenk knickte. Er verlor den Halt und fiel mit dem Gesicht mitten in trockenes Geäst, das ihm die

Haut aufritzte. Der Aufprall auf einem Felsbuckel raubte ihm den Atem.

Er war kaum in einer kleinen Spalte im Boden verschwunden, als Schritte zu hören waren: Sandalen auf glattem Schiefer. Daniel erkannte sie im Mondlicht. Es waren Freischärler des Heiligen Krieges.

Die Araber fürchteten offenbar nicht, entdeckt zu werden und in einen Hinterhalt zu geraten. Sie waren die Herren der Wüste bei Tag und bei Nacht, während die bedauernswerten Juden sich in Lagern, Dörfern und Kibbuzim angstvoll verbarrikadieren mussten. Sie, die tapferen Freischärler des Großmuftis in Jerusalem, würden diese Eindringlinge bald vertrieben oder ausgerottet haben.

„Beeilt euch", rief eine junge Stimme. „Captain al-Malik erwartet, dass wir vor Tagesanbruch auf dem Ölberg sind."

Daniel presste seinen Arm gegen die schmerzende Seite.

Ein anderer Araber erwiderte spöttisch: „Der Captain hat gut reden. Er lässt sich in seiner Limousine über den Hebron-Boulevard kutschieren, während wir hier durch die Wüste latschen. Wir werden schon rechtzeitig da sein, keine Angst."

„Wir hätten nicht anhalten sollen, um uns die Vorhänge aus der Synagoge unter den Nagel zu reißen", sagte die junge Stimme, während die Freischärler an Daniels Versteck vorbeizogen, ohne ihn zu bemerken.

„Vorhänge!", erwiderte ein anderer verächtlich. „Ich habe mir einen Silberleuchter geschnappt. Man bezahlt uns ja sonst nicht für unseren Einsatz."

Die Stimmen wurden immer leiser und Daniel konnte kaum noch verstehen, was die Männer sprachen. „Es sind noch genug Juden da, die wir töten können", waren die letzten Worte, die er noch vernahm, und dieser schon viele tausend Jahre alte Satz verhallte im Dunkel der Nacht.

Im Norden detonierten wieder Granaten. Das war ein gutes Zeichen, denn schweigende Kanonen hätten den Sieg der Araber verkündet und den Tod der Juden im Land.

Daniel raffte sich auf und griff nach einem Zweig, um sich hochzuziehen. Es war ein dorniger Salbei. Der würzige Geruch und der Schmerz in den Fingern mobilisierte die letzten Kräfte, die in ihm steckten.

Auf! Nach Jerusalem – die letzte Etappe.

6

Der erste Schabbat nach der Wiedergeburt der Nation war gekommen. Es war ein außergewöhnlich friedlicher, aber auch denkwürdiger Abend, und über dem Land wölbte sich ein kristallklarer Sternenhimmel.

Dov Avram meinte: „Sie werden sicher heute Abend noch angreifen, weil Schabbes ist. Sie denken sicher, wir werden uns heute nicht verteidigen, *nu?*"

Einige Verteidiger warteten gespannt hinter Sandsack-Barrikaden, die die Grenze zwischen dem jüdischen und dem armenischen Viertel bildeten. Unter ihnen befand sich auch eine junge Frau.

Jehudit Avram hatte geschworen, zu den bewaffneten Kämpfern zu gehen, sobald die Engländer abgezogen waren. Und so hatte Dov sie zusammen mit Rekruten aus den Thoraschulen im Gebrauch der Waffen trainiert. Wochenlang hatten sie das Laden und Feuern ohne Munition geübt. Erst heute bekamen sie zum ersten Mal echte Patronen. Mosche Sachar war mit frischer Munition von draußen gekommen, und er brachte außerdem die Hoffnung und das Versprechen mit, die Befreiung von außen stehe kurz bevor.

Dov Avram hielt zusammen mit Ehud Schiff Wache, dem rumänischen Juden, der schon mehrmals Leib und Leben aufs Spiel gesetzt hatte, um illegale Einwanderer wie Rachel Sachar mit Fischerbooten nach Erez Israel zu holen. Sie starrten wie gebannt in eine dunkle Gasse hinein, den Finger am Abzug. Wann würde der Damm brechen und die Flut der Angreifer hereinbrechen?

„Denk daran: Jede Patrone zählt!", flüsterte Dov, der gerade an den Aufstand in Warschau dachte, als Kameraden Steine und selbst gemachte Molotowcocktails auf deutsche Panzer geworfen hatten. Dov beruhigte sich mit dem Gedanken, dass der Feind jenseits der jüdischen Barrikaden lange nicht so bedrohlich und Furcht erregend war wie damals die Nazis. Sie hatten das Vorgehen gegen das Warschauer Ghetto *Einkesselung* genannt. Tatsächlich handelte es sich um eine ringsum angelegte Walze aus Feuer und Rauch, die alle Aufständischen verschlang.

Dov wusste allerdings, dass zumindest die Anführer jener Kämpfer, die jenseits des jüdischen Viertels auf den Angriff warteten, während des Krieges von den Nazis für den Terrorismus ausgebildet worden waren.

Als David Ben Gurion den Staat Israel ausrief, legten die muslimischen Truppen im Mandatsgebiet einen Schwur vor Allah ab, ihr Leben hinzugeben, um das junge Israel wieder von der Landkarte zu tilgen. Wer beim Kampf gegen die Juden sein Leben ließ, konnte angeblich mit ewigem Segen rechnen. Der Kampf gegen die Juden wurde zum Heiligen Krieg – zum Dschihad – erklärt, der nicht enden würde, bis der letzte Jude das Land verlassen hatte.

* * *

Der Konvoi näherte sich Jerusalem nur noch im Schneckentempo. Lori spähte durch die Schlitze der Panzerung ihres Busses und sah schemenhaft die vielen zerschossenen Fahrzeugwracks am Straßenrand. Die Straße schlängelte sich mittlerweile durch ein enges Tal mit ziemlich steilen Hängen an beiden Seiten. Ein Umkehren des Konvois wäre im Augenblick überhaupt nicht möglich gewesen. Glücklicherweise hielt gerade die Haganah die Stellung auf einer Anhöhe, so dass sie das Tal militärisch sichern konnte. Hier hatten schon ein paar Mal die Eroberer gewechselt. Aber zuletzt war es den Juden gelungen, die Stellung etwas länger zu halten, was für den Nachschub für das belagerte Judenviertel eine große Erleichterung bedeutete.

Lori zuckte schon wieder zusammen. Immer wieder schlug etwas gegen die Panzerung ihres Busses. Es waren allerdings nur Steine und kleinere Felsbrocken, die sich durch die Erschütterungen der durchfahrenden Kolonne von den Hängen lösten und dann gegen die Fahrzeuge prasselten. Lori erschrak jedes Mal, wenn es wieder krachte, denn niemand konnte sagen, ob es nicht doch ein Angriff der Feinde war.

Lori tat während der ganzen Nacht kein Auge zu. Ihr war klar, dass der Lärm, den solch ein Konvoi machte, meilenweit zu hören sein würde. Für die jüdischen Verteidiger war dieses Geräusch zwar ein Zeichen der Hoffnung, für die Kämpfer des Heiligen Krieges aber bedeutete es, ein lohnendes Ziel vor Augen zu haben, das es zu zerstören galt.

Schläfrig sah sich Lori im Bus um. Er war nur spärlich beleuchtet, so dass sie die Personen nur schemenhaft erkennen konnte. Jede dieser Frauen brachte eine eigene Lebensgeschichte voller Schrecken und Verlusten mit. Hatten sie aber all das überlebt und waren sie so weit gereist, um nun doch noch ihr Leben in einem Straßengraben zu lassen? Zehn Jahre Erfahrung mit Krieg und Verfolgung hatten Lori gelehrt, dass so etwas möglich war. Das Happy End ist immer nur die Ausnahme, aber niemals die Regel. So oft hatte sie in der Vergangenheit erlebt, dass Lebensgeschichten von Angehörigen, Freunden und Fremden ohne glückliche Fügungen zu Ende gingen. Auf der Flucht vor deutschen Verfolgern hatte eine verzweifelte Frau ihren Säugling in letzter Sekunde noch Alfie in die Arme geworfen. Der fürsorgliche Mann brachte das Kind seiner Schwester Lori. Sie hatten also ein Neugeborenes vor den Schergen der Nazis gerettet, doch gleich beim ersten Bombenangriff in England kam es ums Leben. Da konnte sie auf einmal nicht mehr an einen Gott glauben, der sich persönlich um sie kümmerte und ihre Gebete erhörte.

Sie hatte in einem schönen, weißen Haus am Regent's Park in London mit ihrer Mutter und dem Baby gewohnt, das sie nach seinem Wohltäter Alfie genannt hatten. Eines Tages war sie zum Einkaufen auf den Markt gegangen. Beim Abschied war ihr Haus noch voller Leben gewesen, doch als sie eine halbe Stunde später heimkehrte, fand sie nur noch eine rauchende Ruine vor. Lori weinte damals bis tief in die Nacht, betete und hoffte auf ein Wunder. Aber dann fand man den Leichnam ihrer Mutter und sechs Stunden später den toten Säugling.

Loris Leben lag von diesem Augenblick an so in Trümmern wie ihr Haus in der Prince Albert Road. Wo Hoffnung war, hatte Bitterkeit Einzug in ihre Seele gehalten. An jenem Tag starb in ihr der kindliche Glaube an den lieben Gott, der gnädig das Schicksal all derer verfolgte, die an ihn glaubten.

Und waren die sechs Millionen, die in den Konzentrationslagern verschmachteten, nicht Beweis genug? Wie viele Gebete waren in diesen Himmel geschickt worden, der scheinbar keine Antwort gab! Wie viele Mütter waren schutzlos mit ihren Kindern auf dem Arm in den Tod gegangen!

Lori war sicher, dass jede Frau in diesem Bus schon viel zu viel für ein einziges Menschenleben gelitten hatte. Und doch waren sie alle in dieses Land gekommen. War denn die Hoffnung in ihnen noch nicht gestorben? Glaubten sie noch immer fest an diesen Gott? Und war er vielleicht doch da, *obwohl* die Menschen einander so viel Leid antaten? Ließ er ihnen vielleicht nur aus Liebe die Freiheit, sich zu entscheiden? Sie, die ihren Glauben verloren hatte, saß nur aus einem einzigen Grund in diesem Bus: Jakob war das Letzte, was ihr im Leben geblieben war, alles andere hatte ihr der Krieg geraubt. Als sie sich eines Tages wieder begegnet waren, hatte Jakob Optimismus für sie beide. Sie erinnerte sich noch genau an eines ihrer Gespräch:

„Komm mit mir ins Land Israel."
„London ist mein Zuhause geworden."
„Wir werden ein neues Leben anfangen."
„Und wie lange werden wir uns daran freuen können?"
„Wir werden glücklich sein ..."
„Bis wieder etwas passiert! Wie können wir noch auf ein gnädiges Schicksal hoffen?"
„Wir werden Kinder haben ..."
„Warum sollte ich ein zweites Mal mein Herz an ein Kind verschenken, wenn ich es doch wieder verlieren könnte? Wie sollte ich?"

Klack, klack. Wieder trafen Steine den Bus, und Lori fuhr aus ihren Tagträumen auf. Der Motor jaulte auf, der Bus machte einen Satz nach vorn und blieb dann stehen. Der Fahrer spähte durch den

Schlitz seiner Frontscheibe. „Warum halten wir denn ausgerechnet hier an?“, murmelte er. „Das ist kein besonders geeigneter Ort.“

Lori versuchte ihrerseits einen Blick durch den Schlitz der Panzerung zu werfen. Das war nicht leicht bei Nacht. Aber der Halbmond warf doch genügend fahles Licht auf die Landschaft. Dort war eine Schutthalde zu erkennen. Aber gleich ein Stück weiter ging es einen ziemlich steilen Abhang in ein Tal hinab. Auch Lori fand, dass dies kein geeigneter Ort zum Rasten war.

Plötzlich ein Geräusch. Metall traf auf Metall. Etwas schlug aufs Dach, schlitterte hörbar über die Fläche und fiel dann an der Seite herunter. Es hörte sich zunächst eher harmlos an. Trotzdem sprang Rachel aus ihrem Sitz, packte Loris Arm und zerrte sie zu Boden. „Runter!“, rief sie. „Alle auf den Boden! Granaten!“

Dann krachte es schon. Eine ohrenbetäubende Detonation. Der Blitz erhellte durch die Schlitze das Innere des Busses, der durch den Luftdruck mehrmals angehoben wurde und seine Insassen durchschüttelte.

Ein Grantsplitter kam durch eine Lücke in der Panzerung geschossen und bohrte sich in jenen Teil der Wand am Fenster, wo eben noch Lori ihren Kopf angelehnt hatte.

Gellende Schreie. Einige Frauen, die nicht schnell genug reagiert hatten und auf ihren Sitzen geblieben waren, lagen nun übereinander auf dem Boden.

Und schon ein paar Sekunden später folgte die zweite Explosion, allerdings ein Stückchen weiter hinten im Konvoi. Jetzt aber prasselte ein Hagel von Gewehrkugeln gegen die Panzerung, wobei die abprallenden Patronen einen Höllenlärm im Innern des Busses machten.

„Fahren Sie los!“, rief Rachel dem Mann am Steuer zu. „Wir müssen weg, bevor sie hier sind und uns umzingeln.“

Der Fahrer gehorchte aufgescheucht und versuchte den Gang einzulegen. Er tat es aber viel zu hektisch, so dass das Getriebe krachte und schnarrte. Der Gang wollte nicht fassen.

„Bringen Sie uns hier raus!“, rief noch jemand, als ein Pfeifen den Einschlag einer Granate ankündigte, und schon im nächsten Augenblick zerbarst vor ihnen der Lastwagen mit einem donnernden Knall, worauf die Trümmer sofort in Flammen aufgingen. Fahrer und Beifahrer hatte sich zwar noch im letzten Augenblick aus dem Fahrzeug rollen können. Aber die lauernden Schützen ließen ihnen keine Chance, mit dem Leben davonzukommen.

„Wir müssen dran vorbeikommen! Fahren Sie drum herum!“, befahl Rachel.

Endlich fassten die Zahnräder, und der Gang ließ sich schnarrend einlegen. Viel zu langsam überquerte der Bus die Passhöhe. Als die Passagiere es merkten, brachen sie spontan in Jubel aus.

„Bleibt unten“, hörte Lori sich mit merkwürdig gelassener Stimme rufen. „Bleibt unten! Es ist noch nicht überstanden!“

Schon wieder prasselten Patronen gegen den Stahl der Seitenwände. Doch plötzlich änderte sich der Ton. Ein Freischärler musste irgendwo auf einem Felsen hocken und nun von oben auf das ungepanzerte Dach zielen. Eine Frau, die vor Lori gesessen hatte, und nun auf dem Boden kauerte, schrie in Panik: „Meine Brille! Ich muss unbedingt meine Brille haben!“ Sie reckte sich hoch zu ihrem Sitz, und im selben Augenblick kam ein Geräusch wie ein Hammerschlag vom Dach. Eine Kugel durchschlug es. „Ahh“, seufzte die Frau und sackte zu Boden.

Lori riss eine hysterisch kreischende Frau zur Seite, um die getroffene Frau zu erreichen. „Halten Sie durch“, sagte sie. „Ich helfe Ihnen. Halten Sie ...“

Der Feuerschein einer etwas entfernt explodierenden Granate erleuchtet für einen kurzen Augenblick das Innere des Busses. Aber dieser Moment reichte Lori, um zu erkennen, dass die Frau nicht mehr lebte. Die Kugel war zwischen Schlüsselbein und Schulter eingetreten und hatte wahrscheinlich den Körper von oben nach unten durchschlagen. Und auf dem Boden, rechts neben ihrem Schuh, blinkten die Gläser der Brille.

Schon wieder Maschinengewehrsalven – mal kürzere, dann längere Stöße. Würde diese Qual denn niemals ein Ende nehmen? Der Bus rumpelte weiter um eine Kurve, dann um die nächste. Schließlich rollte er aus und blieb stehen.

Die Passagiere riefen voller Angst: „Warum halten wir an? Werden wir schon wieder angegriffen?"

Viele bargen sich wimmernd unter Sitzen und Gepäck, verkrochen sich in die hintersten Winkel. Sie wollten doch leben.

„Die Haganah!", rief Golden. „Wir sind gerettet!"

Draußen hörte man vertraute hebräische Laute: „Ihr habt es geschafft."

„Unsere Patrouille hat die Freischärler entdeckt und vertrieben. Habt ihr Munition mitgebracht?"

„Sechs oder sieben Wagen weiter hinten."

„Warum überwachen sie denn die Zufahrtsstraßen nicht besser", ereiferte sich Lori. „Bei den nächsten Konvois müssen sie besser vorbereitet sein."

„Und wenn die syrische Armee schon morgen hier einfällt", rief der Fahrer nach hinten, „dann sind unsere Soldaten entweder Gefangene oder tot."

* * *

Rabbi Akiva saß an seinem mächtigen Schreibtisch aus hellem Walnussholz und betrachtete gedankenverloren das schwarze Telefon, das mitten auf der Schreibunterlage stand. Schon vor einiger Zeit wollte er den Hörer abgenommen haben. Doch er zögerte und grübelte noch immer.

Er war sich der Tragweite seiner Absichten bewusst. Es war moralisch korrekt, was er vorhatte, und dennoch hatte er Skrupel. Zurücknehmen konnte er später nichts mehr.

Dann legte er die Hand auf den Hörer und nahm ab.

Während er darauf wartete, dass am anderen Ende jemand abnahm, trommelte er mit seinen dicken Fingern auf die Tischplatte. Endlich, es knackte im Hörer, und eine Stimme sagte: „Ja bitte?" Akiva erkannte sofort, dass es Taj Khalidy war, ein führendes Mitglied der moslemisch-arabischen Gemeinde in Jerusalem, ein Kaufmann und Politiker, der wenig vom Kriegshandwerk verstand.

„*Salaam*", sagte Akiva und benutzte das arabische Wort für Frieden. „Ich muss mit Ihnen reden. Sie wissen ja, dass ich mich nach Kräften für den Frieden eingesetzt und die Fanatiker bekämpft habe. Und deswegen sind wir beide auch immer Freunde geblieben.“

Kühl fragte Khalidy zurück: „Und weshalb rufen Sie an?“

„Dieser Haganah-Führer, den die Briten aus der Altstadt verjagt hatten, er ist wieder zurück.“

„Sachar?“

Akiva nickte. „Genau der. Er bringt das ganze Viertel durcheinander. Selbst ein paar von meinen Getreuen haben sich schon von ihm anstecken lassen und fangen mit dem Säbelrasseln an. Außerdem hat er Männer, Munition und ein Funkgerät eingeschleust. Ich brauche also Unterstützung, wenn ich mit ihm fertig werden soll.“

Am anderen Ende der Leitung war es eine Weile still, dann hörte Akiva sein Gegenüber sagen: „Wir werden wieder Kontakt zu Ihnen aufnehmen. Denken Sie immer daran: Wir sind Männer des Friedens – Sie und ich. Und wir müssen tun, was wir können, um ihn zu erhalten.“

„Da gibt es noch etwas“, ergriff Akiva wieder das Wort. „Im Viertel kocht die Gerüchteküche wegen Kfar Etzion. Wissen Sie etwas darüber?“

Diesmal zögerte Khalidy keinen Augenblick mit seiner Antwort: „Natürlich. Der Kibbuz, den Sie da erwähnen, wurde in wenigen Minuten überrannt, was noch einmal deutlich macht, dass Widerstand zwecklos ist.“

„Man spricht von ... von einem Massaker.“

„Alles Lügen“, rief Khalidy in die Muschel. „Zionistische Propaganda! Als die Siedler erkannten, dass sie umzingelt und von den Haganah-Kämpfern im Stich gelassen worden waren, kapitulierten die Bauern und bekamen freien Abzug nach Jordanien ... natürlich nachdem ihre Verwundeten versorgt worden waren.“

Akiva nickte zufrieden. „Wusste ich es doch! Das Ganze war also doch nur ein Gerücht, um das Volk aufzuwiegeln.“

Khalidy, dem daran gelegen war, seinen belagerten Bürgermeister bei Laune zu halten, sagte: „Ich werde sehen, was ich tun kann, um

Ihnen zu helfen, mein Freund. Aber es ist spät. Denken Sie immer daran: Frieden um jeden Preis! Wir sprechen uns bald wieder."

* * *

Taj Khalidy legte den Hörer auf. In Gedanken versunken nahm er ein Glas Kaffee, steckte sich ein Stück Zucker zwischen die Zähne und sog das dickliche Gebräu hindurch. Er überlegte, welche Botschaft er dem arabischen Kommando in der Rawdah-Schule zukommen lassen sollte. Er würde berichten, dass das jüdische Viertel Verstärkung durch Soldaten und Munition bekommen hatte. Aber offenbar waren keine Maschinengewehre, keine Mörser und keine Nahrungsmittel dabei.

Man konnte jedenfalls aus Akivas Worten schließen, dass das Viertel kurz vor der Kapitulation stand. Ein ausgemachtes Pech war nur, dass dieser Sachar mit seinen Leuten durchgekommen war. Es würde sicher alles sehr beschleunigen, wenn sich jemand dieses „Problems" umgehend annehmen würde.

* * *

Mosche machte seine Runde in der Altstadt. Er war ganz zufrieden mit sich und seiner Arbeit. Immerhin hatten Dov Avram und er es geschafft, die Stellung seit mehreren Wochen zu halten. Zum Schluss stieg er noch auf die Turmspitze der armenischen Kirche St. Jakobus. Dies war der beste Beobachtungsposten, den die Haganah sich erobert hatte.

Als Zivilisten und Geistliche aus den armenischen und christlichen Vierteln innerhalb der Altstadtmauern geflohen waren, hatte Dov dafür gesorgt, dass diese Bereiche Gebäude für Gebäude von jüdischen Kämpfern eingenommen wurden, bis die Verteidigungslinien das im 12. Jahrhundert von Kreuzfahrern errichtete massive Kirchengebäude der Armenier einschlossen. Von seinem Turm aus hatte man einen weiten Blick über die Straßen und Gassen der Altstadt. Und auch das Zionstor lag im Blickfeld. Dass man dieses

Bauwerk einnehmen konnte, war von unschätzbarem Wert und ein großer Segen.

Für die Armenier, die behaupteten, als Erste mit den römischen Eroberern 70 n. Chr. in die Stadt eingezogen zu sein, war dieses Gebäude das Zentrum der Anbetung. Nach der Überlieferung war dies der Ort, an dem der Apostel Jakobus im Jahr 44 n. Chr. enthauptet worden war.

Die zwei Priester, die zurückgeblieben waren, um die ewigen Flammen in der Kirche zu versorgen, nahmen die Besetzung durch die Haganah mit stillem Groll hin. Aber für Mosche war dieses Gebäude, das zu Ehren des Märtyrers errichtet worden war, möglicherweise der Garant dafür, dass den Juden im Viertel ein Martyrium erspart blieb.

Mosche betrat das nur spärlich erleuchtete Schiff der Kirche. Das Krachen der schweren Holztür beim Zuschlagen hallte in dem weiten Raum. Mosche ging den Hautgang entlang, wobei er sich von all den Märtyrern und Heiligen auf den Bildern stumm beobachtet fühlte. 24 jüdische Verteidiger hielten diese Festung besetzt. Einige schliefen, während die anderen wachten.

Die Kirche war in der Form eines Kreuzes erbaut. Blaue und grüne Kacheln und Perlmutt verzierten Wände und Türen, während die Böden zum Teil mit wertvollen persischen Teppichen ausgelegt waren. Der jahrhundertelange Gebrauch von Weihrauch und Öllampen produzierte einen markanten Geruch, der das ganze Haus erfüllte. Im Gebäude untergebracht waren eine Schule, eine theologische Lehranstalt und eine Bibliothek, die viertausend wertvolle Manuskripte und Schriften beherbergte. Der armenische Patriarch hatte die Altstadt unter so heftigem Protest verlassen, dass selbst die *Times* in London darüber berichtete.

Mosche machte den Wachen Mut und stieg dann die enge Wendeltreppe bis zur Turmspitze hinauf, von wo aus man einen wunderbaren Blick über Jerusalem hatte.

Zwei ganz in Schwarz gekleidete bärtige Chasidim mit breiten Hüten taten ihren Dienst hier oben. Mosche sah deutlich die Umrisse des Zionstors im Süden und dahinter – jenseits der Mauer –

den Zionsberg mit der Dormitionskirche. *Wenn unsere Freunde dort draußen doch den Zionsberg erobern könnten,* träumte er, *könnten wir die Araber am Zionstor in die Zange nehmen.*

„Es ist alles ruhig", sagte einer der Wachen. „Nichts rührt sich – schon die ganze Nacht nicht. Ich dachte, dass sie heute kommen würden."

„Mir wäre lieber, es wäre schon Tag", sagte der andere. „Dauernd bewegt sich irgendetwas – ein Hund, eine Katze. Und jedes Mal fährt mir der Schreck in die Glieder."

„Werden sie noch heute Nacht kommen, Mosche?"

Mosches Blick glitt über die Silhouette der Altstadt. „Sie kommen, wenn sie bereit sind und glauben, dass wir es nicht sind."

„Ich bin immer bereit. Ich könnte selbst dann nicht schlafen, wenn Hannah Cohen mir wie ein Engel mit einem Becher heißer Milch und einem Federbett erschiene."

„Mir geht es genauso. Wir schießen sofort, wenn uns was verdächtig vorkommt. Dann weiß jeder gleich Bescheid."

Mosche musste schmunzeln, aber er verriet ihnen lieber nicht, wie heftig ein arabischer Angriff sein würde und dass die beiden dort oben in diesem Fall niemanden erst mit einer Salve wecken müssten.

* * *

Da Rabbi Lebowitz's Haus mittlerweile in Sichtweite arabischer Heckenschützen lag, war er mit Jakov und dessen Hund Schaul in eine kleine Kellerwohnung gegenüber der Hurva gezogen. Der Hund, eine schwanzlose, struppige, schwarz-braun gescheckte Promenadenmischung, musste in den vergangenen Jahren immer wieder als Ersatz für die fehlenden Geschwister herhalten, die Jakov so schmerzlich vermisste. Dieser struppige kleine Kerl war in der Tat ein Geschenk des Himmels.

Während Jakov bereits in seinem Eisenbett schlief, tropfte der Rabbi von einem Kerzenstummel Wachs auf die Tischplatte, klebte den Stummel darauf und setzte sich an den spärlich erleuchteten

Tisch. Vor ihm lag der ungeöffnete Brief von Rachel. Schon damals, als Rachels und Jakovs Mutter noch vor der großen Katastrophe aus Warschau schrieb, hatte der Rabbi es sich angewöhnt, die Vorfreude auf die geschriebenen Worte seiner Lieben ganz und gar auszukosten. So war es immer wieder vorgekommen, dass er Briefe tagelang liegen ließ, bevor er sie öffnete. Meistens waren Fotos darin – die neusten von den Jungen in der Thora-Schule, von Rachel beim Hebräischlernen. Dann irgendwann Jakovs Geburt. Es waren freudige Nachrichten – Schlag auf Schlag.

Und dann kamen von heute auf morgen keine frohen Nachrichten mehr.

Doch dieser weiße Umschlag von seiner Enkelin dort auf dem Tisch konnte eigentlich nur Gutes enthalten. Der Großvater wusste ja schon, dass sie ein Baby erwartete. Das waren wenigstens wieder freudige Neuigkeiten. Er würde es genießen, ihn aufzureißen und den Bericht seiner Enkelin lesen, als sei es eine Überraschung. Wie sehr er doch solche Briefe liebte!

Dieser aber, so glaubte er, würde wohl überhaupt der letzte sein, den er bekäme. Sollte er deshalb nicht doch noch ein Weilchen warten, bevor er ihn öffnete?

Jakov schnaufte, drehte sich zum Großvater um und blinzelte ihn an. „Du hast ihn immer noch nicht geöffnet?“

„Ich dachte, ich warte, bis du aufgewacht bist.“

„Dann mach ihn jetzt auf und lies“, drängte der Junge mit verschlafener Stimme.

Großvater nahm endlich den Umschlag zur Hand und benutzte ein Buttermesser, um ihn bedächtig aufzuschlitzen. Ein Foto fiel heraus. *Rachel, Klein-Tikva und Mosche.*

„Sie soll ja deiner Mutter sehr ähnlich sehen“, murmelte Großvater, während er das Bild in den Schein der Kerze hielt. „So ein Bild ist doch manchmal besser als tausend Worte.“

Der Junge betrachtete den alten Mann nachdenklich und sagte dann nach einer Weile: „Großvater, werden wir Rachel je wiedersehen?“

Die Ernsthaftigkeit, mit der sein Enkel diese Frage stellte, erschreckte den Rabbi. „Was für eine Frage!“, murmelte er und runzelte die Stirn.

„Ich habe geträumt ... Mama war da ... sie haben mir wieder wehgetan ...“

Jakov hatte oft Albträume, seit er bei seinem Großvater in der Altstadt lebte. Es waren jedes Mal grauenhafte Bilder von Feuer und Blut. Niemand konnte sich das erklären, denn Jakov war eigentlich zu jung, um sich an irgendetwas zu erinnern. Er besaß nur noch die Fotos mit den fröhlichen Gesichtern seiner Angehörigen, die nicht mehr existierten. Er liebte es, diese Gesichter lange zu betrachten, und er sehnte sich nach den Personen, die die alten Fotos zeigten. Aber er wusste auch über ihr Ende Bescheid – wie jedermann in seiner Umgebung.

„War doch nur ein Traum,“ beruhigte ihn der alte Mann.

„Die Araber wollen auch, dass wir tot sind.“

„Nur ein Traum“, murmelte der Großvater gedankenverloren, während er noch immer das Foto betrachtete.

„Nein, ich habe sie heute Abend wirklich rufen hören: *Alihu itbach al Jahud!* Schlachtet die Juden! Aber warum rufen sie das? Sind wir denn nicht wie alle anderen? Wenn ich mir auf dem Pflaster das Knie aufschlage, blute ich genauso wie ein muslimischer Junge. Und meine Hände, mit denen ich spiele, sind genauso gebaut wie die eines christlichen Jungen. Unsere Stimmen klingen gleich, und wenn wir hungrig sind, knurrt uns der Magen. Unsere Herzen schlagen im gleichen Takt. Wir lieben unsere Verwandten gleich, und dieselben Sachen ärgern uns. Sind wir denn wirklich anders?“

„Wir sind das Volk des Bundes, den Gott mit unseren Vorfahren geschlossen hat. Wenn Gott einmal sein Wort gegeben hat, dann hält er es ewig. Wir Juden sind auserwählt, dem ewigen Gott als Eigentum zu gehören, und deshalb ist auch sein Widersacher, der gefallene Engel Luzifer, unser besonderer Feind.“

„Aber schlagen tun uns doch Menschen aus Fleisch und Blut, *nu?*“

„Der Teufel hat sich hier auf der Erde eine Armee aufgestellt, indem er den sterblichen Menschen verführte. Jene, die den Allmächtigen der Lüge bezichtigen wollen, müssen zunächst beweisen, dass seine Verheißungen nichts taugen. Aber seine Voraussagen treffen dennoch immer ein. Was im Buch geschrieben steht, wird geschehen. Wer Gott zum Lügner stempeln will, der muss das Volk seiner Verheißung vernichten. Die Feinde des Herrn der Heerscharen mögen einige von uns töten, vielleicht sogar die meisten von uns. Aber sie werden niemals, niemals alle vernichten. Ein Rest Israels wird in jedem Fall übrig bleiben, um den Messias zu empfangen, wenn er zu seinem Volk kommt, um es in Gerechtigkeit zu regieren. Solange es Israel in irgendeiner Form gibt, ist es Satan, der als Lügner dasteht. Das hat der Herr uns zugesagt." Der Rabbi seufzte. „Verstehst du das, mein Junge?"

„Manchmal verstehe ich es. Manchmal hasse ich sie aber auch, wie sie mich hassen."

„Denk immer daran: Gott ist Liebe. Jene aber, die andere durchs Wort oder durch das Schwert umbringen, sind Kinder des Bösen. Den Satan nennt man auch den Vater der Lüge. Bedaure sie, Jakov, für das, was sie unserem Volk angetan haben. Sie haben ihren Finger in Gottes Augapfel stechen wollen. Und er wird sich ihrer Taten lange erinnern."

Der Rabbi stand auf, holte seine Bibel, schlug sie bei Jeremia 31 auf und begann laut zu lesen:

> *„Siehe, es kommt die Zeit, spricht der HERR, da will ich mit dem Hause Israel und mit dem Hause Juda einen neuen Bund schließen … Ich will mein Gesetz in ihr Herz geben und in ihren Sinn schreiben, und sie sollen mein Volk sein, und ich will ihr Gott sein … Wenn jemals diese Ordnungen vor mir ins Wanken kämen, spricht der HERR, so müsste auch das Geschlecht Israels aufhören, ein Volk zu sein vor mir ewiglich."*

Jakov legte sich zurück auf sein quietschendes Bett. Er streichelte das Ohr seines Hundes und fragte: „Wann wird der Messias kommen, Großvater? Wie lange wird es noch dauern?"

„Wir haben nach 2.000 Jahren wieder einen Staat. Nach einer so langen Wanderung sind wir zu Hause angekommen. Ich werde den Messias wohl nicht mehr diesseits des Grabes schauen, aber ich denke, du wirst es, Jakov. Er wird bald nach Zion kommen. Die Propheten haben vorausgesagt, dass in den letzten Tagen die Menschheit große Trübsal erleben wird. Dann aber wird der Messias erscheinen, der König. Das ist dann der Tag des jüngsten Gerichts. Es steht geschrieben, dass zuvor Israel sein Land zurückerstattet bekommt. Und die Kinder Israel werden in ihre Heimat zurückkehren. Noch vor hundert Jahren hätte mein Großvater davon nicht zu träumen gewagt. Doch heute sind wir hier in diesem Land. Heute ist bereits so viel erfüllt worden. Und der Rest erfüllt sich möglicherweise noch zu deinen Lebzeiten."

Samstag
15. Mai 1948

Und nun spricht der HERR,
der dich geschaffen hat, Jakob,
und dich gemacht hat, Israel:
Fürchte dich nicht, denn ich habe dich erlöst;
ich habe dich bei deinem Namen gerufen; du bist mein!
Wenn du durch Wasser gehst, will ich bei dir sein,
dass dich die Ströme nicht ersäufen sollen;
und wenn du ins Feuer gehst, sollst du nicht brennen...
So fürchte dich nun nicht, denn ich bin bei dir.
Ich will vom Osten deine Kinder bringen
und dich vom Westen her sammeln,
ich will sagen zum Norden: Gib her!
und zum Süden: Halte nicht zurück!
Bring her meine Söhne von ferne
und meine Töchter vom Ende der Erde.

Prophetische Wort über die Rückkehr der Versprengten in das wiederhergestellte Land Israel aus Jesaja 43

7

Mühsam quälte sich der Bus, in dem sich Alfie und Jakob befanden, die mäandernde Pass-Straße hinauf. Jakob wusste, dass die Straße, die die Heilige Stadt mit dem Meer verband, eine Lebensader Jerusalems war und dass die Feinde von Erez Israel alles daransetzten, diese Lebensader abzuschnüren. Überall längs der Straße lagen die Überreste zerbombter Fahrzeuge – direkt am Rand oder durch die Wucht der Detonationen in den Straßengraben geschleudert. Es waren jedenfalls stumme Zeugen, die darauf hinwiesen, dass man hier nicht immer ungestört seines Weges ziehen konnte. Trotzdem fiel es schwer, diese stählernen Überreste mit dem ganz realen Verlust von jedem einzelnen Menschenleben in Verbindung zu bringen.

Der Fahrer lag fast über dem Steuerrad, während er angespannt durch den Sichtschlitz der Panzerung spähte. Wie nervös er war, merkte man daran, dass er bei jedem unerwarteten Schlagloch hysterisch fluchte und „Ah!" und „Oh!" rief. Doch die anderen Reisenden ließen sich davon kaum anstecken. Mit jedem Kilometer ohne Zwischenfall nach der Abreise vom Kai heiterte sich ihre Stimmung auf. Diese Heimatlosen waren schon so viele Male in Busse oder Lastwagen gepfercht und irgendwohin transportiert worden, dass diese neuerliche Fahrt nichts Außergewöhnliches für sie war. Der einzige Unterschied zu früheren Transporten bestand allerdings darin, dass es diesmal – endlich - nach Hause ging. Gewiss, dort am Ziel tobte ein Krieg mit ungewissem Ausgang, doch dadurch ließen sie sich nicht die Freude daran rauben, endlich in Israel zu sein. Für so manchen ging heute eine Irrfahrt voller Leid und Schmerzen zu Ende.

Dem in der vordersten Reihe dösenden Alfie raunte Jakob ins Ohr: „Wir sind fast da! Jerusalem! Wer die Heilige Stadt erblickt, sieht in das Angesicht Gottes – sagt man."

„Wir werden das Angesicht Gottes sehen?", fragte Alfie schläfrig. „Wann denn?"

„Bald. Noch ein paar Biegungen, dann werden wir es sehen. Hoffentlich erkennen wir überhaupt etwas bei der Dunkelheit."

Noch ein paar Mal wippte der Bus ächzend in tiefe Schlaglöcher, wobei er bockte wie ein störrischer Gaul. Der Fahrer kämpfte mit seinem großen Steuerrad, drehte und kurbelte daran, schlug es nach links ein, so dass der Bus haarscharf am Abhang entlangfuhr, um schließlich mit ein paar wuchtigen Drehungen wieder auf die Mitte der Fahrbahn zuzusteuern.

Jakob, der vorn versuchte, durch die Sehschlitze zu spähen, um den ersten Blick auf die Heilige Stadt zu erhaschen, sah die Gestalt auf der Fahrbahn noch vor dem Fahrer. „Stopp!", schrie er. Ein Junge stand mitten auf der Fahrbahn und schwenkte die Arme.

„Eine Falle!", rief der Fahrer und drückte das Gaspedal bis zum Bodenblech durch. Jakob griff ihm ins Steuerrad und riss es nach links, worauf das Vorderrad in eine tiefe Rille fuhr und der Kotflügel einen Felsvorsprung schrammte. Durch das Rucken und Schleudern rutschte der Fahrer von der Kupplung und würgte den Motor ab.

Alfie, der von dem Lärm aufgewacht war, sah durch den Schlitz im Seitenfenster den Jungen, der sich zu Boden geworfen hatte, um dem Amok fahrenden Bus auszuweichen.

Nachdem draußen alles ruhig blieb, öffnete der Fahrer die Tür und ließ den Jungen ein.

„Bitte", sagte eine weinerliche Stimme, „ich muss unbedingt nach Jerusalem. Ich habe Nachrichten aus Kfar Etzion."

Das Licht im Bus reichte Jakob aus, um zu erkennen, wie mitgenommen dieser schlanke Junge war. Sein Gesicht war voller blutender Wunden, und bei jedem keuchenden Atemzug zog er krampfhaft die Schultern nach oben. „Ich ... ich wusste, dass ihr zu einem jüdischen Konvoi gehört. Im letzten Bus, der vorüberfuhr, sangen die Leute ein bekanntes Lied. Aber er hat nicht angehalten. Bringt mich bitte schnell zum Hauptquartier der Haganah."

* * *

„Noch gut drei Kilometer und wir sind in Jerusalem!" rief Golden von vorn, als die Kolonne sich wieder in Bewegung setzte. „Dieser Teil der Straße gehört wenigstens uns. Seht mal raus", sagte er und deutete auf die Schlitze vor ihm.

Immer sechs Frauen durften nach vorn kommen, um zum ersten Mal in ihrem Leben einen Blick auf die Heilige Stadt zu werfen. Es wurde dabei gelacht, gejauchzt und vor Freude geweint. Sie alle hatten überlebt und durften Jerusalem sehen, während vielen ihrer Angehörigen dies nicht vergönnt war.

„Möchtest du auch nach vorn gehen?", fragte Rachel Lori, als sie an der Reihe waren.

Lori zuckte missmutig die Schultern und sah aus ihrem seitlichen Fensterschlitz hinaus. Unter einem pastellfarbenen Himmel, den die ersten Strahlen der Sonne zu erleuchten begannen, schimmerten an den Hängen blaue, rote und gelbe Feldblumen zwischen den Felsen hervor. Unwillkürlich musste Lori an die Worte aus Lukas 12, 27 denken: *„Seht die Lilien an, wie sie wachsen: sie spinnen nicht, sie weben nicht. Ich sage euch aber, dass auch Salomo in aller seiner Herrlichkeit nicht gekleidet gewesen ist wie eine von ihnen."*

Gerade diese Sprüche Jesu hatten ihrem Vater immer wieder Kraft gegeben, während das Leben in Nazi-Deutschland immer dunkler wurde. *Trotzdem haben ihm diese frommen Worte nicht das Leben retten können,* dachte Lori. *Israel – es hätte ihm sicher so viel bedeutet.*

Durch eine Biegung in der Straße veränderte sich die Fahrtrichtung. Und so blickte Lori auf einmal gen Osten. Und genau in diesem Augenblick tauchte der Feuerball der Sonne im Morgenrot auf und ließ den Himmel über Jerusalem erstrahlen. Die mit Zinnen besetzte Mauer des Suleiman, die unzähligen Minarette und Kirchtürme und der Felsendom – die ganze Stadt lag wie ein kunstvoller Schattenriss im Dunkeln und bildete zum verheißungsvoll strahlenden Himmel einen starken Kontrast. Es war der erste Morgen des jungen Israel.

Atemberaubend! Wie wenig hatten die Bilder, die sie von ihren Eltern kannte, diesen Charme der Stadt wiedergeben können! Beim

Anblick dieses einmaligen Panoramas fiel ihr die Geschichte aus Lukas 13 wieder ein, die ihr die Mutter oft vorgelesen hatte. Jesus näherte sich der Stadt und weinte über sie, bevor er sie betrat.

Jerusalem, Jerusalem, die du tötest die Propheten und steinigst, die zu dir gesandt werden, wie oft habe ich deine Kinder versammeln wollen wie eine Henne ihre Küken unter ihre Flügel, und ihr habt nicht gewollt!

So vieles schoss Lori in diesem Augenblick durch den Kopf - das Bild ihrer Mutter, der Anblick der toten Frau im Bus, deren Blut noch immer an ihrem Kleid klebte, die Erinnerungen an die vielen Menschen, die sie in London aus den Trümmern der Bombennächte gezogen hatten. Wie viel Elend hatte sie sehen müssen! Ihre Kehle schnürte sich zu, und die Augen liefen über.

„Es ist atemberaubend schön", sagte Rachel. „Finden Sie nicht auch?" Sie lächelte. „Mir ist auch zum Heulen, wenn ich so was Schönes sehe."

Lori wischte schnell die Tränen mit dem Handrücken von den Wangen. „Ich habe gerade an meine Mutter gedacht und an meinen Vater. Sie wollten immer mal nach Israel reisen."

„Auch meine Eltern träumten davon, hier zu leben. Schon vor dem Krieg versuchte meine Mutter ein Visum zu bekommen. Aber in Warschau wollten damals so viele weg."

Lori sah Rachel verwundert an. „Aber hatten Sie nicht gesagt, dass Ihr Großvater in der Heiligen Stadt lebt?"

„Und mein kleiner Bruder Jakov. Die Frau, die Sie gestern in meiner Nähe sahen, Madame Rose, sie hat Waisenkinder über London nach Palästina geschmuggelt. Eine liebe Frau, Christin wie Sie. Ich bin erst vor einem halben Jahr angekommen."

„Und wo waren Sie während des Krieges?"

„Ich ... blieb ... in Polen."

Ausgerechnet Polen? Bilder tauchten auf. Lori sah zum Skelett abgemagerte Menschen hinter Stacheldraht und die geöffnete Tür eines Feuerofens, aus der sie ein von Flammen umzüngelter Schädel angrinst. Lori schämte sich plötzlich dieser Frau gegenüber. „Ich war gestern nicht nett zu Ihnen", sagte sie.

Rachel zog eine Augenbraue hoch. „Ja, das stimmt. Aber im Augenblick haben wir andere Sorgen, oder?" Die Stimme klang freundlich. Hatte sie ihr vergeben? War sie vielleicht sogar zur Freundschaft bereit? Lori versuchte es. „Ich heiße übrigens Lori. Darf ich ‚du' sagen?"

Rachel zögerte nicht: „Ich bin Rachel." Dann reichten sich die beiden die Hand.

„Wir müssen zwar für Wunder beten", sagte Rachel nach einer Weile. „Aber wir müssen auch unseren Teil dazutun, damit diese Wunder Wirklichkeit werden."

Lori sah sie skeptisch an. Wie sollte man mit einer Jüdin, die den Krieg in Polen überlebt hatte, über seine Zweifel an Wundern reden?

„An welche Wunder hast du gedacht?"

„Israel ist einen Tag alt. Dieses Land allein ist schon ein Wunder. Welche Nation auf dieser Erde hat eine Wiedergeburt erlebt, nachdem die Menschen für 2000 Jahre in alle Winde zerstreut gewesen waren? Und es steht geschrieben, dass dies in den letzten Tagen geschehen wird. Die Propheten haben vorausgesehen, dass ein Rest ins Land zurückkehren wird und dass die Generation, die das miterlebt, den Messias kommen sieht."

„Und du glaubst so was?"

„Ganz bestimmt."

„Und wenn Israel nicht überlebt? Wenn es auf dem Weg zur Freiheit genauso umkommt, wie vorhin diese arme Frau ... wie so unglaublich viele?"

„Dann ist der Zeitpunkt der Ankunft des Messias hier in Israel eben noch nicht gekommen. Ich werde leben und sterben und ihm eben woanders begegnen. Da gab es mal einen alten Rabbi in Polen, einen sehr alten. Wir warteten auf die Züge ..." Rachel verstummte, denn sie hatte schon mehr gesagt, als ihr lieb war.

„Und weiter", ermunterte Lori sie.

„Wir waren ungefähr 5.000. Und wir wussten, dass unser Zielbahnhof dort lag, wohin wir alle nicht wollten. Er stellte sich auf eine Bank und hielt seine Hand *so.*" Rachel hielt ihre Hand hoch, wie wenn man ein Glas hält. ‚Ihr Juden', sagte er, ‚warum seid ihr traurig? Wir gehen doch zum Messias, noch heute! Hätte ich jetzt Wein in einem echten Glas, so würde ich *L'Chaim* rufen.'" Rachel verstummte. Sie sah diesen betagten Rabbi noch ganz deutlich vor sich, und sie spürte die Geborgenheit, die dieser alte Mann zu vermitteln verstand. „Sie alle sind jetzt beim Messias im Himmel. Mir aber ist bestimmt, noch eine Weile zu leben. Deshalb kämpfe ich für Jerusalem und träume davon, dass meine Kinder eines Tages in einem befriedeten Land leben."

„Viele Überlebende sind nach Amerika ausgewandert. Dort gab es keinen Krieg. Und keine Moslems kämpfen dort den Heiligen Krieg gegen die Juden. Auch ich habe Vettern in Amerika", sagte Lori, die an das Blut im Gang und die erkaltende Frau in ihrem Bus dachte.

„Es gibt auf dieser Erde keinen anderen Platz, wo ich mich als Mensch mehr entfalten könnte. Ich möchte die Mauer des Tempelberges mit meinen Händen berühren, mich ständig daran erinnern, dass ich eine Tochter Zions bin, und dort meinen Fuß aufs Pflaster setzen, wo schon unsere Propheten gegangen sind – möchte gehen, wo Jeschua ging, selbst wenn es die Via Dolorosa ist."

Die *Via Dolorosa – die Gasse, durch die Jesus sein Kreuz trug?* Loris Blick fiel auf Rachels Narbe am Unterarm. Was mochte sie bedeuten? *Warschau? Ein KZ?* Diese junge Frau wusste, was es bedeutet, eine Via Dolorosa – einen Weg der Schmerzen zu gehen.

Rachel fuhr fort: „Ich habe mein kleines Mädchen in Tel Aviv zurückgelassen. Es ist das Kind meiner besten Freundin Leah. Sie und ihr Mann sind in Jerusalem umgekommen. Und im Winter werden mein Mann und ich ein eigenes Baby haben. Uns bleibt also gar nichts anderes übrig als zu überleben."

Sie tätschelte ihren Bauch. „Vielleicht haben wir ja schon Frieden, wenn das Kleine auf die Welt kommt."

Lori bezweifelte das, als sie einen Blick auf Jerusalem warf und aus dem Bereich der Altstadt eine schwarze Rauchwolke aufsteigen sah. „Es bleibt nichts anderes übrig", wiederholte sie gedankenverloren. „Da ist was dran."

* * *

Luke Thomas sah aus dem Fenster im obersten Stock des King David Hotels. Er deutete auf den Kirchturm von St. Jakobus innerhalb der Altstadt und rief: „Irrsinn!“, wobei er David Schaltiel aufgebracht ansah. „Es ist absoluter Schwachsinn, ausgerechnet diesen Turm aufzugeben. Er ist unser einziger Aussichtspunkt innerhalb der Mauern, der hoch genug ist, um etwas zu sehen. Die Verteidiger der Altstadt sind hinter den Mauern wie blinde Hühner in einer dunklen Kiste, wenn sie diesen Turm nicht mehr haben.“

„Regen Sie sich ab, Major“, erwiderte Schaltiel. „Es ist nicht meine Idee.“

„Das mag ja sein, aber Sie müssen eben die überzeugen, deren Idee es war. Der Turm liegt genau in der Mitte zwischen Zions- und Jaffator. Wir können also in beide Richtungen gleichzeitig schießen.“

Schaltiel blieb unbeeindruckt. „Wir müssen uns von dort zurückziehen. Wir werden die Kirche in Zukunft nicht mehr in unsere militärischen Operationen mit einbeziehen können.“

Luke Thomas gab nicht auf und argumentierte mit strategischen Überlegungen: „Als wir uns mit der Ersten Armee durch Deutschland kämpften, wissen Sie welches Gebäude in einem Dorf oder einer Stadt wir zuerst zerstörten?“ Thomas beantwortete seine Frage selbst, indem er fortfuhr: „Die Kirchtürme. Die Deutschen benutzten sie als Maschinengewehr-Nester, oder es saßen Scharfschützen dort oben – manchmal auch Beobachter, die die Artillerie über Ziele informierte. Wir mussten diese Stellungen als Erstes ausschalten, oder sie hätten uns schwer geschadet. Das wussten wir, und sie wussten es auch.“

„Das mag ja alles sein, aber dies ist ein direkter Befehl von Ben Gurion an mich. Ich gebe ihn weiter an Sie, und Sie werden ihn an Mosche Sachar weiterleiten.“

„Und wenn die Schergen des Muftis den Turm besetzen und von dort aus von hinten in die Hurva schießen, was dann?“

„Wird nicht passieren“, sagte Schaltiel. „Der Patriarch hat uns sein Wort gegeben, dass das Kirchengebäude neutraler Boden bleibt und keiner Seite dienen wird."

* * *

Luke Thomas rief die Altstadt über Funk. Ruth Kleingelt im Tipat Chalev schickte eine Küchenhilfe, um Mosche zu holen.

„Mosche?", rief Thomas ins Mikrofon. „Ich habe keine gute Nachricht. Du musst deine Leute vom Turm von St. Jakobus abziehen."

„Soll das ein Scherz sein?"

„Absolut nicht", antwortete Thomas. „Der Befehl kommt direkt von Schaltiel. Offenbar hat sich der armenische Patriarch bei der UNO beschwert, dass ein Heiligtum für den Krieg missbraucht wird."

„Ach nein!", sagte Mosche verächtlich. „Was hat die UNO denn je für uns getan?"

„Stimmt, aber der Patriarch hat offenbar bei Truman ein offenes Ohr gefunden. Truman spricht darauf mit Ben Gurion, und das war's. Man will wohl, dass die Heilige Stadt auch noch im Krieg heilig bleibt."

„Hat jemand den Arabern verboten, Synagogen zu sprengen?", murmelte Mosche missmutig. „Ist denen klar, dass es nun viel schwerer wird, das Zionstor zu öffnen?"

„Davon gehe ich aus", entgegnete Thomas. „Ziehen Sie alle Kräfte bis zur Ararat Street zurück, das ist unsere neue Verteidigungslinie."

* * *

Der Bus war in Jerusalem angekommen und hatte die Männer am King David Hotel abgeladen.

Alfie Halder betrachtete Daniels Gesicht, und es berührte ihn tief. Er hatte solche Gesichter des Leids schon früher gesehen. *Ein Bild des Jammers – erinnert an den Christus am brennenden Kruzifix, das die SA-Bande aus der Kapelle eines Brandenburger Krankenhauses grölend schleppte. Das war der Anfang des Leidensweges. 1938. Berlin. Zuerst brannten die Bücher, dann die Menschen – Christen und Juden.*

Alfie stand noch immer an den Toiletten an, aber er konnte seinen Blick nicht von dem jungen Mann wenden.

Jakob bemerkte es und sagte sanft: „Hör auf, ihn anzustarren. Er ist in der Hölle gewesen. Das sieht man ihm deutlich an."

Zum ersten Mal hatte Alfie solche Augen bei einem gelähmten Jungen in einem Berliner Krankenhaus gesehen. Er hieß Werner. Der Junge konnte außer seinen Augen kein Glied mehr rühren. So innerlich gelähmt saß nun auch der Junge in der Hotelhalle da – einsam und von Zukunftsängsten gequält. Alfie hatte Werner auf der Station umhergetragen und ihn gefüttert, obgleich es hieß, man wolle ihn verhungern lassen. Als dann die Schergen kamen und einen Jungen nach dem anderen abtransportierten, griffen sie auch Werner und schleppten ihn weg – ohne Wiederkehr. Alfie konnte sich verstecken. Sie hätten auch ihn getötet, denn sie hielten ihn voreilig für geistesgestört. Er versteckte sich in einer Gruft auf dem Friedhof. Und dort fanden sie ihn nicht. Alfie konnte diesen flehenden Blick von Werner niemals vergessen, als sie ihn wegtrugen. *Das war Leid. Das Angesicht Gottes!*

„Wohin kommen wir überhaupt?", fragte Alfie. Er wollte den abgerissenen Jungen mit der gelähmten Seele ungern dort allein in seinem Stuhl neben der Kristalllampe sitzen lassen. Am liebsten wäre er zu ihm gegangen, hätte ihn auf den Arm genommen und hinaus in einen schönen Garten getragen, sofern es einen hier gab. Er wollte dieser verletzten Seele zeigen, dass es noch Sonnenschein gab, der das kalte Herz wieder erwärmte, und Blumen, die wieder heiter stimmten – so wie er es mit Werner und den anderen Jungen damals im Krankenhaus gemacht hatte, bevor man sie umbrachte.

„Wir werden gleich eingekleidet. Und als Bürger Israels kriegen wir auch Waffen in die Hand."

„Gewehre? Und was wird mit ihm? Was werden sie mit ihm anstellen?"

„Er wird ihnen sagen, was er gesehen und gehört hat. Dann werden sie ihn erst mal ausschlafen lassen. Er hat immerhin die Hölle überstanden."

„Dann muss er wirklich erst einmal schlafen", stimmte Alfie zu. Er hatte in Deutschland am eigenen Leib erfahren, was die Hölle sein kann.

Drei Offiziere kamen den Korridor entlang. „Da ist er", sagte einer von ihnen und deutet auf Daniel Caan. Dieser fuhr zusammen. Seine Anspannung wuchs. Er würde alles erzählen müssen, was ihm widerfahren war. Er würde vor anderen in allen Einzelheiten ausbreiten müssen, was er durchlitten hatte.

Ein großer Mann mit einem Schnurrbart sprach Daniel auf Englisch an: „Bist du Daniel Caan?"

„Ja."

„Du bist aus Kfar Etzion entkommen?"

„Ja."

„Commander Schaltiel möchte mit dir sprechen. Dann kannst du dich waschen, etwas essen und dich ausruhen."

„Ich möchte kämpfen."

„Ja, natürlich, mein Junge. Das kommt später. Kommst du hier entlang, bitte."

* * *

Man führte den Jungen in David Schaltiels Büro. Der Sergeant, der ihn begleitete, salutierte und sagte: „Hier ist er, Sir. Der einzige Überlebende aus Kfar Etzion."

Daniel fuhr ein kalter Schauer über den Rücken, als er diesen Namen wieder hörte. Bilder – schreckliche Bilder – kamen wieder hoch.

„Setz dich, mein Junge", sagte Major Thomas freundlich und schob ihm einen Stuhl hin. „Wasser?"

Daniel fuhr mit der Hand über seine gerissenen und schmutzigen Lippen, nickte und setzte sich auf den angebotenen Stuhl. „Sie müssen erfahren, was dort geschehen ist."

„Bleib ganz ruhig", sagte Schaltiel. „Wir haben bisher eine Menge Verluste. Über fünfzig Zivilisten und Haganah-Kämpfer werden in Amman gefangen gehalten. Das Rote Kreuz kümmert sich um sie. Aber bislang bist du der Einzige, der den Arabern entkommen ist, um uns etwas zu berichten."

Daniel nahm das Glas Wasser dankbar an und genoss die kühlende Erfrischung, bevor er fortfuhr. Seine Worte waren bitter, bitterer jedenfalls als man es von einem 16-Jährigen erwarten würde. „Es kommen keine anderen mehr. Die Araber haben sie alle umgebracht." Plötzlich fing die Hand, die das Glas hielt, heftig zu schütteln an, und Wasser spritze auf den Teppich. „Felsiger Hügel, das war unser letzter Vorposten vor dem Kloster ... haben ihn gehalten, bis es dunkel wurde ... Munition war alle ... Die Männer versuchten, sich in der Dunkelheit ins Kibbuz zurückzuziehen. Einige haben es geschafft. Mein Freund Ascher ..." Daniel verstummte. „Sie haben ihn nicht nur umgebracht ... auch sein Gesicht ... verstümmelt ..."

„Und was geschah dann am nächsten Morgen?", wollte Luke Thomas wissen, dem es darum ging, Daniel behutsam von den besonders schrecklichen Erinnerungen abzulenken.

„Sie haben uns die ganze Nacht mit Granaten beschossen. Doch am Morgen hörten sie unerwartet damit auf. Wir fingen schon an zu hoffen, dass Hilfe von Jerusalem gekommen war, um uns zu retten. Dann so gegen elf hörten wir Motorenlärm. Sie kamen von überall her, von allen Seiten mit ihren Schützenpanzern die Hügel herab. Überall Araber – tausend, zweitausend – ich weiß es nicht."

Daniels Schultern zuckten, und er blickte geistesabwesend in die Luft. Von seiner Umgebung nahm er nichts mehr wahr. „Wir hatten die Zufahrtsstraße zwar vermint. Aber ihre Granaten müssen viele davon schon hochgejagt haben. Keine einzige explodierte mehr. Nichts konnte sie aufhalten. Ganz schnell waren sie innerhalb der Umfriedung. Einige von uns fanden Deckung hinter der Klostermauer. Ihr Anführer, al-Malik, rief: ‚Juden! Warum wollt ihr abkratzen, wenn die Schlacht schon verloren ist? Ergebt euch, und ihr werdet euer Leben retten.' Euer Leben retten!", wiederholte Daniel kaum hörbar. Dann krallten sich seine Finger um die Armlehnen seines Stuhls. „Niemand darf sich ihnen je wieder ergeben!“, sagte er grimmig, vor Erregung bebend. „Niemals wieder! Sie haben einige gleich in ihren Schützengräben mit Maschinenpistolen erschossen und sich totgelacht, wenn welche um ihr Leben bettelten. Meine eigene ...“ Er redete nicht weiter. Und nach einer Pause wiederholte er: „Niemand darf sich ihnen je wieder ergeben. Es ist besser zu sterben und dabei einige von ihnen mitzunehmen.“

8

Die Männer, die mit Jakob und Alfie gemustert worden waren, versammelten sich alle in einer Baracke, die in der Nähe der Montefiori Windmühle stand. Als ihr Vorgesetzter stellte sich ein amerikanischer Jude vor. Er hieß Barney Isaacson, und sein amerikanischer Akzent – er kam aus Brooklyn – machte es Jakob zuweilen schwer, ihn zu verstehen. Auch Alfie, der überhaupt nur ein paar Brocken Englisch sprach, fragte immer wieder: „Was hat er gesagt, Jakob?"

Captain Isaacson war ein grober Klotz ohne Geduld und Feingefühl. Wenn einer seiner Männer nicht spurte, drohte er immer sofort mit dem Erschießungskommando, oder er kündigte an, sich selber zu erschießen aus Verzweiflung darüber, von zu vielen Schafsköpfen umgeben zu sein.

„Rührt euch!", bellte er, als würde Lautstärke die Sprachbarrieren überwinden. „Mal sehen, was wir da so reingekriegt haben."

Der Offizier bemerkte Alfies unbedarftes Grinsen und beäugte den Hünen misstrauisch. „Fehlt ihm was in der Birne? Kann er bis drei zählen?"

„Doch, doch, er ist schon in Ordnung, Sir", verteidigte Jakob seinen Schwager. „Er ist ein guter Soldat. Wir beide sind immer zusammen."

„So?" Isaacson betrachtete Jakob missmutig und neugierig zugleich. Was hatte es mit dieser zweifach gebrochenen Nase auf sich? Was hatte dieser Muskelprotz gemacht? „Nun red' schon, was habt ihr gemacht?"

„Wir sind von den Haydid in Warschau ausgebildet worden, Sir. Captain Samuel Orde – Gott sei seiner Seele gnädig."

Isaacson war ein Mann schneller Entschlüsse. Er streckte seinem Sergeant die Hand hin und schnauzte: „Her mit den roten Streifen!"

Der Angesprochene holte darauf zwei purpurrote Stoffstreifen hervor und gab sie Jakob. „Hier", befahl Isaacson. „Nähen Sie sich das auf die Schultern."

„Was bedeutet das, Sir?"

„Sie sind ab sofort Corporal des First Squad", sagte Isaacson. „Sie machen den Etappenhasen, sorgen für Nachschub und so. Wo man Sie braucht, wird man Sie einsetzen. Verstanden?"

Alfie meldete sich wie ein Schuljunge und sagte in gebrochenem Englisch: „Ich möchte das Funkgerät tragen."

„In Ordnung. Brigade *Packesel.* Du wirst noch genug zu schleppen kriegen."

Alfie strahlte.

Plötzlich Unruhe an der Tür. Und da die frisch gebackenen Haganah-Kämpfer noch keine militärische Disziplin kannten, drehten sich alle neugierig um.

Daniel Caan mit frisch gewaschenem Gesicht und deutlich sichtbaren Kampfspuren war in die Baracke getreten. Jetzt sah er sogar noch jünger aus als 16.

Ein vielsprachiges Gemurmel erfüllte den Raum. Viele hatten von dem einzigen Überlebenden von Kfar Etzion gehört, und einige hatten ihn schon gesehen. Aber fast jeder hatte irgendetwas über die Gräueltaten der Araber zu berichten.

Dann ergriff Isaacson wieder das Wort: „Heute Morgen ist Israel ... sagen wir ... wie eine schöne Nackte am Strand von Brighton, die nur mit einem Taschentuch das Nötigste bedeckt. Eure Aufgabe, Jungs, ist es nun, ein bisschen an dieses Taschentuch anzuhäkeln, damit von der Dame nicht mehr so viel zu sehen ist. Ein bisschen hier, ein bisschen dort. Dann haben wir bald alles bedeckt, worauf die Araber gierige Blicke werfen. Begriffen? Wir haben die Absicht, das jüdische Viertel zu sichern, bevor die Arabische Legion hier auftaucht." Er trat einen Schritt zurück, damit alle 200 Mann ihn sehen konnten, und sagte dann laut: „Erheben Sie die Hände und sprechen Sie mir nach, was ich Ihnen vorspreche."

Und als alle ihren Fahneneid abgelegt hatten, fügte er hinzu: „Sie sind von jetzt an Angehörige der Armee Israels. Wir haben genau einen Tag, um Ihnen so viel Hebräisch beizubringen, dass Sie sich nicht gegenseitig über den Haufen schießen. Also, auf in den Kampf, Männer!"

* * *

Während Daoud eine Hand voll Datteln aus einem Weidenkorb stahl, schlich sich Gawan an den gegenüberliegenden Verkaufsstand an, nutzte den Streit zweier Marktbesucher als Ablenkung und stibitze zwei Limonen. Die beiden jungen Männer stahlen mit so viel Fingerfertigkeit, dass sie wahrscheinlich die erfolgreichsten Diebe in ganz Jerusalem waren. Als sie den Markt verließen, trugen sie nicht nur ein Pitah-Brot und einen ganzen Bratspieß mit Lammfleisch nach Hause, sondern auch noch einen Krug mit Tee. Das Größte an diesem Tag aber war, dass Gawan zwischen den Pflastersteinen auch noch eine gut erhaltene Zigarettenkippe gefunden hatte. Das war ein Schatz, ein Grund zum Feiern!

Nachdem sie sich im Hof der Hotelruine niedergelassen hatten, um genüsslich zu speisen, sagte Gawan: „Dajani ist ein Idiot."

„Stimmt", bekräftigte Daoud. „Er sorgt noch dafür, dass wir beide draufgehen."

„Dann fliegen unsere Seelen direkt ins Paradies, und dort werden wir von ... siebzig Köchen versorgt, die uns so viel Lamm-Schaschlik machen, wie wir nur verdrücken können."

„Und Najid, der Bäcker – der wird auch da sein und immer nur Baklava für uns backen – und Strudel, so wie ihn uns immer die jüdische Alte gegeben hat, als wir ihren Abfall wegbrachten und ihren Hof fegten. Denkst du auch noch manchmal an den Strudel?"

Daoud nickte. Dieser Strudel war immer ein Gedicht!

„Wahrscheinlich kann sie jetzt auch keinen Strudel mehr backen. Man sagt ja, dass die Juden verhungern. Und Dajani behauptet, es sei der Wille Allahs, dass die Juden in ihrem Viertel verrecken, damit sie keinen Widerstand leisten, wenn wir durch die Mauern brechen, um ihnen den Rest zu geben."

Gawan seufzte angewidert: „Ich habe so die Nase voll von diesem Dajani. Hätte er nur einmal den Strudel von dieser Frau gegessen, der würde nie wieder davon reden, die Juden umzubringen."

„Da bin ich mir nicht so sicher. Der würde sie für sich backen lassen, genau zusehen, wie sie's macht, das Rezept stehlen und sie dann umbringen."

Gawan kaute sein Pitah-Brot gedankenverloren. „Uns schickt er genauso in den Tod, ohne mit der Wimper zu zucken, und dann schert er sich einen Dreck um uns."

„Genau."

„Vielleicht sollten wir abhauen. Dieser Krieg steht mir schon jetzt bis hierher. Alle spielen verrückt und reden nur davon, Juden abzumurksen. Das ist alles so was von öde. Wir sollten zur Küste runter – vielleicht nach Jaffa. Dort lohnt sich das Betteln vielleicht noch."

„Da findet er uns bestimmt, und dann legt er uns beide um. Und außerdem haben die Juden Jaffa schon eingenommen. Hast du das noch nicht gehört?"

„Umso besser! Dann hören wir nicht mehr diese blöde Angeberei, wie viele Juden man schon umgebracht hat."

Daoud rieb sich die Nase am Ärmel seines zerlumpten Hemdes. „Jetzt verstehe ich, was du meinst. Ich möchte wissen, worüber die Juden im Moment reden."

„Wahrscheinlich darüber, wie schön es wäre, mal wieder einen Strudel zu backen."

* * *

Als Major Luke Thomas mit David Schaltiel das Hotel verließ, sah er gerade noch, wie Rachel Sachar in Begleitung mehrerer Frauen mittleren Alters auf einen Krankenwagen zusteuerte, der sie zur Arbeit in eine Klinik bringen sollte. Ihr langes, schwarzes Haar war zu einem Zopf geflochten, und ihre schlanke Figur wirkte selbst in der Männeruniform, die sie trug, noch anziehend.

„Donnerwetter", rief Schaltiel, als er bemerkte, wohin Thomas blickte.

„Das ist Mosche Sachars Frau", sagte der Major voller Bewunderung und strich sich über den Schnurrbart.

„Das ist sie doch, oder? Ich habe schon gehört, dass sie ganz ansehnlich sein soll, aber ... Beneidenswert, der Mann. Da lohnt es sich, nach Hause zu kommen, oder?“

„Aber was treibt sie hier? Mosche erzählte mir ... Ich dachte, sie wäre in Tel Aviv und würde für die Jewish Agency arbeiten.“

„Ein Konvoi mit weiblichen Rekruten soll vor einer Stunde hier aus Tel Aviv eingetroffen sein“, berichtete Schaltiel. „Wahrscheinlich ist sie da mitgekommen.“ Schaltiel sah zur Uhr. „Hören Sie, ich komme schon zu spät zu meiner Verabredung mit dem Mann vom Palmach. Ich bin um zwei wieder zurück.“ Er bestieg ein Auto und fuhr zum Hauptquartier der Kampftruppe auf dem Zionsberg.

Thomas ging derweil zu Rachel. Als sie ihn erkannte, lächelte sie ihn an und rief: „Schalom, Luke!“ Sie freute sich offensichtlich, ihn zu sehen.

Er umarmte sie und deutete einen Kuss auf die Wange an. „Mosche erzählte mir, du seist in Tel Aviv geblieben, würdest für die Jewish Agency arbeiten – die Ankömmlinge rekrutieren und Frauen dienstverpflichten oder so.“

Rachel erklärte darauf die Umstände ihrer ursprünglich nicht geplanten Reise nach Jerusalem.

„Du hast Mosche gestern gesehen?“, fragte sie. „Geht es ihm gut?“

„Der Flug ist ihm gar nicht so gut bekommen. Er hasst diese kleinen Piper Clubs. Ich habe ihn am Flugzeug abgeholt und ihn auf den Beinen gehalten, bis sich sein Magen wieder erholt hatte. Er musste einem Sergeant viel Geld bezahlen, damit sie ihm und ein paar Männern britische Uniformen gaben, so dass wir sie in die Altstadt schleusen konnten. Aber es sind natürlich noch immer nicht genug Leute da oben.“

„Hast du seitdem von ihm gehört?“

„Ja, er hat ein Funkgerät mitgenommen. Das hilft sehr, den Angriff von dieser Seite zu koordinieren, wenn es so weit ist.“

„Und wie läuft es dort oben?“, fragte sie, indem sie sich zur Altstadtmauer umdrehte, als könnten sie dort oben einen Blick auf Mosche erhaschen.

„Ich will dir reinen Wein einschenken, Rachel. Die Lage im jüdischen Viertel ist nicht gut. Uns fehlt Munition, es fehlen die Leute, und die Vorräte gehen zur Neige. Dazu kommt noch der Widerstand der Rabbiner um Akiva. Mosche sagt, dass der Blutzoll riesig wäre, wenn das Viertel in die Hände der Freischärler des Muftis fallen würde. Er schätzt 1.500 Zivilisten, etwas weniger als 200 Verteidiger, und durch den Vandalismus der Freischärler könnten 2.000 Jahre Geschichte in einer Stunde für immer zerstört werden." Er verzog sein Gesicht, als er wieder daran dachte, was die gleichen Horden in Kfar Etzion angerichtet hatten. „Bisher konnten wir die Übergriffe der Gegenseite ganz gut parieren. Aber seit das Suffolk-Regiment auf dem Weg nach England ist, können wir nicht damit rechnen, dass wir noch lange standhalten. Wir versuchen alles, um die Einschnürung der Altstadt zu durchbrechen. Neues Tor, Jaffator, Zionstor. Die Pläne liegen schon in den Schubladen."

„Durchbrechen", wiederholte Rachel. „Wenn es losgeht, muss ich unbedingt dabei sein. Mein Platz ist an der Seite meines Mannes."

„Das wird ziemlich gefährlich. Der Angriff ist ..."

„Kaum gefährlicher für mich als für alle anderen. Die Altstadt ist mein Zuhause. Großvater, Jakov und Mosche sind da. Und ihr werdet Sanitäter brauchen. Ihr könnt mich nicht ausschließen, wenn alle, die ich liebe, da drinnen sind, *nu?* Ich habe ein Recht darauf."

„Das stimmt wohl", sagte er resignierend. „Ich denke, wenn jemand ein Recht darauf hat, dann du. Ich werde sehen, was ich tun kann. Vielleicht als Sanitäterin. Aber ich kann dir nichts versprechen, Rachel."

Ein Bote kam aus dem Hotel und rief Major Thomas. „Sir, ein Funkspruch, wegen der Leute, die Sie zu dem Kloster geschickt haben. Es gibt Probleme, Sie werden dringend gebraucht!"

* * *

Es prasselte und knackte im Lautsprecher des Funkgeräts. Major Thomas lehnte am Türrahmen, als endlich wieder etwas zu verstehen war.

„Bitte kommen! Hier spricht Jakob Kalner. Wir sind beim Kloster." Pause. Man hörte den Sprecher jemand fragen: „Wie heißt das Ding hier?"

Aus dem Hintergrund kam die Antwort: „Soeurs Réparatrices."

Jakob meldete sich wieder: „Ich hoffe ihr habt es gehört. Kann das Zeug nicht aussprechen. Jedenfalls das französische Kloster. Kommen."

Thomas, der erleichtert war, dass das Kommando schon so weit vorgedrungen war, ging zu dem Gerät und nahm das Mikrofon. „Nachschub-Kommando, hier spricht Major Thomas. Haben Sie die Stellung gesichert? Kommen."

„Das wollte ich melden. Die Araber sind gelaufen wie die Hasen, als wir kamen. Aber die Nonnen weichen keinen Zentimeter. Sie haben sich drinnen verschanzt. Und wir stehen noch draußen. Sie ... die Mutter Oberin sagt, bevor sie ihren Eid brechen, wollen sie lieber sterben. Kommen."

Thomas runzelte die Stirn und sah Barney Isaacson fragend an. Der sagte: „Wir müssen sie unbedingt da raus haben, oder wir haben keine Chance, das Neue Tor anzugreifen. Wie viele Nonnen sind es denn?"

Thomas wiederholte die Frage ins Mikrofon: „Wie viele Schwestern? Kommen."

„Dreißig. Aber schon die Mutter Oberin ersetzt eine ganze Armee. Kommen."

Thomas fragte: „Gibt es Verwundete?"

„Nur die Kirschbäume der Nonnen. Aber den Frauen ist es völlig egal, wer sie umbringt. Sie sind neutral, sagen sie. Und sie bleiben auf jeden Fall hier. Als wenn irgendjemand hier neutral bleiben könnte! Wir dürfen die Schwestern noch nicht mal ansehen. Wir werden überhaupt nicht ins Gespräch kommen, sofern wir keine Frau hier haben. Entweder ihr schickt Patronen und Frauen, oder wir verlieren den Krieg. Kommen."

Isaacson zuckte die Achseln und sagte dann zu Thomas: „Munition und Männer – das kriegen wir hin. Wir müssen das Kloster eh für den Angriff aufrüsten. Fünfzig Mann werden wohl reichen. Aber woher die Frauen nehmen? Wer spricht Französisch?"

„Rachel Sachar“, sagte Thomas.
„Dann holen Sie sie.“

* * *

„Rachel!“, rief Luke Thomas und kam ihr schnellen Schrittes entgegen. Es klang nach großer Dringlichkeit, und sie erschrak. Hatte es etwas mit Mosche zu tun?

Thomas, der bemerkte, dass ihr der Schreck in die Glieder gefahren war, beruhigte sie sogleich: „Ich glaube, ich weiß jetzt, wie wir dich in die Altstadt bekommen, sofern du das Risiko noch immer eingehen willst.“

„Erzähl mir, wie wir es machen.“

„Der römisch-katholische Erzbischof bringt die Nonnen von den Soeurs Réparatrices ins Patriarchat, das im christlichen Viertel der Altstadt liegt. Wir schicken einen Arzt und eine Krankenschwester mit.“

Rachel überlegte angestrengt, wen sie vorschlagen könnte. „Ich habe eine Freundin, eine Heidin, die spricht Französisch, und sie kennt sich mit Wundversorgung aus. Wird man auch zwei Schwestern akzeptieren?“

„Natürlich“, antwortete Thomas. „Also pack deine Sachen.“

* * *

Ein Eimer Wasser für ein Bad im Gemeinschaftswaschraum für Angestellte im King David Hotel und ein winziges Bröckchen Seife, das war für Lori das ganze Glück. Sie hatte saubere Uniformhosen bekommen, ein Hemd, Socken und Kampfstiefel – dank der britischen Armee.

Lori fühlte sich gleich wie neugeboren.

Jedes Mitglied der jüdischen Frauenbrigade hatte einen Becher Kaffee bekommen, eine Scheibe Brot und eine Apfelsine, die man ganz besonders schätzte. Das alles mussten sie schnell hinunterschlingen, bevor sie eingewiesen wurden.

Rachel fand Lori auf der großen Freitreppe vor dem Hotel an einem der steinernen Geländer lehnen. Sie gab ihrer neuen Freundin ein Stück Papier mit dem Stempel „Medizinisches Personal".

„Wir sind zu einem Team zusammengestellt worden, du und ich", sagte Rachel. „Du kennst dich in medizinischen Dingen aus, und ich kenne die Stadt wie meine Westentasche. Du musst aber auch lernen, dich zurechtzufinden. Es werden zwar im Moment Stadtpläne kopiert. Aber es gibt eine bessere Methode. Komm, ich zeige dir, wohin wir gehen. Wir müssen uns beeilen. Unser Transport fährt in einer halben Stunde los."

Sie führte Lori über die Straße zu dem gewaltigen Gebäude des CVJM, das wie das gegenüberliegende Hotel fest in den Händen der Haganah war.

Von dem zum Gebäude gehörenden Turm hatte man einen weiten Blick über das ganze Stadtgebiet, und so war er auch von fast überall aus zu sehen. In der Mitte des Turmes war als Relief ein Engel mit sechs Flügeln abgebildet, wie sie nach Jesajas Vision als Wächter vor dem Thron Gottes stehen. Die genaue Schriftstelle stand darunter in großen Lettern wie eine Warnung angesichts der möglichen Zerstörung der Stadt.

Rachel erklärte: „Dieser Turm war das Erste, was ich von der Stadt sah, als ich damals herkam. Mein Großvater meinte, wenn ich mich jemals verlaufen würde, könne ich diesen Turm immer als Orientierungspunkt benutzen."

Sie betraten das Gebäude durch die massive Bronzetür und bahnten sich ihren Weg durch die von Soldaten und Boten überfüllte Eingangshalle zum Fahrstuhl.

Rachel erklärte einer Wache auf Hebräisch: „Sie ist Sanitäterin und neu in der Stadt. Sie soll sich mal von oben aus orientieren."

Zunächst fuhren sie mit dem Fahrstuhl nach oben, aber das letzte Stück zur Aussichtsplattform mussten sie über eine enge Wendeltreppe gehen. Drei Palmach-Soldaten taten an den Rundbogenfenstern neben ein paar steinernen Heiligen ihren Wachdienst hier oben. Ein Granatwerfer und ein Funkgerät standen geschützt hinter Sandsäcken.

Rachel unterhielt sich mit den Männern wieder auf Hebräisch, und Lori verstand kein Wort. Die Männer lachten, verneigten sich, traten zur Seite und gaben so Lori und Rachel den Blick über die Stadt frei.

„Meine Familie ist dort drüben, innerhalb der Mauern", sagte Rachel traurig. „Ich werde bei ihnen sein, wenn die Haganah durchbricht. Aber sieh mal ..." Sie deutete in süd-östliche Richtung. „Die Araber halten immer noch den Zionsberg und die Dormitionskirche. Dadurch kommen wir so schlecht ans Zionstor heran."

„Von hier oben sieht alles so friedlich aus. Kaum zu glauben ..." Sie kam nicht weiter, denn in einiger Entfernung explodierte eine Granate der Araber, als wollte das wirkliche Leben sie eines Besseren belehren.

Rachel lächelte gequält. Sie blickte hinaus über die Stadt und fuhr dann fort: „Den Turm der Erlöserkirche dort drüben halten immer noch die Dschihad-Moqhaden. Das jüdische Viertel liegt genau im Zentrum der Altstadt zwischen dem Felsendom im Hintergrund und dem armenischen Viertel. Unsere Verteidiger halten noch immer die Kirche von St. Jakobus dort. Siehst du sie? Den Turm kannst du sehen. Mosche meinte, als er fortging, dass dieser Turm ein wahrer Segen ist. Von der Spitze sehen unsere Männer gleichzeitig das Jaffator und das Zionstor. Dort das Minarett in der Zitadelle. Man nennt ihn den Davidsturm. Wer ihn beherrscht, beherrscht auch das Jaffator. Leider sind das zur Zeit die Araber. Dein Mann ist übrigens in einem französischen Kloster gegenüber dem Neuen Tor. Das ist genau ein Tor weiter in der Mauer."

„Ihr habt ihn gefunden?"

„Ich habe einen Freund von Mosche gefragt. Mir ging es darum, dich in seine Einheit versetzen zu lassen. Aber das ist offenbar schwierig, weil sie eine Art Eingreiftruppe sind, die überall schnell dort eingesetzt wird, wo es brennt. Im Moment halten sie wohl dieses Kloster am Neuen Tor besetzt. Ein Corporal Jakob Kalner hat jedenfalls dies als Funkspruch geschickt."

„Corporal?"

„Beförderungen gehen heute in Israel zügig. Jeder wird gebraucht."

„Und wozu braucht ihr eine Sanitäterin?“

„Wir brauchen eine Frau, die Französisch spricht und keine Jüdin ist. Dreißig Nonnen müssen evakuiert werden. Die Schwestern wollen aber ihr Kloster nicht in Begleitung von Männern verlassen. Ich selber gehe auch hin, um sie zu überzeugen, dass sie in Gefahr sind. Ich dachte, du würdest auch mitkommen wollen.“

* * *

Mosche, Ehud, Dov und Rabbi Vultch blickten von vier Seiten auf die ausgebreitete Karte der Altstadt. Mosche hatte sie gerade von dem Befehl informiert, den Turm der armenischen Kirche aufzugeben. Ehud war außer sich vor Wut. Er schrie und zeterte, während Dov und Rabbi Vultch nur sprachlos dastanden.

„Wir können nichts weiter tun als uns fügen“, meinte Mosche schließlich, als Ehud sich wieder beruhigt hatte. „Wir brauchen die personelle und finanzielle Unterstützung aus Amerika, und wir können es überhaupt nicht gebrauchen, dass Präsident Truman uns Knüppel zwischen die Beine wirft.“

„Ach nein! Aber jetzt werfen wir uns selber Knüppel zwischen die Beine“, schimpfte Rabbi Vultch. „Das ist ja wirklich *meschugge!* Und was machen wir jetzt?“

Mosche deutete auf die Karte. „Wir müssen die Ararat Street als neue Verteidigungslinie ausbauen. Allerdings können wir nicht garantieren, dass sie ewig hält – aber vielleicht lange genug, bis Luke Thomas den Durchbruch schafft. Wir werden also Schützengräben ausheben und Barrikaden bauen.“

„Unter dem Feuer arabischer Gewehre von der Südmauer?“, fragte Dov.

„Wir müssen den Kirchturm räumen, ob wir wollen oder nicht. Aber ich bestimme den Zeitpunkt. Wir gehen nicht eher, bis die Gräben fertig sind. Vom Turm aus können wir den Grabenden noch Feuerschutz geben.“

„Na gut“, sagte Ehud, der einsah, dass es machbar war. „Ich weiß auch schon, woher wir die nötigen Sandsäcke bekommen.“

* * *

15 Jungen der Chaim-Thora-Schule standen in Reih und Glied in der Hurva-Synagoge und warteten auf Instruktionen. Am Ende der ersten Reihe abgemagerter Jungen mit knubbeligen Knien und Haarlocken an den Schläfen saß Schaul, Jakovs zotteliger Hund. Und vor ihnen lief, die Hände auf dem Rücken, Ehud Schiff auf und ab. Der untersetzte Mann war ein Freund aller Kinder im Viertel.

Er bezeichnete sich oft selbst als *Kapitän einer Mannschaft von Landratten und Liliputanern.* Dieser Mann schaffte es jedenfalls, die Jungen so zu führen und anzuleiten, dass sie Dinge vollbrachten, die den Leistungen eines ausgewachsenen Mannes kaum nachstanden.

Jakov, der durch seine natürliche Autorität als Mosche Sachars Schwager in seiner Position als Anführer niemals in Frage gestellt wurde, ergriff für die Gruppe das Wort. „Wir sind zum Kampf bereit", sagte er ernst. „Alle Jungen über 13 tragen bereits ein englisches Gewehr. Warum nicht auch alle anderen?"

„Im Kampf stehen wir alle unseren Mann, aber nicht jeder an derselben Stelle. Jeder hat seinen Aufgabenbereich", antwortete Ehud.

Der spindeldürre, rothaarige Joseph Rabinowitz bettelte mit der brechenden Stimme eines pubertierenden Jungen: „Bitte, nicht mehr abwaschen im Tipat Chalev!"

„Und nicht mehr Zwiebeln schneiden unter Hannah Cohens Aufsicht!", fügte der stämmige Leo Krepske aus der vorderen Reihe hinzu. „Dann heiß es immer: Schneid sie kleiner, schneid sie feiner. Eine elende Maloche! Immer nur Zwiebeln. Die kommen mir schon aus den Ohren heraus."

Mendel, sein Bruder, gab ihm einen Klaps gegen den Hinterkopf. „*Luftmensch!* Deine Ohren sind so dreckig, da kommt eh nichts mehr raus!"

„Blöder Kerl!", rief Leo, der sich zu seinem Bruder umdrehte, seine Locken packte und den Kopf zu Boden zog, bis Ehud dazwischenfuhr.

„Schluss jetzt!“, rief er. „Es gibt Wichtigeres zu tun, als eure Streitereien zu schlichten.“

„Was ist das?“, fragten 15 Stimmen gleichzeitig.

„Es ist besonders wichtig, aber auch gefährlich. Commander Mosche informierte mich, dass alle über zehn eingeteilt werden, auf den Dächern zu patrouillieren und Ausschau zu halten. Außerdem müsst ihr gegebenenfalls Botschaften von den Wachsoldaten zur Zentrale bringen. Nur auf diese Weise sind wir früh genug vor arabischen Angriffen gewarnt und können so Verstärkung dorthin schicken, wo sie benötig wird.“

„Das ist gut“, meinte Leo Krepske. „Wir Kinder können sowieso schneller auf den Dächern herumkriechen, so schnell wie ... wie...“

„Ich weiß, dass du flitzen kannst, genauso wie letztens, als du Bonbons aus Reuven Bennicks Laden stibitzt hast“, sagte Joseph, der die günstige Gelegenheit nutzte, seine Beobachtungen auszuplaudern.

Das war das Signal für die Krepske Brüder, sich auf den rothaarigen Rabinowitz zu stürzen. Aber im Eifer des Gefechts versetzte Leo seinem Bruder Mendel einen Kinnhaken, und dieser jaulte auf. „Mann, pass auf, wo du hinschlägst!“

„Schluss, jetzt. Augenblicklich!“, brülle Ehud. „Oder ihr geht auf der Stelle zu Hannah Cohen!“

Diese Drohung zeigte Wirkung.

„Was ist mit denen, die noch nicht über zehn sind?“, wollte Jakov wissen, wobei er sich reckte, als könne er fehlende Lebensjahre durch ein paar Zentimeter Körpergröße ersetzen.

Ehud entgegnete: „Darüber haben wir lange nachgedacht. Ihr wisst ja, dass wir Schützengräben ausheben und entlang der Ararat Street eine mächtige Barrikade errichten müssen. Und das alles wegen dieses *meschuggenen* Präsidenten aus Amerika! Sand und Steine müssen dann in Säcke gefüllt werden, um damit einen Wall zu errichten. Ihr müsst alles heranschleppen, was auch nur im Entferntesten an ein Behältnis erinnert – Taschen, Schulranzen, Beutel.

Das alles muss dann gefüllt und an der richtigen Stelle gestapelt werden. Das ist etwas, was *ihr* erledigen könnt. Jeder aufgestapelte Sandsack kann ein gerettetes Leben sein, das nicht von arabischen Kugeln vernichtet wird."

Jakov nahm soldatisch Haltung an und sagte: „Wir werden also graben, Säcke füllen und sofort damit beginnen."

9

Der Laderaum eines beschlagnahmten britischen Sanitätswagens war voll gestopft mit Nahrungsmittelvorräten für zwei Tage, mit einem Sammelsurium von medizinischen Materialien und mit 1.000 Schuss Munition.

Den verbleibenden Platz teilten sich Rachel Sachar und Lori Kalner mit drei Sanitätern mittleren Alters und mit Dr. Hiram Baruch, einem tschechischen Arzt, der die Todeslager überlebt hatte.

Man glaubte, Dr. Baruch sei am besten geeignet, die Mutter Oberin und die anderen Klosterinsassinnen davon zu überzeugen, sich auf den neutralen Grund des im christlichen Viertel gelegene Lateinische Patriarchat zurückzuziehen. Der Plan war, dass Rachel und Lori als Nonnen verkleidet mit den Klosterschwestern an den arabischen Freischärlern vorbei das Neue Tor passieren würden. Dr. Baruch sollte die Amtstracht eines katholischen Priesters überziehen. Waren sie erst einmal durch das Tor gelangt, würden sie sich schon irgendwie ins jüdische Viertel durchschlagen.

Dr. Baruch war 48 Jahre alt und hatte sein Medizinstudium an der Universität Prag abgeschlossen. Als Kind jüdischer Konvertiten war er im Dom zu Prag getauft worden. Während des Krieges tat er unter widrigsten Umständen seinen Dienst und holte so manche Kugel ohne Betäubung aus den Körpern verwundeter Soldaten. Als man ihn gefangen nahm, bestand sein medizinischer Dienst häufig nur noch darin, die Sterbenden zu trösten und zu begleiten.

Er hatte sich die Ärmel hochgekrempelt und schämte sich seiner eintätowierten Registriernummer am linken Unterarm offenbar nicht. Rachel glaubte gar, dass er diese Zahlen als Ehrenzeichen trug. Er sah überhaupt sehr würdig aus mit seiner Halbglatze, dem schneeweißen Haarkranz, der ihn wie ein Lorbeer schmückte, und der schlanken Nase in seinem aristokratischen Gesicht. Allein die dicken Gläser seiner Brille störten ein wenig das Gesamtbild.

„Ihr Mann ist in der Altstadt, nicht wahr?“, fragte er nach einer Weile.

„Ja, er organisiert dort den Widerstand gegen die Araber", antwortete Rachel.

„Von Ihrem Akzent her würde ich sagen, dass Sie aus Warschau kommen."

Plötzlich horchten alle anderen auf und sahen Rachel erwartungsvoll an.

„Ja", antwortete sie und betrachtete verlegen ihre Hände. Sie hoffte, dass er nicht noch mehr in sie dringen würde. Ihm aber entging ihre Verlegenheit nicht. Auch war ihm aufgefallen, dass die Narbe am Arm sehr groß war, weshalb er vermutete, dass sie neben der Zahl auch noch den Satz *Nur für Offiziere* herausgeschnitten hatte. Da er sie nicht weiter belästigen wollte, wandte er sich nun Lori zu.

„Man hat mir gesagt, dass sie sich in der Wundbehandlung auskennen."

„Habe ich in London während der Luftangriffe gelernt."

„Die Funksprüche aus dem jüdischen Viertel deuten darauf hin, dass es dort auch schon ziemlich ungemütlich geworden ist. Es kommt immer wieder zu Granatsplitterverletzungen und zu Wunden durch herumfliegende Steine. Heute Morgen gab es schon vier Tote und 13 Verwundete, und für die Verletzten gibt es nur zwei Schwestern und acht freiwillige Helfer. Man braucht dort unbedingt einen Chirurgen. Wir werden also nicht über Arbeitsmangel klagen, wenn wir es schaffen durchzukommen." Er biss sich vor innerer Anspannung auf die Unterlippe. „Sie werden mich kaum ins Kloster lassen, bis Sie mit der Mutter Oberin gesprochen haben. Ich werde also im Hospiz Notre-Dame warten. Schicken Sie mir eine Nachricht, sobald sie eingewilligt hat." Er deutete mit dem Fuß auf einen Beutel, der am Boden lag. „Meine Soutane, falls es doch klappt."

Auch im Hospiz warteten Verwundete auf einen Arzt, und Dr. Baruch machte sich sofort an die Arbeit, als sie dort ankamen.

Das Hospiz, vor der nordwestlichen Mauer der Altstadt gelegen, war ein für die jüdische Seite strategisch wichtiger Punkt, denn direkt hinter dieser Mauer befand sich der *Musrara*, das moslemische Viertel. Das Gebäude in Form eines großen E war wohl eins der massivsten Bauwerke der Stadt und lag direkt an der Suleiman Street. Vor dem Eingang stand eine gut sechs Meter große Statue der Mutter Maria, die das Jesuskind der Heiligen Stadt präsentiert. Die Mauern des Hauses aus grauem Granit hatten früher einmal Pilger beherbergt, doch inzwischen hatten Scharfschützen ihre Stellungen darin bezogen.

Neben dem massigen Bauwerk des Hospizes nahmen sich die Klostermauern der Soeurs Réparatrices eher klein und unbedeutend aus – wie ein Kleinkind am Schürzenzipfel der Mutter. Die Insassinnen hatten bislang immer gehofft, dass sie wegen ihrer strikten Neutralität nicht in den Konflikt hineingezogen werden würden, obgleich ihr Kloster so dicht an der Frontlinie lag.

Doch bevor der jüdische Scheinangriff auf das Neue Tor und der Hauptangriff auf das Jaffator erfolgen konnte, musste die Nordflanke beider Operationen gesichert werden. Die Folge dieser strategischen Überlegungen war, dass das Kloster kaum mehr Verschonung erwarten konnte als ein Gänseblümchen, das einem Panzer im Weg steht.

Rachel hatte die Niederschrift eines Telefonats zwischen dem Haganah-Hauptquartier und dem katholischen Erzbischof bei sich, mit dem die Mutter Oberin davon überzeugt werden sollte, die Schwestern dem Schutz des neutralen Lateinischen Patriarchats in der Altstadt anzubefehlen. Daneben hatte sie noch die Zusicherung des arabischen Oberkommandos in Jerusalem dabei, dass man die Klosterinsassinnen durch das von Arabern besetzte Neue Tor passieren lassen würde.

Was allerdings nicht in den Papieren stand, war der Plan, dass Rachel Sachar und Lori Kalner als Mitglieder des Ordens verkleidet und Dr. Baruch als Priester die Altstadt mit den anderen betreten würden.

* * *

Die nächste Aufgabe, die Jakob Kalners Kommando gestellt bekam, bestand darin, vom Kloster aus die Gebäude jenseits der Jaffa

Road zu durchkämmen. Es handelte sich dabei hauptsächlich um einen dreieckigen Gebäudekomplex, von dem aus die letzten Eroberer Palästinas das Land regiert hatten. Man nannte diesen Komplex auch *Bevingrad* nach dem letzten britischen Außenminister Ernest Bevin.

Das militärische Personal hatte Hals über Kopf das Gebäude verlassen, um nicht unnötig zwischen die Fronten des sich abzeichnenden Krieges zu geraten. Dabei hatte man Unmengen von Material zurückgelassen – vieles unbrauchbar, aber auch viele wertvolle Dinge. Jakobs Kommando sollte nun beides voneinander scheiden.

Daniel Caan hatte eine Kiste mit Taschenlampen entdeckt, sieben Drahtscheren und einige britische Flaggen. Er fühlte sich nicht wohl in seiner Haut. Was tat er da überhaupt? Er durchwühlte altes Zeug wie ein Lumpensammler. So hatte er sich seinen Einsatz für sein Land nicht vorgestellt. Ascher hatte würdig sein Leben im Kampf gelassen und nicht bei der Suche nach Taschenlampen. War er, Daniel, an Suzannahs statt am Leben geblieben, um mit Drahtscheren als Siegestrophäe aus dem Kampf heimzukehren?

Zu der Scham über die so unbedeutende Aufgabe gesellte sich auch noch die Angst. Dort in seinem Versteck und dann später im Gebüsch, als die Soldaten vorüberzogen, war er fast umgekommen vor Angst. Dabei wäre es so viel würdiger gewesen, irgendwelchen Arabern todesmutig das Leben zu nehmen und Suzannahs Tod zu rächen. Hoffentlich würde er bei seinen nun gestellten Aufgaben nicht wieder vor der Gefahr davonlaufen.

Sein Urteil über sich selbst war gnadenlos. Er war ein Versager, und er wusste es. Nur der Gehorsam gegen einen Befehl trieb ihn jetzt vorwärts.

Die Tür zum nächsten Haus stand einen Spaltbreit offen. Auch hier fand Daniel wieder die Spuren eines übereilten Aufbruchs. Mitten in der Diele lag auf dem Fußboden eine lederne Aktentasche, die offenbar in der Eile fallen gelassen worden war. Aber sie enthielt keine wichtigen Akten oder Papiere, nur ein eingewickeltes Käsebrot und eine Serviette mit dem Aufdruck *New City Nightclub*.

Mitten auf dem Esszimmertisch stand eine ausladende Vase mit einem kunstvoll arrangierten Blumenstrauß aus roten und gelben Rosen, die in dem trockenen Gefäß allerdings schon ihre Köpfe hängen ließen. Das Gebinde war unvollständig geblieben. Einige Stiele lagen noch neben der Vase. Offenbar war derjenige, der sich hier betätigt hatte, unerwartet gerufen worden und mit der Hoffnung weggelaufen, schon bald wieder zurück zu sein.

Die Küche war durchwühlt worden. Es waren keine Lebensmittel mehr da außer sechs Dosen Ölsardinen auf einem der oberen Regale. Warum man gerade sie übersehen hatte, war für Daniel im Augenblick nicht nachvollziehbar. Teller, Tassen und Gläser lagen in tausend Scherben am Boden. Hier musste eine wahre Orgie der Gewalt stattgefunden haben. Zuoberst auf dem Scherbenhaufen lag ein einzelner Teller, der nicht mehr zu Bruch gegangen war.

Daniel hob ihn auf. Ein blaues Muster umrankte den ansonsten weißen Porzellanteller. Es erinnerte ihn an das Geschirr seiner Eltern, das bei besonderen Anlässen aus der Anrichte im Wohnzimmer geholt wurde. Plötzlich überkam auch Daniel die blinde Wut. Mit großer Wucht machte er seinem ganzen aufgestauten Zorn Luft und schleuderte den Teller an die Wand, dass er in tausend kleine Scherben zerbarst.

* * *

Die Freischärler des Muftis besaßen lediglich zwei armselige 50-Millimeter-Granatwerfer, um den Musrara, das arabische Viertel, nordöstlich vom Hospiz zu halten. Doch es schien Lori, während sie mit Rachel im Hospiz wartete, als verfügten die Freischärler über einen unendlichen Vorrat an Granaten. Die offenbar ungezielt abgefeuerten Geschosse schlugen überall im Gelände um das Hospiz ein, wühlten den Boden auf, zerstörten die gemauerte Einfriedung und ließen vom gepflegten Garten der Mutter Oberin nebenan kaum etwas übrig.

Ein Soldat der Irgun mit britischem Akzent warnte, dass die Fähnchen vom Roten Kreuz, die sie mitnehmen wollten, für die Freischärler auf der Mauer des Neuen Tores ein ausgezeichnetes Ziel abgeben würden.

„Seid also vorsichtig“, meinte er scherzend. „Die zielen womöglich genau aufs Kreuz. Sie kommen aus dem Irak, dem Iran, aus Syrien und Tunesien. Es sind eben Söldner von überallher, nur nicht aus dieser Gegend. Die schießen auf alles, was kein Dreieckstuch auf dem Kopf trägt. Und es macht ihnen auch noch Spaß.“

„Selbst auf Nonnen?“, fragte Lori.

„Keinen Respekt haben diese Mistkerle“, schimpfte der Soldat.

„Wie lange werden die uns noch beschießen?“, fragte Rachel besorgt und legte instinktiv den Arm über ihren Bauch. Dieser ständige Beschuss sorgte dafür, dass ihr unbehaglich wurde, wenn sie an ihr bevorstehendes Unternehmen dachte.

„Sie schießen vormittags und am späten Nachmittag nach dem Gebet“, erklärte der Engländer. „Alle zwanzig Minuten. Man kann die Uhr danach stellen. Wir müssen abwarten, bis wieder eine Pause eintritt. Dann wenden sich die Freischärler in die andere Richtung und beschießen das jüdische Viertel. Morgen früh beginnt wieder alles von vorn. Sie hören immer wieder für eine Zigarettenpause, einen Kaffee oder für den Gang zum Klo auf. Die kurzen Unterbrechungen dauern meist nur fünf Minuten. Ihr werdet das Kloster durch den Hintereingang verlassen. Dann müsst ihr ein Stück rennen. Unsere Jungs wissen, dass ihr dann über die Mauer kommt. Sie werden dort sein, um euch zu helfen.“ Er schüttelte den Kopf und lachte: „Wenn es nicht so traurig wäre, könnte man darüber lachen, aber sie haben von unseren Leuten nur so viele getötet, weil sie durch puren Zufall getroffen haben.“

Auch Lori war nicht zum Lachen. Sie fragte sich besorgt, ob Jakob und Alfie auch schon zu den Opfern gehörten – verwundet oder tot. Lagen sie vielleicht noch auf dem Dach des Klosters? Rachel Sachar war zuversichtlicher. Sie glaubte ernsthaft, dass ihre guten Absichten sie vor dem Schlimmsten bewahren würden. Aber Lori wusste aus Erfahrung, dass der Tod vor den guten Taten der Unschuldigen keinen Respekt zu haben schien.

„Es reicht doch, wenn eine von uns geht“, meinte Lori, die sich um Rachels ungeborenes Kind Sorgen machte. „Ich denke, ich gehe alleine mit."

Rachel bedankte sich für dieses Angebot, dennoch lehnte sie ab: „Ich kenne die Mutter Oberin persönlich. Sie ist gewissermaßen eine Freundin, und sie vertraut mir. Wenn also eine von uns zurückbleibt, dann du."

Lori öffnete den Mund, um zu widersprechen. Doch sie kam nicht dazu, weil in diesem Augenblick die Waffen ganz plötzlich schwiegen. Es war so unwirklich still draußen, und Lori hörte die feine Stimme eines einsamen Vogels aus dem Buschwerk neben dem Kloster, der dort wahrscheinlich verängstigt hocken geblieben war.

„Also los, meine Damen. Die Heiligen Kämpfer machen Kaffeepause. Fünf Minuten!" Der Mann von der Irgun sprang auf und öffnete die Tür, die zu dem schon fast gänzlich verwüsteten Garten hinter dem Hospiz führte.

„Raus mit euch! Wir haben keine Zeit zu verlieren", kommandierte der Soldat. „Viel Glück!"

Rachel rannte los, und Lori blieb ihr immer auf den Fersen. Nachdem sie an der Mauer auf eine Bank gestiegen war, hatte sie Schwierigkeiten, sich über die Mauer zu schwingen.

Lori rief: „Helft uns!", worauf eine Hand von drüben kam und Rachel mit einem Ruck über die Mauerkrone zog, so dass sie glücklich auf dem Klostergrund landete.

Lori folgte ihr, stieg auf die Bank, zog sich an der Mauer hoch und überwand sie mit einem Ruck. Drüben ging es etwa zweieinhalb Meter in die Tiefe. Aber niemand war mehr geblieben, um sie aufzufangen. Glücklicherweise fiel sie direkt in weiches, hohes Gras. Als sie aber aufsah, fuhr sie erschrocken zusammen. Sie blickte nämlich direkt in das Gesicht eines Arabers, der mit einer Schaufel bedrohlich fuchtelte.

Sie wollte schreien, doch ihre Kehle war wie zugeschnürt. Was wollte dieser alte Mann von ihr? Endlich, Haganah-Kämpfer kamen aus dem Gebüsch. Aber warum erschossen sie den Mann nicht auf der Stelle?

„*Salaam!* Ich bin der Gärtner hier", sagte er und verbeugte sich.

„Sie sind hier, um die Mutter Oberin zu sprechen? Mit der Frau ist nicht zu spaßen. Beten Sie, dass kein Blut fließt." Er blickte gen Himmel und bekreuzigte sich.

Lori erholte sich schnell von dem Schreck, und jetzt hatte sie auch Zeit, sich in dem verwüsteten Garten umzusehen. Der aufgerissene Boden war von einem feinen rosafarbenen Teppich aus abgefallenen Kirschblütenblättern bedeckt. Und drüben, am anderen Ende des Gartens, befand sich ein eisernes Tor, das zu den Kreuzgängen des Klosters führte.

„Sie sollten die Glocke läuten", riet der Gärtner. „Erzählen Sie ihr, warum sie kommen."

Rachel stand bereits unter dem Torbogen, und nun zog sie an dem Seil der Glocke. Lori, die noch im Garten war, sah hinauf zum Dach, ob nicht vielleicht doch noch irgendwo Jakob zu sehen war.

Ein Haganah-Kämpfer mit rußgeschwärztem Gesicht kam plötzlich hinter einem Busch hervor. Trotz seiner Tarnung erkannte Lori ihn sofort. Auch er war mit der *Joshua Reynolds* gekommen.

„Sie hier?", rief er entgeistert.

Rachel zerrte ungeduldig an dem Glockenseil und blickte immer wieder durch das Gittertor, denn noch immer ließ sich niemand blicken.

Lori nutzte die Gelegenheit und fragte den Soldaten: „Haben Sie Jakob gesehen? Ist Jakob Kalner hier?"

„Er ist schon wieder weg – er, der große Kerl und ein halbes Dutzend anderer. Sie sind über die Mauer vor dem letzten Angriff. Wir hier sollen das Kloster halten, aber die Oberin lässt uns nicht ein."

Über den Innenhof des Klosters kam eine große, schlanke und schon etwas ältere Nonne mit einem auffälligen Schlüsselbund am Gürtel. Beim Anblick der zwei Frauen in dem verwüsteten Garten stutzte sie.

„Rachel Sachar?", fragte sie mit einem Kopfschütteln. „Man hat sie also tatsächlich geschickt!"

„Sie müssen uns einlassen, ehrwürdige Mutter. Es sind nur wir beide."

„Das muss ich dann wohl."

* * *

Jakov und seine Mannschaft durchkämmten die Altstadt nach brauchbaren Füllmaterialien für ihre Säcke und Beutel. Sie bekamen 57 Säcke, 25 Ledertaschen, 19 Bettbezüge und drei Packsattel von einer Kamelkarawane.

Überall, wo die Jungen anklopften, bekamen sie eine Kleinigkeit zur Erfrischung, und freundliche Rabbis segneten sie für ihren Einsatz. Das ging so, bis sie die Stambuli-Synagoge erreichten.

Der Nachmittagsgottesdienst zum Schabbat war gerade vorüber. Rabbi Akiva und ein paar Getreue hatten sich danach noch versammelt, um gegen die Aktionen der Haganah zu protestieren und zu beraten, was nun zu tun sei, da der Schutzschild der Briten nicht mehr existierte.

Jakov und die Krepske-Brüder hörten schon von draußen den Rabbi keifen und zetern: „Tod und Zerstörung kommen über unsere Häupter", keifte er. „Wir stehen kurz vor der vollständigen Ausrottung. Es sieht so aus, als führte kein Weg daran vorbei." Ein Murmeln und Raunen ging durch seine kleine Herde. Alle waren äußerst besorgt.

Mendel Krepske meinte: „Dann haben sie ja wenigstens eine Ahnung, wie gefährlich unsere Lage ist."

Als sich die Jungen zeigten, hielt der Rabbi inne. Alle seine Zuhörer wandten sich um, um zu sehen, welche Eindringlinge ihn da störten. Und Akiva schnauzte: „Was wollt ihr? Was für böse Nachrichten bringt ihr?"

„Keine schlechten Nachrichten", erwiderte Jakov. „Wir sind das Sandsack-Komitee von der Altstadt-Verteidigung." Und während er sprach, wedelte er mit einem Bettbezug in der einen Hand und mit einem leeren Reissack in der anderen. „Wir brauchen noch Säcke oder Beutel für die Barrikaden."

Rabbi Akiva explodierte: „Beschmutzer des Schabbats! Jetzt schicken sie schon Kinder, um ihr Teufelswerk auszuführen! Weißt du nicht, Junge, dass uns nur noch die Kapitulation bleibt? Wenn wir mit den Arabern keinen Frieden aushandeln, werden wir alle jämmerlich zugrunde gehen!"

Leo Krepske entgegnete: „Deshalb brauchen wir ja auch die Säcke."

Ein großer Mann mit schwarzem Mantel trat auf den Jungen zu – selbstgerecht und wütend – und begann ihn am Ohr zu zerren. „Du wagst es, gegen einen Ältesten Israels das Wort zu erheben, du Straßenratte?" Der Junge ging in die Knie, und Jakov fuhr zusammen, als der Mann seine Hand erhob, allerdings nur, um seinen Hut zurechtzurücken.

Schaul, der vor der Tür angebunden war, knurrte, bellte und zerrte an der Leine.

„Sorg dafür, dass dieser Köter hier verschwindet", rief Akiva von hinten.

In diesem Augenblick tauchte Ehud auf, um sich zu erkundigen, wie schnell der Barrikadenbau vorankam. Er sah sofort, dass es hier Unstimmigkeiten gab, und so stellte er sich zwischen die Jungen und die Gruppe von Akivas Getreuen.

„Wenn Sie die Sicherheit dieser Mauern für ein paar windige Versprechungen der Araber aufs Spiel setzen, was soll dann noch von uns übrig bleiben?", fragte Ehud so friedfertig wie möglich.

„Du sprichst so mit deinem Bürgermeister?", schalt einer von Akivas Anhängern.

Ehud entgegnete: „Einer, der nur große Töne spuckt, während andere ihr Leben aufs Spiel setzen, ist nicht mein Bürgermeister."

„Ihr entweiht den Schabbat!", donnerte Akiva.

„Könnte es sein, dass Sie etwas Wichtiges vergessen haben? Es ist sehr wohl erlaubt, Leben am Schabbat zu retten."

„*Nebech!* Du erdreistest dich, mir das Gesetz zu erklären, du Lästerer? Mach, dass du fortkommst!"

„Bleibt ruhig hier zwischen all den alten und verstaubten Schriftrollen. Das ist der richtige Ort für euch. Wir gehen hinaus zu den Menschen und helfen, wo wir können", rief Ehud im Gehen.

Draußen arbeiteten Männer und Frauen an den Schützengräben. Immer zwei bildeten ein Team. Einer grub, während der andere die

Augen aufhielt, um mögliche Angreifer aus dem arabischen Viertel, in den Gassen oder auf den Dächern rechtzeitig zu entdecken. Britisches Spezialwerkzeug, Eisenschrott, Pickel und auch Hände ohne Werkzeug gruben sich mühsam in den Boden der Stadt, der über die Jahrtausende von so vielen Generationen festgetreten worden war.

Um in den gepflasterten Boden einzudringen, bedurfte es kräftiger Muskeln und eines schweren Werkzeugs aus Stahl. Ehud machte mit seiner 18 Zentimeter langen Brechstange die Runde. War eine Stelle gefunden, die bearbeitet werden musste, hob er die angespitzte Eisenstange in die Höhe und ließ sie mit voller Wucht zu Boden sausen, um das Pflaster zu sprengen.

Nach sechs, sieben Stößen des muskulösen Mannes war das Pflaster meist aufgebrochen. Kaum hatte Ehud die schwere Stange wieder über seine Schulter gelegt, da sprang gleich eine ganze Horde kleiner Helfer herbei, um die gelockerten Platten und Pflastersteine einzusammeln. Größere Steine wurden direkt vor dem Graben aufgeschichtet, während Sand und kleinere Brocken in die Säcke gefüllt wurden.

Jakov und seine fleißigen Sammler trugen ihre Beute zusammen, und Jehudit half ihnen, sie in Säcke zu füllen. 30 Zentimeter Aushub in den Gräben bedeuten 60 Zentimeter mehr an Schutz für einen Mann, denn die Erde türmte sich draußen vor dem Graben als Wall. So schnitten die Gräben immer tiefer ins Erdreich, und die Schatten wurden immer länger. Ehuds Brechstange hob und senkte sich viele hundert Mal.

„Was war das?“, rief er plötzlich und hielt sich mit seiner schwieligen Hand den Nacken. Hatte jemand auf ihn geschossen? „Die werfen Steine!“, rief einer.

„Schabbat-Brecher!“, scholl es im Chor aus einiger Entfernung, und gleichzeitig flogen Steine aus derselben Richtung auf die Grabenden.

„Ihr seid ja verrückt!“, brüllte Ehud, der gerade noch einem Brocken ausweichen konnte.

Und noch während Akivas Anhänger aufgebracht ihre Parolen

skandierten, schlug etwas mit einem lauten Klicken an Ehuds Brechstange. Es war ein Schuss. Und die Patrone prallte von dem Stahl seines Werkzeugs ab. Gleichzeitig kam von einem der Dächer der Ruf: „Die Araber greifen an! Geht in Deckung!"

Rabbi Akivas Anhänger gerieten in Panik, liefen aufgescheucht wie Hühner umher und behinderten sich dabei gegenseitig. Eigentlich wollten sie ja so schnell wie möglich Schutz in der Synagoge suchen. Einer rief: „Rettet uns! Gebt auf, solange wir noch leben! Wir müssen uns ergeben, oder wir werden alle sterben!"

Nicht einer von ihnen blieb zurück, um sich dem Kampf zu stellen, als die Schlacht begann.

10

Die erste Welle von Dschihad-Moqhaden kam die St. James Road herauf und näherte sich den Barrikaden. Das MG der Haganah ratterte, die Heranstürmenden aus der ersten Reihe strauchelten und fielen leblos zu Boden. Doch über die blutenden Leiber stürmten weitere Kämpfer nach, brüllten die Größe Allahs hinaus und verkündeten den Tod der Juden.

Jede Welle wurde abgewehrt, aber gleich darauf folgte die nächste. „Zielt genau!", rief Mosche mahnend, denn er wusste, wie kostbar jede Patrone war.

Broschi, ein tapferer Kämpfer der Haganah, nahm sich Mosches Mahnung sofort zu Herzen, tauchte hinter einem Sandsack auf und zielte genau. Doch in dem Augenblick, da er schoss und einen Feind zu Boden streckte, eröffnete jemand vom Kirchturm aus mit einer Salve das Feuer. Broschi wankte und fiel, von Kugeln durchsiebt, nach vorn auf die Barrikade.

Zev und Menachem hatten auf dem Dach der Kornmühle Deckung hinter einem aufgesetzten Mäuerchen gefunden. Sie hatten sich eine Taktik ausgedacht, durch die sie einander Feuerschutz geben konnten. Während der eine auf den Kirchturm feuerte, um die Scharfschützen in der Deckung zu halten, konnte der andere in die Gasse nach unten feuern, worauf sie beide in Deckung gingen.

Eine Welle von Freischärlern kam so dicht an die Barrikaden heran, dass sie Rauchgranaten werfen konnten, bevor sie sich in Läden und Torbögen zurückzogen. Sofort breitete sich ein dichter, grauer Nebel in der Straße aus und reduzierte die Sichtweite auf weniger als einen Häuserblock.

Die Männer hinter den Sandsäcken konnten nur noch blind in die Nebelwand feuern. Und die Ungewissheit, was sich hinter dem grauen Vorhang zusammenbrauen könnte, war schlimmer als der Anblick der heranstürmenden Angreifer.

„Wartet!", mahnte Mosche noch einmal. „Schießt nicht, wenn ihr nichts sehen könnt."

Als die nächste Welle von Angreifern aus dem Dunst auftauchte, waren die Männer offenbar genauso orientierungslos wie ihre Gegner hinter den Barrikaden. Die Angreifer waren offenbar überrascht, dass sie schon so dicht an der Barrikade aus dem Nebel auftauchten. Das MG tat ganze Arbeit. Bei dem Versuch, den tödlichen Kugeln zu entkommen, rannten die in Panik geratenen Araber ineinander, stießen sich, stolperten und wurden fast alle erschossen.

Dann plötzlich schwiegen die Waffen. Nur das Stöhnen und Jammern der mit dem Tode Ringenden unterbrach die unheimliche Stille und verbreitete sich mit den rauchigen Schwaden in den Gassen.

Am Boden des Grabens lag ein verwundeter Jude und ächzte erbärmlich wie ein wildes Tier. „Mutter, Mutter!", schrie er in Todesangst. Aber niemand kam, um Trost zu spenden.

Bevor sich der künstliche Nebel vollständig lichtete, wurde klar, wozu die Araber diesen Sichtschutz genutzt hatten. Plötzlich kamen Schüsse aus ganz unerwarteten Richtungen. Nun waren die Angreifer nördlich und südlich der Stellungen in der Arafat Road. Außerdem waren sie hinter den antiken Säulen der Kreuzfahrerkirche St. Thomas in Stellung gegangen.

Die Kornmühle war inzwischen von drei Seiten eingekreist, so dass die Stellung nicht mehr zu halten war. „Zieht euch zurück!", rief Mosche den beiden Kämpfern dort oben zu. „Macht, dass ihr da rauskommt!"

Menachem feuerte noch einmal in Richtung St. Jakobus, dann hinüber zur Kreuzfahrerkirche und schließlich auf ein Ziel, das Mosche nicht erkennen konnte. Gleichzeitig versuchte Zev zu der Steintreppe zu gelangen, die nach unten führte. Arabische Scharfschützen erwiderten das Feuer, und trafen die steinerne Balustrade, hinter der Menachem Deckung suchte, so dass ständig Splitter davon abplatzten. Einer davon traf ihn am Arm, aber er ließ sich davon nicht abhalten, weiter zu feuern.

Zev erreichte die Straße und lief auf den rettenden Schützengraben zu, während ihm die Einschläge folgten.

Menachem, der immer noch oben auf dem Dach sein Magazin

leer schoss, spürte noch einen Schlag an den Kopf. Dann wurde es dunkel. Der leblose Körper fiel auf die Brüstung, rollte hinüber und fiel auf das Pflaster der Straße.

Gleichzeitig hatte Zev fast die rettende Barrikade erreicht, als auch er erstarrte und getroffen zu Boden sackte. Mosche und ein Verteidiger versuchten noch, ihn in den Graben zu ziehen. Aber sie merkten bald, dass er aus Rücken und Brust blutete. Die Kugel hatte ihn offensichtlich durchschlagen.

„Menachem!", stöhnte er. „Ist er gerettet? Hat ... hat er es geschafft?"

„Er wird gleich bei dir sein", sagte Mosche, um ihn zu trösten.

„Das ist gut", antwortete Menachem lächelnd. „Papa würde mich umbringen, wenn ihm ..." Er kam nicht weiter, denn das Leben war von ihm gewichen.

* * *

Ehud hörte das Gewehrfeuer vom Kirchturm. Der Angriff auf das jüdische Viertel erfolgte also gleich aus mehreren Richtungen.

„Runter mit euch!", befahl er Jakov und den Krepske Brüdern.

Und während sie noch am Boden des Grabens kauerten, angespannt lauschten und mit klopfendem Herzen warteten, hörten sie von fern das Stampfen von Stiefeln, immer wieder übertönt von Salven aus automatischen Waffen. Das Stampfen wurde lauter und lauter, und jetzt hörten sie auch, dass die Männer skandierten, immer und immer wieder denselben Schlachtruf: *„Deir Jassin! Deir Jassin!"*

Der Gedanke an das verwüstete arabische Dorf trieb die Heiligen Kämpfer in einen Rausch der Rache und des Hasses. Sie, die Munition im Überfluss hatten, feuerten immer wieder Salven in die Luft und trafen bislang keinen einzigen jüdischen Verteidiger.

Ehud sorgte sich wegen der Kinder in seiner Obhut. Aber es war schon zu spät, sie noch in irgendeinen der Schutzräume zu schicken. Jeden Augenblick konnten hier Geschosse kreuz und quer durch die Luft fliegen und jeden, der sich offen zeigte, durchsieben. „Bleibt bloß unten und verlasst auf keinen Fall den Graben!"

Ehud hatte ein britisches Enflied-Gewehr bei sich. Vorsichtig spähte er über den Rand des Sandwalls. Da, ein weißes, arabisches Kopftuch neben einem umgestürzten Eselskarren. Er legte an, zielte und schoss, lud nach und schoss noch einmal. Die Deichsel zersplitterte in tausend Stücke, und der Araber tauchte nicht wieder auf.

Dov und Rabbi Vultch kamen gelaufen und trugen die Teile eines Maschinengewehrs und eine eiserne Munitionskiste. Hinter dem Wall setzten sie in aller Eile die Waffe zusammen. Vultch legte einen Munitionsgurt ein und gab eine Probesalve ab. In den steinernen Schluchten der Altstadt peitschten die Schüsse mit ohrenbetäubendem Lärm durch die Luft und demonstrierten die tödliche Gewalt dieser Waffe.

Vorsichtig spähte Ehud über den Rand der Barrikade und sah, wie drei Dschihad-Moqhaden getroffen niedersanken, während der Rest der Gruppe floh. Sofort bauten Dov und Vultch das MG ab und trugen es auf die andere Seite des Warschau-Gebäudes. „Sie sollen glauben, dass wir mehr als eins haben", rief Vultch den anderen zu.

Derweil sammelten sich die Araber zu einem weiteren Angriff. Diesmal aber wollten sie etwas geplanter vorgehen. Ehud entdeckte ein paar Angreifer, die hinter einer Mauer lauerten. „Achtung!", rief er und deutete in ihre Richtung.

Aber schon einen Augenblick später schrie einer der Haganah-Kämpfer auf. Seine Maschinenpistole flog in hohem Bogen durch die Luft, und der junge Mann sank mit einem Kopfschuss zu Boden. „Heckenschützen!", rief Ehud und deutete auf das Dach des Türkischen Bades. Dov und zwei weitere Verteidiger richteten ihre Waffen auf die Stelle, wo sie den Scharfschützen vermuteten, und hinderten ihn so daran, weiter zu schießen. Doch dadurch waren sie abgelenkt, und die Angreifer hinter dem Block konnten sich ihrer Stellung nähern.

Zwei Männer des Muftis schossen aus der Hüfte, als sie näher kamen. Der dritte aber hielt einen größeren Gegenstand im Arm.

Der arabische Heckenschütze oben auf dem Dach nutzte die Gelegenheit, um eine Handgranate nach unten in den Graben zu schleudern. Ehud wollte gerade loslaufen, um sie noch hinauszuwerfen, als er bemerkte, dass Jakov sich von seiner Gruppe löste und seinerseits nach der Granate hechtete.

„Nein, Jakov! Bleib zurück!“, schrie Ehud. Doch Jakov ignorierte die Warnung, griff das zischende Objekt und warf es über den Rand des Grabens. Es schlitterte über das glatte Kopfsteinpflaster, bis es an einem Haufen alter Reifen liegen blieb.

„Runter!“, schrie Ehud.

* * *

Gerade wollte Dajani, der Bombenleger, mit dem glimmenden Ende seiner Zigarette den blauen Baumwollfaden entzünden, der aus seiner Milchkanne ragte, als die Granate mit einem ohrenbetäubenden Knall explodierte. Splitter sausten durch die Luft und bohrten sich in die Gegenstände, aus denen die Barrikade aufgebaut war. Aber keiner der Verteidiger wurde verletzt. Nur Dajani bekam einige Splitter im Gesicht ab. Er ließ die Kanne liegen, deren Baumwollfaden glücklicherweise noch nicht Feuer gefangen hatte, und taumelte zurück zu seinen Leuten.

* * *

Haroun Najid, der Kaffeehausbesitzer, und Daoud liefen dem blutenden Dajani entgegen und stützten ihn links und rechts, bis sie am Warschau-Gebäude um die Ecke biegen konnten und aus der Schusslinie waren. „Lasst mich los!“, befahl er barsch, und als die beiden nicht gleich gehorchten, versuchte er, sie abzuschütteln. Als ihm das gelungen war, wollte er das Blut aus seinem Gesicht wischen, das aus einer klaffenden Schnittwunde an der Stirn herablief. „Das ist doch nur ein kleiner Kratzer!“

Najid betrachtete das Gesicht seines Chefs und protestierte: „Um die Wunde muss sich ein Arzt kümmern.“

„Es ist nichts. Wir müssen durchbrechen, bevor die Juden ihre Verteidigungslinien noch mehr ausbauen können. Wenn es mir gelingt, nur eins von meinen Babys vor den Graben zu rollen, dann ist der Weg zum jüdischen Viertel für uns frei. Bringt mir also noch eins von diesen Dingern", schnauzte er. „Los doch!"

Während Daoud Dajanis Wunden notdürftig mit dem Stoff seines Kopftuches abtupfte und reinigte, brachte Najid die zweite Bombe. Er reichte sie Dajani. Doch der wankte und hätte sie fast fallen gelassen, wäre Daoud nicht zu Stelle gewesen, um ihn zu stützen. „Eine kleine Schwäche, mehr nicht", meinte Dajani beschwichtigend. „Aber ich denke, dass ich es wohl doch nicht allein schaffe. Du musst das Paket liefern, Haroun, und das sofort."

Der Kaffeehausbesitzer sah sein Gegenüber mit aufgerissenen Augen an. „Aber ... aber Sie haben doch selbst gesehen", protestierte er. „Die Juden haben jede Menge MGs und Granaten und hundert Mann hinter den Barrikaden. Es wäre doch das reinste Himmelfahrtskommando, dort wieder aufzutauchen!"

Dajani wischte sich mit dem Handrücken über das Gesicht und verschmierte das Blut. Dann stieß er Daoud und Gawan beiseite, trat auf Najid zu und packte ihn mit einer Hand beim Kragen. Gleichzeitig zog er mit der anderen seinen Revolver aus dem Halfter und hielt ihn dem Bäcker unter die Nase. „Du machst es", knurrte er, „oder ich lege dich hier auf der Stelle um."

Dajanis grimmiges Gesicht und der Ton, mit dem er seine Drohung ausstieß, ließ Najid keinen Augenblick daran zweifeln, dass er in wenigen Augenblicken in der Ewigkeit sein würde, wenn er nicht gehorchte. „Wo sind die Streichhölzer?", fragte er schnell.

In diesem Augenblick tauchte ein weiterer Freischärler auf. „Dajani", rief er. „Die Juden sind dabei, die Verteidigungslinien an der Nordmauer zu verstärken. Wir brauchen deinen Rat dort, um das zu verhindern. Du sollst deshalb sofort kommen."

Dajani sah den Ankömmling grimmig an, aber dann ging er doch mit. „*Inschalla*", sagte er. „Ich komme. Die erste Bombe werden wir dann später holen. Und du, Najid, wirst im Morgengrauen die zweite an den Graben rollen."

Najid wischte sich das schweißnasse Gesicht mit der Hand ab. „Mache ich", sagte er, und Hoffnung keimte auf. Wer weiß, was morgen sein würde!

* * *

Ehud kauerte hinter einem Schuttberg, direkt vor seinen Augen ein alter Sack mit der Aufschrift REIS – PREMIUM – WEISS. Es war ihnen zwar gelungen, die erste arabische Angriffswelle abzuwehren, aber das war kein besonderer Grund zur Freude. Es hatte Tote gegeben, man hatte Unmengen Munition verschossen und auch vergeudet, und die Verletzlichkeit des unfertigen Schutzgrabens war überdeutlich geworden. Außerdem lag drüben im Niemandsland die noch nicht gezündete Bombe. Die Milchkanne hatte zwar eine Delle abbekommen. Aber sonst schien sie intakt zu sein. Auch die Zündschnur war noch an Ort und Stelle.

„Ich könnte sie holen", bot Jakov an.

„Kommt nicht in Frage!", schnauzte Ehud heftiger, als er wollte. „Die warten doch nur darauf, dass wir diesen Versuch unternehmen. Irgendein Heckenschütze sitzt bestimmt irgendwo im Anschlag und zielt genau auf diese Stelle."

„Wir könnten doch auch darauf feuern und sie damit in die Luft jagen", schlug einer der Verteidiger vor. „Immerhin ist das Ding noch auf ihrer Seite."

„Nicht jetzt", erwiderte Ehud. „Lasst sie noch in Ruhe."

„Werden sie wieder angreifen?", fragte Leo Krepske.

Ehud sah zum Himmel auf. „Es wird bald dunkel, und der Schabbat ist vorüber. Wenn wir Glück haben, haben sie erst mal bis morgen früh genug. Ihr zieht euch am besten in die Hurva zurück. Berichtet Mosche, dass wir die Stellung gehalten haben. Und nehmt Schaul mit."

Ehud legte sich einen Augenblick erschöpft auf den Boden des Grabens, links und rechts die steilen Wände aus Erde und über ihm der Himmel grau und dämmerig. *Noch ist es nicht dein Grab*, dachte er.

„*Schabbat Schalom*, Ehud!“ Es war Dovs Stimme. „Lass uns die Zeit nutzen“, rief er.

„Du hast Recht“, sagte Ehud, nahm eine Schaufel und begann mit seinem Freund den Graben zu vertiefen.

* * *

Die Mutter Oberin der *Soeurs Réparatrices* ging mit ihren 74 Jahren noch bemerkenswert aufrecht. Diese auffällige äußere Steifheit war gewiss Ausdruck ihrer inneren Haltung. Auch die kalte Stahlbrille und die schnabelartig spitze Nase trugen zu dem Eindruck bei, dass man es mit einer kühlen und scharfzüngigen Person zu tun hatte.

Wie Maria Magdalena, der Jesus alle Schuld vergeben und ein neues Leben geschenkt hatte, war auch die Mutter Oberin früher einmal eine Prostituierte gewesen. Schon mit 13 war sie in Paris auf die schiefe Bahn geraten, bis sie irgendwann erkannte, dass sie ihr junges Leben verschleuderte. Und so entschloss sie sich, es mit einem Sprung von der Pont-Neuf zu beenden. In ihrer Verzweiflung kniete sie noch einmal vor dem Kruzifix in der Kathedrale Notre-Dame, wo sie plötzlich eine Vision hatte. Sie sah eins der Tore Jerusalems und ein Gebäude. Später beschrieb sie es genau, und der Priester, der ihr zuhörte, erkannte sofort, dass es nur das Hospiz *Notre-Dame de France* in Jerusalem sein konnte. Er berichtete ihr von dem französischen Kloster, in dem Frauen den ganzen Tag über neben genau der Stelle beteten, an der Christus gekreuzigt worden war. Man erzähle sich, dass diese Gebete ein sicheres Mittel gegen jedes Schuldgefühl seien.

Als sie das gehört hatte, stand ihr Entschluss fest, fortan an jener Stelle zu leben, wo Christus gekreuzigt worden war, und dort auch zu sterben. Sie arbeitete als Zimmermädchen in einem Hotel, um die Passage nach Jerusalem bezahlen zu können. Dort wurde sie von der Heiligen Stadt sofort in ihren Bann gezogen, überschritt die Schwelle des Klosters und kehrte nicht mehr in die Welt zurück. Das war 1890.

Unbeeindruckt von den Detonationen der Granaten draußen sagte die Mutter Oberin zu Rachel und Lori: „Ich frage mich, ob es der Haganah mit diesem Plan nur darum geht, uns endlich aus dem Weg zu haben und gleichzeitig Sie beide und den Doktor in die Altstadt zu schmuggeln."

Rachel wählte ihre Worte sorgfältig: „Es stimmt, dass der Doktor dringend in der Altstadt benötig wird. Es gibt dort keinen Arzt. Menschen sterben, weil niemand ausgebildet ist."

„Wir Schwestern sollen also Ihr Schutzschild bei diesem Betrugsmanöver sein?" Sie schüttelte den Kopf. „Als wir einst hinter diesen Mauern verschwanden, legten wir einen Eid ab, dass wir sie nie wieder verlassen würden – es sei denn im Leichentuch auf dem Weg nach Gethsemane."

Rachel erwiderte: „Sie werden vielleicht schneller nach Gethsemane gebracht werden, als Sie denken, wenn Sie hier bleiben, Mutter Oberin."

„Dann wird sich die Erde, zu der wir zerfallen, mit der der Märtyrer mischen, und unsere Seelen werden frohlocken."

„Die Lebenden brauchen Ihre Gebete mehr als Jerusalem eine Hand voll zusätzlicher Erde. Und die Leidenden im jüdischen Viertel brauchen dringend Dr. Baruch."

Die Frau musterte Lori und Rachel. „Schwester Angélique ist über 90. Sie kam aus Rouen als 15-jährige Novizin zu uns. Sie ist blind und wird sich außerhalb des Klosters vollkommen verloren vorkommen. Schwester Rebekka ist noch älter. Auch sie kann nichts mehr sehen, und ihre Beine werden sie auch nicht mehr weit tragen."

„Nicht weit, ehrwürdige Mutter", mischte sich Rachel ein. „Es geht nur durchs Neue Tor ins christliche Viertel zum lateinischen Patriarchat. Der Erzbischof hat dort bereits Platz für Sie gemacht. Und wir drei werden keine Gefahr für Sie bedeuten. Uns geht es darum, so schnell wie möglich ins jüdische Viertel zu gelangen."

„Morgen ist Pfingsten. Niemand wird an solch einem heiligen Tag kämpfen. Er ist heilig für die Juden, weil man des Empfangs der Gesetze auf dem Sinai gedenkt, und für die Christen, weil Gott an diesem Tag seinen Geist auf die Menschen ausgoss und sein Gesetz in die Herzen der Menschen schrieb", sagte die Oberin.

„All jene, die hier kämpfen, respektieren weder das Gesetz, noch die Verheißung und auch nicht den Geist. Sie müssen fliehen, oder Sie werden sterben." Rachel war ganz fahl im Gesicht geworden, und kalter Schweiß perlte auf ihrer Stirn. Die Oberin bemerkte es.

„Geht es Ihnen nicht gut, mein Kind?"

Rachel erwiderte: „Ich bin nur furchtbar erschöpft."

„Sie ist schwanger", mischte sich Lori ein. „Sie hat ihr eigenes Leben und das ihres Kindes aufs Spiel gesetzt, um Sie zu warnen und Ihnen die Flucht zu ermöglichen."

Die Mutter Oberin wirkte plötzlich sehr nachdenklich. „So, so."

„Im Leben geht nicht immer alles so aus, wie wir es uns vorstellen", sagte Lori, worauf die Oberin auf ein Gemälde an der Wand deutete, das die heilige Familie auf der Flucht nach Ägypten zeigte. „Zu Joseph kam wenigstens ein Engel, der ihn aufforderte, nach Ägypten zu fliehen, um das Kind zu retten."

Lori hatte kein Verständnis für solche religiösen Anspielungen in dieser Situation. Aber sie verkniff sich dennoch nicht die Bemerkung: „Aber Joseph hat auch nicht mit dem Engel gestritten."

„Das war eben Joseph, und ich bin die Oberin dieses Klosters. Es ist meine feste Überzeugung, dass unsere Gegenwart hier das Blutvergießen verhindern wird und möglicherweise mehr Leben retten wird als Dr. Baruch im jüdischen Viertel."

„Und was wäre gewesen, wenn Joseph dem Engel nicht gehorcht hätte?"

Auf diese provokante Frage hin entspannten sich die Gesichtzüge der Oberin. Sie lächelte sogar ein wenig. „Eine hochinteressante Frage für eine morgendliche Diskussion zum Thema Gehorsam."

„Die Zeit für Diskussionen ist längst vorbei", erwiderte Rachel gereizt. „Die Freischärler des Muftis sind religiöse Fanatiker, Kämpfer des Dschihad. Sie schießen auf jeden, der sich ihnen in den Weg stellt und kein Moslem ist – Männer, Frauen und Kinder. Sie werden da nicht verschont. 150 Siedler sind gestern in Kfar Etzion ums Leben gekommen. Und man berichtet, dass die Frauen vergewaltigt wurden, bevor man sie exekutierte. Ein junger Mann entkam, der mit ansehen musste, wie seine 14-jährige Schwester von ..."

„Schluss!", rief die Nonne und bekreuzigte sich schnell. „Vielleicht brauchen Sie unsere Hilfe mehr als wir Ihre. Aber der Herr ist der Hüter unseres Klosters und seiner Insassinnen. Ich kann diese Entscheidung nicht treffen, ohne ihn persönlich zu befragen."

* * *

Ein weiteres Mal hatten die Araber das Feuer gegen das jüdische Viertel eingestellt.

Mosche schickte die Jungen von der Thoraschule, um die Nachricht zu verbreiten, dass es an der Zeit sei, bestimmte Straßenzüge zu räumen.

Es war nun klar, dass das ganze Gebiet längs der Ararat Street verloren sein würde, sobald die Araber vom Turm der Kirche St. Jakobus freies Schussfeld bekämen. Und Mosche rechnete fest damit, dass die Araber, sobald sie die Ararat Street beherrschten, die Schlinge um die Altstadt immer enger ziehen würden.

Bislang hatten sich die Freischärler mit ihren anfänglichen Erfolgen zufrieden gegeben. Ihre Ambitionen waren noch gering, die Räume zu erobern, die von jüdischen MGs bestrichen werden konnten. Dieses Zögern gab aber den Juden Gelegenheit, die Evakuierung zu beginnen.

Die Jungen liefen von Tür zu Tür und drängten die Bewohner, im Inneren des jüdischen Viertels Zuflucht zu suchen. Und kaum einer der schon betagten Leute in den Häusern weigerte sich. Sie wussten genau, was es heißt, wenn der Feind vor der Tür stand.

Ein alter Mann half seiner greisen Frau, einen alten Kinderwagen aus Korbgeflecht die Kellertreppe hinaufzutragen. Statt eines Säuglings lag ein Kerzenleuchter und eine alte Uhr darin. Aus einer anderen Tür trat ein Rabbi mit zwei Krücken, dessen Rückgrat so gekrümmt war, dass er nicht aufrecht gehen konnte. Die Krepske Brüder kamen zufällig vorbei, ließen den Alten bei sich einhaken und brachten ihn gemeinsam in Sicherheit.

Mosche pochte an die Tür der Synagoge in der El Arman Road. An dieser Stelle war 1534 Rabbi Jizchak Ben Louri Aschkenasi, einer der Begründer der jüdischen Geheimlehre *Kabbala,* geboren worden. Nachdem Mosche einen Augenblick gewartet hatte, schlug die große Holztür auf und hohlwangige, ausgezehrte Männer traten heraus, die abwesend ins Nichts stierten, als seien sie nicht mehr von dieser Welt. Wie all die anderen trugen auch sie ihre wichtigsten Habseligkeiten unter dem Arm – Bücher, uralte Kommentare und Schriftrollen mit geheimnisvollen Zeichen und Berechnungen.

Eine verängstigte Herde flüchtender Menschen verließ die Häuser und strömte durch die engen Gassen dem Zentrum der Altstadt entgegen. Es waren die Verlierer des Krieges, Schiffbrüchiges ihres Lebens, die von den sicheren Planken in die tosenden Wellen springen mussten, ohne zu wissen, ob sie ihnen jemals entkommen würden. Mosche bemerkte, dass diese Menschen bis auf eine Notration – ein Säckchen Mehl und ein paar Büchsen Cornedbeef – kaum etwas bei sich trugen.

Jakob und die Krepske Brüder liefen zu Mosche. „Einige in der Ararat Road wollen nicht mitkommen", riefen sie. „Sie fürchten sich davor, ihre Häuser zu verlassen. Sie hoffen, dass es doch noch Verhandlungen gibt und alles gut wird."

Mosche machte sich sofort auf den Weg und versuchte herauszubekommen, in welchen Häusern sich noch Menschen aufhielten. Bei einem Haus baute sich Moses Waller vor ihm auf, ein untersetzter, kleiner Mann, der offensichtlich ziemlich aufgebracht war. Waller war im ganzen Stadtviertel wegen seiner Redegewandtheit bekannt. Man wusste, dass er schnell aufbrauste, kein Blatt vor den Mund nahm, aber dennoch herzensgut war. Als er jetzt Mosche gegenüberstand, traten all diese Eigenschaften gleichzeitig hervor.

„Sachar", sagte er, „Sie wollen diese Leute mit Gewalt aus ihren Häusern treiben? Wohin wollen Sie sie bringen? Wie wollen Sie sie ernähren? Sie verhungern ja jetzt schon fast."

„Wenn sie hier bleiben, werden sie innerhalb eines Tages von den Arabern überrannt."

„Aber die Araber bieten an, diejenigen mit Nahrung zu versorgen, die sich ergeben“, entgegnete Waller. „Ich habe die Lautsprecherdurchsagen selber gehört. ‚Brot‘, rufen sie. ‚Warum wollt ihr verhungern, wenn es bei uns Brot in Hülle und Fülle gibt? Ergebt euch, und wir versorgen euch mit Nahrung.‘ Sie haben uns sogar Tomaten versprochen.“

Mosche argumentierte nicht lange. Er wiederholte nur die Botschaft von Kfar Etzion: Kapitulation bedeutete Frieden – Grabesfrieden – und auch Nahrung – Nahrung für die Würmer.

Wallers Miene verfinsterte sich. „So hoffnungslos?“, sagte er. „Also gut, ich werde helfen, die Leute zu überzeugen. Auf mich werden sie hören.“

11

Daniel war noch immer mit seinem Trupp unterwegs, um Häuser nach Vorräten zu durchkämmen. Er, Mangus und Sal hatten das dreistöckige Nouveau-Art-Gebäude erreicht, dessen Bogenfenster mit blauweißen und mit Blumen verzierten Kacheln umrandet waren. Doch den Eingang fanden sie verschlossen vor.

„Ich zeige euch mal, wie man das macht", sagte Sal und warf sich mit aller Wucht gegen die Tür, so dass sie krachend aufsprang.

Drinnen war für den Bruchteil einer Sekunde das gestreifte Gewand eines Menschen zu sehen, der aber schnell in dem winkligen Korridor verschwand. Und dann hörte man, wie eine Tür ins Schloss fiel.

Sal nahm sein Gewehr von der Schulter. „Da ist jemand drin, der nicht gesehen werden will", flüsterte er. „Ich dachte die Gegend hier wäre sicher."

„Sollen wir nicht lieber Hilfe holen?", fragte Mangus ängstlich.

Daniel, dessen Puls raste, hätte diese Frage auch am liebsten gestellt. Aber er tat es dann doch nicht. Er sagte sich, dass er sich wieder ganz bewusst der Gefahr stellen musste, um die schlimmen Erlebnisse zu verarbeiten. Er durfte jetzt nicht beim kleinsten Hinweis auf Gefahr weglaufen. „Kommt schon", sagte er, „das hier gehört zu unserer Aufgabe. Es hat ja niemand geschossen, oder?"

„Es ist eine Falle", warnte Sal. „Sie warten nur darauf, dass wir reintappen."

Daniel ging voran, das Gewehr in der Hüfte schussbereit. Die ersten beiden Zimmer waren leer. Auf Zehenspitzen ging es weiter bis zum ersten Knick. Daniel sprang vor. Aber niemand war da. Der Gang war hier zu Ende, doch an der Stirnseite befand sich eine Tür. Daniel signalisierte den anderen, ihm zu folgen. Mangus schlich dicht hinter ihm, in einiger Entfernung Sal.

„Da geht es wahrscheinlich in den Keller", sagte Daniel und deutete auf den Fußboden. Bereits vor der Tür ging eine Stufe nach unten.

Von hinten raunte Sal: „Machen wir es wie in Deutschland – mit einer Granate."

Mangus hatte eine dabei und reichte sie Daniel mit zitternden Fingern.

„Du musst den Stift rausziehen und sie dann reinwerfen", sagte Sal.

„Ich weiß, wie das Ding funktioniert! Aber erst sollten wir mal nachdenken."

„Was gibt's da noch nachzudenken? Tritt die Tür ein und wirf. Hinterher sehen wir ja dann, was war."

„Tretet zurück", befahl Daniel und schlug darauf mit dem Gewehrkolben gegen die Tür. „*Jahdir!*", rief er auf Arabisch. „Kommt raus!"

Keine Antwort.

„Wirf die Granate!"

„*Jahdir! Juti!* Gebt auf!"

„Wirf endlich!"

Wartete auf der anderen Seite eine Bande von Freischärlern? Womöglich hatten sie selber Granaten. Vielleicht bauten sie gerade ihr MG auf, um Daniel durch die Tür zu erschießen. Sie hatten Ascher dahingemetzelt und seine Schwester vergewaltigt und getötet. Wahrscheinlich waren es Heckenschützen, die hinter den jüdischen Linien ihr Unwesen trieben!

„Wirf!"

„*Jahadir!*", rief Daniel noch einmal. Aber er merkte selber, wie viel Verzagtheit in seiner Stimme mitschwang. Was hielt ihn bloß davon ab, die Granate zu benutzen? *Nimm keine Rücksicht auf Mörder, die freien Abzug versprechen und dann ihre Gefangenen massakrieren.* Daniel zog den Sicherungsstift und zögerte noch immer. *Sie wissen, dass wir bewaffnet sind, und sie sitzen dort unten in der Falle. Wenn sie schießen könnten, warum haben sie es dann noch nicht getan?*

„Tritt die Tür ein und wirf endlich!"

Würde er den Griff loslassen, so gäbe es kein Zurück.

Plötzlich ein kindliches Wimmern hinter der Tür – dünn, kaum zu hören, dann erstickt, als habe jemand die Hand auf den kleinen Mund gelegt.

Ein Kind! Daniel warf einen Blick auf seine Granate, sah die sich weiß färbenden Knöchel. Wo war der Stift?

„Wirf sie!“, rief Sal von hinten.

„Wo ist der Stift? Ich habe ihn fallen lassen. Sucht ihn!“

Mangus entdeckte den Ring, an dem der Stift hing, und hielt ihn hoch.

„Nun mach schon, steck ihn wieder rein!“

Während Daniel den Griff mit beiden Händen drückte, führte Mangus den Stift ein.

Daniels Hände zitterten derart, dass er kaum noch sein Gewehr halten konnte. Und das Problem war auch noch nicht gelöst. Vielleicht hatten sie ja da unten ein Baby, aber trotzdem konnten es Mörder sein.

Endlich kam eine Stimme von unten: „*La nar!* Nicht schießen!“

„Wie viele sind da unten?“, fragte Daniel, wobei er sich bemühte, die Angst in seiner Stimme zu unterdrücken.

„Sechs.“

„Kommt langsam mit erhobenen Händen heraus.“

Die jungen Männer zogen sich bis dorthin zurück, wo der Korridor abbog und suchten Deckung hinter der Ecke. Nur Sal lief noch weiter bis zum Eingang.

Quietschend schlug die Tür auf. Ein Araberjunge von vielleicht elf oder zwölf Jahren kam blinzelnd mit erhobenen Händen hervor. Er trug das gestreifte Gewand, das Daniel gesehen hatte.

„Wer ist der Älteste?“, fragte Daniel.

„Das bin ich, Hadi“, antwortete der Junge. „Die anderen sind jünger.“

Drei Jungen und drei Mädchen kamen nacheinander aus dem Keller. Das Jüngste war ein Säugling, den das älteste Mädchen auf den Armen trug.

* * *

Als sie gerade hinaus auf die Straße traten, kamen auch die anderen Soldaten des Suchtrupps von ihrem Rundgang zurück, und so überlegte man gemeinsam, wie mit den Kindern zu verfahren sei. „Die Araber ermorden gerade unsere Leute dort drüben", sagte Sal und deutete auf die Rauchsäulen jenseits der Mauer.

„Und was willst du damit sagen?", wollte Daniel wissen. „Sollen wir sie auch umbringen?"

Daniel musste immer wieder daran denken, wie er eben noch diese scharfe Granate in seiner Hand gehalten hatte. Und es wäre ihm ein Leichtes gewesen, sie hinunter in den Keller zu werfen. So von Mauern umgeben – welche Chance hätten die Kinder gehabt? Die Vorstellung ließ Daniel schaudern.

Da sich die jungen Männer in Englisch unterhielten, verstanden die Kinder kein Wort. Sie standen zitternd und mit weit aufgerissenen Augen da, von ein paar bewaffneten jungen Männern umringt.

Was sollte Daniel tun? Sie trösten? Ihnen sagen, dass sie außer Gefahr seien?

„Ich meine natürlich nicht umbringen", stellte Sal richtig. „Aber vielleicht sind sie hier, um uns auszuspionieren? Deshalb sollten wir sie lieber irgendwo einsperren."

„Uns ausspionieren, während wir wie Lumpensammler rumlaufen und altes Zeug raffen?", meinte Daniel ironisch.

„Was tun sie sonst hier?"

Daniel richtete diese Frage an Hadi, den ältesten Jungen.

„Unsere Mutter ist vor einem halben Jahr gestorben. Unser Vater kam her, um einen englischen Freund zu treffen, aber die Engländer waren schon abgezogen. Damit uns nichts passiert, hat er uns in diesem Haus gelassen. Er wollte noch was erledigen. Aber er ist nie wieder gekommen. Immer wenn wir rausgeguckt haben, wurde geschossen. Da habe ich meine Geschwister in dem Keller versteckt."

Als Daniel dies seinen Kameraden übersetzt hatte, schwiegen sie betreten.

„Aber wir können doch nicht eine Horde Araberkinder windeln!", meinte Sal. „Lassen wir sie einfach laufen."

Jetzt mischte sich auch Jakob ein, der mit den anderen dazugekommen war, und widersprach: „Wie lange sollen sie mitten im Krieg überleben? Die werden doch sofort von Heckenschützen über den Haufen geschossen."

„Oder jemand wirft ihnen 'ne Granate auf die Mütze", meinte Mangus.

Daniel war froh, Unterstützung für seine Auffassung zu bekommen. Außerdem konnte er nun, da die anderen wieder zu ihnen gestoßen waren, seine Verantwortung für die Kinder abgeben. Jakob als ihr Corporal musste die Entscheidung treffen.

„Also, was machen wir jetzt?", fragte Sal.

Daniel bemerkte, dass Jakob hinüber zur Altstadt blickte. Schwarze Rauchfahnen stiegen dort auf und vereinten sich zu einer dunklen Masse, die wie ein böses Ungeheuer auf der Lauer lag, um alles zu verschlingen. Es roch brandig nach Holz, Öl und Farbe. Häuser brannten dort, Menschenleben waren bedroht und das Hab und Gut der Bewohner ging in Flammen auf. „Die Araber machen mächtig Druck und fackeln die Häuser im armenischen Viertel ab", sagte Jakob. „Dort können wir also nicht hin. Bleibt nur noch der moslemische Stadtteil ein paar hundert Meter in dieser Richtung jenseits des Klosters. Dorthin werden wir sie bringen."

„Was?", rief Sal empört. „Am Ende werden wir noch erschossen für unseren Einsatz."

Die Kinder in Sicherheit bringen? Niemand war da, um Suzannah zu helfen, die kaum älter war als Hadi. Wer war der Vater? Konnte er unter denen gewesen sein, die den Kibbuz verwüstet hatten? Daniel wusste wirklich nicht, was er denken und fühlen sollte. Aber diese armen Kinder waren doch nicht seine Feinde. Auf ihren Gesichtern spiegelte sich die gleiche Angst wider, die wohl auch die Kinder von Kfar Etzion empfunden haben mochten. Was unterschied diese Kinder? Nichts! Es waren doch unschuldige Kinder, die von ihren Eltern in einen unseligen Krieg gezogen worden waren. Irrsinn! Aber würde Hadi eines Tages bei denen sein, die zum Dschihad aufrufen und wieder zu den Waffen greifen? Wer konnte dieser Spirale der Gewalt bloß ein Ende setzen? Was würde Suzannah wohl dazu sagen?

„Das machen wir", hörte Daniel sich sagen – selbstsicher und bestimmt. „Bringen wir sie durch die Linien."

* * *

Es war schon ein sonderbarer Anblick, der sich den Wachen am Hospiz bot, als diese ungewöhnliche Prozession an ihnen vorüberzog. Daniel ging voran mit einem weißen Tuch an einem alten Besenstiel. Was konnte das bedeuten? Leute in offensichtlich arabischer Kleidung.

Aber wenn man genauer hinsah, waren es ja Kinder, die von jüdischen Soldaten begleitet wurden.

Pinky, Mangus und Chaim flankierten die Kleinen auf der einen Seite, während auf der anderen Seite Alfie, Ibrahim und Hymie Schutz boten. Jakob lief dahinter, und Sal trödelte mit Absicht, um den Eindruck zu vermeiden, er gehöre zu dieser skurrilen Prozession.

Sie näherten sich von jüdischer Seite der Demarkationslinie aus Stacheldrahtrollen, und eine Wache der Haganah hielt sie an. Was hatte das zu bedeuten? Wohin wollten sie?

Jakob erklärte den Sachverhalt.

Die Wachen sahen sich an. Es gab für diese Situation keine Befehle. Was sollten sie also tun? Einer zuckte mit den Schultern und signalisierte mit einer lässigen Handbewegung, dass sie passieren durften. Man räumte ein paar Sandsäcke beiseite, um eine schmale Lücke in der Barrikade zu schaffen.

Daniel übersetzte, was Jakob den Kindern erklärte: „Weiter können wir mit euch nicht gehen, sonst geraten wir selber in Gefahr." Er überreichte Hadi das weiße Tuch. „Bleibt in der Mitte der Straße. Geht zügig, aber rennt nicht. Irgendjemand wird euch schon drüben in Empfang nehmen."

Hadi nickte stumm und nahm die weiße Friedensfahne. Im Gänsemarsch durchquerten die Kleinen die Lücke, liefen ein Stück die Straße entlang, und verschwanden dann hinter einer Hausecke.

* * *

Als die sinkende Sonne das Ende des Schabbats an jenem Samstag ankündigte, war bereits ein Viertel des jüdischen Gebiets in der Altstadt an die Kämpfer des Muftis verloren gegangen. Die Hoffnungen der Haganah, das Zionstor zurückzuerobern, hatten sich zerschlagen, weil die Araber, nun im Besitz des von den Juden geräumten Kirchturms von St. Jakobus, ihre Angriffe verstärken konnten.

Die mittellosen, hungernden und demoralisierten Bewohner der äußeren Bereiche der Altstadt waren alle mit ihren wenigen verbliebenen Habseligkeiten in die Stamboli-Synagoge geflüchtet. Sie stand im Herzen der jüdischen Altstadt, und da sie über ein massives Kellergeschoss verfügte, ging man davon aus, dass dieses Gebäude am meisten Schutz bot, wenn der Kampf entbrennen würde.

Mosche stand mit Dov Avram und Rabbi Lebowitz auf dem Podium, ihm gegenüber mit verschränkten Armen Rabbi Akiva und sechs seiner Anhänger.

Akiva, stolz und aufgebracht zugleich und von dem Irrsinn jeglichen Widerstands überzeugt, sprach zu den Versammelten: „Wir müssen uns ergeben! Hängt draußen die weiße Fahne des Friedens ans Haus! Wir haben die ganze Zeit mit unseren arabischen Nachbarn im Frieden gelebt. Und wenn wir kapitulieren, werden wir das auch weiterhin tun können!“

Jetzt ergriff Mosche das Wort: „Lasst euch nicht in die Irre führen! Die Kapitulation würde ein Massaker zur Folge haben. Denkt an Kfar Etzion!“

„Alles Propaganda!“, rief Akiva. „Das sind Lügen, die von der Jewish Agency verbreitet wurden, um uns zu erschrecken. Das ist alles nicht wahr. Die Bewohner des Kibbuz haben sich ergeben und wurden sicher nach Jordanien geleitet.“

Dov Avram betrachtete seinen Schwiegervater mit Abscheu. „Wer hat dir dieses Märchen aufgetischt?“, wollte er wissen. „Mit welchem Handlanger Haj Amins hast du gesprochen, dass du hier solche Lügen verbreitest?“

Akiva warf stolz seinen Kopf in den Nacken. „Und ihr lasst euch von Gerüchten kopfscheu machen. Ihr habt doch gehört, dass die Moslems unserem Volk Nahrungsmittel versprochen haben – Brot und Tomaten. Wenn wir unsere Waffen niederlegen ..."

Dov fauchte ihn mit zornig funkelnden Augen an: „Sie bieten uns zwar Brot! Aber sie nehmen das Leben unserer Kinder dafür. Sie geben uns Brot für Jerusalem. In Warschau war es damals nicht anders. Habt ihr das so schnell vergessen?"

Die Umstehenden schrien ihn nieder: „Was sollen wir unseren Kindern zu essen geben? Wie sollen wir das weiter durchstehen? Die Araber plündern unsere Häuser!"

Akiva kreuzte zufrieden die Arme vor der Brust. Die Leute waren aufgebracht und auf seiner Seite. Triumphierend blickte er hinüber zu Dov.

Mosche verließ das Podium, denn dies war Dovs Stunde. Der „Bär von Warschau" sollte jetzt das Wort ergreifen und den Menschen die Augen öffnen.

„Wir sind hier nicht in Polen", provozierte Akiva.

„Aber wir sind und bleiben Juden! Glaubst du wirklich, dass die Dämonen, die von den Nazis Besitz ergriffen, mit Hitler gestorben sind? Böse Menschen mögen sterben, aber das Böse an sich stirbt vorerst nicht aus. Es ergreift immer wieder von anderen Menschen Besitz, die ihm fortan dienen. Ziel ist und bleibt, alle zu vernichten, die dem Höchsten dienen – ob in Warschau oder hier in Jerusalem."

„Du bist ein Verführer! Wenn wir ihnen geben, was sie wollen, lassen sie uns hier in Jerusalem in Ruhe. Und sie geben uns etwas zu essen."

Dov schüttelte ungläubig den Kopf. „Es gab einen Christen in Warschau. Ein rechtschaffener Mann, der jede Woche einen Sack voll Brot für die verhungernden Kinder über die Mauer des Ghettos warf. Zwischen dem Brot steckten immer Zettel mit Bibelversen über die Speisung der Fünftausend oder über die Geschichte von Jesus, wie er die Kinder segnete. Aber es waren auch immer Warnungen darunter, dass wir uns nicht für Brot an die Nazis verkaufen sollten. Eines Nachts hat man ihn erwischt und auf der Stelle hingerichtet. Sein Leichnam hing wochenlang an einem Baum neben dem Ghetto und verweste dort langsam – als Warnung für andere, uns ja nicht zu helfen."

„Die Araber werden uns nicht hinrichten. Sie bieten Frieden und Sicherheit, wenn wir nur ..."

„Ihnen geben, was sie wollen? Warst du in Warschau, als die Nazis uns Frieden anboten, wenn wir für sie zehntausend Kleinkinder, Greise und Sieche aussondern würden – unnütze Mäuler, die gestopft werden mussten? Und als unsere Anführer nachgaben, hieß es plötzlich: Gebt uns noch einmal fünftausend kleine Juden, und der Rest von euch bekommt dann endlich Brot. Diese teuflischen Männer in schwarzen Uniformen mit der roten Hakenkreuz-Armbinde verhöhnten durch ihr Handeln jenen armen Mann dort draußen, der tot am Baum hing und uns früher immer von dem liebenden Jesus erzählt hatte, der die Fünftausend speiste und die Kinder zu sich kommen ließ. Der Teufel verspottet das Heilige und setzt alle Hebel in Bewegung, um die Guten zu vernichten. Doch trotz der Warnung jenes rechtschaffenen Mannes glaubten fünftausend Mütter den Lügen und marschierten zum *Umschlagplatz*, wo sie auf das Brot vergebens warteten."

Die versammelten Menschen schwiegen betreten. Hatte dieser junge Mann nicht Recht? Mussten sie vielleicht doch mit dem Schlimmsten rechnen?

Akiva schlug mit der Faust in die andere Hand. „Natürlich! Das war eine Tragödie! Aber es war eine ganz andere Situation. Wir haben hier seit Jahrhunderten mit den Arabern friedlich Tür an Tür gewohnt. Es hat immer nur kleinere Störungen gegeben. Wir können den Riss wieder kitten, wie es uns früher immer wieder gelungen ist."

Jetzt trat Rabbi Lebowitz vor, und ihm schlotterten die Knie. „Von heute an wird es keinen Frieden mehr in Israel geben. Das Ende der Zeiten ist einfach zu nahe. Das Böse wird unter den Nationen an Boden gewinnen, und Jerusalem wird für lange Zeit der Zankapfel bleiben. Was Dov sagt, ist wahr. Wir kämpfen nicht nur gegen Fleisch und Blut, sondern gegen eine böse Macht, die vieles vermag und die treibende Kraft in der Politik sein wird. Sie will Israel vernichten und das Volk des Bundes aus Jerusalem vertreiben, um zu vereiteln, dass sich die Verheißungen des Allmächtigen erfüllen. Seid guten Mutes! Und denkt daran, was in Jesaja 62,1 geschrieben steht: *Um Zions willen will ich nicht schweigen, und um Jerusalems willen will ich nicht innehalten.*"

„Aber was sollen wir essen?", rief eine Frau von der Empore.

Jetzt ergriff wieder Mosche das Wort: „Wenige Brote und Fische konnten 5.000 Menschen ernähren. Auch wir werden mit dem wenigen auskommen müssen, was wir haben. Wir werden es redlich teilen, bis die ersten Lieferungen durchkommen. Und das kann nicht mehr lange dauern. Das Haganah-Hauptquartier hat es uns versprochen. Sehr bald bekommen wir Verstärkung. Jeder hier im Viertel muss seine Vorräte in die Hurva bringen. Niemand darf für seinen persönlichen Bedarf etwas horten. Wenn ihr einen Sack Mehl mitgebracht habt, dann gebt ihn Hannah Cohen und der alten Schoschanna. Der Herr wird mit uns sein!"

* * *

Stunden vergingen. Rachel und Lori saßen noch immer in der Klosterbibliothek und warteten auf die Entscheidung der Mutter Oberin. Eine Novizin hatte ihnen Tee und Schnitten gebracht, die beiden Frauen dann aber gleich wieder allein gelassen.

Eine Wand des Raumes schmückte ein gewaltiger Kamin mit einer Uhr auf dem Sims. An den übrigen Wänden kletterten die Regale aus Kirschholz bis hinauf zur gotisch gewölbten Decke, gefüllt mit ledernen Bänden, deren Rücken mit ihren verschiedenen Farben Rachel an Blumen am Spalier erinnerten. Dies hier war, wie Rachel fand, ein Garten des Geistes. Man konnte zugreifen, sich irgendeine Frucht pflücken und sich an der Weisheit laben.

Die Bücher waren nach Sprachen geordnet, und die lateinischen bildeten die größte Gruppe. Unter ihnen fielen besonders 22 Bände in leuchtend rotem Leder und goldener Schrift auf. Es handelte sich dabei um die Schriften des Augustinus *De Civitas Dei.* Rachel ging ehrfürchtig an den Regalen entlang. Bei den hebräischen Werken mit der vertrauten Schrift fühlte sie sich zu Hause. Es gab aber auch Bücher in Französisch, Deutsch, Italienisch und Englisch.

„Das erinnert mich an die Bibliothek meines Vaters", sagte sie in die Stille hinein, und sie erschrak, weil es so unangemessen laut klang. „Er war Rabbiner in Warschau", fügte sie etwas leiser hinzu.

Lori war vor der deutschen Literatur stehen geblieben, ein Buch in der Hand, versunken. Die Uhr tickte vernehmlich, aber doch so bedächtig, dass sie nicht zur Eile mahnte, sondern eher einen ruhigen Lebenstakt vorgab. Acht Mal läutete der Stundenschlag. Dann wieder Stille.

Plötzlich begann Lori laut zu lesen – in der Sprache ihrer Heimat:

Ich möchte aus meinem Herzen hinaus
unter den großen Himmel treten.
Ich möchte beten.
Und einer von allen Sternen
müsste wirklich noch sein.
Ich glaube, ich wüsste,
welcher allein
gedauert hat, -
welcher wie eine weiße Stadt
am Ende des Strahls in den Himmel steht ...

Mit dem Finger in dem schmalen Band drehte sie sich zu Rachel um, und ihre Augen leuchteten.

„Es ist wunderschön", sagte Rachel, die an ihre Seite trat.

„Rainer Maria Rilke", raunte Lori andächtig. „Mein Vater hat diese Gedichte oft meiner Mutter vorgelesen. Seit fast neun Jahren habe ich nichts mehr in meiner Muttersprache gelesen. Seit wir aus Deutschland geflohen sind."

Sie drückte das Büchlein an ihr Herz. „Mir ist, als würde ich Papas Stimme hören."

Wie gut Rachel diese Gefühle kannte. Vor einem halben Jahr war sie nach Jerusalem zurückgekehrt und war ihrem Großvater nach so langer Zeit wieder begegnet. Stundenlang hatte sie damals am Fenster gesessen und in der Gasse dem vertrauten Jiddisch der Menschen gelauscht, die durch die Altstadt zogen. Kinder schwatzten und lachten, Rabbiner diskutierten die Thora im Gehen, und Frauen tauschten wortreich Erfahrungen aus. Das war Heimat. Und wie fern war Warschau inzwischen! Rachel fühlte sich damals, als sei sie von den Toten auferstanden. Dort unten spielte ihr Bruder Stockball – vor ihren Augen! Sie war wieder daheim, wieder ein Kind. Und jene, die danach getrachtet hatten, ihr das Leben zu stehlen, hatten ihre Macht über sie verloren.

„Mach weiter", sagte Rachel und ließ sich in einen der Sessel am Lesetisch sinken.

Das wollte Lori gern. Sie setzte sich ihrer Freundin gegenüber und blätterte in dem Buch auf der Suche nach Versen, an die sie sich noch gut erinnerte. „Da!", rief sie. „Das wirst du mögen: *Das Magnifikat.* Die schwangere Maria kommt zu Elisabeth. Mein Vater hat darüber gepredigt. Es war seine allerletzte Predigt im November 38, kurz vor der Pogromnacht. Rilkes Schriften und Gedichte wurden verboten und auf Scheiterhaufen in den Straßen mit den Schriften anderer Autoren verbrannt. Die Braunhemden kamen auch zu uns und dezimierten den Bestand von Vaters Bibliothek beträchtlich. Aber Papa hatte viele Gedichte von Rilke auswendig gelernt." Sie unterbrach sich. „Sag mal, rede ich zu viel?"

Rachel beugte sich vor und nahm sich das Büchlein, ohne es zuzuschlagen. Es gab Zeiten, da ließ sie jedes gesprochene deutsche Wort erzittern. Aber das war vorbei. Jetzt begann sie sogar zu lesen:

Sie kam den Hang herauf, schon schwer, fast ohne
an Trost zu glauben, Hoffnung oder Rat;
doch da die hohe tragende Matrone
ihr ernst und stolz entgegentrat
und alles wusste ohne ihr Vertrauen,
da war sie plötzlich an ihr ausgeruht;
vorsichtig hielten sich die vollen Frauen,

bis dass die junge sprach: Mir ist zumut,
als wäre ich Liebe, von nun an für immer.
Gott schüttet in der Reichen Eitelkeit
fast ohne hinzusehen ihren Schimmer:
doch sorgsam sucht er sich ein Frauenzimmer
und füllt sie an mit seiner fernsten Zeit.
Dass er mich fand. Bedenk nur; und Befehle
um meinetwillen gab von Stern zu Stern -.
Verherrliche und hebe, meine Seele,
so hoch du kannst: den HERRN.

Rachel schwieg und sah gedankenverloren aufs Papier. Sie fühlte sich dem Dichter so nah. Ob auch Lori verstanden hatte, was ihr bei diesen Worten aufgegangen war? Spürte sie, dass sie nicht nur Maria galten, sondern jedem?

Lori zwinkerte. Eine einzelne Träne rann ihr über die Wange. Die Hände zitterten. War es die Erinnerung an die Festnahme des Vaters oder vielleicht noch etwas anderes, was die Herzenshärte schmelzen ließ?

„Es ist Pfingsten", sagte Lori. „Papa meinte immer, dass dies der Tag unseres persönlichen Magnifikats sei, an dem uns das Herz übergeht, weil ER selber in uns hineingeströmt ist und wir erfahren haben, wer ER wirklich ist."

„Dass er auch *mich* gefunden hat!", sagte Rachel mit einem Lächeln.

„Aber ich ... ich selber habe ihn doch verloren – meinen Glauben – meine Hoffnung. Eigentlich alles."

„Man kann bei ihm eigentlich gar nicht verloren gehen. *Er* ist schließlich noch immer da. Auch ich bin ohne Hoffnung durchs finstere Tal gegangen. Aber als ich endlich nach ihm Ausschau hielt, da begriff ich, dass er die ganze Zeit bei mir gewesen war."

„Früher habe ich Gott in den leuchtenden Augen meines Kindes gesehen. Es war der Sonnenschein in meinem Leben. Aber gerade als dieser kleine Kerl anfing, mir zu verstehen zu geben, dass er mich liebt, da wurde er mir wieder genommen, als er anfing seine

Welt zu ergründen und bei mir nach Antworten zu suchen. Inzwischen habe auch ich keine Antworten mehr. Ich kenne die Bedeutung des Lebens nicht mehr."

Rachel blätterte in Rilkes Werk. Würde sie spontan noch ein Gedicht finden, das dieses wunde Herz verbinden konnte? Dann aber legte sie das Buch fort und bat Gott, dass ihre eigenen Worte heilsam sein würden. „Lori ... meine Schwester, ich bitte dich, hab noch etwas Geduld mit dir und deiner aufgewühlten Seele. Sei dir gewiss, dass deine Fragen berechtigt sind und dass es auf jede einzelne eine Antwort gibt – vielleicht in einer Sprache, die dir noch unverständlich ist. Denk mal, wie viele Bücher hier stehen, deren Weisheiten sich uns im Augenblick nicht erschließen, weil wir ihre Sprache nicht verstehen. Verlang also nicht sofort Antwort auf jede Frage. Und es werden immer Fragen offen bleiben, deren Antworten wir in diesem Leben ohnehin nicht verstehen können, weil wir mit unserem beschränkten Geist nichts damit anzufangen wüssten.

Gott erwartet von uns, dass wir unser Leben von ihm geführt sehen, ob uns die Umstände Freude oder Kummer bereiten. Gerade wer Gott kennt, merkt oft erst, wie dunkel die Schatten dieser Welt sein können, die wir aber meist selber werfen. Nachdem Maria den Herrn gepriesen hatte, rannen sicher die Tränen. Manchmal glaube ich zu wissen, welche Fragen sie damals ans Leben gestellt hat. Unbeantwortete Fragen dürfen uns einfach nicht aus der Bahn werfen. Eines Tages wirst du vielleicht Erfahrungen machen, bei denen du sagst: ‚Ach, das ist die Antwort.'"

Lori blicke Rachel in die Augen. „Das Problem ist, geduldig auf diesen Tag zu waren."

Rachel stand auf und ließ das Buch aufgeschlagen auf dem Tisch liegen. Sie schlang ihre Arme um Loris Schultern, und Lori seufzte, wobei sie mit dem Handrücken ihre Augen trocknete. Sie stand nun auch auf und schlenderte erneut die Buchregale entlang.

Die Uhr schlug neun, und in diesem Augenblick kam die Mutter Oberin zur Tür herein.

„Es gibt schlechte Nachrichten aus dem jüdischen Viertel", sagte sie. „Die Araber haben große Teile erobert. Sie plündern die Häuser und brennen sie dann nieder. Man sagt, dass viele Juden verwundet worden sind. Was sollen wir jetzt tun?"

Rachel antwortete: „Lange genug leben, um wiederkommen zu können, die Steine wieder aufzurichten und durch unsere Gebete neu zu heiligen."

„Heute Nacht feiern wir die Vigil vor Pfingstsonntag. Da werden wir um den Schutz des Herrn bitten – für uns selbst und für euch. Ihr werdet den Schutz des Herrn brauchen, aber auch die Kleider von Novizinnen."

Es war also beschlossene Sache: Die Nonnen des Klosters sollten am frühen Morgen aufbrechen, nachdem der Beschuss aus dem Musrara aufgehört haben würde. Fünf Minuten würden ihnen bleiben, um die besonders gefährliche Jaffa Road zu überqueren und in die Altstadt zu gelangen.

Das Kloster, das heute noch eine Zuflucht und ein Ort des Friedens war, würde morgen schon eine umkämpfte Stellung sein, derentwegen Menschen einander töten – einen Steinwurf von jener Stelle entfernt, an der Jesus Christus gekreuzigt worden war.

„Sie werden eines Tages zurückkehren. Dieser Krieg wird nicht ewig dauern", tröstete Rachel.

Und die Oberin erwiderte traurig: „Gewiss, eines Tages werden wir wahrscheinlich junge Bäume in unserem Garten pflanzen. Diese Dinge kann man ersetzen. Aber was ist mit den Menschenleben – Ihres, das Ihres Kindes und das der Soldaten, die hier ermordet werden? Einmal verloren, kann man sie nicht wieder neu pflanzen. Es fällt schon schwer, sich vorzustellen, dass diese Mauern, die Zeugen unzähliger Gebete von unzähligen Generationen geworden sind, in Trümmern liegen und ein Kampfplatz von Soldaten werden könnten."

Rachel entgegnete: „Mutter Oberin, vielleicht werden die Gebete, die hier gesprochen wurden, ja noch jene schützen, die hinter diesen Quadern Schutz suchen."

„Das glaube ich kaum, Rachel. Sofern der Herr das Kloster nicht in den Wolken des Himmels verbirgt, werden Menschen hier ihr Leben lassen. Die Welt, die für uns hier drinnen immer nur ein böser Traum war, wird diesen Ort des Friedens zwar einnehmen können, aber niemals unsere Herzen. Der Friede Jesu gehe mit uns!"

12

Die Mutter Oberin teilte den Anwesenden ihren Entschluss mit, das Kloster zu verlassen. „Der Herr hat ganz deutlich zu meinem Herzen gesprochen, während ich betete“, sagte sie. „Heute Abend feiern wir die Vigil zu Pfingsten. Das war der Abend, da Gott Mose das Gesetz auf dem Sinai gab. Viele Jahre später hat dann der Herr Jesus, der Messias Israels, seinen Jüngern aufgetragen, so lange zu wachen und zu beten, bis der Geist des lebendigen Gottes herabfallen würde, um das Gesetz in ihre Herzen zu schreiben. Die Schriftlesung für heute steht in Joel, Kapitel 3 und 4. Diese Prophezeiung deutet auf uns heute: Israel ist wieder geboren und Jerusalem wird wieder die Hauptstadt Israels sein. Wenn wir morgen früh aufbrechen, müssen wir an diese Worte der Verheißung denken und fest daran glauben, dass wir Teil dieses göttlichen Wunders sein werden.“

Sie schlug die Bibel auf und las:

Und es soll geschehen: wer des HERRN Namen anrufen wird, der soll errettet werden. Denn auf dem Berge Zion und zu Jerusalem wird Errettung sein, wie der HERR verheißen hat, und bei den Entronnenen, die der HERR berufen wird. Denn siehe, in jenen Tagen und zur selben Zeit, da ich das Geschick Judas und Jerusalems wenden werde, will ich alle Heiden zusammenbringen ... und will dort mit ihnen rechten wegen meines Volks und meines Erbteils Israel, weil sie es unter die Heiden zerstreut und sich mein Land geteilt haben.

„Das Wort des Herrn.“

„Amen.“

„Es werden Gäste mit uns in die Altstadt gehen. Sie wollen dann weiter in das jüdische Viertel. Es ist unser Auftrag, ihnen zur Seite zu stehen.“

„Amen.“

Es schien keinen Widerspruch und kein Unbehagen zu geben. Die Nonnen nahmen die Nachricht in Gleichmut an. Dann verschwanden sie jeweils zu zweit in der Kapelle, um die Nacht vor Pfingsten zu feiern und auf den Festtag zu warten. Rachel und Lori folgten ihnen tief bewegt und blieben hinter allen anderen stehen. Von draußen war trotz der dicken Mauern Karabiner- und Maschinengewehrfeuer zu hören. Doch die Nonnen hatten kein Ohr dafür. Sie sangen und beteten, als würde nicht morgen ihr Auszug bevorstehen. Lori beneidete sie um ihre Gelassenheit, wo sie doch alles hinter sich lassen mussten, was ihnen vertraut war, was sie liebten. Auch sie hatte alles verloren, was ihr lieb und teuer gewesen war. Aber wie sehr haderte sie mit ihrem Schicksal und wie zürnte sie dem Gott, der all dies zugelassen hatte!

Die Frauen sangen: *Veni Creator Spiritus ...*

Komm Schöpfer Geist!
Treib' weit von uns des Feind's Gewalt.
In deinem Frieden uns erhalt,
dass wir geführt von deinem Licht
in Sünd' und Leid verfallen nicht.

Die Kapelle des Klosters war karg und schmucklos eingerichtet. Es gab keine Bänke, nur den blanken Steinboden unter der sich gotisch wölbenden Decke und den Gekreuzigten hinter dem Altar. Eine Nonne nach der anderen trat schweigend vor und kniete am Fuß des Kreuzes nieder, um an jene Frauen zu erinnern, die vor 2.000 Jahren geblieben waren und mit angesehen hatten, wie ihr Herr qualvoll sein Leben aushauchte, während alle anderen geflohen waren.

Nun aber flohen auch sie.

* * *

Vom Dach der Hurva musste Mosche mit ansehen, wie die Häuser der Juden in der Ararat Street in Flammen aufgingen.

„Jetzt brennen sie jüdische Häuser nieder", sagte Ehud resignierend. „Die glauben wahrscheinlich, dass wir Gold zwischen den Balken versteckt haben und dass es durchs Feuer schmilzt." Er lachte.

Mosche sah, dass Plünderer mit Fackeln und Laternen unterwegs waren, die die Läden der Juden heimsuchten und mit Plunder herauskamen, der kaum ein paar Schilling auf dem Flohmarkt bringen würde. „Der Raubzug lohnt sich!", sagte Ehud mit einem ironischen Grinsen.

Mosche schwieg die ganze Zeit. Die Sterne am Himmel funkelten nicht mehr, denn der Wind hatte gedreht und trieb nun den Rauch auf sie zu und schwärzte die Nacht.

„Etwas lastet mir schwer auf der Seele", sagte Mosche schließlich. „St. Jakobus."

„Kann ich mir denken", meinte Ehud und schwieg.

„So was passiert mir nicht noch mal."

„Bestimmt nicht."

Mehr war zu diesem Thema nicht zu sagen. Beide wussten, dass es möglicherweise gar keine Gelegenheit geben würde, einen solchen Fehler ein zweites Mal zu machen. Seinen guten Willen jenen zu zeigen, die nach ganz anderen Spielregeln kämpften, war ein Fehler gewesen. Und der Verlust von St. Jakobus war möglicherweise der Anfang vom Ende der jüdischen Enklave in der Altstadt von Jerusalem.

* * *

Mosche hatte fast siebzig Stunden nicht mehr geschlafen. Er kämpfte mit seiner geistigen und körperlichen Erschöpfung. Die Siegesfeiern der Dschihad-Moqhaden bedeuteten, dass sie eine Weile mit sich selber beschäftigt sein würden. Auf Ehuds Drängen stieg Mosche vom Dach der Hurva hinab und begab sich in den Keller, in dem sich auch Rabbi Lebowitz aufhielt. Dort unten herrschte wenigstens noch Frieden, und er würde eine oder zwei Stunden Schlaf finden, um hinterher ausgeruhter und mit einem klaren Kopf besser Entscheidungen treffen zu können.

Er war so erschöpft, dass er es kaum schaffte, die Hand zu heben und anzuklopfen. Er berührte mit den Fingern die Lippen und dann die Mesusah am Türpfosten. *Schaddai. Hüter der Türen Israels. Und ich habe die Türen Israels heute durch meine Dummheit weit offen stehen gelassen!*

Großvater schlief noch nicht, und die Tür war auch noch nicht verriegelt, als habe der alte Mann geahnt, dass er noch Besuch bekommen würde.

„Du schläfst ja schon im Stehen. Komm herein“, sagte der Rabbi und führte Mosche zu einem Bett.

„Wo ist Jakov?“, fragte dieser.

„Bei den anderen Jungen. Sie schlafen alle zusammen in der Synagoge.“

„Du schläfst noch nicht?“, murmelte Mosche, dem es inzwischen Leid tat, dass er sich nicht auch ein ruhiges Plätzchen in der Hurva gesucht hatte und stattdessen den Großvater störte.

„Ich habe das Donnern gehört.“

„Moslems. Sie haben Häuser in die Luft gesprengt, die sie einnehmen konnten.“

„Gut. Das ist gut! Sie erledigen deine Arbeit, so dass du ein bisschen schlafen kannst. Der Allmächtige ist groß. Er beschützt die Häuser Israels, während du schläfst. Wenn sie nämlich die Häuser in die Luft jagen, zerstören sie auch die Keller und damit die Tunnel, *nu?* Sie können sich also nicht unterirdisch in unser Viertel durchgraben. Und sie haben keinen Hinterhalt mehr, von dem aus sie unsere Häuser beschießen können. So ist es doch, oder?“

„Klar“, grunzte Mosche. Jetzt wusste er auch, warum sich der Großvater so freute.

„Nun leg dich schon hin“, sagte der Alte und drückte Mosche in die Kissen. „Es ist Pfingsten, und nach alter Sitte werde ich aufbleiben, Wache halten und in der Thorarolle lesen. Du aber musst schlafen.“

Er holte eine Decke, wickelte Mosche damit ein, und mit seinen krummen Gichtfingern strich er seinem Enkel liebevoll durchs wirre Haar – wie ein Vater seinem Sohn. „Hier bist du sicher, mein Junge. Fürchte dich nicht, sondern glaube an das, was geschrieben steht. Er kommt zu uns im Unwetter und im Feuer. Aber dabei spricht er zu uns. Der Donner ist die Stimme dessen, der vor unseren Türen wacht ..."

* * *

Jakov erwachte. Es musste mitten in der Nacht sein. Ein paar Laternen brannten und beleuchteten spärlich das Kellergewölbe der Synagoge. Als er sich aufrichtete und auf seinen Ellenbogen stützte, lief ihm bei dem Anblick, der sich ihm bot, ein kalter Schauer über den Rücken. Sonst war die Nissan-Bek-Synagoge ein heiliger Ort. Heute aber lagen in langen Reihen, nach Geschlechtern getrennt, Flüchtlinge dicht gedrängt im Untergeschoss – erschöpft und regungslos wie Tote.

Ihre Kleider rochen brenzlig. Und dieser Geruch erinnerte daran, dass die dort Schlafenden bis auf ihr Leben alles verloren hatten.

Draußen herrschte finsterste Nacht, als Jakov vor die Tür trat. Der Mond war noch nicht aufgegangen, und kein Lüftchen regte sich. Da bemerkte Jakov einen schwachen Schein. Er schlich zu dem Fenster, von wo das Licht aufs Pflaster fiel, und spähte hinein. Drinnen saßen Rabbiner um einen Tisch, auf dem eine einzige tropfende Kerze den Raum erleuchtete. Sie waren ins Studium der Thora vertieft, und so bemerkten sie den heimlichen Beobachter von draußen nicht.

Schaul, der Hund, hatte vor der Tür artig auf sein Herrchen gewartet, zuvor aber irgendwann eine tote Ratte gefunden, die er nun devot dem Jungen anbot. „Nein danke!", sagte Jakov angeekelt. „Nun friss schon selber. Wir haben was zu erledigen."

Jakov wusste, wir prekär die Versorgungslage im jüdischen Viertel war, seit es belagert wurde. Bis die Haganah-Streitkräfte mit Verstärkung aus der Neustadt durchbrechen würden, war jede einzelne Patrone und jedes Gramm Sprengstoff wichtig.

Und das bedeutete, dass die Bombe, die in der Kettenstraße noch immer im Rinnstein lag, ein echter Schatz war, den man nicht so einfach verschmähen durfte.

Der Junge kannte glücklicherweise das Labyrinth der Gassen in der Altstadt wie seine Westentasche, denn oft hatte er fliehen müssen, wenn er einem britischen Soldaten ein paar Patronen stibitzt und der ihn wutschnaubend verfolgt hatte.

Jakov schlich zum Schützengraben und sagte zu der Wache, er sei ein Kurier und müsse leider seinen Hund für diesen Auftrag bei ihnen lassen. Schaul fiepte zwar und wedelte mit dem Schwanz, aber er bellte und jaulte nicht, wie er es gewöhnlich tat, wenn man ihn nur irgendwo festband und allein ließ.

Jakov schlich davon und bog schon nach wenigen Schritten in eine Gasse ein, die keinen Ausgang hatte und von einem mittelalterlichen Gewölbe überdacht war.

Am Ende angekommen, schob Jakov allerlei Trödel beiseite, und tief am Boden kam ein kleines Fenster in einer Hausmauer zum Vorschein. War es auch heute wieder unverschlossen wie sonst immer? Jakov drücke dagegen, aber es tat sich nichts. Er versuchte es ein zweites Mal. Jetzt quietschte das Scharnier laut, und der Flügel bewegte sich etwas. Jakov presste sich ganz dicht an die Wand und hielt den Atem an. Hatte ihn jemand bemerkt?

Aber es blieb alles still. Jakov stieß das Fenster ganz auf und hatte nun eine Öffnung vor sich, durch die er sich mit den Füßen zuerst gerade so hindurchwinden konnte.

Er ließ sich knapp zwei Meter ins Dunkle fallen und landete geräuschlos auf einer Teppichrolle. Der Raum musste als Lager dienen, denn er war voll gestopft mit Teppichen. Jakov hatte bei früheren Erkundungen herausgefunden, dass die Rückwand des Gebäudes zwar an das jüdische Viertel grenzte, dass die Vorderfront mit dem Eingang aber im armenischen Viertel lag. Würde Jakov also das Haus durch den Vordereingang verlassen, so befände er sich sogleich jenseits des Grabens und der Barrikade.

In einem Wandschrank des Hausmeisters fand Jakov eine passende Verkleidung: ein gestreifter Mantel mit einer Kapuze. Die Kopfbedeckung war wichtig, weil er nur damit seine seitlichen Haarlocken verbergen konnte. Nur so würde man ihn für einen arabischen Jungen halten. Das Kleidungsstück war zwar viel zu groß, aber Jakov legte es in Falten und zog den Gürtel ordentlich fest. Allerdings konnte er damit nicht verhindern, dass der Stoff etwas am Boden schleifte.

Er entriegelte die Eingangstür, spähte durch einen Spalt ins Freie und schlüpfte hinaus, als er sicher war, dass die Luft rein war. Die Straßen und Gassen waren fast menschenleer, denn die christlichen Bewohner des Viertels waren geflohen, um nicht zwischen die Fronten zu geraten. Nur hier und da standen Araber in Grüppchen herum, die Wache halten sollten. Sie rauchten und schwatzten, wobei sie ihre großen Taten und ihre Tapferkeit priesen.

Jakov blickte vor sich in den finsteren Schlund des jetzt unbeleuchteten Souks el-Bazaar, der nach einer Biegung schließlich in die Kettenstraße führte. Dort verlief die Front, und das bedeutete, dass dies nicht der Ort für unbedachte Handlungen war. Wenn er jetzt weiterging, lief er Gefahr, von beiden Seiten erschossen zu werden. Er schlich deshalb dicht an der Wand entlang, blieb stehen, spähte nach vorn, lauschte und lief ein Stück weiter.

Er nutzte Nischen und Vorsprünge, um immer wieder Deckung zu suchen. Bevor er sich traute, ein Stück weiterzugehen, überlegte er immer erst, wie sein Rückzug aussehen würde. Einmal tauchten drei Freischärler auf, die an ihm vorübereilten, ohne ihn zu bemerken. Sie trugen zwei Kisten mit Munition und unterhielten sich darüber, wie schnell sie beim nächsten Angriff das Viertel der Juden überrennen würden.

Wieder wollte sich Jakov in einer schützende Nische bergen, als er von hinten gepackt wurde. Ein Arm presste sich gegen seine Brust, und gleichzeitig spürte er die raue Pranke eine Mannes in seinem Gesicht. Doch trotz heftigster Gegenwehr zerrte ihn der Fremde weiter hinein in die dunkle Nische vor dem Eingang eines Zigarettenladens.

„Du Bengel“, sagte eine heisere Stimme auf Arabisch. „Weißt du nicht, wie gefährlich es gerade heute Nacht hier draußen ist?“ Der

Mann ließ Jakov los und drehte ihn zu sich. Jakov kannte die Art Kleidung. Er blickte offensichtlich in das Gesicht eines armenischen Priesters. „Du kannst hier ganz schnell erschossen werden."

„*Inschalla*", murmelte Jakov und fuhr auf Arabisch fort: „Es geschieht, wie Allah es will. Aber lass mich jetzt meinen Auftrag erfüllen."

„So jung und schon so todesmutig? Wie soll diese Stadt Frieden finden, wenn schon die nächste Generation vergiftet ist? Nun geh schon", sagte der Priester und stieß Jakov so heftig von sich, dass er fast hingefallen wäre.

Das war äußerst gefährlich. Jakov taumelte mitten auf die Straße, und jeder hätte ihn sehen können. Welcher Zivilist mit einem Funken Verstand würde sich schon freiwillig zwischen die alles zermalmenden Kiefer eines Ungeheuers werfen, das der Krieg nun einmal ist? Es wurde hier auf alles geschossen, was sich bewegte.

Aber niemand schien ihn glücklicherweise zu bemerken. Und sobald Jakov wieder Tritt gefasst hatte, ging er in Deckung. Vor ihm in einiger Entfernung lagen ein toter Esel, zwei umgestürzte Handkarren und ein paar Autoreifen. Hinter jedem konnte er zwar Deckung suchen, doch musste die Distanz zwischen ihnen erst einmal überwunden werden.

Das aber hieß, sich so unauffällig wie möglich fortzubewegen: einen Arm vor, warten, lauschen, spähen, den zweiten Arm folgen lassen und nach und nach den ganzen Körper über das buckelige Pflaster schleifen. Dann drei tiefe Atemzüge, und weiter ging es, Meter um Meter.

Als er endlich den toten Esel erreicht hatte, gönnte er sich eine kleine Verschnaufpause. Das dauerte alles viel länger, als er es sich vorgestellt hatte. Bei seiner Planung war er noch von einem zügigen Vorankommen und einem noch schnelleren Rückzug ausgegangen. Aber in Wirklichkeit dauerte das Heranrobben eine Ewigkeit.

Ein Schwarm Fliegen hatte sich zur Nacht auf dem Leichnam niedergelassen und wurde nun von Jakovs Hand aufgescheucht. Die dicken Brummer surrten orientierungslos umher, und einige verfingen sich auch noch in Jakovs Kapuze. Doch er wagte es nicht, gegen das widerwärtige Gefühl krabbelnder Insekten an Hals und Wangen vorzugehen. Glücklicherweise fanden die Tiere nach und nach den Ausgang ins Freie.

Als Nächstes fand Jakov Deckung hinter den Autoreifen und dann hinter den Handkarren. Ihm war klar, dass er sofort unter Beschuss von beiden Seiten geraten würde, wenn irgendjemand Alarm auslöste. Er war bereits so dicht an dem Schützengraben, dass er Schaul fiepen und die Wachen gedämpft reden hörte. „Was treibt dieser Bengel eigentlich", sagte einer das Wachen von der Haganah. „Es kann doch nicht so lange dauern, eine Botschaft zu überbringen!"

„Vielleicht liegt er längst in der Falle", sagte ein anderer lachend. „Und du sollst jetzt mit dem Köter Gassi gehen."

Jakov spähte nach vorn. Das letzte Stück bis zur Bombe gab es außer einem breiten Schatten keine Deckung mehr. Und Schaul durfte ihn auf keinen Fall wittern. Behutsam robbte Jakov vorwärts, Meter um Meter, die Angst im Nacken. Plötzlich schrammte seine Schuhspitze über einen aus der Straße ragenden Pflasterstein, und in der Stille hörte es sich für Jakov an, als würden alle Scherenschleifer des Viertels auf einmal Messer an ihre rotierenden Steine halten.

Aber niemand reagierte, und Jakov fasste wieder Mut. Er würde nicht nur eine Menge Sprengstoff mit nach Hause bringen, sondern auch noch die Wachen ihrer Unachtsamkeit überführen. Endlich berührten seine Finger die Milchkanne, und er wollte sie an sich nehmen.

Aber sie war viel schwerer als erwartet. Er hatte an das normale Gewicht einer Milchkanne gedacht und geglaubt, sie einfach wegtragen zu können. Aber die hier konnte er nicht so einfach anheben. Was nun?

Die Entscheidung wurde ihm sogleich abgenommen. Ein Brummer war noch immer in seiner Kapuze gefangen und wollte sich am liebsten in seinem Gehörgang verkriechen.

Instinktiv schlug der Junge mit der Hand ans Ohr – und die Milchkanne polterte deutlich hörbar gegen das Pflaster.

„Da draußen ist jemand!", rief einer der Haganah-Wachen.

„Na los, schieß schon! Schieß!“, rief der andere.

Schüsse peitschten durch die Nacht. Und die Araber erwiderten sofort das Feuer. Keine Seite wusste, wohin man eigentlich zielen sollte, und das Mündungsfeuer der eigenen Waffen blendete so, dass man im Dunkel der Straße ohnehin nichts ausmachen konnte.

Viel konnte Jakov nicht tun. Er rollte die Kanne dorthin, wo er erst einmal Deckung fand. Das war ein schmaler Durchgang zwischen zwei Häusern, der am anderen Ende in die Kettenstraße mündete. Er schlüpfte hinein und setzte sich erst einmal auf den Boden. Für den Augenblick war er in Sicherheit, aber leider auf der falschen Seite der Verteidigungslinie. Und er fragte sich besorgt, wie er wieder auf die andere Seite gelangen sollte.

Sonntag
16. Mai 1948

Als nun der dritte Tag kam und es Morgen ward, da erhob sich ein Donnern und Blitzen und eine dichte Wolke auf dem Berge und der Ton einer sehr starken Posaune. Das ganze Volk aber, das im Lager war, erschrak.
2. Mose 19,16

Und nach diesem will ich meinen Geist ausgießen
über alles Fleisch, und eure Söhne und Töchter
sollen weissagen,
eure Alten sollen Träume haben,
und eure Jünglinge sollen Gesichte sehen.
Joel 3,1

Und als der Pfingsttag gekommen war, waren sie alle an einem Ort beieinander. Und es geschah plötzlich ein Brausen vom Himmel wie von einem gewaltigen Wind und erfüllte das ganze Haus, in dem sie saßen. Und es erschienen ihnen Zungen zerteilt, wie von Feuer; und er setzte sich auf einen jeden von ihnen, und sie wurden alle erfüllt von dem heiligen Geist und fingen an, zu predigen in andern Sprachen, wie der Geist ihnen gab auszusprechen.
Apostelgeschichte 2,1-4

13

Mosche, halb träumend, halb wachend, hörte fern das Rascheln von Papier, und das fahle Licht einer Kerze drang schwach durch seine Augenlider. Der alte Mann sang leise geistliche Lieder, die ihn schon sein ganzes Leben begleitet hatten. Mosche dämmerte wieder ein. Rachels Gesicht tauchte auf. Er träumte, dass sie mit ihm redete und versprach, bald nach Hause zu kommen.

Mosche schlug die Augen auf. Die Kerze war fast heruntergebrannt, und der Großvater saß auf seinem Stuhl neben Mosches Bett – so wie Väter über ihre Kinder im Schlaf wachen.

„Wie spät ist es?", fragte Mosche heiser.

„Sehr spät. Oder auch schon sehr früh."

„Wie lange habe ich geschlafen?" Er setzte sich auf.

„Nicht lange."

Unruhe überfiel Mosche. Er erhob sich und suchte sein Gewehr. „Ich muss zurück."

„Ehud und Dov halten doch Wache. Wir müssen erst reden, du und ich."

„Ich werde gebraucht."

„Die Freischärler geben Ruhe. Zuweilen ruht selbst der Teufel aus. Vielleicht tut er das später nicht mehr. Lass uns reden."

„Vielleicht später. Ich muss ..."

„Wir reden *jetzt*. Setz dich!", sagte Rabbi Lebowitz plötzlich streng, und Mosche gehorchte.

„Es ist die Stunde, da ich dir etwas offenbaren muss", sagte der Rabbi nachdenklich und starrte in die Flamme der fast abgebrannten Kerze. „Ich werde dir die Tunnel zeigen ..."

Mosche, der zunächst wie der Schüler im Rektorszimmer auf irgendeine Strafpredigt gewartet hatte, horchte auf. An diese Tunnel hatte er gar nicht mehr gedacht.

„Stimmt, Jakov hat irgendetwas von Tunneln erzählt ..."

„Jakov? Der weiß eigentlich gar nichts. Er ist viel zu jung. Wenn er älter ist, kannst du ihn einweihen, falls er sich würdig erweist."

Mosche schossen tausend Gedanken durch den Kopf. Kannte der alte Mann tatsächlich noch einen geheimen Zugang zum Viertel, durch den man die Mauern der Altstadt unterqueren und Vorräte herbeischaffen konnte?

Das alte Gesicht hinter dem grauen Bart schmunzelte. „Ich weiß, wovon du gerade träumst."

„Wenn es einen Weg nach draußen gibt, dann musst du ihn mir zeigen."

„Es ist *Schavout, nu?* Eins der großen Pilgerfeste – wie *Sukkot* und Passah. Immer dann kommen die Israeliten zum Tempelberg. Juden aller Sprachen pilgern hierher und bringen die Erstlinge der Ernte. Und wir bringen auch unsere Kinder dem Herrn ... lassen sie zum ersten Mal seine Worte schmecken, versüßt durch ein wenig Honig. Und sie werden sich der Süße dieses Tages ein Leben lang erinnern. So ist es doch immer gewesen, *nu?*"

„Ja, das stimmt", sagte Mosche ungeduldig, denn er dachte an die Zeit die verstrich, während der Rabbi redete und redete und in seinem Herzen bewegte, was er gerade gelesen hatte, als herrsche draußen himmlischer Friede.

„Also, Mosche, auch wir müssen heute einen Pilgergang machen. Während der Teufel schläft, müssen wir dorthin gehen, wo die Worte des Allerhöchsten versiegelt sind. Bevor du kamst, hatte ich keine Hoffnung mehr, einen Sohn zu haben, den ich in dieses Geheimnis einweihen könnte. Nun aber werde ich *dir* zeigen, was eigentlich Rachels Vater wissen sollte – oder Jakov, wenn er schon älter wäre. Du wirst es ihm zeigen, wenn er älter ist. Jetzt aber hast du meine einzige Enkelin geheiratet. Und ob es dir recht ist oder nicht – du bist mein Erbe geworden. Folge also dem alten Mann, und ich werde dir zeigen ..."

„Wo die Tunnel sind?"

„Ja, ja, die Tunnel."

* * *

Großvater führte Mosche über die Straße zum Hintereingang der Hurva-Synagoge.

„Was ich dir zeigen werde, ist die Erlösung ganz Israels. Komm."

Eine Steintreppe führte hinab ins Kellergeschoss. Der Rabbi entzündete eine Laterne, und die beiden begannen den Abstieg. Ein modriger Geruch schlug ihnen entgegen. Unten öffnete der Rabbi eine weitere Tür, und dahinter ging es steil abwärts in die Unterwelt Jerusalems und in ein Labyrinth von Gängen.

Unten angekommen, betrat der Großvater, ohne sich erst orientieren zu müssen, einen der grob aus dem Stein gehauenen Gänge.

„Wohin gehen wir?", fragte Mosche ungeduldig, aber der Großvater reagierte nicht, sondern schritt beharrlich voran. Immer wieder erweiterten sich die Gänge zu größeren Räumen, dann wieder ging es abwärts oder aufwärts, durch gerade Strecken oder gewundene. So verging fast eine halbe Stunde, bis Mosche stehen blieb und sagte: „Ich werde oben gebraucht."

Der Großvater drehte sich auf dem Absatz um und warf mit seiner Laterne einen langen, schwarzen Schatten hinter sich auf das zerklüftete Gestein. „So, so. Du meinst, die Männer da oben könnten nicht ohne dich sterben. Du bist lange fort gewesen. Bevor dieser nette, kleine Krieg ausbrach, hast du dich wenig um unser Leben hier gekümmert und deinem lieben Vater Schande gemacht. Hast den heiligen Ort verlassen, um dich sonst wo zu vergnügen. *Nu?* Dov, Rabbi Vultch, Ehud und Schimon – möge er in Frieden ruhen – haben die tapferen Männer von Jerusalem angeführt und erfolgreich ohne Mosche Sachar gekämpft. So, das musste mal gesagt werden! Und wenn es die ganze Nacht dauert – das, was ich dir zu zeigen habe, bedeutet alles für uns."

Mosche sah verlegen zu Boden wie ein abgekanzelter Thora-Schüler, und der Rabbi machte sich wieder auf den Weg, wissend, dass Mosche ihm von nun an ohne Murren folgen würde.

Endlich blieb der Großvater stehen, bückte sich vor einem Loch in der Wand und verschwand darin. Als Mosche ihm folgte, erkannte er, dass sie sich im Keller des Großvaters befanden. Er hatte sich hier zwar nie wirklich umgesehen, aber ein paar abgestellte

Gegenstände erkannte er wieder. Man merkte es dem Rabbi an, wie glücklich er war, sich wieder einmal in seinem eigenen Haus aufzuhalten.

Sie befanden sich sechs Meter unterhalb des gegenwärtigen Straßenniveaus. Doch der Boden, auf dem sie standen, war einst ebenerdig. In der einen Wand waren noch deutlich die Umrisse einer Tür und eines Fensters zu erkennen, die heute mit Steinen verfüllt waren. Das Haus des Rabbis war offensichtlich auf die Ruinen eines antiken Gebäudes gesetzt worden, das seinerseits – wie Mosche vermutete – wieder auf einem älteren Haus stand.

Großvater nickte, als er bemerkte, wie interessiert Mosche sich umsah.

„Na, Herr Archäologe? Alles richtig schön antik hier, *nu?*"

„Sehr."

„Solche interessanten Sachen findest du im Keller des Großvaters."

Der alte Mann schmunzelte vergnügt, als er seine Hand wie zum Segen erhob, sie dann aber gegen die Wand unter der Treppe drückte. Das, was wie ein gemauerter Stützpfeiler in der Wand aussah, gab plötzlich ächzend nach, und eine Öffnung in der Wand tat sich auf.

Der Geruch nach modrigem Wasser verbreitete sich sofort im ganzen Keller. Hinter der Öffnung war es so finster, dass der Lichtkegel der Laterne schon nach wenigen Metern verschluckt wurde.

Großvater lachte laut auf, als er Mosches verdutztes Gesicht sah. „Nun sieht er's", rief der Rabbi vergnügt. „Nun geht ihm ein Licht auf."

Mosche war durchaus bekannt, dass Straßen aus herodianischer Zeit noch immer tief unter dem Pflaster der heutigen Altstadt verliefen. Er hatte sich die Ausgrabungsstätten angesehen, wo einige wenige Straßen aus der Antike entdeckt worden waren.

„Es gibt also einen unterirdischen Gang ins Viertel, durch den wir es versorgen können?"

Der Rabbi legte seinen Finger auf die Lippen, um jede weitere Spekulation zu unterbinden. „Alles. Es bedeutet alles für uns. Ich habe dir Erlösung versprochen, aber zuerst musst du ein Gelübde ablegen."

Mosche runzelte die Stirn und ging am Großvater vorbei zu der Öffnung, um hineinzusehen. Der niedrige, aus gewaltigen Steinquadern gebaute Gang war gerade breit genug, dass eine Person passieren konnte.

„Ein Gelübde?"

„Du findest bestimmt den Weg nicht, wenn ich ihn dir nicht zeige."

„Den Weg?"

„Von diesem Eingang gehen zwanzig Gänge ab, die sich verzweigen. Viele enden abrupt in Zisternen. Man kann hier schnell sein Leben lassen, wenn man sich nicht auskennt."

„Und wohin gelangt man?"

„Zu ganz verschiedenen Orten. Heute aber wollen wir unter den Felsendom."

Mosche war sprachlos. Ein Gang, der unter den Tempelberg führte?

„Ich kann deine Gedanken lesen", sagte der Rabbi. „Bring sie zum Schweigen! Niemand außer dir wird durch diese Öffnung gehen."

„Warum nicht?"

„Weil es für uns alles bedeutet."

„Was ist unter dem Tempelberg?"

„Dort stand früher Salomos Tempel – der Opferaltar, das Heiligtum, das Allerheiligste, wo die Herrlichkeit Gottes unter uns wohnte."

„Das ist mir bekannt."

„Dann aber kamen Babylons Heere. Dann der zweite Tempel des Herodes, in dem der sanfte Mann aus Nazareth lehrte, an dem so viele von uns Anstoß nahmen oder an ihn glaubten. Nach ihm die Zerstörung durch die Römer. Von diesem Augenblick an zogen wir durch die weite Welt, ohne eine eigene Heimat zu haben. Bis zu diesem Augenblick, Mosche. Alles auf dieser Welt hat irgendeine Bedeutung im Himmel, *nu?*"

„Gewiss."

Was für ein Geheimnis hütete dieser alte Mann? Was wollte er Mosche zeigen?

„Schwöre also, dass du niemandem davon erzählen wirst, wohin ich dich jetzt führe – bis Jakov reif genug ist – gut genug ist.“ Er runzelte die Stirn. „Und sollte Jakov nicht mehr am Leben sein, wirst du deinen eigenen Sohn einweisen. Eines Tages wird uns Jerusalem ganz gehören. Dann wird sich alles erfüllen, was geschrieben steht. Alles Verborgene wird ans Tageslicht kommen. Beim Allerhöchsten, verpflichte also deine Seele, dass du befolgst, was ich dir gebiete.“

„Äh ... ja ich ...“

„Sag es.“

„Beim Allerhöchsten – ich will gehorchen und tun, was du mir gebietest.“

Mosche hob seine Hand zum Schwur. Ihm war bewusst, wie ernst die Chasidim einen Schwur nahmen, und Schweißperlen begannen seine Stirn zu bedecken.

Er räusperte sich und sagte: „Ich schwöre.“

„Willkommen in der Familie“, sagte Großvater freudig.

Er bedeckte seinen Kopf mit dem Gebetsmantel, den er bisher über den Schultern getragen hatte. Eins der mit Quasten besetzten Enden reichte er Mosche und sagte: „Wickle Fäden um die Finger deiner linken Hand.“

Mosche gehorchte.

„Strecke nun den Zeigefinger deiner rechten Hand so aus.“ Er hob die Hand und machte es seinem Begleiter vor. „Das soll unsere Kerze in der Dunkelheit sein. Stelle keine Fragen mehr. Sobald wir uns auf den Weg machen, werden wir heiligen Boden betreten. Befolge meine Anweisungen, und du wirst leben.“

Der Rabbi blies die Kerze in der Laterne aus, und tiefste Finsternis legte sich über sie – undurchdringlich, wie eine bleischwere Last. Wollte er sie etwa im Finstern durch die Gänge führen?

Großvater zog Mosche in Richtung der geöffneten Geheimtür. „Bleib dicht hinter mir, und lass die Quaste auf keinen Fall los.“

Mosche hielt sich dicht hinter seinem Großvater. Als sie in den

Gang hinabstiegen, wehte ihnen ein deutlich kühlerer Luftzug entgegen.

„Hebe deine Kerze über deinen Kopf", raunte Großvater.

Mosche tat es und spürte den kalten Stein des Türsturzes über sich.

„Wenn du an der Decke fühlst, wirst du drei Schlitze finden", erklärte der Rabbi. „Einer ist drei Finger breit, der andere zwei Finger breit, und in den dritten passt nur ein Finger – genau ein Glied tief. Such diesen schmalen Schlitz. Fühlst du ihn, mein Sohn?"

Mosche strich mit dem Finger über die niedrige Decke, bis er in die beschriebene Rille sank. Er freute sich, als habe er eine große Entdeckung gemacht. Wie einfach war diese Orientierungshilfe und gleichzeitig so genial! „Hab sie!"

„Gut. Sehr gut. Wir sind nun verbunden – wie die Straßenbahn in Warschau, *nu?* Such den Anfang der Rille, und drück dann kräftig."

Etwas unter Mosches Finger gab nach, und die steinerne Geheimtür schloss sich ächzend. Jetzt herrschte nicht nur absolute Finsternis. Auch eine dumpfe Stille legte sich über die Ohren.

„Unsere Reise beginnt. Von jetzt an musst du immer nur tun, was deine Kerze dir befiehlt", sagte Großvater. „Auf dem Weg wirst du ab und zu den Luftzug aus einem seitlich abgehenden Tunnel spüren. Lass dich davon nicht irritieren. Folge immer nur dem schmalen Schlitz. Auf geht's."

* * *

Wie ein Blinder, der sich am Schwanz seines treuen Pferdes nach Hause bringen lässt, so klammerte sich Mosche an den Gebetsmantel des Großvaters. Dabei glitt sein Zeigefinger mühelos durch den Schlitz an der Decke. Dreimal spürte er einen kalten Hauch aus Seitengängen, aber der Rabbi lief unbeirrt weiter.

Mosche zählte die Schritte. Bei hundert machte die Rille plötzlich einen scharfen Knick nach rechts. Sie bogen offenbar in einen

Seitengang ein, aus dem ihnen ein feuchter Hauch entgegenwehte. Mosche bemerkte am Gehen, dass es nun stetig leicht bergab ging.

Das Ganze wiederholte sich noch dreimal: hundert Schritte, dann eine scharfe Biegung, als würde man nun in der entgegengesetzten Richtung laufen. Plötzlich war am Trittschall zu hören, dass sie einen weiten Raum betraten. Der Schlitz schwenkte nach links und führte in einen weiteren Gang. Noch zweimal ging es wie in einem Treppenhaus in wechselnder Richtung in die Tiefe. Dann ein waagerechter Gang, der sich durch das Gestein schlängelte, und immer wieder gingen Seitengänge ab. Mosche dachte an die Warnung vor den Zisternen, und ein kalter Schauer lief ihm über den Rücken.

Rabbi Lebowitz schritt stetig voran, ohne einmal zu zögern. Offenbar wusste er genau, wo er war. Mosche verlor langsam das Zeitgefühl. Aber durch die Blindheit und die damit geschärften übrigen Sinne blieben viele Eindrücke ihrer Wanderung unauslöschlich in seinem Gedächtnis haften: das Rascheln des Gebetsmantels, das Pochen der Füße am Boden, das Herzklopfen und der heftige Atem – das alles zusammen war so eindrücklich, dass Mosche sicher war, nicht zu träumen.

Wie tief waren sie eigentlich schon hinabgestiegen? Wie weit zurück in die Jahrtausende waren sie gewandert?

Nach siebzig Schritten in dem zuletzt betretenen Gang blieb der Rabbi stehen. Er griff nach Mosches erhobenem Arm und führte seinen Zeigefinger nach vorn, bis er eine Mauer berührte.

„Hier ist Schluss“, sagte er.

„An einer Mauer?“

Der Rabbi murmelte: „Knie dich hin und hebe wieder deine Kerze.“ Der alte Mann ließ sich ächzend auf die Knie nieder. Mosche folgte ihm und ließ sich von dem Gebetsmantel in die knapp ein Meter hohe Öffnung ziehen. Mosche tastete hastig mit dem Finger nach dem Schlitz und fand ihn sofort. Seine Knie passten genau in die Spurrinnen, die im Laufe der Jahrtausende von unzähligen Besuchern in den Stein gerieben worden waren.

Ein starker Luftzug blies durch den engen Gang und sorgte dafür, dass Mosches Augen schon nach kurzer Zeit tränten. Er hatte sie offenbar bei dem Versuch, irgendeinen Lichtschimmer zu erhaschen, die ganze Zeit zu weit aufgerissen. Seine Schultern schrammten immer wieder an den Seitenwänden entlang, und mit dem Kopf spürte er die Decke. Nach ungefähr zehn Metern war dieser enge Gang zu Ende. Die Decke hob sich, und den Geräuschen nach zu urteilen, gelangten sie in einen großen, weiten Raum. Der Rabbi seufzte erleichtert und sprach, noch immer nach Atem ringend, das Schema: „Höre, Israel, der HERR ist unser Gott, der HERR allein …"

Und Mosche, dem plötzlich bewusst wurde, dass er möglicherweise einen heiligen Ort betreten hatte, sprach es ehrfürchtig nach.

Der Großvater stand erschöpft, wankend und nach Luft schnappend, während er seine raue Hand dem noch immer knienden Mosche auf den Kopf legte, so dass dieser sich nicht erheben konnte. Er murmelte: „Es ist Pfingsten. Die Stunde der Offenbarung. Die Erfüllung deiner Verheißung, o Gott, dass du deine Worte in unsere Herzen schreiben würdest. Gepreisen seist du, o Herr, der du uns das Leben geschenkt und uns durchgetragen hast, so dass wir diesen Tag erleben dürfen."

Mosche spürte, wie der Rabbi ihn mit seinem Tallith bedeckte, und ein heiliger Schauer überkam ihn. Der Großvater hatte ja angekündigt, dass sie sich unterhalb des Felsendoms befinden würden, dort, wo früher einmal das Heiligtum der Juden gestanden hatte. Alles, was Israel brauche, sei an diesem Ort. Von hier ginge seine Erlösung aus. Warum aber zündete der alte Mann kein Licht an und zeigte Mosche, weswegen er überhaupt hier war?

Als habe er Mosches Gedanken gelesen, sagte der Großvater: „Mehr als 2.000 Jahre haben die Steine hier auf die Neugründung Israels gewartet. Kannst du da nicht einen Augenblick Geduld aufbringen, Mosche?"

Mosche fühlte sich ertappt und bloßgestellt, und so gab er kein Widerwort.

„Also", fuhr Großvater fort, „ich habe es dir versprochen, *nu?* Ich habe dir versprochen, dich hierher zu bringen, dir alles zu zeigen – was einmal war, was ist und was mit dem heiligen Jeruschalajim geschehen wird.“ Seine Stimme hallte in dem weiten Raum, als würden hundert Männer gleichzeitig reden. „Die Verheißung ist hier. Zum Zugreifen die Weisheit der Jahrtausende. Höre die Stimme des Herrn: ‚Rufe mich an, und ich werde dich erhören, und ich werde dir große und verborgenen Dinge zeigen, die dir noch unbekannt sind. Strecke deine Hand aus, du blinder Mann!‘“

Mosche rannen die Tränen über die Wangen, und seine Hand bebte, als er sie in die Dunkelheit ausstreckte, tastete und etwas Kaltes, Zylindrisches fühlte mit erhabenen hebräischen Lettern darauf.

In diesem Augenblick flammte ein Licht auf, ein winziger Feuerschein, der die Verheißung aufleuchten ließ.

* * *

Trotz der Dunkelheit wusste Jakov genau, wo er sich befand. Es stank nach Kloake und verrottendem Abfall. Er war kaum einen Block von der Barrikade und seinem Zuhause entfernt. Schräg gegenüber ging es die Treppe hinab zur öffentlichen Damentoilette. Und überall in dieser überdachten Passage lag Abfall herum.

Jakov kannte diese Gegend. Wie oft hatte er sich hier in diesem armseligen Winkel versteckt und geduldig warten gelernt, weil er einem englischen Soldaten wieder irgendetwas abgenommen hatte. Da aber dieser finstere Durchgang hauptsächlich von Frauen benutzt wurde, weil die einzige öffentliche Damentoilette weit und breit hier ihren Eingang hatte, blieb selbst der wütendste englische Soldat meist schamhaft draußen stehen, um auf den Schlingel zu warten. Zuweilen hatte es Jakov bis zum Dunkelwerden in dieser stinkenden und von palavernden Frauen bevölkerten Gasse ausgehalten.

In dieser Nacht war der Gang allerdings menschenleer. Nirgendwo tauchte ein Rock auf, hinter dem man sich hätte verstecken können, und 15 Kilo Sprengstoff waren auch unhandlicher zu transportieren als ein paar stibitzte Dokumente aus der Aktentasche eines Engländers.

Immer wieder lauschte Jakov in die Nacht. Waren Stimmen zu hören, ein Raunen oder ein Husten? Aber alles blieb still. Drüben in der Kettenstraße sah er das Glimmen einer Zigarette. Aber er konnte nicht sagen, ob es seine Leute waren oder der Feind. In jedem Fall würde man ihn erschießen, wenn er sich jetzt vorwagte.

Die Angst, doch noch gesehen zu werden, trieb ihn ein Stück weiter hinein in die Gasse. Er hockte vor der Milchkanne und ließ seine Finger darüber gleiten. Plötzlich spürte er die Zündschnur, und da fiel ihm wieder ein, dass am Ende dieses harmlos wirkenden Fadens eine Sprengkapsel sein musste. Er hatte nämlich schon öfter Dov und Ehud dabei beobachtet, wie sie selber Granaten bastelten, und er wusste aus Erfahrung, dass gestandene Männer mitten im Winter ins Schwitzen kamen, wenn eine Schachtel mit Sprengkapseln versehentlich vom Tisch fiel und auf dem Steinboden landete.

„Du willst mich also am liebsten in Stücke reißen!“, sagte Jakov zu der Bombe. „Den Freischärlern die Arbeit abnehmen. So weit kommt's noch.“ Er schloss die Augen, sprach ein Gebet, packte die Zündschnur und zog vorsichtig daran.

Sie glitt aus der Kanne, ohne etwas anzurichten. Wohin damit? Jakov steckte sich den Zünder in die Tasche und rollte die entschärfte Bombe weiter in die Gasse hinein.

Das Rasseln auf dem Pflaster war unerwartet ohrenbetäubend und weckte die Wachen auf beiden Seiten aus ihrem Dämmerschlaf.

Alarmrufe hallten durch die Nacht – zuerst von der Haganah, dann reagierten auch die Dschihad-Moqhaden.

„Wer ist da?“

„Stehen bleiben!“

„Im Namen des Großmuftis! Halt!“

„Stehen bleiben, oder ich schieße!“ Jakov erkannt Ehuds barschen Ton.

Von der anderen Seite scholl ein *Allahu akbar* – Gott ist groß – herüber, und dann folgte eine Maschinengewehrsalve.

Von all diesem Lärm aufgescheucht, begann Schaul anhaltend zu bellen. Witterte er, dass sein Herrchen in der Nähe war?

Ehud fluchte: „Es ist nur der Hund.“

Und jemand auf der anderen Seite nahm diese Information auf: „Nur ein Köter in der Gasse."

Augenblicke später war das Tier bei Jakov, schnüffelnd, die abgerissene Leine noch am Halsband.

Jakov sagte sicherheitshalber kein Wort, sondern streichelte nur zärtlich seinen Freund. Er war froh, nicht mehr allein zu sein, und dankbar für die Hilfe. Jakov hatte nämlich hinter sich eine Tür entdeckt, die sich öffnen ließ. Er band die Leine um die Milchkanne, und mit vereinten Kräften zogen sie sie auf den ziemlich verwahrlosten und voll gestellten Hof.

„Dummer Hund! Weißt du denn nicht, wie leicht man dich erschossen hätte?", sagte Jakov, nachdem er sich in eine dunkle Ecke gesetzt hatte.

Der Hund saß artig neben seinem Herrchen und fiepte. Dann legte er sich auf den Boden, rollte auf den Rücken und wedelte mit den Pfoten. Offenbar wollte er um gut Wetter bitten.

Jakov kraulte gerade den Bauch seines Hundes, als die friedliche Zweisamkeit jäh unterbrochen wurde. Aus der Dunkelheit trat ein Mann auf Jakov zu und baute sich vor ihm auf. „Es ist gefährlich hier, du Bengel. Hat dich niemand gewarnt?"

Der Hund knurrte tief und bedrohlich.

* * *

Daoud erschrak, denn er kannte den Mann und wusste, dass mit Dajani nicht zu spaßen war. Der stellte sich so vor die Tür, dass er sie versperrte. Der Bombenleger hatte zwar keine Feuerwaffe bei sich, aber er hielt einen gebogenen Dolch in der Hand, der im Mondlicht blinkte. Er befahl Gawan, eine Laterne anzuzünden.

Gawan, der auch plötzlich aus dem Dunklen auftauchte, gehorchte sofort, und Dajani sah sich seinen jungen Gefangenen genauer an. Der blinzelte in das helle Licht und verkroch sich noch tiefer in die Ecke, in der er hockte. Der Hund aber blieb demonstrativ zwischen seinem Herren und dem Angreifer sitzen, zog die Lefzen zurück und knurrte angriffslustig.

Dajani sagte zu dem sich ängstigenden Jungen, der kaum älter als Gawan sein konnte: „Du hast dir also mein Dynamit geschnappt! Dein Mut wird dich das Leben kosten!"

Doch weil der Hund ihn schreckte, ließ er seiner Drohung keine Taten folgen.

„Pfeif deinen Hund zurück", befahl Dajani, aber der Junge schien ihn nicht zu verstehen.

„Entweder du pfeifst ihn zurück, oder ich schlitze ihm die Kehle auf."

Daoud war sicher, dass dies eine ziemlich leere Drohung seines Herrn war, denn der wollte sicher keine Bekanntschaft mit den scharfen Zähnen eines Hundes machen.

„Ich würde diesen jüdischen Bengel am liebsten irgendwo aufknüpfen", sagte Dajani, und Gawan rief erschrocken: „Du hast doch, was du haben wolltest. Nimm endlich das Ding und zieh los damit. Er ist doch noch klein, nicht größer als ich. Es wäre eine Schande, sich an Schwachen zu vergreifen. Nur ein Feigling würde so was tun."

Dajani wusste nicht recht, ob er diese Unverschämtheit durchgehen lassen oder ob ihm alles egal sein sollte.

Aber Daoud, dem klar wurde, dass Gawan den Jungen zu retten versuchte, rief entrüstet: „Was denn? Gawan! Hast du die Ohren vergessen, die Ohren der Juden? Ich werde meine Sammlung mit dem Kerl dort anfangen!"

Er trat siegesgewiss auf Jakov zu, doch Schaul bellte und zerrte an der Leine, so dass Daoud doch zurückschreckte.

Dajani hatte genug. „Also, ihr beiden Dschihad-Moqhaden, ihr dürft jetzt eure Tapferkeit an ihm beweisen, und ich mache mich schon mal auf den Weg." Er packte Gawan bei den Ohren und hob ihn an, so dass er kaum noch mit den Füßen den Boden berührte. „Du kleiner Halunke, bring mir die Ohren dieses jüdischen Schweins, oder ich nehme mir deine. Du findest mich in der Rawdah-Schule, ich werde dort ein Wasserpfeifchen rauchen." Er kniff seine Augen zusammen. „Und nun erledigt diesen Juden, bevor er groß genug ist, um euch zu töten. Nun macht schon!"

Mit diesen Worten übergab er Daoud seinen Dolch, legte sich die Milchkanne über die Schulter und schlenderte davon.

Daoud schwenkte den Dolch und rief Dajani hinterher: „Ich, Daoud aus den Souks, werde diesen Juden seinem Volk zurückgeben – in Stücke geschnitten – als Warnung für alle andern!"

Der Hund bellte und bellte. Der kleine Jude ballte seine Fäuste zur Verteidigung. Gawan schrie: *„Allahu akbar!"*

„Allahu akbar!" rief Daoud. Aber keiner der Brüder rührte sich.

Dann raunte Gawan: „Ich glaube, Dajani ist weg."

Daoud legte seinen Finger auf den Mund und lief auf Zehenspitzen zum Tor. Er lauschte angespannt. Würde Dajani auf sie lauern? Aber nach ein paar Minuten sagte er: „Die Luft ist rein. Dajani ist mit seinem Lieblingsspielzeug abgehauen."

Gawan stellte die Laterne auf den Boden und setzte sich auf eine umgedrehte Holzkiste. Eine Weile starrte er dem Hund in die Augen. Der winselte und setzte sich dann auf seine Hinterläufe.

„Jakov Lubetkin, du bist ein Idiot!", schimpfte Daoud. „Wie konntest du herkommen!"

Jakov antwortete: „Du hast ja Recht! Und was macht ihr jetzt mit mir?"

„Du hast ja gehört, was unser Herr und Meister verlangt. Ich muss dir deine Ohren absäbeln."

Jakov räusperte sich und rief mit belegter Stimme: *„Inschallah!"*

Schaul wurde immer zutraulicher und ließ sich schließlich sogar von Gawan den Kopf kraulen.

„Es ist alles ziemlich mies geworden, seit die Engländer weg sind. In den Souks wimmelt es nur so von Söldnern – Syrer und Iraker. Wer ist denn noch wirklich aus Jerusalem? Und vor allem, diese Söldner haben kein Geld wie die englischen Soldaten. Außer ein paar Lebensmitteln gibt es nichts mehr zu klauen."

„Wie schön war es damals, als wir bei Hannah Cohen noch ab und zu einen Strudel abstauben konnten."

„Davon träume ich auch noch manchmal", sagte Jakov. „Niemand im Viertel kriegt mehr einen Strudel."

Gawan fragte: „Dein Großvater, der Rabbi, geht es ihm gut?"

„Geht so."

Und Daoud wollte wissen: „Wer zündet bei euch jetzt die Kerzen zum Schabbat an?"

„Wir haben bestimmt schon ein halbes Jahr nicht mehr *Schabbes* gefeiert – nicht mehr, seit die Barrikaden errichtet wurden und ihr nicht mehr kommt."

Gawan meinte: „Wir sind schließlich erbitterte Feinde jetzt – wir und ihr."

„Ich weiß", sagte Jakov traurig und ließ den Kopf hängen.

„Dajani zeigt Gawan und mir, wie man Bomben baut."

„Das habe ich auch gelernt", gab Jakov zu.

„Da draußen warten viele Tausend. Sie werden euch alle umbringen, wenn sie durchbrechen. Hast du dir schon überlegt, wo du dich dann versteckst?"

Jakov schüttelte den Kopf. „Wir haben schon ab und an darüber geredet – die Krepske Brüder, Joseph und ich. Eigentlich haben wir uns entschlossen, nicht wegzulaufen und gemeinsam zu sterben, wenn sie durchbrechen."

Daoud klopfte ihm auf die Schulter. „Sehr ehrenwert. Erzähl den anderen, dass du uns getroffen hast und dass wir auch kämpfen – eben auf der anderen Seite."

„Mache ich."

Daoud blies die Laterne aus und stand auf. „Der Alte ist sicher schon in der Rawdah. Aber es lungern noch genug andere auf der Straße herum. Mach dich also lieber schnell auf den Heimweg. Und komm nicht zurück. Beim nächsten Mal triffst du dann nicht Gawan und mich, und man bringt dich kurzerhand um. Die machen keinen Unterschied zwischen Chasidim und Haganah."

Die drei nahmen Abschied voneinander, dann machte sich Jakov mit Schaul auf den Weg. Gawan und Daoud standen eine Weile ganz still, lauschten und warteten auf MP-Salven. Aber alles blieb still.

„Vielleicht hat er es ja doch geschafft", sagte Gawan.

„Wir müssen uns Ohren besorgen", meinte Daoud. „Dajani erwartet, dass wir welche vorzeigen."

14

Mosche hielt sich die Augen zu, nachdem der Rabbi die Laterne entzündet hatte. Das Licht explodierte geradezu in die Schwärze der Nacht hinein und erhellte nun die unterirdische Halle mit der fast zehn Meter hohen, gewölbten Decke. Die gegenüberliegende Stirnwand war bestimmt 30 Meter entfernt von dem Ort, wo Mosche kniete. In der Breite maß die Halle allerdings kaum 10 Meter. An den Wänden befanden sich drei übereinander umlaufende Galerien, die mit steilen Treppen zu erreichen waren und mit zwölf Säulen abgestützt wurden. In der Mitte des Raumes hatte man drei lange Tische augestellt, auf denen jeweils eine Laterne modernerer Bauart stand. Auf den Galerien befanden sich Regale mit Tausenden von Tongefäßen, in denen Schriftrollen steckten. Und auf dem Sims der unteren Galerie prangte in goldenen Lettern eine Inschrift. Auf Hebräisch, Griechisch und Aramäisch stand dort:

WAS WAR – WAS IST – WAS SEIN WIRD

Mosche stammelte: „Das kann doch hier alles gar nicht existieren! Es muss ein Traum sein."

„Es ist die Nacht vor Pfingsten. Da bleiben wir auf und studieren die Schriften, *nu?* Du träumst nicht!" Der alte Mann kicherte vergnügt und zündete die Laternen auf den Tischen an.

Mosche wagte es nicht, sich zu erheben. Und seine Stimme hallte in dem weiten Raum, als er ausrief: „Aber es ist doch nur eine Legende ... eine Geschichte, die man sich über die große Bibliothek erzählt! Alles ist in grauer Vorzeit verbrannt oder nach Alexandria gebracht worden."

„Die meisten alten Schriften sind tatsächlich verloren gegangen. In der Tempelbibliothek hier in Jerusalem gab es einmal 80.000 Schriften. Übrig geblieben in dieser Halle sind 7.140", sagte der Rabbi, räusperte sich und wartete, bis Mosche die ganze Tragweite seiner Aussage begriffen hatte. „Das hier war einmal die Halle der Steinmetzen, die für Salomos Tempel gearbeitet haben."

Der Rabbi setzte sich an einen der Tische und stützte seine Wange in die rechte Hand.

Mosche befiel ein heiliger Schauder, als er sich bewusst wurde, wo er sich gerade befand. Fragen über Fragen schossen ihm durch den Kopf. Aber es war einfach nicht die Zeit, sie jetzt alle zu stellen. Erst musste ein Krieg gewonnen werden. Oberhalb dieses geheiligten Ortes kämpften in diesem Augenblick immerhin Männer und starben.

Wieder schien der Rabbi Mosches Gedanken lesen zu können. „Mosche, Mosche. Hast du dir nicht schon selber die Frage gestellt, warum ausgerechnet Jerusalem, dieses Fleckchen Erde, unserem Volk so viel bedeutet?"

„Sicher, aber warum hast du der Welt draußen von diesem Ort noch nichts erzählt?"

„Soll ich etwa der Welt da draußen ausposaunen, dass der größte Schatz hebräischer Literatur in einem Gewölbe hundert Meter unter dem Felsendom liegt? Bist du *meschugge?* Hätten die Engländer diesen Schatz nicht sofort in ihr *Museum* nach London gebracht?"

Und Mosche dachte sofort an Elgins Fragmente der Akropolis, den Stein von Raschid aus Ägypten und die Säulen von Niniveh, die das British Museum in London mit Stolz zur Schau stellte.

„Habe verstanden!"

„Und was würden unsere moslemischen Nachbarn tun? Hast du vergessen, dass der Felsendom auch Omar-Moschee heißt? Jener Moslem, nach dem sie benannt ist und der sich große Teile der christlichen Welt unterwarf, hat im Jahr 645 in der Bibliothek von Alexandria verbrannt, was damals noch übrig war."

„Du hast ja Recht, du hast ja Recht!", sagte Mosche und hielt zum Zeichen seiner Kapitulation die Hände hoch.

„Komm setz dich zu mir", sagte der alte Mann. Mosche gehorchte und kam sich wie ein gelehriger Thora-Schüler vor. Er betrachtete die Reihen mit den Tonkrügen, die alle ein Kapitel in Vergessenheit geratener Geschichte enthielten.

„Denk nach, Schüler! Was weißt du über die antiken Schriften unserer Vorfahren?“, fragte der Rabbi gespielt streng. „Was weißt du über die Bibliothek von Alexandria?“

Mosche bemühte sich um Konzentration. Er versuchte sich zu erinnern, was er über die Archive anderer Kulturen einmal gelernt hatte. „Also, Alexander der Große...“, sagte er und stockte schon.

„Ein höchst bemerkenswerter junger Mann, der sich sogar vor dem Allmächtigen im zweiten Tempel verbeugte“, ergänzte der Rabbi.

Mosche überlegte. „Mir fällt der 20. Januar 331 vor der neuen Zeitrechnung ein.“

„Sehr gut. Fahr nur fort. Erzähle dem alten Rabbi, was die Gojim dir beigebracht haben, nachdem du uns verlassen hattest.“

„An diesem Tag zeichnete Alexander die Umrisse *seiner* Stadt in den Wüstensand Ägyptens und überließ es dann seinen Architekten, das Werk auszuführen. Die Bibliothek wurde nach dem Vorbild des Lykeion gebaut - das war die Sammlung des Aristoteles in Athen.“

„Weißt du auch, wie viele Schriftrollen in Alexandria einmal lagen?“

„Ungefähr 400.000, die gleich mehrere Werke enthielten und noch einmal 90.000, die nur aus einer einzelnen Arbeit bestanden.“

„Sehr gut.“

„Die ptolemäische Dynastie pflegte die Gelehrsamkeit so sehr, dass jedem Besucher der Stadt bereits an den Toren mitgebrachte Bücher abgenommen wurden. Man schrieb sie ab und gab dem Eigentümer nur die Kopien zurück, während man in aller Ruhe die Originalwerke studierte und katalogisierte. Hunderte von Bibliothekaren waren mit dieser Aufgabe betraut. Der Mathematiker Euklid und der Astronom Aristarchos zum Beispiel benutzten das gesammelte Wissen der damaligen Zeit, um ihre Forschungen voranzutreiben.“

Der alte Mann war sichtlich stolz auf Mosche und sein beachtliches Wissen. „Du siehst also, dass das, was wir hier in Jerusalem gerettet haben, ziemlich bescheiden ist im Vergleich.“

„Du meinst, dass hier Werke aus der Bibliothek in Alexandria liegen?"

„Bewahre! Viele Rollen in Alexandria kamen aus Jerusalem, aus der Bibliothek des Tempels. Die ptolemäischen Pharaonen Ägyptens waren große Bewunderer der jüdischen Geschichte und Literatur. So ließ Ptolemäus II. 72 Gelehrte aus Jerusalem kommen, um die Mosebücher ins Griechische zu übersetzen. Man hat diese Übertragung dann Septuaginta genannt, weil die Gelehrten 72 Tage dafür brauchten. All das hier sind Originale und Kopien von Originalen. Natürlich sind auch alle heiligen Schriften dabei. Es waren einmal 80.000 Schriftrollen hier im Palast des Salomo und im Tempel selbst." Er deutete nach oben. „Auf der obersten Galerie sind Kommentare von Gelehrten einschließlich der Auslegung messianischer Weissagungen, die noch vor dem Danielbuch verfasst worden sind. All das verlangt, dass man sich konzentriert damit beschäftigt. Mein Vater hat sein ganzes Leben darin studiert. Du bist selber Wissenschaftler. Vielleicht interessiert es dich auch einmal. Wie wäre es, wenn du mit den Erinnerungen des Nehemia ..."

Mosche packte seinen Großvater beim Arm und rief: „Die Erinnerungen des Nehemia sind hier? Das ist doch die Schrift, die im zweiten Buch der Makkabäer erwähnt wird, in der Nehemia berichtet, dass er eine Bibliothek angelegt hat mit Büchern über die Könige und Propheten Israels und mit den Liedern Davids. Die Historiker waren bislang der Meinung, diese Schriften würden nicht mehr existieren. Sind sie etwa doch nicht verschollen?"

„Weswegen habe ich dich wohl hergebracht? Seit über 2.000 Jahren sind meine Vorväter die Wächter des wahren Schatzes von Jerusalem. Griechen, Römer, Moslems, Kreuzfahrer, Engländer ... und nun? Mir ist der Schlüssel zum Zionstor übergeben worden. Israel ist wieder eine Nation. *Baruch Haschem!* Gepriesen sei sein Name. Ich bin der Letzte eines Priestergeschlechts, der diesen Schatz bewacht. Der Allmächtige hat mir dein Gesicht im Traum gezeigt. Die nächste Generation wird Jerusalem bewachen, bis der Messias kommt. Dann wird alles, was bislang verborgen lag, ans Licht kommen. Alles, was geheim ist, wird öffentlich sein. Du musst leben, um das Geheimnis zu lüften, das diese Mauern umschließt. Wenn man die Manuskripte aus diesem Raum entfernt, werden sie zu Staub zerfallen, so wie ich zu Staub zerfallen würde, trüge man mich aus unserem Viertel fort. Gott hat diesem Greis gezeigt, was bald geschehen wird. Und ich gebe das Geheimnis an dich weiter."

Mosche war innerlich tief bewegt. Er spürte den Atem der Geschichte, und ihm wurde bewusst, wie privilegiert er war. Er wurde in Geheimnisse eingeweiht, nach denen so viele vergeblich gesucht und geforscht hatten. Wo sollte er anfangen? Wie viel Zeit würde ihm bleiben?

Rabbi Lebowitz winkte Mosche herbei. „Du müsstest zehnmal so lange leben, um das alles hier zu lesen. Und du hast nur eine Nacht für den Anfang. Morgen wirst du wieder kämpfen."

Der Rabbi schlurfte zu einer der Treppen, die zur ersten Galerie führte. Oben angekommen, beleuchtete er mit seiner Laterne die Schildchen an den Krügen. Schließlich fand er, was er suchte. Es waren Gefäße mit der hebräischen Aufschrift JASON VON ZYRENE.

Der Rabbi grinste. „Du solltest dort beginnen, wo auch ich begonnen habe und mein Vater und alle Vorväter."

Mosche der ihm gefolgt war, überlegte angestrengt, ob er irgendetwas über diesen Jason wusste. „Mir fällt nichts dazu ein."

Der Rabbi strich sich nachdenklich über den Bart. „Er war der Gelehrte, der im zweiten Makkabäer erwähnt wird. Dieser Bereich hier im Regal gehört in die Zeit des zweiten Tempels. Er beginnt mit den Schriften Nehemias bis zu den Aufzeichnungen dieses Jason von Zyrene."

Der verloren geglaubte Bericht über den Aufstand der Makkabäer direkt vor ihm zum Zugreifen? Mosche war sprachlos und stand ehrfürchtig vor den irdenen Krügen.

„In welchem Zustand sind denn die Rollen?", erkundigte sich Mosche, der daran dachte, wie sehr der Zahn der Zeit an schon so manchem Dokument aus vergangenen Zeiten genagt hatte.

„Ausgezeichnet! Ganz ausgezeichnet. Du hast ja sicher gemerkt, wie trocken die Luft hier unten ist. Außerdem gibt es keinerlei Temperaturschwankungen – genau wie bei den Rollen vom Toten Meer, die in einer Höhle lagen."

„Du weißt von den Rollen aus den Höhlen?"

„Natürlich. Man hat solche Fragmente schon seit Jahrhunderten auf den Basaren Stück für Stück an Fremde verkauft", antwortete der Rabbi, der noch immer etwas suchte. „Wo ist es nur? Wo bloß? Ich bin einfach schon zu alt dafür. Meine Augen wollen nicht mehr."

Mosche überlegte hin und her, wie er diese kostbaren Schätze bewahren und schützen könnte. Unter dem Tempelberg befand sich ein ganzes Labyrinth von Gängen und geheimen Kammern. Was, wenn irgendein Forscher durch Zufall auf diese Halle stieß? Wie konnte er verhindern, dass diese Rollen als archäologische Souvenirs Stück für Stück irgendwo verschachert wurden, so wie es zum Teil mit den Rollen vom Toten Meer gemacht worden war? „Können wir sie nicht an einen noch sichereren Ort bringen?"

„Einen sichereren Ort als hier? Du machst dir Sorgen wegen unserer moslemischen Nachbarn? Niemand wird diesen Ort finden, es sei denn *du* führst ihn hierher." Er blieb stehen, und seine Augen leuchteten. „Ach, da ist sie ja!" Er schlug sich gegen die Stirn. „Lies mal", forderte er Mosche auf.

Mosche beugte sich vor und las die hebräischen Worte, die vor über 2.000 Jahren in den feuchten Ton geritzt worden waren:

HELDINNEN ISRAELS
RACHELS ERINNERUNGEN / TOCHTER VON ONIAS III.
FRAU DES HAMMERS VON JERUSALEM
JUDITHS ERINNERUNGEN
MERARIS TOCHTER / MANASSEHS FRAU

Rabbi Lebowitz erklärte: „Eine Rolle mit verschiedenen Werken. Zwei hebräische Frauen – Rachel und Judith. Judith diktierte ihre Geschichte, als sie schon älter war. Aber Rachels Geschichte ist von ihr selber aufgeschrieben worden. Beides sind Originalmanuskripte, die aus Platzgründen mit anderen zusammengefasst worden sind."

Er reichte ihm den Krug. „Du könntest auch mit Rachel beginnen. Sie soll so schön gewesen sein wie deine Rachel. Und sie erzählt eine bewegende Geschichte. Männer schreiben über Kriege und Triumphe, aber Frauchen schreiben, was ihr Herz bewegt. Hier in diesem Raum befindet sich so manches persönliche Zeugnis." Er lächelte wehmütig. „Aber diese Rolle war die allererste, die mein Vater für mich öffnete. Ich war damals ein junger Mann, jünger jedenfalls als du. Ich habe mich direkt in diese Schreiberin verliebt. Aber sie ist heute noch genauso jung wie damals. *Sie* ist in diesen Zeilen frisch und lebendig geblieben. Ich aber bin alt und müde geworden. Als meine Enkelin geboren wurde, hatte ich das Vorrecht, sie nach meiner ersten Liebe zu nennen – Rachel, Onias' Tochter, Tochter Zion." Er schüttelte den Kopf, als wolle er sich bewusst von seinen Erinnerungen lösen. „Genug davon. Es ist nicht der rechte Augenblick, dass ein alter Mann in Erinnerungen an seine erste Liebe schwelgt. Das Schicksal Jerusalems über uns steht auf der Kippe. Du hast eine einzige Nacht, um herauszufinden, warum diese Stadt auf ewig der Dreh- und Angelpunkt des Universums ist."

Mosche senkte den Kopf und sagte: „Wie konnten wir uns nur anmaßen zu glauben, dass lediglich so wenige Bücher die Jahrtausende überlebt haben."

Der Rabbi pflichtete ihm bei: „Wenn du heute Nacht nicht liest, wirst du vielleicht niemals begreifen, wie anmaßend das war." Er schwieg einen Augenblick, um nachzudenken. „Diese Rachel ist eine Zeitzeugin. Sie berichtet von der Treue Gottes seinem Bundesvolk gegenüber und über seine Pläne mit Jerusalem damals und in den letzten Tagen. Sie lebte, als die griechischen Könige, die Seleukiden, unser Land regierten. Sie war Zeugin, als Heliodorus den Tempel betrat – 180 Jahre bevor das christliche Zeitalter begann." Der alte Mann strahlte, als er sah, dass Mosche das Tongefäß zum Lesetisch trug. „Nun werden ihm die Augen aufgetan!", sagte er überglücklich.

* * *

Der Himmel über Jerusalem war bleich wie das Gesicht eines Leichnams. Pfingsten. Von verlassenen jüdischen Häusern und Geschäften war nichts mehr übrig als Mauerreste und schwelende Balken. Sprengstoff und Feuer hatten alles gefressen, was den Bewohnern einst lieb und teuer gewesen war. Die Luft war von Qualm geschwängert, und eine Ascheschicht bedeckte alles wie ein Leichentuch.

„Hier hat Akiva noch eine zweite Wohnung", sagte Ehud.

Dov klopfte an die Tür. „Bürgermeister Akiva!", rief er. „Man verdächtigt Sie, Lebensmittel zu horten. Lassen Sie uns ein."

Hinter der massiven Tür hörte man leise die Haushälterin jammern. Dov polterte noch heftiger gegen das Holz.

„Machen Sie auf!"

Als sich nichts rührte, holte sich Ehud einen Gullydeckel als Schlagwerkzeug. Er hämmerte mit Dovs Hilfe auf den Türknopf ein. „Eins, zwei drei", zählte er.

Dem hielt der Türknopf nicht stand. Er schoss durch die Tür und fiel klirrend im Innern zu Boden. Beim zweiten Schlag gaben die Riegel und der Türrahmen nach.

Akiva bellte: „*Goniff!* Räuber!"

„Seien Sie still", rief Ehud drohend und schwenkte den Gullydeckel, als würde Akivas Kopf sein nächstes Opfer sein. Der Rabbi war trotz der frühen Stunde bereits vollständig bekleidet. Offenbar war auch er die ganze Nacht über nicht im Bett gewesen.

Vultch sagte: „Es ist verboten, Lebensmittel zu horten, so wie es damals verboten war, mehr Manna als nötig zu nehmen ..."

„Heb dir deine Vorträge für später auf", sagte Ehud ungeduldig und legte den Gullydeckel ab. „Komm jetzt erst mal. Wir müssen nachsehen, ob er was gehortet hat."

Ehud, Dov, Vultch und ein paar andere Männer vom Viertel stiegen in den Keller hinab.

Akiva brüllte ihnen hinterher: „Kanaken! Da unten ist nichts Wertvolles, was euch interessieren könnte! Ich werde dafür sorgen, dass ihr für diese Untat aus der Gemeinschaft der Gläubigen ausgestoßen werdet!"

Als die Männer unten ankamen, blieben sie wie angewurzelt stehen. Der feuchte Raum war fast leer. Auf einem Regal lag ein kleiner Sack Mehl und fünf Kartoffeln. Daneben stand ein übervolles Weinregal.

„Sieh an!", murmelte Dov schuldbewusst, weil sie den Rabbi falsch verdächtigt hatten. „Außer dem Wein sind das Vorräte für gerade mal zwei Tag."

„Aber dafür jede Menge Wein", bemerkte Ehud. „Damit könnte das ganze Viertel ein Jahr lang den Schabbat begehen."

Vultch meinte: „Vielleicht haben wir ihm ja doch Unrecht getan."

„Vandalen!", schnauzte Akiva von oben, ohne sich sehen zu lassen. „Lasst meine Sachen in Ruhe. Ich habe dafür bezahlt, und es gehört mir. Und die Apfelsinen sind die Miete, die ich für mein Häuschen kriege!"

„Apfelsinen?", rief Ehud. „Welche Apfelsinen?"

„Stimmt, es riecht nach Apfelsinen", meinte Vultch.

„Hier beim Weinregal", sagte Dov und rüttelte vorsichtig daran. Der von der Decke bis zum Boden reichende Rahmen gab etwas nach, und Ehud rief: „Es bewegt sich!"

Das Regal drehte sich an unsichtbaren Scharnieren und gab den Blick in einen weiteren Vorratsraum frei.

„Getreide!", rief Ehud. „Milchpulver und Reis - säckeweise!"

„Kartoffeln", schwärmte Vultch. „Ein ganzer Laib Käse, und eine Kiste mit Tee."

„Und Apfelsinen", rief Dov, wobei er in der hintersten Ecke ein Leinentuch anhob. „Jede Menge Apfelsinenkisten. Jetzt ist er dran."

* * *

Im Keller der Großen Hurva verschaffte sich Hannah Cohen einen Überblick über die unerwartet eingetroffenen Vorräte des Rabbis. „Gepriesen der Ewige", rief sie. „Das Milchpulver reicht, um jedem Kind im Viertel für drei Tage eine Tasse Milch zu geben."

„Das reicht hoffentlich, bis wir von außen wieder versorgt werden können“, sagte Ehud stolz. „Und der Käse! Was ist schon Pfingsten ohne Käse!“

Hannah betrachtete den Käselaib und kaute an ihrem Bleistift. Dann schrieb sie etwas auf einen gebrauchten Briefumschlag. „Wir haben fast 2.000 Menschen im Viertel“, sagte sie nachdenklich. „Da bekommt jeder gerade mal eine Messerspitze voll. Vielleicht heben wir ihn doch lieber für die Kinder auf.“

„Schade!“, sagte Ehud tief enttäuscht. „Und die Kartoffeln?“

„Wir machen eine Suppe draus“, bestimmte Hannah. „Die muss dann drei Tage reichen.“

„Wenigstens etwas“, meinte Ehud ernüchtert, und von dem Stolz, mit dem er Akivas Vorräte herbeigeschafft hatte, war nicht mehr viel übrig.

„Wenigstens etwas“, sagte auch Hannah. „Denk mal an die Apfelsinen. Jedes Kind bekommt jeden Tag ein Stückchen davon.“

* * *

Bald würde die Sonne wieder über Jerusalem aufgehen. Nach sieben Stunden Lektüre sah Mosche Sachar die Heilige Stadt in einem ganz neuen Licht.

Er las den letzten Satz in der Rolle, und eine tiefe Melancholie befiel ihn. Nun hieß es Abschied nehmen. Er war zurückgereist in eine große Zeit und hatte Menschen kennen gelernt, die längst nicht mehr auf dieser Erde lebten. Und dennoch waren sie ihm so vertraut geworden. Er öffnete, in Gedanken versunken, das Dokument ein Stückchen weiter, und da tauchte zu seiner großen Überraschung vor seinen Augen eine Zeichnung auf: ein Haus von außen an einer gewundenen Gasse, dessen Eingangstür einladend weit offen stand. Unter der Skizze stand: EINGANG ZU UNSEREM HAUS IN DER STRASSE DER SCHRIFTGELEHRTEN. Menschen waren nicht zu sehen. Offenbar hatte sich die Zeichnerin an das Gebot gehalten, Gott und seine Schöpfung nicht abzubilden – bis auf eine Ausnahme. Aus einem Riss zwischen den Steinen der Hausfront wuchs ein Büschel Gänseblümchen.

Mosche stellte sich vor, wie Rachel durch diese Tür kommt. Würde sie die Blumen entdecken, stehen bleiben, welche pflücken und sich genauso daran erfreuen wie seine Rachel heute? *Wie nah sind sich die Menschen doch über die Jahrtausende!*

Mosche blickte auf und sah den schlafenden Großvater. Gerade wollte er ihn anreden, als eine helle Stimme hinter seinem Rücken „Mosche?" raunte.

Er fuhr zusammen und drehte sich um. War es Rachel? „Ist da jemand?" Es kam keine Antwort, und niemand trat aus einer der dunklen Nischen hervor. Aber die Flamme in der Laterne flackerte leicht, als habe sie jemand angehaucht. Das Raunen kam scheinbar aus der Öffnung am Eingang: „Mo-sche?"

Mosche lief ein kalter Schauer über den Rücken. Endlich rührte sich auch der Großvater. Er hob seinen Kopf und rieb sich die Augen. „Hat mich meine Enkeltochter gerufen?"

Mosche schluckte. „Hast du es etwa auch gehört?"

Der Großvater spitze die Ohren. „Nichts", sagte er nach einer Weile. „Es war nur ein Windhauch." Er lächelte geheimnisvoll. „Es muss spät sein. Ich habe geträumt, dass sie auf dem Weg zu uns ist."

„Wer?"

„Rachel, *nu?* Meine Enkeltochter, deine Frau. Sie kehrt heim nach Jerusalem. Aber arabische Freischärler waren auch da. Es war ein Albtraum. Selbst das Aufwachen ist mir in letzter Zeit oft eine Qual. Auch wenn es nur Träume sind."

Mosche sah ihn verständnislos an. *Gut, wenn er Träume hat – kann ja sein. Aber was war das für eine Stimme?* Mosche schob den Gedanken beiseite, dass sie real war. Alles an dieser Nacht war irgendwie unwirklich.

Großvater kam herangeschlurft und sah, wie weit Mosche gekommen war. „Du bist schon fertig."

„Ja", antwortete Mosche traurig.

„Die Dschihad-Moqhaden werden sicher bald munter. Ich lasse dich noch einen Augenblick allein, damit du deinen Gedanken nachhängen kannst. Du findest ja sicher den Weg allein. Nicht wahr?"

Mosche nickte und wandte sich wieder seinem Dokument zu. Als er es noch ein Stückchen weiter entrollte, kam die getrocknete Blüte eines Gänseblümchens zum Vorschein. Ein Gruß aus einer fernen Zeit – und doch so nahe und vertraut.

15

Ohne die Last der Milchkannen-Bombe hatte Jakov keine Mühe, auf demselben Weg, den er gekommen war, ins jüdische Viertel zurückzukehren. Schaul trottete hinter ihm her. Der Junge sehnte sich jetzt ganz besonders nach Geborgenheit, und so begab er sich zu Großvaters Haus, um dort wieder einmal in seinem eigenen Bett zu schlafen. Doch die Tür war verschlossen. Großvater war offensichtlich nicht zu Hause. Er tastete auf dem Sims neben der Tür nach dem Hausschlüssel, fand ihn, steckte ihn ins Schloss und rief ins Haus, als die Tür aufsprang: „Großvater, bist du da?"

Aber es kam keine Antwort. Das Haus war dunkel und still. Wo konnte Großvater stecken? Jakov fiel in diesem Augenblick nicht ein, dass sich die meisten Bewohner in der Synagoge einquartiert hatten.

Aber er brachte es auch nicht über sich, das finstere Haus zu betreten. Der Schreck über die Begegnung mit den drei Arabern auf dem dunklen Hof steckte ihm noch viel zu sehr in den Gliedern. Was wäre mit ihm geschehen, wenn Daoud und Gawan nicht dort gewesen wären? Oder wenn er andere moslemische Jungen aus den Souks dort angetroffen hätte, vielleicht richtige Judenhasser? Immer schrecklichere Bilder tauchten in Jakovs Fantasie auf. Schnell schloss er das dunkle Haus wieder ab und legte den Schlüssel auf den Sims.

Die Altstadt war menschenleer und still wie ein Leichenhaus. Jakov saß auf der Treppe vor dem Haus und streichelte Schaul. Er dachte an Daoud und Gawan und fragte sich, ob er sie wieder sehen würde, wenn morgen die Araber die Barrikaden stürmen sollten. Er wünschte sich die Zeiten zurück, da die Araber und Juden in Jerusalem nachbarschaftlich miteinander auskamen.

* * *

Unter der Erde, ohne Sterne oder Tageslicht, war es schwierig, das eigene Zeitgefühl zu bewahren. Mosche fühlte sich gar nicht besonders erschöpft nach dieser langen Nacht, in der er nur gelesen hatte. Er war froh, dass der Rabbi schon ohne ihn vorgegangen war. Er brauchte einfach noch Zeit, um nachzudenken. Was hatten andere ganz gewöhnliche Menschen nicht alles über die Jahrtausende getan und geopfert, weil sie an die uralten Verheißungen glaubten und zu deren Erfüllung beitragen wollten! *O Jerusalem!*

Mosche legte die kostbare Rolle ehrfürchtig zurück in das Gefäß und wollte es gerade dorthin tragen, wo es schon so lange gestanden hatte, als er plötzlich das Gefühl hatte, das Schleifen von Mänteln über den Steinboden zu hören. Als er aber dorthin blickte, woher er das Geräusch zu vernehmen glaubte, war niemand zu sehen.

So aufgewühlt, so wachen Geistes war Mosche noch niemals in seinem Leben gewesen. Der lebendige Odem Gottes trieb seine Seele um. Er hatte ihn offenbar aus einem tiefen geistlichen Schlaf geweckt. Wann je hatte er sich so quicklebendig gefühlt? Er begriff, wer er war, woher er kam und wohin sein Weg ihn führen würde! Er fühlte sich in einem Schicksal geborgen, das er aus Gottes Hand zu nehmen bereit war. Jerusalem! Ewige Stadt, in der sich das Schicksal der Menschheit erfüllen würde!

Die Stimmen aus der Vorzeit schienen ihm zuzuraunen: *Halte durch! Fürchte dich nicht! Traue nicht dem Augenschein, sondern den Worten der Verheißung! Es steht geschrieben: Die Hand des Herrn wird sein Volk erlösen und seine Stadt!*

„Es steht geschrieben!", sagte Mosche laut und trotzig.

Dann ging er, stellte den Krug an seine Stelle, löschte das Licht und tastete sich zum Eingang, wo er die Rille fand. Er hob seinen Finger, um sich blind leiten zu lassen und fragte sich dabei, ob er diesen Ort jemals wieder betreten würde.

* * *

Es war sehr mutig von den beiden Araberjungen gewesen, das Leben von Jakov Lubetkin zu retten, vielleicht mutiger, als in irgendeine Schlacht zu ziehen.

Daoud führte Gawan zum moslemischen Leichenschauhaus der Altstadt, wo noch drei tote Freischärler für das Begräbnis vorbereitet werden mussten.

Zwei tief verschleierte Klageweiber saßen vor der Tür, warfen Sand in die Luft, klopften mit den Fäusten auf die Erde und kreischten so erbärmlich, dass es Gawan ganz bang ums Herz wurde.

„Da gehe ich nicht rein", sagte er.

Schon wieder stieß eine der Frauen einen schrillen Schrei aus, und Gawan lief ein kalter Schauer über den Rücken.

Daoud reagierte unwirsch: „Du hast Dajani gehört. Entweder wir bringen ihm ein Ohr, oder er nimmt sich deins. Nun komm schon."

Gawans Lippen bebten. „Ich kann nicht", wimmerte er.

„Die Leichen werden dir nichts tun. Und du tust ihnen auch nicht weh. Die fühlen ja nichts mehr. Die sind mausetot. Besser ihre Ohren als die von Jakov Lubetkin, oder?"

Als sie bei den Frauen vorbeigingen, sagte Daoud: „Wir sind Verwandte", worauf die Frauen noch schrillere Schreie ausstießen und für den erwarteten Lohn noch fester in den Sand schlugen.

Daoud zögerte einen Augenblick vor der Tür, bevor er sie öffnete.

Gawans Herz pochte wild, und seine Hände schwitzten. Die drei Leichen lagen am Boden und waren mit blutigen Tüchern bedeckt. Nur die nackten Füße ragten unten heraus. Gawan fragte sich, wer ihnen wohl auch noch die Schuhe gestohlen haben mochte.

„Denk an Jakov. Sein Leben ist mehr wert als das, was wir vorhaben", sagte Daoud und schloss die Tür.

* * *

Daoud und Gawan rannten mit dem in ein Stück Leichentuch gewickelten Ohr auf die Straße. Sie hatten es geschafft und machten sich erleichtert auf den Weg. In einer Seitengasse öffneten sie das

Tuch, um ihre Beute bei Licht zu betrachten. Doch als ihr Blick darauf fiel, erschraken sie.

„Das ist ja das Ohr eines alten Mannes!"

„Das Ohr eines Elefanten!"

„Dajani wird sofort erkennen, dass dieses verschrumpelte Ding nicht zu einem Jungen gehört", rief Gawan vorwurfsvoll. „Warum hast du denn nicht genauer hingesehen? Wir hätten ja auch den anderen nehmen können! Da passt ja Jakovs Kopf zweimal dran. Und die Ventilatorblätter im Hotel Oriental fächeln nicht so viel Luft wie dieser Lappen."

Daoud grübelte. „Was machen wir jetzt bloß?" Ganz umsonst hatten sie all ihren Mut zusammengenommen.

Gawan sah seinen Bruder verdrießlich an. „Dajani wird mir die Ohren abschneiden, bevor er mich abmurkst."

„Das wird er nicht!" Daoud wickelte das Ohr wieder ein und stopfte es in seine Tasche.

„Komm, ich habe einen Plan."

* * *

Haroun Najid, der Bäcker und Kaffeehausbesitzer, hatte die ganze Nacht nicht geschlafen. Einmal war er aufgestanden und die Treppe hinuntergeschlichen, um vielleicht doch noch zu entkommen. Aber Kasim Dajani hatte damit gerechnet. Er saß direkt vor der Eingangstür und hielt Wache, den Revolver im Schoß.

Am Morgen zerrte Dajani den Bäcker aus seinem Kaffeehaus auf die Straße. „Nun komm schon", schnauzte er. „Es ist hell genug und Zeit, ein paar Juden zu killen."

Zwei Blöcke weiter an der Kettenstraße spähte Najid um eine Hausecke, um das Schussfeld zu begutachten, das er auf Dajanis Geheiß mit der 15-Kilo-Bombe im Laufschritt überqueren sollte. „Ihr Wall ist heute noch höher als sonst", bemerkte Najid.

„Du sollst das Ding ja nicht darüber werfen", flüsterte Dajani. „Es kommt nur darauf an, dass die Explosion nahe genug an dieser armseligen Barrikade hochgeht. Dann gehört die Straße ins Herz des Viertels uns. Ich würde es ja selber machen, aber ich kann zu schlecht sehen, um die Schnur anzustecken."

Dajani steckte dem armen Bäcker eine Zigarette zwischen die Lippen und hielt ihm sein Feuerzeug entgegen. Als er den Feuerstein rieb, flammte es so auf, dass Najid zusammenfuhr und schnell seine Bombe in Sicherheit brachte, weil er fürchtete, sie könne vorzeitig explodieren.

„Nun mach schon", befahl Dajani. „Jetzt sind sie noch schläfrig, und es gibt noch genug lange Schatten, die dir Deckung geben."

Auf ein verabredetes Signal hin fingen arabische Schützen weiter unten in der Kettenstraße zu schießen an, weil man hoffte, die Haganah-Kämpfer auf diese Weise von der eigentlichen Bedrohung abzulenken.

Najid zog noch einmal hektisch an seiner Zigarette. Dann lief er los, sich immer wieder in Nischen und dunklen Ecken bergend. Er hielt die Bombe im Arm, als trüge er einen Säugling fort. Die Hälfte der Wegstrecke hatte er bereits hinter sich, als die Verteidiger Alarm schlugen.

Die erste Kugel traf die Mauer neben Najids Bein. Ein zweiter Schuss ließ uralten Mörtel über ihm abplatzen, so dass weißer Puder in sein Haar rieselte. Eine MP-Salve zertrümmerte die Tür, vor der er noch eben gestanden hatte, und hätte auch ihn durchsiebt, wäre er nicht noch rechtzeitig um eine Hausecke in Deckung gegangen.

Najid rang keuchend nach Luft. Sehr viel näher kam er nicht heran. Also zündete er die Zündschnur an, kam hinter der Hausecke hervor und lief noch ein Stück auf die Barrikade zu. Doch das Glück, das ihn offenbar bislang vor Treffern bewahrt hatte, verließ ihn nun.

Ein Scharfschütze der Haganah, der von einem der Hausdächer feuerte, traf seinen Fuß. Die Milchkanne mit der zischenden Zündschnur entglitt ihm, fiel zu Boden, rollte polternd direkt auf den Eingang der unterirdischen Herrentoilette zu und verschwand schließlich im Untergrund.

Trotz seiner Schmerzen humpelte Najid auf die Häuserfront zu, die ihm allein Deckung geben konnte. Drüben hallten die Warnrufe: „Runter! Geht in Deckung!"

Der Sprengkörper funktionierte ausgezeichnet, detonierte aber unter dem Pflaster. Eine Fontäne aus Sand, Metall und Sanitärporzellan schoss in die Höhe, und auf beiden Seiten der Straße verloren die Häuser ihre Glasscheiben, Markisen und Türen.

Der entstandene Krater, der Fahrdamm und Bürgersteige zerriss, bot sich vielleicht als Schützengraben an, den nun die Araber nutzen konnten. Aber das jüdische Bollwerk blieb unversehrt.

* * *

Daoud und Gawan liefen durch die Souks und luden andere Jungen ein, ihnen zu folgen. „Kommt, wir fragen mal Hassan el-Hassan, ob er uns seine Trophäen zeigt!"

Bald hatten sich 13 Lausejungen gefunden, die begierig waren, sich abgeschnittene Ohren anzusehen. Daoud führte sie zu Hassan, der, wie so oft, im Kaffeehaus neben der Rawda-Schule zu finden war. Er saß draußen in der Sonne und schlürfte seinen starken Kaffee, der mit Kardamon gewürzt war. Seine Goldkronen blitzten, als die Horde ihn umringte und sich nach seinen Heldentaten erkundigte.

Daoud und Gawan hielten sich zurück und überließen es den anderen, Hassan zu bitten, seine grausige Ernte vorzuführen. Während die Trophäensammlung die Runde machte und Hassan seine Heldengeschichten zum Besten gab, gelang es Daoud tatsächlich, das Ohr des alten Mannes gegen ein jüngeres auszutauschen.

* * *

Das erbeutete Ohr war klein und gehörte ganz gewiss nicht zu einem erwachsenen Menschen – weder Mann noch Frau. Die beiden Brüder wussten also, dass Hassan ein Maulheld und Aufschneider war.

Die beiden hatten sich in eine stille Gasse zurückgezogen und auf den Boden gesetzt. Gawan bedeckte sein Gesicht mit den Händen und begann zu weinen.

„Warum heulst du?", fragte Daoud, irritiert von dem plötzlichen Gefühlsausbruch seines Bruders.

„Weiß nicht", schluchzte Gawan. „Hassan ist ein Angeber und Lügner. Von wegen – Kämpfe! Dieses Kinderohr hat er nicht im fairen Kampf erobert! Es ist von einem Jungen." Er sah seinen Bruder an.

„Von einem Juden", meinte Daoud richtig stellen zu müssen.

„Kannst du mir sagen, worin der Unterschied besteht? Ein Jude - ein Junge. Ich möchte wissen, was der für eine Angst gehabt haben muss. Was ist mit seiner Familie? Auch er muss eine Mutter gehabt haben. Ist sie vor ihm gestorben? Was hat er gedacht, als ihm klar wurde, dass er niemals erwachsen werden würde? *Ich* möchte jedenfalls leben, Daoud. Aber wenn ich diesen ganzen Schlamassel hier sehe, fange ich an zu zweifeln, ob ich das überhaupt schaffe. Sie hassen uns doch genauso, wie wir sie hassen."

„Deswegen kämpfen wir schließlich – um am Ende zu überleben."

„Wenn doch alles so wie früher wäre."

„Das wird es garantiert nicht."

„Mit Jakov, den Krepske Brüdern und den anderen sind wir doch eigentlich immer gut ausgekommen, oder? Wir alle hatten was gegen die Engländer. Aber jetzt werden Dajani und Hassan unsere alten Freunde umbringen, bevor hier alles zu Ende ist – auch den alten Rabbi und Hannah Cohen. Sie tun mir so Leid."

„Denkst du, ein Jude würde dich nicht umbringen, wenn er die Gelegenheit dazu hätte?"

„Wahrscheinlich schon. Trotzdem kann ich nichts dagegen tun, dass sie mir Leid tun."

„Du solltest darüber nicht laut reden. Mach lieber, was Dajani sagt. Dann erfährt er auch nicht, dass du ein Judenfreund bist."

Gawan wischte sich die Augen trocken. „Ich werde schweigen wie ein Grab."

16

Es war der Pfingstmorgen. Die Nonnen im Kloster nahmen die Bombardierung so stoisch hin wie ein Gewitter mit seinen unvermeidlichen Donnerschlägen. Sie warteten geduldig in der Kapelle auf die Feuerpause. Weil sie davon ausgingen, bald zurückzukehren, hatten sie kein Gepäck bei sich.

Rachel Sachar, die schon die weiße Fahne in Händen hielt, stand mit der Mutter Oberin an der Spitze des Zuges, während Lori, als Novizin verkleidet, die Nachhut bildete, um bei Bedarf wie ein Hirtenhund auch noch den letzten Nachzügler der Herde anzutreiben.

Dr. Baruch in seiner priesterlichen Amtstracht stand neben ihr. Er war noch im Dämmerlicht der hereinbrechenden Morgenröte vom Hospiz herübergekommen.

Seit ihrem Eintritt ins Kloster hatte sich die Oberin immer damit zufrieden gegeben, die Jahreszeiten allein an ihren Kirschbäumen abzulesen. Sie blühten im Frühjahr, trugen Früchte im Sommer, waren reif zur Ernte im Herbst und sahen wie tot aus, wenn es Winter geworden war. Was immer sich in der Welt jenseits der Mauern ihres Obstgartens ereignete - die dreißig Schwestern der Buße nahmen keine Notiz davon. Und die Welt da draußen kümmerte sich nicht um sie.

Bis zu jenem Pfingstmorgen hatten die Klostermauern sie wie eine schützende Bandage umgeben, die Lobpreis und Anbetung wie ein Balsam in klaffende Wunden der Seele einwirken ließ.

Ihre Körper waren zwar alt und hinfällig geworden, aber ihre Seelen strahlten mehr denn je die Frische der Jugend aus. Und je näher das Ende rückte, desto quicklebendiger wurde ihr Geist.

Das Gleichmaß ihres Alltags hatte die Zeit aufgehoben, und die Spanne ihres heiligen Lebens verschmolz zu einem einzigen endlosen Tag in der Gegenwart Gottes. Gestern, heute und die Ewigkeit – alles war ein großes saumlos gewebtes Tuch.

Und heute, da sie zum ersten Mal wieder in die Welt zurückkehrten, konnten sie das Lob ihres Herrn entgegennehmen: *Recht so, du tüchtiger und treuer Knecht ...*

Lori, die mitten unter diesen frommen Schwestern stand, trat hingegen mit weit weniger Zuversicht und Gelassenheit diese Reise an. Für sie war jeder Tag ein finsteres Verließ, in das kein einziger warmer Sonnenstrahl mehr fiel. Zwar hatte sie ihren Namen immer wieder in die Wände ihrer Zelle geritzt – in der verzweifelten Hoffnung, irgendjemand werde ihn eines Tages lesen und sich seiner erinnern. Doch ein in Stein gekratzter Name ist nur die stumme Spur einer vergangenen Existenz ohne lebendiges Zeugnis – wie die Inschrift eines Grabsteins. Man betrachtet ihn, sinnt über seinen Klang nach und vergisst ihn im Vorübergehen.

Lori dachte an die Stacheldrahtrollen draußen auf der Straße und fragte sich, wie sie dort hindurchkommen sollten. Sie waren hier im Kloster wie von einer Dornenhecke umgeben. Und dann noch der unsichere Gang der betagten Schwestern. Was würde geschehen, wenn eine von ihnen stürzte? Würden sie bei Gefahr schnell genug fliehen können?

Und die weiße Flagge? Hatte sie etwa den Siedlern in Kfar Etzion geholfen? Sie lagen wahrscheinlich noch immer unbeerdigt in ihrem Kibbuz und verwesten. Aber die Mutter Oberin hatte zuversichtlich gemeint: „Sie werden an der weißen Flagge erkennen, dass wir neutral sind."

* * *

Plötzlich Stille draußen. Die Schwestern sahen sich an. Hatte der Sturm sich gelegt? Sie hatten sich schon so sehr an das Geräusch der berstenden Granaten gewöhnt, dass erst die friedliche Stille sie aufhorchen ließ.

Die Oberin klatschte in die Hände, um das Signal zum Aufbruch zu geben. „Der Erzbischof wartet. Er hat seine Türen für uns weit geöffnet. Fürchtet euch also nicht!"

„Ah, *oui!*", rief die blinde Schwester Angélique heiter. „Wir gehen jetzt raus. Sag mir, Schwester Marie Claire, scheint die Sonne?"

„Ja, sie scheint", antwortete die Angesprochene und ließ Schwester Angélique bei sich einhaken.

„Habt keine Angst!", rief die Mutter Oberin allen aufmunternd zu. „Der Engel des Herrn ist mit denen, die ihn fürchten!"

Rachel Sachar, die das graue Gewand einer Novizin trug, öffnete behutsam die schwere Eichentür einen Spalt breit. Sie hielt inne, wartete und lauschte. Würde jemand sofort auf sie schießen? Schließlich schob sie vorsichtig den Stab mit dem weißen Bettlaken nach draußen.

Der kühle Morgen, der hereinwehte, roch nach Pulverdampf, und ein paar Vögel zwitscherten schon wieder in den Kirschbäumen. Aber niemand schoss.

Die Mutter Oberin benetzte ihre Finger im Weihwasserbecken und bekreuzigte sich, bevor sie die Tür weiter öffnete und gemeinsam mit Rachel aus dem Haus trat.

Die anderen folgten, die Rosenkränze fest im Griff. Sie tauchten ihre Finger ins heilige Wasser und bekreuzigten sich mit fast heiterer Gelassenheit, bereit, gemeinsam in den Tod zu gehen. Nur Lori zitterten die Knie.

Schwester Marie Claire stimmte ein Lied an, leise und zaghaft zuerst, und nach und nach fielen alle anderen ein.

„Es ist der Wonnemonat Mai,
der Monat der Maria,
der ein Engel einst verhieß:
Du brauchst dich nicht zu fürchten,
der Herr ist dein Geleit,
du Gebenedeite unter den Weibern ...“

Unter den Augen der völlig verblüfften Freischärler, die überall auf der Lauer lagen, trat der Zug der Nonnen ins Freie. Und Dr. Baruch, der als Letzter das Haus verließ, schloss die Tür ab.

Das ist der absolute Irrsinn, dachte Lori, während sich Rachel und die Oberin unbeirrt den Weg durch den Schutt bahnten.

* * *

„Captain", rief einer der Freischärler Achmed al-Malik zu, „da ist etwas im Gange! Es sieht so aus, als würde jemand aus dem Kloster mit einer weißen Fahne kommen."

„Das muss eine Finte sein", meinte al-Malik. „Die Juden haben kapiert, dass sie in der Falle sitzen. Feuer frei! – Oder wartet mal! Ich will mir das Ganze erst mal genauer ansehen."

Der Captain traute seinen Augen nicht. Eine Prozession von Nonnen verließ das Kloster – die einen stolz und aufrecht, die anderen gebeugt und gebrechlich. Was den Captain aber noch viel mehr verwirrte, war das fröhliche Lied, mit dem die Nonnen durchs Schlachtfeld zogen wie Mädchen beim Ausflug im Sommer. Als würde sie das alles nicht berühren, passierten die Frauen einen ausgebrannten jüdischen Bus, umrundeten einen Krater, den eine Granate geschlagen hatte, und zogen die Suleiman Road hinauf.

„Sollen sie etwa entkommen?", knurrte Hassan missmutig. Und al-Malik schüttelte heftig den Kopf, als wolle er sich von einem Trugbild befreien.

„Bestimmt nicht! Sieh mal, wie sie längs der Mauer laufen, als würden sie sich freiwillig für das Erschießungskommando an die Wand stellen wollen. Macht euch bereit. Jeder nimmt sich ein Ziel. Feuert auf mein Kommando. *Jetzt!*"

* * *

Lori horchte auf. Summten ihr Bienen um die Ohren? Bienen, hier? Jetzt spritzte auch noch Erde zu ihren Füßen hoch, und etwas traf die Wand hinter ihr.

Das waren Schüsse! Mein Gott!

Aus den Augenwinkeln sah sie das Mündungsfeuer der Araber. Die Nonnen verstummten erschrocken bis auf die Oberin. Doch sogleich stimmten sie wieder ein. Selbst Dr. Baruch brummte jetzt mit.

„Es ist der Wonnemonat Mai ..."

Überall schlugen Kugeln ein – über ihnen, neben ihnen und vor ihnen.

„... *der ein Engel einst verhieß.*“

„Sie schießen auf uns!“, schrie Lori, und ihr drohten vor Todesangst die Beine zu versagen. Sie spürte das nahe Ende - wie schon hundertmal damals in London.

Aber die Schwestern gingen unberührt weiter.

„*Du brauchst dich nicht zu fürchten, der Herr ist dein Geleit.*“

Schon wieder schlugen Schüsse ins Mauerwerk ein, und Steinsplitter prasselten Lori ins Gesicht. „Geht in Deckung!“, versuchte sie zu rufen, aber ihre Stimme versagte. Es war wie in einem Albtraum. Sie wollte schreien, schreien, aber ihr Mund blieb stumm und niemand hörte sie.

Jetzt stürzte auch noch Schwester Angélique, doch Schwester Marie Claire hielt sie gerade noch. War die alte Frau getroffen worden?

„*Du Gebenedeite unter den Weibern.*“

Von hinten hörte Lori ein Rasseln – ein einzelnes Rad auf dem Pflaster. Es war eine Schubkarre, darin eine Harke, eine Schaufel, Blumentöpfe und drei Rosenbüsche. Der arabische Gärtner aus dem Kloster kam gerannt.

Wahnsinn!

Er überholte Dr. Baruch, dann Lori, schließlich alle anderen Nonnen, bis er die Oberin erreichte.

Ping, ping, ping. Tödliche Kugeln überall. Und jede Einzelne konnte das Ende bedeuten.

„*Du brauchst dich nicht zu fürchten, der Herr ist dein Geleit!*“ Schwester Angélique sang um ihr Leben.

* * *

Rauchschwaden waren plötzlich von irgendwoher in die Suleiman Road gezogen und hatten al-Malik die Sicht auf das erhoffte Resultat seiner Rache versperrt. Ungeduldig wartete er darauf, dass die Wolken sich endlich verflüchtigten. Schon malte er sich aus, welcher Anblick sich ihm bieten würde: viele tote und verwundete Nonnen.

Doch was war das? Damit hatte er nicht gerechnet! Niemand in diesem Zug der Nonnen war zu Schaden gekommen! Die Prozession war sogar ein paar hundert Meter weit in Richtung Tor vorgerückt.

„Schießt, schießt doch endlich!“, befahl al-Malik, der hektisch hin und her lief.

Hassan schoss eine Salve, aber so sehr er sich auch bemühte, er traf kein einziges Mal. „Du willst mich auf den Arm nehmen“, schrie al-Malik. „Leg sie endlich um!“

Hassan drückte noch einmal auf den Abzug, aber nichts geschah. „Ladehemmung“, murmelte er, wobei er sein Gewehr untersuchte. Und während noch andere Freischärler vergeblich versuchten, ihre Ziele zu treffen, holte sich al-Malik sein eigenes Gewehr. Er legte an, atmete nicht mehr, zielte auf den Kopf der Anführerin und drückte ab. Es krachte. Neugierig äugte er hinaus, aber auch er hatte sein Ziel verfehlt.

In diesem Augenblick kam ein Abgesandter von Khaled Husseini die Treppe zum Wehrgang der Mauer hinauf. „Was treibt ihr hier?“, rief er. „Stellt sofort das Feuer ein! Habt ihr den Befehl des Muftis nicht erhalten? Den katholischen Frauen soll kein Haar gekrümmt werden.“

Wutschnaubend warf al-Malik das Gewehr, das ihn so im Stich gelassen hatte, gegen die Wand. „Warum sollen wir sie verschonen?“

„Es ist der ausdrückliche Befehl des Arab Higher Committee“, antwortete der Kurier. „Es geht Ihnen an den Kragen, al-Malik, wenn einer der Neutralen Schaden genommen hat.“

Al-Malik wollte sich nicht damit abfinden. Er holte sich von einem der Freischärler noch ein Gewehr. Aber Khaleds Kurier entriss es ihm.

„Lassen Sie sie in Frieden!“, wiederholte er, und zu den Wachen unten am Tor rief er: „Macht auf!“

Die Nonnen und der Priester überquerten darauf die Suleiman

Road und zogen unbehelligt und unverletzt durch das Neue Tor in der Altstadt ein.

* * *

Warum sind wir noch am Leben?, fragte sich Lori verwundert. *Wir haben uns die Geschosse doch nicht eingebildet! Warum haben sie uns nicht getötet?*

Die Gruppe durchquerte singend den Torbogen. Sie hatten sich nun vollkommen in die Hände der Freischärler gegeben, die diesen Bereich der Altstadt kontrollierten. Allerdings erreichten sie die Scharfschützen auf dem Tor nun nicht mehr. Lori vermutete, dass diese Männer nur ihr Spiel mit ihnen getrieben und absichtlich danebengeschossen hatten, um sie wie aufgescheuchte Hühner rennen zu sehen. Aber sie war wahrscheinlich die Einzige in der Gruppe, die überhaupt bereit gewesen war, sich hinzuwerfen, um Deckung zu suchen.

„*Du brauchst dich nicht zu fürchten, der Herr ist dein Geleit!*" Das Lied verklang, und irgendwo über ihnen applaudierte ein arabischer Soldat.

Aber die Nonnen nahmen keine Notiz davon. Es war Pfingsten. Sie stellten sich einfach vor, auf dem Weg in den Gottesdienst zu sein. Und deshalb stimmte eine von ihnen gleich wieder ein Lied an:

Schön ist der Morgen, singen die Lerchen,
ganz ohne Sorgen freu'n sie sich nur …

Sahen diese Nonnen in all dem Elend nur das helle Morgenlicht und hörten sie nur ihre eigenen Stimmen, die den neuen Tag mit Lobpreis willkommen hießen? Es war ihnen offenbar gelungen, die Geborgenheit ihres Klosters in ihrem Geist einfach mitzunehmen. *Und ob ich schon wanderte im finstern Tal, so fürchte ich kein Unglück; denn du bist bei mir!*

Lori musste schmunzeln, dass ihr gerade jetzt ein Gedicht von

Wilfred Owen einfiel, das sie von einem Veteranen im Chelsea-Krankenhaus gelernt hatte, während es Bomben auf London regnete.

I dreamed that Christ had fouled the big-gun gears,
And made a permanent stoppage in all bolts
And buckled, with a smile, mausers and colts,
And rusted every bayonet with his rears.
And there were no more bombs, of ours or theirs.
So we got out, and gathered up our plunder
Of pain, and nightmares for the night, in wonder!-
Leapt the communication trench like flares.

Owen träumte im Elend seinen Traum von der heilen Welt, während für die Schwestern die Welt mit ihrem Leid der Traum war. Die Geschosse dieses bösen Traums konnten ihnen nichts anhaben, und sie nahmen sie nur wahr wie surrende Fliegen bei einem sommerlichen Mittagsschlaf im Garten unter den Kirschbäumen.

Für sie waren Jesu Tränen die eigentliche Realität. Sie sahen die Menschen und was sie taten, in jenem Licht, das durch seine Tränen vielfarbig gebrochen wurde. Der Lobpreis umspannte ihr ganzes Leben und prägte ihre Sicht der Dinge. Und so konnten ihre Seelen aus den Schützengräben dieses Lebens aufsteigen wie Leuchtkugeln und in der Finsternis ihr Licht verbreiten.

Was aber, wenn die Männer auf der Mauer wirklich hätten treffen wollen?

Loris Beine bebten noch immer. Wie sehnte sie sich danach, mit irgendjemand über dieses Wunder zu reden - *mit Jakob oder Alfie. Alfie würde sicher alles verstehen.*

* * *

Alfie fand Jakob unter einem Schreibtisch schlafend. „Lori ist draußen auf der Straße", rief er. Jakob erwachte, richtete sich schlaftrunken auf und prallte mit dem Kopf gegen die Schreibtischplatte.

Sie liefen zu Ibrahim, der durch ein Fenster hinüber zur Altstadt blickte, die im Morgenlicht erstrahlte.

„Sie sind schon wieder weg“, sagte Ibrahim und sah besorgt aus.

„Erzähl ihm“, sagte Alfie, während er versuchte, in die Suleiman Road hineinzusehen. „Erzähl Jakob, was du gesehen hast.“

„Eine Pfingstprozession“, sagte Ibrahim.

„Sag ihm, dass Lori dabei war“, drängte Alfie, der offenbar vergessen hatte, dass Ibrahim Lori nicht von der Mutter Oberin unterscheiden konnte.

„Ja, sie war dabei – behauptet jedenfalls Alfie.“

„Na prima“, sagte Jakob, ohne besonders beeindruckt zu wirken, drehte sich um und ging wieder zu seinem Schlafplatz. „Da hat offenbar jemand die Nonnen in Sicherheit gebracht. Ich habe letzte Nacht kaum geschlafen. Ihr wisst ja, wo ihr mich findet.“

* * *

Durch das Neue Tor betraten die Nonnen eine ganz andere Welt. Es war wie eine Zeitreise in ein vergangenes Jahrhundert. Es roch nach fauligem Gemüse, nach Tabak, Schweiß und Urin.

Dieser Wechsel in eine andere Welt ließ selbst die sonst so heiter gestimmten Schwestern verstummen. Nicht einmal die Oberin bekam noch einen Ton heraus.

Die Straße zum lateinischen Patriarchat führte zunächst parallel zur Mauer in Richtung Jaffator.

Die Mutter Oberin stimmte, nachdem sie sich wieder gefasst hatte, ein weiteres Lied an:

Komm, Schöpfer Geist, kehr' bei uns ein.
Besuch das Herz der Kinder dein.
Erfüll uns all mit deiner Gnad',
die deine Macht erschaffen hat.

Eine Gruppe finster dreinblickender Dschihad-Moqhaden, die ihnen zunächst den Weg verstellten, teilte sich wie das Wasser vor einem Schiff, als die Schwestern näher kamen. Lori starrte unverwandt auf Schwester Angéliques Rücken. *Schwester Angélique, blind und hinfällig, mit Knochen so zerbrechlich wie dürre Zweige, was ist das Geheimnis deines Lebens? Hast du deinen Erlöser schon immer geliebt?*

Lori spürte fast körperlich die neugierigen und spöttischen Blicke der Männer von den Hausdächern. *Sind es Hunde, die nur darauf warten, dass die Katze von der Mauer springt, damit sie sie packen können?*

Lange Gewehre warfen spitze Schatten gegen die morschen Mauern, und Bajonette blinkten auf rostigen Läufen.

Gafft nicht so, sonst werdet ihr noch wie Lots Frau zur Salzsäule!

Das Blut pochte Lori in den Ohren. War das alles nur ein Traum? Sie lief die Straßen entlang, durch die die Menschen jahrhundertelang zu heiligen Orten gepilgert waren. Vor ihr, am Ende der Straße, beschien die Sonne die Zitadelle mit dem Jaffator, wo die besiegten Kreuzfahrer ihr Lösegeld an die moslemischen Eroberer gezahlt hatten, bevor sie sich nach Jaffa zurückzogen und im Hafen einschifften. Das alles war imposant, aber dennoch nicht fremd.

England! Grüne Weiden, Hecken. Westminster Abbey. Kirchenglocken, die für die Gläubigen den Sonntag einläuten. Ach Jakob, das alles ist so vertraut! Dort fragt man sich nicht jeden Morgen aufs Neue voller Sorge, was der Tag wohl bringen mag. Man lebt dort so unbeschwert!

Tränen rannen ihr über die Wangen. *Jerusalem! 3.000 Jahre Menschenschicksale. Abraham – und Isaak auf dem Altar von Morija – ein Steinwurf von hier! David, der Hirtenkönig, der Batseba von Ferne lüstern betrachtet. Jeremia, der die Heimatlosen beweint. Jesus, der im Tempel lehrt und sich später durch die Via Dolorosa schleppt. Petrus, der die frohe Botschaft zu Pfingsten in den Straßen verkündigt: Er ist auferstanden! Ruft seinen Namen an, und ihr werdet ewig mit ihm leben!*

Lori hörte die Stimmen der Mütter, die ihre Kinder riefen, um sie dem freundlichen Rabbi von Nazareth zu bringen. Sie gehörten nicht zu den Großen dieser Welt, sondern zu den kleinen Leuten, den bescheidenen, die genau das suchten, was sie, Lori, auch suchte. *Oh, Jesus! Diese uralte Sehnsucht nach Gott, sie hat alles überdauert, auch die Steine, die in Trümmern liegen. Jerusalem, du der Zeit enthobene Stadt! Ich spüre ja noch den Atem all jener, die hier einmal gewandert sind, als gingen sie neben mir. Sie haben genauso gelitten, haben wie ich ihre Kinder verloren. Wir müssen uns Gottes Willen wohl beugen. Und so bringen wir alle unseren Kelch voll Tränen in diese Stadt. Was hat Jesus gesagt? Selig die Trauernden, denn sie werden getröstet werden ...*

* * *

Nachdem die Gruppe das lateinische Patriarchat erreicht hatte, wurden die Nonnen sogleich vom Erzbischof in seinem Empfangszimmer begrüßt, während Lori, Rachel und Dr. Baruch in einen weiß getünchten, fast leeren Raum geführt wurden, in dem nur eine Bank stand und ein Kruzifix an der Wand hing. Hier sollten sie warten.

Zwei lange Stunden vergingen, bis ein Franziskaner-Mönch erschien. Er wirkte unfreundlich und abweisend. Offensichtlich war ihm der Anblick der falschen Nonnen und des verkleideten Priesters zuwider.

„Ich habe Ihnen Kleidung mitgebracht. Sie müssen uns jetzt verlassen", sagte er kühl. „Wir können es uns nicht leisten, Kämpfer von irgendeiner Seite in diesem aberwitzigen Konflikt bei uns zu beherbergen."

„Wir sind keine Kämpfer", protestierte Dr. Baruch. „Ich bin Arzt und ..."

„Sie sind Juden, die ins jüdische Viertel wollen. Und Sie haben sich entschieden – was unmoralisch nach unserer Auffassung ist –, Ihre wahren Absichten zu verbergen, indem Sie sich durch Ihre Kleidung als Menschen ausgeben, die ein Gelübde vor Gott abgelegt haben. Sie haben der Mutter Oberin so lange zugesetzt, bis sie Ihrem unmoralischen Ansinnen nachgegeben hat."

„Hat sie Ihnen das gesagt?"

„Sie selber hat sich nicht in irgendeiner Weise dazu geäußert. Aber der Erzbischof ist ganz sicher, dass es sich so verhält. Die Juden haben sich rechtswidrig des Klosters bemächtigt. Und sie kämpfen noch immer auf seinem Grund und Boden. Indem Sie einen neutralen Sakralbau besetzten, haben Sie aus Eigennutz dreißig Nonnen in Gefahr gebracht. Und damit haben Sie einen Präzedenzfall geschaffen, durch den friedliche Orden in die Schusslinie geraten. Was ist denn, wenn Sie morgen entscheiden, auch noch unser Patriarchat für Ihre militärischen Zwecke zu nutzen? Werden wir dann hinausgeworfen, sofern wir nicht unser Leben riskieren wollen? Deshalb: Verlassen Sie uns jetzt auf der Stelle.“

Baruch, der unbedingt sachlich bleiben wollte, antwortete: „Wir müssen aber noch hier bleiben, bis es dunkel wird.“

Die Augen des Franziskaners funkelten böse. „Unsere Gebäude hier in der Altstadt sind mit christlichen Flüchtlingen überfüllt, die Schutz vor den Kämpfen suchen. Männer, Frauen, Kinder. Sie sind aus ihren Häusern vertrieben worden. Im Gegensatz zum armenischen Patriarchat, das schon beim ersten Anzeichen einer Konfrontation geräumt wurde, hat sich der katholische Erzbischof entschieden, hier zu bleiben, um unsere Getreuen zu schützen. Bislang haben uns die arabischen Behörden gestattet, hier zu bleiben. Auch dürfen wir Material für die medizinische Versorgung und Nahrungsmittel hereinbringen. Wir werden unsere Leute nicht in Gefahr bringen, indem wir Juden beherbergen. Juden sind uns deshalb nicht willkommen! Sollten Dschihad-Moqhaden nachfragen, werden wir Sie ausliefern müssen. Zu unserer eigenen Sicherheit haben wir uns im Kampf zwischen Juden und Moslems als neutral erklärt. Sie aber gehören zu den kriegsführenden Parteien, und deshalb können wir Ihnen keinen Schutz gewähren.“

Mit diesen Worten drehte er sich auf dem Absatz um, verließ das Zimmer und warf die Tür hinter sich ins Schloss.

17

Dajani gab Daoud eine schallende Ohrfeige. „Wir haben heute Morgen schon das jüdische Viertel angegriffen. Ich konnte nicht mehr auf euch warten. Wo seid ihr geblieben?"

„Es war gar nicht so leicht. Der Jude hat sich gewehrt, anständig gewehrt. Aber schließlich haben wir ihn dann doch gekriegt", berichtete Daoud und warf seine Beute auf den Tisch neben Dajanis Bett. „Da. Wir haben es wie befohlen abgeschnitten. Und hier ist das Messer zurück." Er legte es neben das Ohr.

Dajani betrachtete die Trophäe mürrisch. Dann grinste er. „Gut gemacht", sagte er und gab Gawan einen anerkennenden Klaps auf den Rücken, der aber so heftig ausfiel, dass der Junge nach Atem ringen musste.

„Der Bengel ist tot. Das ist die Wahrheit! Es war eben Allahs Wille", sagte Gawan und blickte betreten zu Boden.

Dajani lachte und sagte zu Daoud: „Dein Bruder ist ein Mimöschen. Heute Abend aber wird er sich das abgewöhnt haben. Es wird noch genug Blut fließen, denn mit Allahs Hilfe werden wir heute in das jüdische Viertel einfallen."

* * *

Nach ihrer etwas seltsamen Mission mit den Araberkindern brannten die jungen Männer des Nachschub-Kommandos darauf, endlich richtige Feindberührung zu bekommen. Besonders Sal sprach immer wieder davon, wie sehr er sich wünschte, mal richtig zu kämpfen.

Major Luke Thomas erzählte ihnen aber noch nicht, dass sie für ihre nächste Aufgabe keine besonderen Fähigkeiten, dafür aber umso mehr Verwegenheit mitbringen mussten. Sie sollten als Köder dienen und die Dschihad-Moqhaden anbeißen.

Thomas, der den kleinen Trupp von Aufklärern anführte, beobachtete durch seinen Feldstecher, was sich auf den Türmen der

Zitadelle über dem Jaffator tat. Über einer Grundmauer, die schon die Makkabäer angelegt hatten, war in der Zeit Herodes des Großen ein gewaltiges Bauwerk aus Quadern errichtet worden. Da dieser Bau zum Teil zerstört wurde, hatten die Moslems die Mauern mit Quadern aus Kastellen der Kreuzfahrer ausgebessert. Schließlich erhöhte der türkische Sultan Suleiman der Große im Jahr 1540 die Mauern noch einmal ein gutes Stück.

Gerade diese Befestigungsanlage führte sehr anschaulich vor Augen, was für ein Wunder die wieder erstandene Nation der Juden war, dachte Thomas. Dieser Herodes war eine ausländische Marionette, die Rom diente. Deshalb repräsentierte keine der Mauern seit der Zeit der Makkabäer ein unabhängiges Israel. Aber allem lag dennoch ein jüdisches Fundament zu Grunde.

In einer Mauerspalte links vom Jaffator wuchs ein krüppeliger Feigenbaum, der sich offenbar von nichts weiter ernährte als vom Staub der Jahrtausende. Trotzdem klammerte sich das dürre Stämmchen mit aller Kraft ans Leben – so wie das Häuflein Juden in ihrem Viertel der Altstadt.

Major Thomas ging es darum, die Stärke der arabischen Verteidigung am Jaffator zu erkunden. Bei sich hatte er Captain Barney Isaacson, Corporal Jakob Kalner und acht weitere Männer, zu denen Sal, Alfie, Ibrahim, Hymie und Daniel gehörten.

„Denkt daran, dass dies keine Attacke ist. Wir wollen einzig und allein herausfinden, was sie uns entgegenzusetzen haben. Also bitte keine Heldentaten."

Sich duckend und immer wieder Deckung suchend, kam der kleine Trupp kaum hundert Meter vorwärts, als schon die ersten Geschosse von Scharfschützen auf dem Turm bei ihnen einschlugen. Jakob zog gerade noch Hymie hinter einen der roten Briefkästen, den die Engländer aufgestellt hatten, bevor eine Kugel das G aus dem Monogramm des Königs absprengte. Von der Spitze des Davidsturmes erscholl der Kriegsruf: „*Alihu itbach al Jahud!* Schlachtet die Juden!"

„Wir müssen näher heran, um zu sehen, womit sie das Tor verbarrikadiert haben."

Mülltonnen, umgekippte Handkarren und alte Reifen verstellten den Weg im Tor. Wieder kam heftiges Feuer vom Wehrgang, doch mit einem Schlag schwiegen die Waffen, als würden sich alle Schützen gleichzeitig ducken.

Von der Turmspitze kam etwas geflogen, pfeifend, mit einem Schweif aus Rauch. Es flog über die Köpfe der Männer und fiel in einiger Entfernung zu Boden. Als es mit einem ohrenbetäubenden Knall explodierte, konnten sich Luke Thomas und Jakob nicht mehr auf den Füßen halten.

Thomas signalisierte Jakob, sich so schnell wie möglich zurückzuziehen, doch bereits nach wenigen Augenblicken kam ein weiterer Sprengkörper zischend durch die Luft geflogen. Die Männer pressten ihre Gesichter zu Boden und schützten ihre Köpfe mit den Händen.

Daniel Caan, der um das Leben seiner Freunde fürchtete, nahm dem am Boden kauernden Blum die Maschinenpistole weg, schoss ein paar Salven in Richtung Zitadelle und machte damit seiner ganzen aufgestauten Wut Luft. Gleichzeitig zogen sich Luke Thomas und die anderen zurück. Erst als das Magazin leer geschossen war, folgte Caan den anderen.

Auf dem Weg zurück zur Kaserne wurde wenig gesprochen. Die Lust am Krieg war den jungen Männern zunächst vergangen. Plötzlich fragte Jakob: „Wo ist eigentlich Sal?"

Der Amerikaner war nirgends zu sehen. Und niemand hatte beobachtet, dass er getroffen worden wäre. Irgendwo auf dem Rückzug musste ihm etwas zugestoßen sein. Luke Thomas sprach sich allerdings gegen den Vorschlag aus, noch einmal zurückzugehen, um nachzusehen, denn er wollte kein weiteres Opfer riskieren.

Ins King David Hotel zurückgekehrt, berichtete Luke Thomas Commander Schaltiel und Captain Isaacson von seinen Beobachtungen: „Sie haben das Jaffator absichtlich nur schwach bewacht gelassen, um uns anzulocken. Ja, und diese Sprengkörper, das waren so selbst gebastelte Dinger mit einer Schnur dran, mit der man sie weiter schleudern kann. Erinnert ein bisschen an Davids Schleuder. Ist aber ein gutes Zeichen. Das bedeutet nämlich, dass die Truppen des Muftis genauso Mangel an ordentlichen Waffen haben wie wir. Sie warten zweifellos auf die Arabische Legion, von der sie dann Nachschub bekommen. Trotzdem wäre ein direkter Angriff aufs Tor viel zu riskant. Wir brauchen einen anderen Plan."

* * *

Der Wutausbruch des Franziskaners hatte alle sehr betroffen gemacht.

Diese offene Feindseligkeit hatte niemand erwartet, und so kramten Lori und Rachel wortlos und eingeschüchtert in den hingeworfenen Kleidungsstücken. Jede nahm sich eins jener langen Kleider, die die arabischen Frauen für gewöhnlich in der Altstadt trugen. Dr. Baruch kehrte aus der Toilette mit einem ziemlich schlecht sitzenden Leinenanzug zurück. Auf dem Kopf trug er einen roten Fes, den er auch nur mit Mühe an Ort und Stelle halten konnte.

„Wie sehe ich aus?", fragte er.

„Wie ein Berater des Muftis", antwortete Rachel mit einem Schmunzeln.

Die Drei sahen sich an, und keiner fühlte sich wohl in seiner Haut. Immerhin waren sie gezwungen, in diesem Aufzug am helllichten Tag auf die Straße zu gehen und sich an Freischärlern und den Barrikaden vorbei bis ins jüdische Viertel durchzuschlagen.

„Gott wird mit uns gehen", sagte Rachel.

Im selben Augenblick ging die Tür auf und die Mutter Oberin trat mit einem Tablett ein. „Sie sind also bereit, uns zu verlassen", sagte sie und stellte das Tablett auf die Bank.

Rachel nahm ihre Hand. „Sie haben uns an diesen Ort gebracht, ohne dass uns etwas zugestoßen ist. Dafür sind wir Ihnen sehr dankbar."

„Ich habe gehört, dass Bruder Nathan alles andere als gastfreundlich zu Ihnen war", sagte die Oberin, und an Dr. Baruch gewandt, fragte sie: „Sie haben ihm nicht gesagt, dass Sie Katholik sind?"

Der Doktor erwiderte ohne Bitterkeit: „Ich bin kein Katholik –

jedenfalls nicht mehr. Ich bin seit dem Krieg ... seit Auschwitz wieder zuallererst ein Jude. Die Kirche, so, wie sie geworden ist, kann nicht mehr meine Kirche sein. Dieser Franziskaner hätte möglicherweise Juden an die Nazis ausgeliefert, wenn man es von ihm verlangt hätte, nur um neutral zu bleiben."

Baruchs Andeutung, dass auch er in Auschwitz gewesen sei, ließ Rachel aufhorchen. Waren sie sich dort vielleicht schon begegnet? Womöglich hatte er sie sogar erkannt, ohne etwas zu sagen.

Die Nonne fuhr fort: „Bruder Nathan ist Syrer. Seine Abneigung gegen Juden ist offenbar tief verwurzelt, wie ich fürchte."

Baruch reagierte unwirsch: „Als Christ trägt er den Namen des größten Juden, der je gelebt hat. Aber bei seiner Engstirnigkeit sind wahrscheinlich alle anderen Juden Christus-Mörder. Dieser Mann trägt zwar jeden Freitag das Kreuz durch die Via Dolorosa, aber ihm ist dabei noch nicht aufgegangen, was es bedeutet. Es regt mich auf, dass ein Mann wie er sich Christ nennt."

Die Mutter Oberin sagte traurig: „Aber die Enge einer solchen Seele wird *Sie* doch nicht dazu treiben, dass Sie Ihren christlichen Glauben verleugnen."

Baruch sah sie nachdenklich an. „Mir sind aber diejenigen in der Kirche zuwider, die leugnen, dass der Messias ein Jude war. Sie haben aus Jesus einen Nichtjuden gemacht. Er soll um jeden Preis einer von ihnen sein. Für viele Jahrhunderte wussten die Juden fast nichts über diesen Jesus – Jeschua. Und wegen Menschen wie Bruder Nathan wollten sie schließlich erst recht nichts von ihm wissen."

Die Mutter Oberin setzte sich auf die Bank, und man sah ihr an, wie beschämt sie war. „Nicht alle haben vergessen, dass wir Heiden lediglich auf den Stamm des Judentums gepfropfte Reise sind."

Baruch setzte sich neben sie und hielt seine Hände im Schoß, als liege ein Buch darin. „Die Heidenkirche hat ihre Wurzeln vergessen. Der Weg, die Wahrheit und das Leben sind Früchte jenes Bundes, den Gott mit Abraham geschlossen hat. Und jene Heiden, die auf den Stamm gepfropft werden, ersetzen nicht etwa seine ursprünglichen Zweige. Durch Abrahams Nachkommen werden alle Völker dieser Welt gesegnet. Und dieser Segen war, nein, *ist* der Messias, Jeschua, der Nachkomme Davids. Er ist Hirte und Opferlamm zugleich. König. Erlöser. Heiler der Kranken. Er liebt die Ungeliebten. Er ist das Brot des Lebens. Er war es, der den Sturm zum Schweigen brachte. Er kämpft für uns den guten Kampf. Ich kenne meinen Erlöser durchaus, Mutter, aber ich werde mich niemals wieder als *Christ* bezeichnen. Mit diesem Wort auf den Fahnen ist zu viel Unrecht geschehen. Ich bin ein Jude, der dem folgt, der gesagt hat: Ich bin der Weg."

„Die Liebe Gottes ist eben auch auf die Menschen angewiesen, die von sich behaupten, seine Kinder zu sein." Die alte Frau seufzte und stand auf. „Mir ist klar, dass der barsche Ton von Bruder Nathan Sie gekränkt haben muss. Ich bin gekommen, um Ihnen zu sagen, dass er nicht im Namen des Erzbischofs und nicht in meinem gesprochen hat. Deshalb bitte ich Sie um Vergebung."

„Die hatten Sie schon, bevor Sie darum baten", antwortete Dr. Baruch.

„Ich danke Ihnen im Namen unseres Herrn. Und nun habe ich noch eine Bitte an Sie zu richten im Namen der vielen Araber, die bei uns Zuflucht gesucht haben. Ich werde nicht versuchen, Sie moralisch unter Druck zu setzen. Sie müssen ganz frei entscheiden und wissen, dass diese arabischen Frauen Sie auf der Straße anspucken würden. Die meisten glauben, dass Hitler das Richtige getan hat. Mit diesen Worten appelliere ich an den Geist des jüdischen Messias, der auch in Ihrem Herzen wohnt. Aber es gibt viele Kranke und Gebrechliche unter ihnen."

Baruch nickte kühl, denn er wusste, was sie von ihm erwartete.

Das war keine leichte Entscheidung, dachte Rachel. Sollte er für diejenigen etwas tun, die seinen Kopf forderten?

Die Mutter Oberin fuhr fort: „Wir haben 300 Flüchtlinge hier. Moslems und christliche Araberinnen. Die meisten Mütter mit Kindern. Unter ihnen gibt es sehr viele Kranke und Verwundete. Eine 16-Jährige ist schwanger und hat schon Wehen. Das Kind wird sicher heute kommen. Ihr Mann ist im moslemischen Viertel und bereitet sich darauf vor, die jüdische Altstadt dem Erdboden gleichzumachen. Aber wir haben keinen Arzt hier." Mehr sagte sie nicht.

Baruch lächelte traurig über die Ironie des Schicksals, dass ausgerechnet die, die ihre Männer anfeuerten, die Juden hinzuschlachten, nun seine Hilfe brauchten. Ein paar Augenblicke dachte er nach, aber im Grunde war für ihn die Entscheidung klar. „Ich brauche eine Art Sprechzimmer", sagte er.

* * *

Kaum ein paar hundert Meter trennten die jüdischen Verteidiger der Altstadt von den israelischen Streitkräften, die die Neustadt von Jerusalem hielten. Doch seitdem sich der Beschuss mit Granaten intensiviert hatte und der Umfang des Viertels immer mehr schrumpfte, wurde diese Distanz zunehmend zu einer unüberwindliche Kluft.

Mosche stand über eine Karte der Altstadt von 1831 gebeugt, während Dov über Funk das Hauptquartier verzweifelt rief. Endlich krächzte die Stimme von David Schaltiel im Lautsprecher.

Dov schilderte die Lage und erinnerte den Commander der Haganah: „Das Viertel beherbergt im Zentrum alle, die von den Moslems obdachlos gemacht worden sind – Frauen und Kinder. Wir haben nur noch Hungerrationen für jeden und brauchen dringend ärztliche Hilfe. Und außerdem wird unter den Chassidim ständig von Kapitulation gefaselt."

Aus dem Lautsprecher kam abgehackt die Antwort: „Arbeiten daran. Arzt und ... christlichen Viertel. Ihr müsst ... bis wir eine Möglichkeit ... durchzubrechen." Immer wieder übertönte das Rauschen und Prasseln die Stimme, aber Dov und Mosche hörten genug, um die Bedeutung der Worte zu erfassen. „Spitzel berichten ... al-Malik ... in der Alt... Hassan el..."

Dovs ohnehin schon blasse Haut wurde fast grün, als er diese Nachricht vernahm. „Bitte wiederholen Sie. Haben Sie gesagt, dass sich al-Malik in der Altstadt aufhält?" Jeder wusste, dass al-Malik mit dem Massaker in Kfar Etzion zu tun hatte.

Statt des Commanders antwortete Major Luke Thomas in seinem typisch englischen Akzent: „Das ist richtig. Wir bemühen uns ... euch Erleichterung zu verschaffen. Wie sehen ... Pläne aus? Plan ... Angriff bei Koordinaten B wie ... M wie Martha. Wiederhole ... Berta, M wie Martha."

Dov blätterte hektisch in dem Buch für die Geheimcodes. „Berta – Martha ... BM ... steht für ... Jaffator! *Frontalangriff* hat er gesagt? *Oj*, dann spricht er von Selbstmord."

„Vielleicht auch nicht", sagte Mosche und beugte sich bei dem schwachen Licht tief über die Karte, um besser zu sehen. Er glitt mit dem Finger die Grenze der Altstadt entlang, bis er zum Jaffator und zur Zitadelle kam. Dann schlug er plötzlich mit der Hand auf das Blatt und rief begeistert: „Lass mich mit ihm reden!" Mosche übernahm das Mikrofon. „Luke, hier ist Mosche! Ich habe einen besseren Plan! Verstehst du mich?"

„Was hast du für uns? Kommen."

„Hol mal Schaltiel, ich muss das auf Polnisch sagen." Mosche war sicher, dass kein Araber diese Sprache verstand. Und so fuhr er auf Polnisch fort: „Es gibt einen geheimen Eingang jenseits der Mauern. Der Eingang ist durch ein Eisengitter versperrt. Dahinter ist ein Gang, der in die Altstadt führt. Schickt einen Pionier hin, der das Gitter sprengt, und ihr seid drin."

* * *

Die Offiziere der Verteidigung im jüdischen Viertel trafen sich in der Ben-Zakkai-Synagoge.

Mosche deutete auf der ausgebreiteten Karte auf die drei Tore der Altstadt, die noch in dieser Nacht von der Haganah angegriffen werden sollten. „Im Norden das Neue Tor, im Süden das Zionstor und in der Mitte der Hauptangriff auf das Jaffator. Und *wir* müssen die Moslems gleichzeitig von hinten angreifen."

„Das ist gut", knurrte Ehud. „Warum sollen wir auch immer darauf warten, dass sie *uns* angreifen? Diesmal zahlen wir es ihnen heim. Hast du einen Plan?"

„Beim Neuen Tor und am Jaffator können wir nichts ausrichten“, sagte Mosche. „Die Wege dorthin sind zu weit. Aber beim Zionstor sieht es anders aus. Es liegt nur gut hundert Meter von hier. Du, Ehud, und du, Rabbi Vultch, ihr haltet weiter den Schützengraben in der Kettenstraße im Norden. Dov und ich leiten eine Operation gegen den Turm von St. Jakobus auf der anderen Seite des Viertels.“

„*Meschugge!*“, rief Ehud. „Da müssen wir ja durch das verbrannte armenische Viertel. Wer weiß, wie viele Freischärler sich dort verschanzt haben. Warum überhaupt?“

Mosche erklärte: „Weil wir diesen Turm gar nicht erst hätten aufgeben dürfen. Es war mein Fehler. Er hat uns die Stellungen in der Ararat Road gekostet – ein Viertel unseres Territoriums. Wenn wir uns den Turm wieder holen, können wir die Moslems am Zionstor unter Beschuss nehmen. Der Glockenturm ist so wichtig, dass schon der Versuch, ihn zu erobern, die Moslems am Zionstor zwingen wird, Kräfte von der Mauer abzuziehen. Sie kennen die strategische Bedeutung dieses Turms und werden deshalb alles daransetzen, dass er nicht von uns genommen wird. Ob es uns gelingt oder nicht, in jedem Fall ist das Zionstor dann für den Durchbruchsversuch des Palmach geschwächt.“

„Jedenfalls nicht so geschwächt wie du im Kopf“, sagte Ehud. „Das ist doch der reinste Selbstmord, als würdest du schon in deinen Sarg klettern, bevor du tot bist.“

* * *

„*Allahu akbar!*“, rief einer drüben jenseits der Barrikade, und gleich darauf stimmten Tausende mit ein, die sich in den verlassenen Häusern des christlichen Viertels verschanzt hatten.

„Jetzt geht es los“, sagte Ehud zu einem jungen Verteidiger, der neben ihm stand.

Und ohne darauf zu warten, dass irgendwelche Angreifer sich sehen ließen, feuerte er auf das halb offen stehende Fenster einer verlassenen Bäckerei. Drei andere junge Männer folgten ihm und vergeudeten ebenfalls wertvolle Munition. Die Einschläge provozierten die Dschihad-Moqhaden, ihrerseits einige Salven in Richtung Barrikade zu schießen.

Ehud, der außer sich wegen dieser Verschwendung war, stieß seinem Nachbarn den Ellenbogen in die Rippen und schrie die vier Männer an, während überall Steinsplitter durch die Luft flogen, die die Geschosse der Araber überall aus den Mauern sprengten. Etwas tröstete Ehud allerdings: Die Araber hatten nun auch Munition verschwendet.

„Idiot!", schnauzte Ehud, so laut, dass es das Gewehrfeuer der Gegner übertönte. „Wartet gefälligst, bis ihr sicher seid, irgendjemand zu treffen." Er erinnerte die Männer daran, dass es erst Munitionsnachschub geben würde, wenn der Haganah der Durchbruch ins jüdische Viertel gelänge.

Mosche kam. Er kroch auf dem Boden heran, bis er Schutz hinter den kreisförmig aufgebauten Sandsäcken fand. Offenbar hatte man ihn gesehen, denn wieder pfiffen Kugeln durch die Luft.

„Also, die Sache ist abgemacht. Jaffator heute Abend."

„Jaffator? Also doch!"

„Ich habe noch mal mit Schaltiel und Luke Thomas gesprochen." Die jungen Verteidiger, die mitgehört hatten, sahen ihn ängstlich an. „Spart eure Patronen für später auf. Ihr werdet sie heute Abend brauchen."

„Wenn wir das Feuer nicht erwidern, denken sie vielleicht, dass wir alle tot sind", sagte einer der Freiwilligen. „Werden sie dann nicht stürmen? Dann sind wir wirklich tot!"

Ehud dachte einen Augenblick darüber nach. Irgendwo hatte der Junge schon Recht. „Zeigen wir ihnen, dass wir noch leben, ohne Patronen zu vergeuden. Vielleicht verschwenden sie dann noch ein paar an uns."

Laut und vernehmlich stimmte er ein Lied an, das die Verteidiger im Warschauer Ghetto immer gesungen hatten:

Hitler wird nicht fertig
Mit der Flotte aus Engeland
Mit dem russischen Schnee

Mit den Dollars aus USA
Und den jüdischen Schmugglern …

Nach und nach nahmen immer mehr Verteidiger die Melodie dieses Spottliedes auf und sangen die Version für Jerusalem:

Der Mufti wird nicht fertig …

Das polnische Lied, das verfasst worden war, um die Waffen-SS zu verspotten, hatte natürlich für die Araber, die ins jüdische Viertel feuerten, keine Bedeutung. Dennoch hatte es die gleiche Wirkung wie damals auf die Nazi-Schergen. Die Tatsache, dass die Juden fröhlich sangen, bedeutete, dass sie einen Grund hatten, ausgelassen zu sein. Hatten sie womöglich doch genug Munition? Besaßen sie ausreichend Granaten und Granatwerfer, um einen Frontalangriff zurückzuschlagen und viele Kämpfer des Muftis zu töten?

Hundert jüdische Männer stimmten trotzig ein, und immer mehr Bewohner des Viertels schlossen sich an – Männer und Frauen, Junge und Alte. 300 Stimmen hallten in den engen Gassen, als seien es 10.000.

Diese jüdische Ausgelassenheit irritierte die moslemische Söldnertruppe tatsächlich sehr, deren Kämpfer von weit her gekommen waren, um die Juden in Jerusalem zu töten. Sie kämpften nicht für ihren Geburtsort, und Israel war nicht ihre Heimat. Sie waren nicht gekommen, um für die Ambitionen des Muftis zu sterben, der über die Heilige Stadt herrschen wollte. Sie waren aus Abenteuerlust gekommen und weil es ihnen Spaß machte, Juden zu töten, die, wie man ihnen erzählt hatte, kaum bewaffnet und am Verhungern seien. Was sangen die Juden da drüben? Priesen sie Amerika und seine Dollars? Alle wussten, dass Amerika, der große Satan, von Zionisten unterwandert war. Die Engländer waren noch am Ausschiffen, da kamen auch schon die ersten Munitionskisten aus Amerika an – aber nicht nur Munition, sondern auch Artillerie, Panzer und sogar Flugzeuge. Präsident Truman war immerhin der Erste, der Israel als Nation anerkannte. Ein schlechtes Zeichen.

An diesem Tag hielt jedenfalls ein schlichtes Lied die Angreifer in Schach, ohne dass eine Patrone vergeudet werden musste.

18

Der Palmach-Commander Nachasch und David Schaltiel spazierten gemächlich unter den Arkaden der ehemaligen britischen Augenklinik, von wo man den von den Arabern gehaltenen Zionsberg jenseits des Hinnom-Tales gut sehen konnte.

„Sechzig Mann vom Palmach sind tausend Rekruten von den Schiffen wert“, sagte Schaltiel. „Trotzdem können Sie nicht erwarten, noch heute Abend den Zionsberg einzunehmen. Ihre Streitkräfte sind lediglich für ein Ablenkungsmanöver vorgesehen. Sie sollen die Aufmerksamkeit der Dschihad-Moqhaden vom Jaffator ablenken, wo der eigentliche Durchbruch stattfinden soll.“

Nachasch blinzelte seinen Gesprächspartner mürrisch an. „Geben Sie mir ein Zehntel der Munition, die heute Abend am Jaffator vergeudet wird, und meine Männer nehmen Zion noch heute den Arabern weg. Von dort stürmen wir das Zionstor und dringen weiter vor bis zur Altstadt.“

Schaltiel blieb stehen, legte seine Hände auf den Rücken und blickte über das Tal hinüber zum Zionsberg, auf dessen Hang man freie Sicht hatte und der mit Grabsteinen übersät war. Von weitem sah es aus, als würde eine Schafherde dort im grünen Gras zwischen Inseln von Wildblumen weiden. Die Gebäude auf dem Zionsberg wirkten wie eine gewaltige Festung. Die moslemischen Kämpfer hatten alles dort oben besetzt – die Gobat-Schule, das stattliche Gebäude der Dormitionskirche, das Haus des Kaiphas und das Gebäude, in dem der Überlieferung nach das letzte Abendmahl Christi vor seiner Kreuzigung stattfand.

„Man wird Sie einfach über den Haufen schießen“, sagte Schaltiel. „Außer den Grabsteinen gibt es auf dem Hang keinerlei Deckung. Wenn Sie oben ankommen, ist kaum mehr einer von Ihren Männern übrig.“

„Ich habe nicht genug Patronen für meine Männer, nicht genug Granaten und nur einen armseligen Mörser.“

„Ihre sechzig Männer werden für die Ablenkungsmanöver gebraucht. Das ist bereits entschieden."

„Dr. Weintraub ist gestern verwundet worden. Wenn es bei unserer Operation Verletzte gibt, habe ich niemand, der für sie sorgt. Ich brauche also auch Sanitäter, oder?

„Die bekommen Sie."

„Aber die sollen gefälligst Munition mitbringen", sagte Nachasch mit Nachdruck. „Selbst unsere Ablenkungsmanöver gehen ins Leere, wenn jeder von uns nur drei Patronen hat."

„Ich schicke mit, was ich kann", versprach Schaltiel.

* * *

Kasim Dajani grollte. Seit er seinen ersten Sprengkörper aus Schwarzpulver und einem Zigarettenetui gebastelt hatte, träumte er vom totalen Krieg gegen die Juden. Aber der hatte dann lediglich zwei Tage gedauert. Und was hatte er dazu beigetragen? Fast nichts.

Gewiss, sein Dynamit hatte geholfen, den Angriff der Haganah auf das Jaffator zurückzuschlagen. Nach dem Gefecht hatten die Dschihad-Moqhaden in die Luft geschossen, gegrölt und geschrien, als hätten sie den Endsieg errungen. Sie hatten ihm auf die Schulter geklopft und ihn als Helden gefeiert. Aber Dajani wusste es besser. Den Angriff auf das Jaffator hatten die Juden lediglich befohlen, um herauszubekommen, wie der Gegner reagierte. Es sah zwar wie ein Sieg über die Juden aus der Neustadt aus, aber sie hatten durch ihren Scheinangriff und Rückzug mehr gewonnen, als den Arabern lieb sein konnte. Sie würden sicher wiederkommen, und – *Inschallah* – Dajani würde bereit sein.

In der Zwischenzeit richtete sich sein ganzer Zorn gegen das jüdische Viertel in der Altstadt. Er machte die Besetzer dort verantwortlich für den brennenden Schmerz in seinem Gesicht und die hässlichen Bandagen, die dafür sorgten, dass ihn niemand mehr ohne Scheu ansehen mochte.

Wegen seiner Verletzungen konnte der Bombenleger kaum noch selber aktiv werden. Und nun fiel auch noch Najid aus. Man hatte dem Kaffeehausbesitzer den kleinen Zeh abgeschossen. Was für eine schmähliche Verletzung für einen Kämpfer im Heiligen Krieg!

Bei der Planung für seine nächsten Aktionen war Dajani immer wieder gezwungen, irgendwelche Abstriche zu machen. Die in Frage kommende Personenzahl reduzierte sich ständig. Übrig blieben im Grunde nur die beiden Waisen Daoud und Gawan.

Der nächste geplante Anschlag auf die Altstadt hatte nur einen Haken für die beiden Jungen: Das ganze Risiko hatten allein sie zu tragen. Aber Dajani fand nichts dabei. Schließlich gingen Kämpfer des Heiligen Krieges direkt ins Paradies, und außerdem hatten sie es ihm zu verdanken, dass sie überhaupt noch so lange leben durften. Ohne seinen Schutz hätte man sie längst irgendwo erdolcht oder in die Sklaverei verkauft. Ihr Leben gehörte ohnehin ihm, und so konnte er nach Gutdünken darüber entscheiden.

Am nördlichen Ende der Straße der Juden stand ein Gebäude, das als *Lubinsky Haus* bekannt war. Das Besondere daran war, dass es die schmale Straße wie eine Brücke überspannte. Der Durchgang darunter, der kaum zwanzig Meter von der gesprengten Herrentoilette entfernt lag, war gegenwärtig mit einem Eisengitter versperrt. Dajani hatte inzwischen herausgefunden, dass bei der Explosion in der Toilette ein Loch zum Keller des Nachbarhauses entstanden war. Er führte deshalb Daoud und Gawan in das zertrümmerte unterirdische WC. Dort sollten sie auf den Stufen warten, die zur Straße hinaufführten. Die Juden aber hatten keine Ahnung, wie nahe der Tod sich angeschlichen hatte.

* * *

Der Minutenzeiger an Dajanis Uhr kroch unendlich langsam auf sechs Uhr. Genau um diese Zeit sollte Gawan mit einer Bombe zur Barrikade der Haganah laufen und Daoud zum *Lubinsky Haus.* Bereits ein erfolgreicher Angriff hätte den Weg ins jüdische Viertel frei gemacht.

Mitgekommen war noch ein älterer Mann namens Rimal. Zu

Friedenszeiten hatte er auf der Straße in der Nähe des Damaskustores gelebt und sich mit kleinen Dienstleistungen oder mit Betteln über Wasser gehalten. Aber der Krieg hatte alles verändert. Niemand wollte mehr seine Dienste, und für die Bettler blieb auch kaum noch etwas übrig. Hin und wieder bot er deshalb den Kämpfern in der Altstadt seine Dienste an. Er war ein schlichtes Gemüt, aber wer ihn kannte, mochte ihn gern. Man behauptete, er trage seinen Namen zu Recht, denn Rimal bedeute Sand, und davon habe er so viel im Kopf, dass kaum noch etwas anderes hineinpasse. Und immer, wenn jemand wieder einmal glaubte, ihn deswegen aufziehen zu müssen, lachte er und schlug sich vor Vergnügen auf die Schenkel.

Für ein paar irakische Dinare hatte Dajani Rimal angeworben, damit er ihm helfe, die Bomben und Zünder hinunter in das unterirdische WC zu tragen.

Schlotternd vor Angst, nahm Gawan seine Bombe so in den Arm, wie Kinder normalerweise ihren Teddybären tragen. Wie klein und schmächtig er aussah!

„Es wird schon klappen", sagte Daoud zu seinem Bruder, während er von Dajani ein Feuerzeug gereicht bekam.

„Wird klappen", lachte Rimal.

„Tut es sehr weh, wenn man abkratzt?", fragte Gawan besorgt.

„Tut weh, wenn du hops gehst", antwortete Rimal.

„Also los!", befahl Dajani. „*Allahu akbar!* Zündet die erste Bombe an."

Daouds Hand zitterte so, dass er das Feuerzeug nicht entflammen konnte. Beim dritten Versuch ließ er es sogar fallen, und es fiel die Stufen in das verwüstete WC hinunter.

„Beeil dich", fluchte Dajani, während über ihren Köpfen übermütige Freischärler in die Luft feuerten.

Daoud, der mit dem Feuerzeug aus den Trümmern auftauchte, meinte: „Lass mich die erste Bombe tragen."

Aber noch bevor Dajani entscheiden konnte, wer zuerst loslaufen sollte, schnappte sich Rimal das Feuerzeug aus Daouds Hand.

„*Allahu akbar!*", rief er und entzündete wild entschlossen Gawans

Bombe. Dann entriss er dem Jungen den Sprengkörper mit der feurig zischenden Zündschnur.

„Nun lauf schon, Rimal", rief Dajani und gab dem Mann noch einen Stoß, so dass der nach draußen auf die Straße schoss und in Richtung jüdischer Barrikade loslief.

Doch auch Gawan sprang auf und rannte Rimal hinterher.

„Bleib hier, Gawan!", schrie Daoud und folgte seinem Bruder. „Komm zurück!"

Dajani verlor keine Zeit, um sich zu retten. Er stolperte die Stufen hinunter in den Abort, verkroch sich hinter einem geborstenen Toilettenbecken und schützte seinen Kopf mit den Armen.

„Achtung!" Jemand schlug auf Hebräisch Alarm, dann Sperrfeuer von der jüdischen Barrikade.

Daoud, der schneller rennen konnte als sein Bruder, holte Gawan ein und packte ihn am Arm. Sie strauchelten gemeinsam, fielen in den Rinnstein und blieben neben einem Wassertrog liegen – Gawan obenauf.

Rimal lief um sein Leben. Aber noch bevor er ein Drittel seines Weges zurückgelegt hatte, wurde er von einer Kugel getroffen, und als er aufs Pflaster fiel, zerriss ihn die Detonation in tausend Stücke.

* * *

Es war ein Mädchen, und es tat seinen ersten Atemzug in dem Augenblick, da die Druckwelle einer heftigen Explosion über die Altstadt rollte.

Rachel spürte das Vibrieren im Bettgestell, auf dem die junge Mutter lag, deren Hand sie gerade hielt. Ein neues Leben betrat die Welt, während ein anderes sie gleichzeitig gewaltsam verließ.

Verschwitzt und vor Glück weinend, dankte die junge Frau Allah, Rachel, Lori und dem Doktor. *„Allahu akbar! Allahu akbar!"*, rief sie immer wieder – diese Worte, die Rachel schon so viele Male aus dem Mund hysterischer Freischärler gehört hatte. Und plötzlich ging ihr die eigentliche Bedeutung auf: *Gott ist groß!* Was für ein Hohn, dieses Wort zu einem Kriegsgeschrei zu machen!

Dr. Baruch hielt das kleine Wesen mit Tränen in den Augen auf seinem Arm.

„Da bist du also!“, flüsterte er ehrfürchtig. „Gepriesen sei der Herr für deine Seele, du süßes Wesen. Ein hübsches Mädchen bist du. Und so dichtes Haar!“ Und zur Mutter gewandt fügte er hinzu: „Allah hat Ihnen eine wunderschöne Tochter geschenkt.“

Er gab Lori das Kind, die es in ein warmes Handtuch wickelte und zu einem Waschbecken trug, um es zu reinigen, während der Doktor sich um die Mutter kümmerte.

Rachel sah auf die Uhr an der Wand. Es war bereits nach sechs. In fünf Stunden hatte Dr. Baruch mehr als vierzig Patienten behandelt, hatte Wunden genäht, Furunkel geöffnet, Ohren gespült, eingewachsene Fußnägel versorgt, Entzündungen der Haut balsamiert, einen gebrochenen Arm gerichtet und ein Kind zur Welt gebracht.

Bald würde es dunkel werden, und dann konnten sie sich endlich ins jüdische Viertel durchschlagen, wo Menschen mit ganz anderen Leiden auf sie warteten.

* * *

Die Explosion trieb Juden wie Araber in Deckung. Nicht nur die Metallsplitter der Milchkanne, sondern auch ganze Ziegel, Pflastersteine und andere Brocken regneten vom Himmel, als sei mitten in Jerusalem ein Vulkan ausgebrochen. „Runter von meinem Rücken“, sagte Daoud zu seinem Bruder und schüttelte ihn. „Wir müssen weglaufen, bevor sie wieder anfangen zu schießen. Gawan?“

Etwas Warmes und Klebriges tropfte Daoud ins Gesicht. Es war Blut!

„Gawan!“, schrie Daoud hysterisch. „Hilfe!“ Er kroch vorsichtig unter seinem Bruder hervor.

Gawans Ohren bluteten stark, und ein Metallsplitter mit vielen Zacken ragte aus seinem Nacken. Auch stimmte etwas mit seinem linken Arm nicht. Von der Schulter bis zum Ellenbogen schien alles in Ordnung, aber der Unterarm lag so, als gehöre er nicht zum Körper.

„Hilfe!", schrie Daoud wieder. „Mein Bruder ist verletzt. Helft mir!"

Aber niemand erschien, um zu helfen.

Gawan öffnete die Augen und versuchte, sich auf den Rücken zu drehen. Mit unerwarteter Gelassenheit meinte er: „Da ist was mit meinem Arm. Ein Stock piekt mich. Zieh ihn doch mal weg."

Daoud begann zu schluchzen und biss sich auf die Lippen. Der Stock war nämlich ein Unterarmknochen, der aus der Haut ragte. „Beweg dich nicht", hauchte Daoud, der die Worte nur mit Mühe herausbrachte. „Ich hole Hilfe. Beweg dich auf keinen Fall!"

Niemand schoss, als Daoud sich erhob und loslief. Er irrte kopflos umher, denn er wusste nicht, welches Ziel er eigentlich ansteuern sollte. Die Orientierung fiel ihm auch deshalb so schwer, weil die Häuserfronten durch die Detonation beschädigt waren und gleich ganz anders aussahen.

Endlich erkannte er den Eingang eines Souks, und wie erleichtert war er, als er dort einem Menschen begegnete, der nicht auf ihn schießen wollte. Es war ein buckliger Mann, der sich trotz seiner Gebrechlichkeit mühte, eine Schubkarre zu schieben. „Mein Junge", sagte er, „ich kann dir helfen. Wir müssen deinen Bruder ins Lateinische Patriarchat bringen. Dort ist gerade ein Arzt. Hast du Angst, mit mir dorthin zu gehen?"

„Das spielt jetzt keine Rolle", erwiderte der Junge. „Für Gawan mache ich alles."

Die Kettenstraße begann sich wieder hinter den Barrikaden zu beleben. Das Töten konnte von neuem beginnen, aber der alte Gärtner schob furchtlos seine Karre mitten ins Schlachtfeld hinein. Als er Gawan erreichte, strich er dem verwundeten Jungen zärtlich übers Haar, dann hob er ihn behutsam auf und legte ihn seitlich auf die Schubkarre.

* * *

Als dann das etwas unrund gewordene alte Holzrad über jede Unebenheit des Kopfsteinpflasters zu poltern begann, fuhr Daoud jedes Mal zusammen. „Wäre es nicht besser, wir würden ihn tragen?“, fragte er. „Es würde ihm wahrscheinlich weniger Schmerzen bereiten.“

Stur nach vorn auf seinen Weg blickend, sagte der Gärtner: „So, wie er liegt, ist es das Beste für seine Verletzungen. Er ist bewusstlos, Daoud. Und das ist eine Gnade. So hat er wenigstens keine Schmerzen.“

Der Weg führte sie allmählich immer weiter weg von den vertrauten Souks im moslemischen Viertel, und Daoud hätte am liebsten seinen Bruder genommen und weggetragen ... aber wohin?

Gawan war leichenblass unter dem Schmutz, der seine Haut bedeckte. Er schien gar nicht mehr zu atmen. „Schneller, schneller“, drängte Daoud den Alten.

Dort, wo bei Gawan der Metallsplitter aus dem Nacken ragte, sickerte inzwischen kein Blut mehr hervor, und je blasser seine Haut wurde, desto mehr dunkelte das geronnene Blut ein. War er schon tot? Das wollte Daoud nicht akzeptieren. Immer wieder befahl er seinem Bruder, ja am Leben zu bleiben. „Wehe, du stirbst, das sage ich dir!“, rief er. „Du bleibst bei mir! Hast du gehört?“

Sie durchquerten die Muristan Road und kamen am Hotel Petra vorbei.

„Wird er sterben?“, fragte Daoud. „Er wird doch nicht sterben, oder? Stirb nicht, Gawan!“ Er schrie seinen Bruder an, als könne er es hören. Daouds Augen brannten noch vom Qualm der Detonation, und die Tränen gruben helle Furchen in den Schmutz auf seinem Gesicht. Gawan hatte sich so sehr vor der Bombe gefürchtet, hatte Angst gehabt, verletzt oder getötet zu werden. Warum musste das geschehen? Warum hatte er, Daoud, nicht besser auf seinen Bruder aufgepasst?

„Wohin gehen wir?“, fragte der Junge, dem es kaum noch gelang, seine Verzweiflung zu bändigen. „Gibt es denn keinen Arzt, der näher ist?“

„Keiner“, erwiderte der Gärtner. „Dein Bruder ist so schlimm verletzt, dass es in ganz Jerusalem nur einen gibt, der ihm helfen kann. Halte durch, und fürchte dich nicht.“

Daoud fürchtete sich aber doch. Er versuchte sich einzureden, er sei einfach nur wütend, aber er machte sich etwas vor. In Wirklichkeit war es panische Angst. Und der Gärtner durchschaute ihn wohl auch.

An der Ecke, wo das dreistöckige Hotel New Imperial stand, bogen sie rechts ab. Und dann waren sie auch schon fast am Lateinischen Patriarchat.

„Wir sind gleich da", sagte der Gärtner. „Lauf schon los, und sag Bescheid, dass wir kommen."

Das ließ sich der Junge nicht zweimal sagen. Er lief los. „Mein Bruder ist verwundet. Wir brauchen einen Arzt! Mein Bruder ist verwundet!" Er pochte wild an die Pforte.

Ein Mann in der braunen Kutte der Franziskaner kam zum Eingang.

„Was machst du hier, Junge?", fragte er. „Das hier ist keine Klinik."

„Doch, doch", rief Daoud. „Mein Bruder kommt gleich auf einer Schubkarre. Holen Sie schnell den Arzt!"

„Ich habe dir doch schon erklärt", sagte der Mönch und begann die Tür zu schließen, „dass wir kein ..."

„Was ist das für ein Lärm?", fragte Bruder Nathan, der auch zur Pforte gekommen war.

„Dieser Junge ..."

„Wir sind gekommen und wollen zum Arzt – sofort", rief Daoud. „Unser Weg war schon weit, und ihm geht es richtig schlecht."

Inzwischen war auch der Gärtner mit der Schubkarre eingetroffen, und Bruder Nathan beugte sich vor, um sich die Verletzungen anzusehen.

„Hilf ihnen, die Karre über die Schwelle zu heben, Bruder John", sagte Nathan. „Ich hole inzwischen den Arzt."

Daoud kam es vor, als würden Stunden vergehen, bevor Bruder Nathan wiederkam, Dr. Baruch an seiner Seite. In Wahrheit waren es aber kaum drei Minuten.

Dr. Baruch erkannte sofort, dass hier schnelles Handeln erforderlich war. Er bat Bruder Nathan, Daoud wegzubringen und ihm ein

Glas Wasser zu reichen. Zum Gärtner sagte er dann: „Der Junge muss sofort operiert werden. Es ist ein komplizierter Bruch, und wir müssen alles tun, damit die Wunde nicht septisch wird. Und der Metallsplitter liegt genau zwischen Arterie und Wirbelsäule. Da kann er uns jeden Augenblick unter den Fingern wegsterben. Die Operation ist äußerst heikel. Sind Sie der Vater?“

„Die beiden sind Waisen“, antwortete der Gärtner. „Aber ich werde anstelle seines Vaters antworten: Gehen Sie an die Arbeit. Und möge Gott Ihre Hände führen.“

19

Finsternis lag über Jerusalem. Der Strom war in der ganzen Stadt ausgefallen, und beim Schein einer Laterne und dem flackernden Licht einiger Kerzen, die eigentlich im Gottesdienst verwendet worden wären, versuchte Dr. Baruch das Leben des arabischen Jungen zu retten.

Gawan lag mit dem Gesicht nach unten auf einem Tisch, während Rachel dem Jungen ein mit Äther getränktes Tuch vor Mund und Nase hielt. Sie tat dies, weil – wie Dr. Baruch gewarnt hatte – schon der kleinste Muskelkrampf den Jungen umbringen konnte. Sie hielt außerdem seinen Kopf fest, während Dr. Baruch mit einem scharfen Rasiermesser den Metallsplitter herauszuoperieren begann. Das Metallteil hatte tatsächlich Rückgrat und Arterien nur um Millimeter verfehlt.

Lori Kalner bewies ihre Kaltblütigkeit, indem sie die Wunde mit einer Küchenzange offen hielt. Bruder Nathan, der aschfahl bei dem Anblick wurde, hielt die Laterne.

„Mehr Licht! Näher. Hier rüber", kommandierte der Doktor. „Ich kann nichts sehen!"

Der Franziskaner gehorchte sofort. Er bewunderte Dr. Baruch. Seine Antipathie von heute Morgen war längst gewichen.

Baruch redete ohne Unterlass mit dem bewusstlosen Jungen. Er machte ihm Mut zum Leben und forderte ihn auf, immer weiter zu atmen. Das Leben sei einfach zu wertvoll, um einfach so darauf zu verzichten. Er erzählte von seiner Kindheit in Prag und den glücklichen Tagen vor dem Krieg.

Rachel lauschte und lauschte dem Singsang seiner Worte. Sie kannte diese Stimme. Jetzt fiel ihr ein, wo sie sich schon einmal begegnet waren und welche schrecklichen Umstände sie zusammengeführt hatten. *Das SS-Bordell in Auschwitz!* Erinnerte sich Baruch an sie? Die Regeln damals waren streng und unerbittlich. Eine jüdische Hure, die schwanger wurde, musste mit ihrem Leben bezahlen. *Baruch kann sich sicher nicht mehr an mich erinnern - ein junges*

Freudenmädchen unter den Tausenden von Gefangenen, die ihm dort begegnet waren. Aber *sie* erinnerte sich durchaus an ihn und an seine Freundlichkeit, als sie an einer schweren Blutung nach der Abtreibung litt. *„Du sollst leben"*, befahl er mir damals. *„L'Chaim! Du warst gezwungen, Gott dein Kind zurückzugeben, sonst hätten sie dich beim kleinsten Verdacht umgebracht, mein Mädchen. Wir müssen überleben – für den Neuanfang! Denn wenn wir überleben, haben sie die Schlacht um unsere Seelen verloren. Es wird nicht auf ewig Nacht für uns bleiben!"*

Dr. Baruch nahm das Metallstück behutsam zwischen die Finger und blickte in die Runde. „Beten Sie!", forderte er die Anwesenden auf und machte sich bereit, den Bombensplitter herauszuziehen.

Baruch knurrte: „Halten Sie das Licht ruhiger! Ich habe keine Lust, ihm mit dem Splitter auch noch die Seele aus dem Leib zu ziehen. Nichts rührt sich mehr, außer meine Finger und dieses Ding!"

Rachel fixierte Baruchs Brillengläser, in denen sich das dramatische Geschehen spiegelte. Die Anspannung trieb ihm den Schweiß auf die Stirn. Er hatte wohl das Gefühl, dieses Ding aus seinem eigenen Herzen zu ziehen. „Nun komm schon. Komm schon. Ja! Ja!" Der Splitter bewegte sich. Blut sickerte aus der Wunde. Baruch biss die Zähne zusammen. „Gib's her, mein Junge. Ich will es haben. Na also. Ja, so ist es gut ..."

Der Franziskaner seufzte.

„Ruhe!", grollte Baruch. Dann redete er auf das Metallstück ein: „Du tust ihm nichts ... nicht ihm. *Er* wird *nicht* sterben! Komm schon. Komm heraus. Es klappt, Gawan! Du wirst leben! *L'Chaim!*" Ein letzter Ruck und das Metallstück war frei.

Rachel atmete deutlich hörbar aus, als habe sie längere Zeit die Luft angehalten. Aber nicht nur bei ihr wich die unerträgliche Anspannung.

„Das war's!", sagte Dr. Baruch und ließ das scharfkantige Stück Metall, das dem Jungen fast das Leben gekostet hätte, in einen Eimer fallen. „Gott sei Dank!" Er nahm die Flasche Scotch, die man aus dem Büro des Erzbischofs geholt hatte, und begoss die Wunde mit dem Whisky. „Jetzt reparieren wir noch den Arm, und dann können *wir* nichts mehr tun. Den Rest der Arbeit müssen wir einem anderen überlassen." Er sah Bruder Nathan an. „Ich gebe diesen Jungen in Ihre Obhut. Wenn er sich nicht erholt ... und nicht zu einem anständigen Menschen heranwächst, dann wird man Sie zur Rechenschaft ziehen. Klar?"

Bruder Nathan nahm die Herausforderung an und nickte. „Es war der Wille Gottes, dass sie herkamen ... und ich ... werde mich deshalb um dieses Kind kümmern."

„Und um seinen Zwillingsbruder, ja? Der hier starb fast dabei, als er Juden töten wollte. Sie müssen ihm zeigen, dass es auch noch einen anderen Lebenssinn gibt."

* * *

Daoud, der vor Anspannung am ganzen Leib schlotterte, fragte Dr. Baruch, als er herauskam: „Mein Bruder ... kommt er durch?"

Nachdem Bruder Nathan ihm die Frage übersetzt hatte, legte der Doktor ihm tröstend die Hand auf die schmächtige Schulter und beugte sich herab, um ihm in die Augen sehen zu können. „Erst mal ist dein Bruder über den Berg. Danken wir Gott dafür. Es ist gut, dass du ihn hergebracht hast. Aber es wird noch ein paar unruhige Tage geben. Heute solltest du ihn nicht mehr besuchen. Komm morgen wieder. Das Ganze hat ihn sicher schwer mitgenommen. Er ist doch ziemlich schwer verletzt. Dafür hast du sicher Verständnis."

Daoud streckte bettelnd seine Hand aus. „Gawan ist mein einziger Verwandter. Und Sie, Doktor, haben schon das erste Wunder getan. Bleiben Sie doch bitte, und kümmern Sie sich weiter um ihn!"

Baruch runzelte die Stirn. „Ich kann unmöglich bei deinem Bruder bleiben, Daoud. Es gibt noch viele andere mit Wunden, die vielleicht noch schwerer sind als Gawans. Sie werden sterben, wenn ich nicht komme."

„Aber Sie müssen bleiben, weil ich nicht bei ihm bleiben kann. Wenn ich nicht zu unserem Herrn zurückkehre, wird er uns finden und uns beide umbringen. Aber wenn Sie weggehen, bin ich sicher, dass Gawan einfach ins Paradies abhaut. Man sagt ... der Prophet sagt, dass es eine große Ehre ist, wenn man Juden umbringt. Er fliegt also direkt ins Paradies und wird dort von lauter Jungfrauen verwöhnt. Dabei glaube ich nicht, dass sich Gawan so viel aus den Jungfrauen macht. Wenigstens hätte er genug zu essen. Aber was soll *ich* tun, wenn er weg ist? Bitte, Sir, lassen Sie ihn nicht allein."

Bruder Nathan übersetzte Daouds Flehen Wort für Wort. Dann sagte er zum Doktor: „Ich werde dem Bengel klarmachen, dass Sie ein Jude sind. Das wird ihm schnell das vorlaute Maul stopfen."

Baruch entgegnete aufgebracht: „Vorlaut? Das ist nicht vorlaut. Er ist doch noch ein Kind, das nachplappert, was ihm in dieser Welt zu Ohren kommt. Wie sollte er in der Lage sein, einen Juden zu hassen, wenn es ihm andere nicht eingeredet hätten?"

Bruder Nathan war beschämt und konnte Baruch nicht in die Augen sehen. „Sie sind ein Mann mit einem guten Herzen. Gerade deshalb sollte er vielleicht wissen, dass Sie ein Jude sind. Er sollte erfahren, dass ein Feind das Leben seines Bruders gerettet hat."

„Wenn wir weg sind. Sagen Sie es ihm dann." Baruch tätschelte das schmutzige Gesicht des Jungen. „Ich werde für dich und deinen Bruder beten. Ich habe getan, was in meiner Macht stand, und Gawan ist jetzt in der Hand des lebendigen Gottes, der euch beide lieb hat. Mag unser Heiland euch behüten bis Friede unter den Menschen in ganz Jerusalem herrscht."

„Soll ich ihm das übersetzen?", fragte Bruder Nathan.

„Lassen Sie es lieber. Der Herr hat gehört, was mein Herz bewegt."

Daoud sah Nathan fragend an. „Sagt er, dass er gehen muss?"

Der Franziskaner antwortete: „Ja, Daoud. Es gibt noch so viele Verwundete, die seiner Künste bedürfen. Sie alle werden nicht überleben, sofern der Doktor heute Abend hier bleibt."

„Wohin geht er? Ich will bei ihm bleiben."

„Wohin er geht, kannst du nicht mitgehen."

Daoud hob resignierend die Hände. „*Inschallah!* So Gott will. Sagen Sie ihm, dass ich fünf Mal am Tag für ihn beten werde. Er soll dann an uns denken, wenn er den Muezzin hört. Sagen Sie ihm, dass er für mich und meinen Bruder von jetzt an unser Vater ist, denn er hat meinem Bruder das Leben zurückgeschenkt. Sagen Sie ihm, dass Daoud und Gawan, die keinen Nachnamen haben, von jetzt an seinen Namen mit Stolz tragen werden. Wie heißt eigentlich unser Vater?"

„Baruch – das bedeutet Lobpreis."

* * *

Lori saß auf Gawans Bettkante. Immer wenn er stöhnte, sprach sie freundlich auf ihn ein und strich ihm über Kopf und Hände.

Die Oberin brachte ein belegtes Brot und eine Tasse Tee. „Rachel ist drüben bei dem Baby", erzählte sie. „Sie hält es andauernd mit leuchtenden Augen auf dem Arm. Und die beiden Frauen unterhalten sich, als seien sie schon eine Ewigkeit Freundinnen. Wenn auch sie ihr Baby hat, wollen sie sich besuchen. Warum sind nicht alle Menschen Mütter? Dann würden keine Kriege mehr ausbrechen."

Lori lächelte und nahm die kleine Mahlzeit dankend an.

Die Mutter Oberin sagte: „Das ist das erste Mal, dass ich Sie lächeln sehe."

Sie holte sich einen Stuhl und setzte sich neben Lori. „Ich habe über das Problem nachgedacht, über das wir gestern geredet haben."

„Problem?" Lori überlegte krampfhaft, welches ihrer vielen Probleme sie wohl angesprochen hatten. Die Liste war ja eigentlich ellenlang. „Welches Problem?"

„Die Frage, die Sie mir gestern gestellt haben: Was wäre geschehen, wenn Joseph nicht auf den Engel gehört hätte?"

Lori versuchte ihre Erheiterung zu verbergen. Diese Frage gehörte nun absolut nicht zu ihren drängendsten Problemen. „Das wird man kaum beantworten können, oder?"

Die Nonne putzte ihre Brille an ihrer Schürze. „Das kann man so nicht sagen. Vielleicht braucht man nur Jahre, bis man eine Antwort findet."

„Hoffentlich bleibt uns die Zeit."

„Doch, ich glaube schon. Joseph floh, um den EINEN zu retten. Viele andere starben beim Kindermord in Bethlehem. Doch der eine wuchs heran, um für alle zu sterben. Wäre sein Vater nicht geflohen, hätte sein Sohn dies nicht tun können. Ist Gott nun ungerecht, weil er Jesus zunächst vorzog und rettete und die anderen unschuldigen Kinder nicht? Steckt vielleicht in allem, was geschieht, ein verborgener Sinn, den wir aber nicht immer gleich erkennen?"

„Das weiß ich eben nicht."

„Sie glauben, dass Sie ins Kloster kamen, um uns zur Flucht zu bewegen. Aber *Sie* sind jetzt auch hier. Sie haben geholfen, ein Baby auf die Welt zu bringen. Und der Doktor hat das Leben dieses Jungen gerettet."

„Wäre ich nicht hier gewesen, hätte es bestimmt eine andere getan."

„Aber es war nicht jemand anders. *Sie* waren es. Sie glauben, das Schicksal hat Sie durch Zufall nach dem Sturm in diesen Hafen getrieben, weil Gott, der Kapitän ihres Lebensschiffs, die Brücke verlassen hat. Er hat Sie im Stich gelassen. Das Gefühl haben Sie doch, oder?" Sie legte eine Hand auf Loris Arm. Was las sie in ihrer Miene? Tiefe Verbitterung? Groll? Abscheu vor einer ungerechten Welt? „Nein, Sie tun keinen einzigen Schritt, ohne dass der Herr mit Ihnen geht. Wir haben im Laufe vieler Jahre die Erfahrung gemacht, dass gerade das nach Gott hungernde Herz besonders an dieser Welt leidet."

„Ich glaube eigentlich nicht mehr daran, eine Lösung für mein Problem zu bekommen."

„Die Lösung ist, dass Sie die Bereitschaft aufbringen, das Leben zu leben, so, wie es nun einmal ist. Versuchen Sie sich immer gerade der Aufgabe zu stellen, die Gott Ihnen als Herausforderung in den Weg legt – ob es freudige Ereignisse sind oder gar Kummer, vor dem Gott Sie gerade nicht bewahrt. Er wird seine guten Gründe dafür haben, auch wenn wir seine Pläne nicht durchschauen können. Jedes Ereignis im Leben macht auf irgendeine Weise Sinn für die Ewigkeit, wenn Sie Gott lieben."

„Das fällt schwer zu begreifen, wenn das Leben so ohne erkennbares Ziel verläuft."

Die Nonne sah zu Gawan. „Sie haben eine besondere Liebe zu Kindern. Ich habe Sie heute beobachtet. Haben Sie selber welche?"

Lori zuckte zusammen. Das hatte sie zu dicht am Herzen getroffen. Woher wusste sie? „Nicht mehr."

„Sie haben das Gedicht von Rilke aufgeschlagen in der Bibliothek auf dem Tisch liegen lassen. *Sie kam den Hang herauf, schon schwer, fast ohne an Trost zu glauben, Hoffnung oder Rat.*" Sie tätschelte Loris Hand. „Ich habe eine schmerzende Wunde wieder aufgerissen. Vergeben Sie mir. Wenn man so lange Jahre mit Frauen zusammenlebt, bekommt man ein Gespür dafür, wenn andere etwas schwer bedrückt. Wir sind schließlich nicht als Nonne geboren worden. Wir wissen, was das Leben mit sich bringen kann."

„Ich weiß nicht, ob ich mich jemals damit abfinden werde."

„Resignation heißt aber in jedem Fall, dass man das Leben nicht als Herausforderung annimmt. Innere Leere ist nicht etwa ein Vakuum, meine Liebe. Der Raum ist mit Bitterkeit und Zorn ausgefüllt. Wir finden uns irgendwann damit ab, mit dieser Leere voller Groll zu leben – bis unser Garten mit Unkraut überwuchert wird. Aber wäre unser Leben nicht doch ein bisschen schöner ohne Groll – trotz aller Widrigkeiten? Kummer ohne Bitterkeit ist in der Summe weniger Leid. Hinzu kommt noch, dass immer dann, wenn wir unser eigenes Leid annehmen, wir zum Mitleid befähigt werden. Das meinte auch unser Herr, als er sagte: ‚*Selig sind, die da Leid tragen; denn sie sollen getröstet werden. Selig sind die Barmherzigen; denn sie werden Barmherzigkeit erlangen.*'

„Es bleiben immer noch so viele Fragen."

„Sie müssen sich auf den Weg machen. Wir alle haben die gleiche Reise vor uns. Doch sofern wir keine Fragen haben, werden wir sie niemals antreten. Gerade wenn wir glauben, alle Antworten zu haben, werden wir übermütig und arrogant, und wir verirren uns mit unserer vorgefassten Meinung."

„Aber was meinem Kind geschehen ist, ist keine erhabene Allegorie. Sein Tod ist real und so banal zugleich."

„Ja. Wir leben in dieser dinglichen Welt. Gerade heute sind wir durch ein ganz reales finsteres Tal geschritten. Aber gleichzeitig haben wir doch auch den sanften Flügelschlag der Engel um uns gespürt. Solange wir in unseren irdischen Körpern leben, bleibt uns so vieles in der unsichtbaren Welt um uns herum verborgen. Aber das bedeutet nicht etwa, dass es diese geheimnisvolle Welt nicht gibt. In einem bin ich mir ganz sicher: Sie werden eines Tages Ihr Kind wieder sehen. Die Schrift sagt, dass all jene, die vor uns aus dem Leben geschieden sind, zu der Wolke von Zeugen gehören, die uns einst jubelnd begrüßen werden. Verzweifeln Sie nicht daran, dass Gott Sie für würdig befunden hat, Ihnen ein zum Mitleid fähiges Herz zu schenken."

Sie blickte zu dem schlafenden Jungen. „Sie haben ja bereits Ihr Leid in Mitleid verwandelt. Setzen Sie Ihre Fähigkeit zu trauern dafür ein, anderen ihre Trauer zu erleichtern. Dann werden sie erfahren, was das Herz Jesu ist. Wenn Sie darüber einmal in Ruhe nachdenken, werden Sie zu ahnen beginnen, warum Gott Sie auf diese Pilgerreise in die Heilige Stadt geschickt hat." Aus der Seitentasche ihres Ordenskleides zog die Nonne das Büchlein mit Rilkes Gedichten und ein in schwarzes Leder gebundenes Buch hervor, auf dessen Rücken in Goldschrift DIE HEILIGE SCHRIFT stand. Es war eine deutschsprachige Lutherbibel.

„Für Sie", sagte die Nonne und überreichte Lori die Bibel als Geschenk. „Ich habe die Bücher mitgenommen."

„Aber ich ..."

„Sie müssen es annehmen. Deutsch ist Ihre Muttersprache, nicht wahr?"

„Es ist schon so lange her."

„Lassen Sie diese Worte wieder zu Ihrem Herzen sprechen, so, wie Sie sie bereits in Ihrer Wiege gehört haben. Pfingsten heißt, in allen Sprachen die frohe Botschaft zu vernehmen!"

Die fromme Frau küsste Lori auf die Wange. „Möge der Herr mit Ihnen sein."

* * *

Dr. Baruch spähte durch einen Türspalt nach draußen in die dunklen Straßen. „Im Augenblick scheint alles ruhig zu sein", sagte er. „Ich glaube, wir sollten die Gelegenheit nutzen."

Lori und Rachel, die hinter ihm standen, stimmten zu.

„Wie können Sie nur hoffen, durch die Absperrungen der Moslems zu kommen?", fragte Bruder Nathan. „Bei uns sind Sie in Sicherheit. Und Sie können hier bleiben. Vielleicht können Sie bei uns sogar mehr helfen."

Baruch schüttelte den Kopf. „Im jüdischen Viertel sterben Menschen", sagte er. „Wir haben schon einen langen Weg hinter uns. Da werden wir das letzte Stück auch noch schaffen."

„Ich denke", sagte Bruder Nathan vorsichtig, denn er wusste nicht, ob sein Rat willkommen war, „dass es am besten ist, wenn Sie sich nördlich des armenischen Viertels halten. Nach den Kämpfen und den Bränden, die dort gewütet haben, gibt es zwischen all dem Schutt und den Ruinen vielleicht doch noch einen Durchschlupf, der unbewacht ist."

Dr. Baruch zuckte die Achseln. Niemand wusste genau, wie die Lage war.

Die Mutter Oberin kam mit einer prall gefüllten Reisetasche, die sie sogleich Lori übergab. „Bruder Nathan und ich wollen Ihnen herzlich für Ihren Einsatz danken. Sie haben sich wirklich für Ihre Patienten hier aufgeopfert. Als die Briten abzogen, haben sie eine Menge Material zurückgelassen. Ganz besonders wertvoll ist natürlich die medizinische Ausrüstung."

Lori öffnete die Tasche und sah, dass sie viele nützliche Dinge enthielt: Dosen mit Sulfonamiden für die Wundbehandlung, Morphiumampullen, Verbände, Kompressen, Schienen und einen Kanister mit Chloroform zur Betäubung.

Lori umarmte die Mutter Oberin. „Würden Sie mir noch einen Gefallen tun?", fragte sie.

„Gewiss, mein Kind. Worum handelt es sich?"

„Bestellen Sie Ihrem Gärtner noch einen herzlichen Gruß von mir. Seine ruhige Art hat mir sehr geholfen, gelassener zu bleiben. Es war schön, dass er dabei war."

Die Mutter Oberin runzelte die Stirn. „Ich weiß nicht, was Sie meinen. Wir haben keinen Gärtner. Wir versorgen unseren Garten selber."

* * *

Man sollte ihn für einen arabischen Händler mit seinen zwei Frauen halten. Doch Dr. Baruch war sich bewusst, dass es zu dieser späten Tageszeit arabische Ehemänner kaum mit ihren Frauen auf die Straßen der Altstadt trieb. Deshalb huschten sie von Schatten zu Schatten und Nische zu Nische. Die Gassen und Straßen waren menschenleer. Hatten sich denn alle Bewohner dieses Viertels aus dem Staub gemacht?

Sie hatten sich kaum ein paar hundert Meter vom Patriarchat entfernt, als Dr. Baruch orientierungslos stehen blieb. „Wie sollen wir uns denn in diesem Gewirr zurechtfinden?", fragte er.

„Ich kenne mich noch ganz gut aus, deshalb kann ich vorangehen", bot Rachel an. „Wir werden am wenigsten Aufsehen erregen, wenn wir durch die Souks gehen."

Es lag eine atemlose Stille über Jerusalem. Niemand wusste, was die nächsten Stunden, die nächsten Tage bringen würden. Selbst die sonst übliche Betriebsamkeit in den Souks wirkte gedämpft und von der allenthalben zu spürenden Spannung unterdrückt.

„Wo sind wir?", fragte Dr. Baruch.

Rachel sah sich um und erkannte an einem Torbogen, wo sie sich befanden. „Das ist das Marientor an der Westseite der Basilika des Heiligen Grabes", sagte sie. „Von hier aus gehen wir zunächst nach Westen und dann wieder nach Süden."

* * *

Im Gebäude der Stadtverwaltung drängten sich die Männer, die sich für den Angriff aufs Jaffator vorbereiteten. Mit eiserner Miene überprüften die Kämpfer der Haganah ihre Maschinenpistolen und Granaten. Eine grüne Leuchtkugel sollte signalisieren, dass die erste Welle mit ihrem Angriff Erfolg gehabt habe und dass der Zugang zur Zitadelle frei sei.

Der eigentliche Vorstoß der Haganah sollte dann dem Inneren der Zitadelle und den beiden flankierenden Türmen des Jaffatores gelten.

Man hoffte, dass die der Ablenkung dienenden Angriffe auf das Neue Tor und das Zionstor die arabische Verteidigung zersplittern würden. Alles hing jedoch davon ab, ob es gelingen würde, das Gitter vor dem Geheimgang zu sprengen.

Um genau zwei Minuten nach Mitternacht erhielten Corporal Jakob Kalner, Daniel Caan, Captain Isaacson und die anderen vom Nachschub-Kommando, die bei der ersten Welle mitmachen sollten, den Befehl zum Aufbruch.

Auf Anordnung von Major Luke Thomas bestiegen sie einen gepanzerten Bus. Doch bevor Isaacson einsteigen konnte, hielt Thomas ihn auf. „Ich habe etwas für Sie", sagte er und hielt Isaacson einen in Leinen gewickelten Gegenstand hin.

Jakob, der hünenhafte Äthiopier und Alfie, der stolz sein Funkgerät auf dem Rücken trug, stiegen derweil ein und hörten, was Thomas mit dem Captain besprach.

„Was ist das?", fragte Isaacson unwirsch. „Wir könnten eine Bazooka gebrauchen. Aber das da sieht nicht schwer genug dafür aus."

„Es ist eine Fahne", erwiderte Thomas. „Sie soll auf dem Davidsturm wehen, wenn Sie ihn eingenommen haben. Gott sei mit Ihnen!"

Isaacson zog die blau-weiße Flagge aus ihrer Hülle und wickelte sie sich um die Hüfte. „So kann sie wenigstens nicht verloren gehen", sagte er und salutierte.

Der Angriffsplan war eigentlich recht simpel: Zwei Schützenpanzer mit MGs und das Kommandofahrzeug von Luke Thomas sollten vor dem Jaffator in Stellung gehen, um durch Beschuss der Wehrgänge auf den Türmen einem Bus Feuerschutz zu geben. Mit ihm sollten Pioniere herangeführt werden, die das Gitter vor dem Geheimgang sprengen sollten, so dass israelische Soldaten in das

Innere der Zitadelle gelangen konnten. Das würde einen Überraschungseffekt haben, weil die Haganah auf diese Weise die arabischen Verteidiger von hinten angreifen konnte, während weitere Truppen von außen das Durcheinander nutzen konnten, um den Hauptschlag gegen das Tor zu führen.

In dem nur spärlich beleuchteten Bus überprüfte Jakob noch einmal sein automatisches Gewehr. Währenddessen musste er ständig an Lori denken. Wie würde sie die Nachricht aufnehmen, dass er gefallen sei? Wäre sie überhaupt jemals in der Lage, ihm zu vergeben? Sicher würde sie nach London zurückkehren und ihr Leben ganz von vorn beginnen. Und ihren Kindern würde sie eines Tages erzählen: „Ich hatte mal einen jüdischen Mann. Er war ein idealistischer Narr. Ich bin ihm nach Israel gefolgt. Aber schon drei Tage nach unserer Ankunft ist er beim Angriff auf das Jaffator gefallen." Ganz bestimmt würde sie wieder heiraten und Kinder haben. Er aber würde nach und nach in ihrer Erinnerung verblassen.

Die ersten Schüsse, die von Major Thomas' Fahrzeug abgefeuert wurden, rissen Jakob aus seinen Gedanken. Der Wagen raste auf das Tor zu, während der Schütze auf die Zinnen der Türme feuerte, sobald er irgendeine Bewegung im Schein der gleichzeitig abgefeuerten Leuchtraketen bemerkte.

Von oben erscholl der Ruft: „Die Juden greifen an!" Und Männer liefen hinter den 400 Jahre alten Zinnen halb bekleidet zu ihren Waffen, um ihre Gewehre abzufeuern. Das Mündungsfeuer, das ihre Gesichter in kurzen Abständen aufleuchten ließ, gab den jüdischen MG-Schützen die Gelegenheit, ihr Ziele recht präzise zu erfassen.

Durch den Sehschlitz im Fenster konnte Jakob gerade noch beobachten, wie ein arabischer Scharfschütze getroffen vom Turm stürzte und auf das Pflaster vor dem Jaffator prallte. Unwillkürlich dachte Jakob an die Worte in Psalm 46, die ihn sein Großvater während der schlimmen Jahre in Berlin gelehrt hatte:

Gott ist unsre Zuversicht und Stärke,
eine Hilfe in den großen Nöten, die uns getroffen haben.
Darum fürchten wir uns nicht,
wenngleich die Welt unterginge
und die Berge mitten ins Meer sänken ...

Als der Bus seine Position erreicht hatte, stürmten die Männer von der Haganah hinaus und rannten aufs Tor zu. Jakob schöpfte Hoffnung. *Vielleicht klappt es ja doch!* Sollten sie das schwach besetzte Tor nehmen können, ohne durch den Geheimgang vordringen zu müssen?

Dann aber begannen die Araber mit dem Gegenangriff. Mit Kerosin getränkte Zeitungsbündel wurden entzündet und von den Wehrgängen hinabgeworfen. Noch im Flug gingen die Bündel explosionsartig in Flammen auf und landeten, lichterloh brennend, am Boden. Als Jakob aus dem Bus stieg, empfing ihn ein Lichtschein, der fast heller war als Tageslicht. Von der Mauerkrone schwirrten bereits gezündete Dynamitstangen den Angreifern entgegen.

Wenngleich das Meer wütete und wallte
und von seinem Ungestüm die Berge einfielen.
Der HERR Zebaoth ist mit uns,
der Gott Jakobs ist unser Schutz.

Die arabischen Kugeln, die bislang ungezielt in die Dunkelheit abgefeuert worden waren, richteten sich plötzlich auf einzelne Personen. Und so musste Jakob mit ansehen, wie einige Kameraden getroffen zu Boden sanken. Nur Daniel Caan lief tapfer weiter auf das Tor zu.

Der Letzte der Caans! Viel zu jung, Gott, um auf diese Weise zu sterben! Im Schein der lodernden Feuer und fahlweißen Leuchtraketen wirkte Daniels Gestalt so irreal wie ein Held auf Zelluloid.

Immer mehr Einschläge, Blitze, Getöse, pfeifende Patronen und überall Feuer. Jakob drängte zurück in den Bus, aber andere, ebenfalls von Panik ergriffen, waren vor ihm, behinderten sich gegenseitig, verstellten den Zugang. Jakob war gefangen auf den Stufen, konnte weder vorwärts noch rückwärts.

Kugeln durchschlugen das Dach, schlugen ein in Soldaten überall. Sie starben im Stehen, im Gedränge „Fahr los!", brüllte Pinky.

„Geht nicht", rief Chaim zurück. „Der Schützenpanzer blockiert den Weg.

Jetzt werden wir doch noch alle draufgehen ...

Das Fahrzeug, in dem sich der kommandierende Major befand, hatte sich rechts vom Tor postiert. Sein MG schoss die Gurte leer. Doch die Geschütze des anderen gepanzerten Wagens, der allen anderen im Weg stand, blieben stumm – sowohl die 20-Millimeter-Kanone als auch das MG.

Wie wird sie reagieren, wenn sie ihr die Nachricht überbringen ...

Pinky, der in dem Gedränge gefangen war, befahl: „Jemand muss hin und das dumme Ding aus dem Weg räumen!"

„Ich gehe!" Es war Jakob, der sich freiwillig meldete. „Pass auf dich auf", rief er Alfie zu, der ganz hinten im Bus eingepfercht stand.

Lori! Lori! Der Herr der Heerscharen ist ... mit uns ...

„*Allahu akbar!* Schlachtet die Juden!", schrie jemand von oben.

Jakob stolperte über die Leichen der Gefallenen.

Wie wird sie reagieren, wenn sie ihr mitteilen ... wie ich gestorben bin ...?

* * *

Der Souk der Kerzenmacher war ungewöhnlich leer, als Rachel, Lori und Dr. Baruch ihn verließen. Es brannten keine Wachsstöcke wie sonst und es waren auch kaum Kunden zu sehen. Trauten sich die Bewohner Jerusalems etwa nicht mehr, die Nacht zu beleuchten?

Rachel fragte sich, ob das Böse so viel Macht habe, dass es sich so einfach des Lichtes bemächtigen könne. In der Muristan Road konnte man jedenfalls auf diesen Gedanken kommen. Zur Zeit der Türkenherrschaft wäre niemand bei Nacht durch diese Straße gezogen, denn sie diente damals als eine Art Müllkippe, wo man Tierkadaver und allen möglichen Unrat hinwarf.

Endlich erreichten sie die Street of David, und die Stimmung wechselte. Das unheimliche Gefühl, von finsteren Mächten belauert und umschlichen zu werden, wich, aber dafür drohte nun umso handfester und realer ein Maschinengewehr, das auf einen LKW montiert war. Allerdings raste das mit einigen Männern besetzte Fahrzeug an ihnen vorbei.

Jetzt hörten die drei nächtlichen Wanderer auch, was in der engen Gasse kaum an ihr Ohr gedrungen war. Im Westen wurde geschossen. Und zwischen dem Lärm der Waffen waren, zwar nur leise, menschliche Stimmen zu hören – Schreie und Rufe. Leuchtraketen tauchten den westlichen Himmel in fahles Licht. Sirenen heulten, und aus allen Richtungen erscholl der Ruf: „Zu den Mauern! Die Juden greifen an!"

Immer wieder hasteten Pulks von Dschihad-Moqhaden im Laufschritt an ihnen vorüber in Richtung Jaffator.

„Offenbar greift die Haganah die Zitadelle an", sagte Baruch. „Beeilen wir uns. Vielleicht kommen wir bei diesem Durcheinander leichter ins jüdische Viertel."

Aber auch aus Richtung der jüdischen Exklave war Gewehrfeuer zu hören. „Die schießen überall!", sagte Lori.

„Man wird auch gleichzeitig das Zionstor und das Neue Tor angreifen", meinte Baruch. „Damit beschäftigt man die Moslems. Wo geht's lang, Rachel?"

„Geradeaus, glaube ich jedenfalls."

Drei arabische Freischärler mit Gewehren über den Schultern kamen vorbei. „Komm mit, Bruder", riefen sie Baruch zu. „Komm und hilf uns, die Juden zurückzuschlagen."

Der Doktor sah ihnen nachdenklich hinterher.

20

Mosche und die Soldaten der Haganah standen bereit, aus dem jüdischen Viertel auszubrechen und die Kirche St. Jakobus wieder einzunehmen. Aus drei Himmelsrichtungen gleichzeitig war Kampfgetümmel zu hören. Das Grollen der Geschütze hallte an den Mauern des Tempelberges wider und kehrte so als Echo in die Altstadt zurück. Die Irgun im Norden am Neuen Tor, die Haganah im Westen am Jaffator und die Palmachniks im Süden am Zionsberg – alle rückten sie gleichzeitig vor.

Nur im Osten blieb alles ruhig. Dort erhellten keine Leuchtkugeln den Himmel. Am stärksten hallte der Kriegslärm vom Zionsberg her. Dort detonierten die meisten Granaten.

„Jetzt!", rief Mosche, der eben noch mit seinen Kameraden hinter der Barrikade gekauert hatte. Die zwanzig Männer entsicherten ihre Gewehre und stürmten über die Batei Mahase Street. Dann bogen sie links ein und feuerten auf eine Gruppe von Dschihad-Moqhaden, die völlig überrumpelt wurden. Sie zogen sich sofort zurück und riefen: „*Chatar!* Achtung, die Juden brechen überall durch."

Dov winkte den Männern seiner Gruppe und führte sie in die Ararat Road mit den verkohlten und zerfallenen Häusern. „Gideons Trick mit den 300 Männern wirkt offenbar noch immer", sagte er.

* * *

Achmed al-Malik wanderte hektisch auf der Mauer des Jaffatores umher. Immer wieder ermunterte er seine Männer, sich nicht um den Kugelhagel der Juden zu kümmern und die Angreifer zur Hölle zu jagen. „Ziel genauer!", brüllte er einen seiner Kämpfer an, der sich kaum hinter einem Mauervorsprung vorwagte und deshalb wahllos in die Luft schoss. „Idiot!", brüllte al-Malik und schlug dem Mann mit der Faust auf den britischen Stahlhelm aus dem ersten Weltkrieg. Trotzdem traf der Mann, der vor Angst bebte und schlotterte, kein einziges Mal.

„Hirnloser!", brüllte al-Malik noch einmal und entriss dem Mann das Gewehr.

„So macht man das", rief er und zielte auf einen Juden, der gerade aus der Deckung des Busses sprang. Al-Malik wartete drei Sprünge von ihm ab und feuerte dann, worauf der Mann die Arme hochriss und tot umfiel.

„Nun bist du dran!", sagte al-Malik und drückte das Gewehr dem Mann wieder in die Hand.

Kasim Dajani kam aus der Stadt und bereitete trotz seiner Verbände eine Bombe vor, die er die Mauer hinabwerfen wollte. Zu ihm sagte al-Malik: „Diese dummen Kameltreiber denken doch tatsächlich, sie gewinnen, wenn sie mehr Patronen verschießen als die Juden."

Dajani grunzte: „Es ist nur gut, dass wir genug Munition haben. Diese Juden lassen sich nicht so einfach erschießen."

Trotz Dajanis selbst gebastelter Bomben und trotz des heftigen Feuers der arabischen Schützen war die erfolgreiche Verteidigung des Jaffatores noch lange nicht sicher.

Überall auf dem Wehrgang lagen tote und verwundete Freischärler. Doch trotz dieser Verluste ließ das Feuer von der Mauer nicht nach, denn immer wieder neue Kräfte ersetzten die ausgefallenen Kämpfer.

Kasim Dajani fluchte, weil eine seiner Bomben nicht zündete. „Hol Nachschub. Wir werden diese ungläubigen Juden noch wie die Hasen laufen sehen", befahl er Daoud, der ihn begleitete.

„Wir haben keine Bomben mehr", sagte der Junge.

„Was ist denn das für ein Unsinn!" Dajani sah Daoud mit hochrotem Gesicht an. „Wir haben noch ganz viele Kisten mit Sprengstoff."

„Als ich vorhin bei unserem Jeep war, standen keine mehr dort. Wahrscheinlich haben sich noch andere bedient."

„Auch am Zionstor und am Neuen Tor müssen Angreifer zurückgeschlagen werden", sagte al-Malik. „Überall wird heute Nacht Sprengstoff gebraucht."

„Idioten!", brüllte Dajani. „Wenn wir die Juden hier nicht aufhalten können, dann sind auch die anderen Teile der Mauer verloren. Lauf, Daoud, mach Najid, dieser lahmen Schnecke, Beine. Er weiß, wo die Benzinbomben versteckt sind. Die bringst du mir dann."

* * *

Jakob versuchte, den im Weg stehenden Schützenpanzer so schnell wie möglich zu erreichen. *Nur zwei Meter! Jesus! Gott!* Wenn ich doch nur den Geschützturm erreichen könnte!

Von oben schrie ein Freischärler: „*Alihu itbach al Jahud!* Schlachtet die Juden!" Worauf er ein paar zusammengebundene Dynamitstangen mit brennender Zündschnur in Richtung Schützenpanzer warf.

Jakob warf sich zu Boden, denn jeden Augenblick musste das Ding hochgehen. *Bei dir finde ich Zuflucht, o Herr...* Die Dynamitstangen prallten auf den Turm des Panzers, glitten ab und landeten direkt vor dem Fahrzeug auf dem Boden. *Sei mein Fels ...* Es flogen noch ein paar Funken, aber dann erlosch die Zündschnur, ohne dass es zur Explosion kam.

Erlöse mich Herr aus der Hand meiner Feinde ...

Jakob hockte hinter dem Fahrzeug und spähte durch die Räder hindurch nach vorn. Als er sicher war, dass der letzte Funke verglüht war, richtete er sich auf und schlug gegen die Heckklappe, aber alles blieb still im Innern. Eine Kugel pfiff an seinem Ohr vorbei. *Jesus! So weit habe ich es doch geschafft. Sollte es jetzt noch schief gehen?*

„Beeil dich!", rief jemand vom Bus her. „Die bringen uns hier noch alle um!"

Jakob öffnete die Klappe, und ein toter Haganah-Offizier fiel ihm sogleich in die Arme. Auch der Funker war tot. Der Schütze lebte noch, blutete aber aus Mund und Ohren und blickte Jakob mit glasigen Augen an. Jakob erwartete, dass auch der Fahrer tot sein müsse, doch als er sich durch das Gewirr von Stahl, Kabeln und zerborstener Inneneinrichtung nach vorn gearbeitet hatte, stellte er fest, dass der Mann noch lebte und im Sitz des Kommandanten, kauerte, eingepfercht zwischen Stahl und Todesangst.

„Fahren Sie das Ding weg", befahl Jakob. „Machen Sie den Weg frei!"

Der Fahrer stammelte nur: „Alle tot, alle tot ..."

Eine weitere Explosion erschütterte das Fahrzeug, worauf es sich plötzlich nach der einen Seite neigte und schräg stehen blieb. Zwei Reifen waren zerfetzt worden. *Erlöse mich, o mein Gott!* „Fahren Sie weg!", wiederholte Jakob. „Sie sind noch Schuld daran, dass wir und die Leute im Bus umgebracht werden!"

„Ich kann nicht", sagte der Fahrer schwach. „Es funktioniert nicht."

Unwillig zog Jakob den kraftlosen Mann aus dem Sitz und legte ihn neben den sterbenden Schützen.

Der Motor lief noch immer, und das Fahrzeug wippte, als Jakob am Lenkrad kurbelte. „Versuchen Sie, das Geschütz klarzumachen", sagte Jakob, doch niemand war mehr da, der ihn hören konnte. Der verletzte Kommandant sprang nämlich in diesem Augenblick aus der Heckklappe, und sein Todesschrei hallte im Innern des Panzers.

Als Jakob den Motor hochdrehte, füllte sich der Innenraum sehr schnell mit dichtem Qualm. Es roch nach verbranntem Öl und nach Blut. Mit aller Kraft versuchte die aufheulende Maschine, das Ungetüm trotz der beiden geplatzten Reifen in Bewegung zu setzen. *Um deines Namens willen, führe und leite mich ...* Ganz langsam setzte sich der schwere Schützenpanzer in Bewegung und begann wegen der unterschiedlichen Bereifung einen Kreis zu fahren. Aber damit wurde wenigstens die Straße frei.

* * *

Zu der Zeit, da sich die Fahrzeuge der Haganah am Jaffator festfuhren, begann der Angriff des Palmach. Die arabischen Freischärler, die die Gebäude auf dem Zionsberg besetzt hatten, waren schnell verjagt und flohen durch das Zionstor in die Altstadt.

Gleichzeitig schwärmten Mosches Männer aus dem jüdischen Viertel aus und begannen, das armenische Viertel zu besetzen. Bald hatten sie die Kornmühle und die Kreuzfahrerkirche wieder eingenommen. Schließlich umstellten sie auch noch die St. Jakobskirche.

Wie Mosche vorausgesehen hatte, bewirkten der gleichzeitige Angriff des Palmach außerhalb der Mauern und der Ausbruch aus dem jüdischen Viertel, dass sich die arabischen Freischärler als die Umzingelten fühlten. Und so flohen viele ihrer Kämpfer vom Zionstor, weil sie fürchteten, eingekesselt zu werden.

Plötzlich sah es sogar fast so aus, als würde das Ablenkungsmanöver am Zionstor erfolgreicher sein als der Hauptangriff der Haganah und der Durchbruch durchs Zionstor in die Altstadt kurz bevorstehen.

* * *

„Wir müssen näher heran und ihnen Feuerschutz geben", sagte Major Thomas zu seinem Fahrer. „Sonst kommen die im Bus noch alle um." Er versuchte, den anderen Schützenpanzer über Funk zu erreichen: „Kalner! Hören Sie mich, Kalner!"

Aber es kam keine Antwort.

Plötzlich verstummte das MG oben im Turm des Panzerwagens. Thomas sah besorgt hinauf, und einen Augenblick später glitt der Schütze von seinem Sitz und fiel dem Major direkt in die Arme. Der Hals des Toten war durchschossen.

„Stellen Sie sich neben den Bus", befahl Thomas seinem Fahrer, während er in den Turm hinaufkletterte und die blutverschmierten Griffe am MG packte. Er zielte auf die Schießscharten der Zitadelle und feuerte eine längere Salve. Die Araber, die sich inzwischen auf den voll besetzten Bus und den festsitzenden Panzer eingeschossen hatten, wurden von diesem Angriff vollkommen überrascht. Immer wieder flogen dort oben die Gewehre der tödlich Getroffenen in die Luft. Und während der Panzer auf den wartenden Bus zufuhr, beharkte Major Thomas mit seinem MG ununterbrochen die Mauern. Doch sobald ein Feind hinter einer Schießscharte ausgeschaltet worden war, kamen zwei weitere, um seinen Platz einzunehmen.

Plötzlich ein Flackern auf der Mauer. Im Schein der lodernden Lunte ein Flasche. *Sie werfen Molotowcocktails, und Kalners Panzer ist ihr Ziel!*

Es dauerte unendlich lange, bis Luke Thomas das Ziel mit seinem MG endlich erfasst hatte. Nur einen Augenblick, bevor der Werfer seinen Arm vorschwingen konnte, fanden die Kugeln des Majors ihr Ziel. Die brennende Bombe fiel nicht nach vorn, sondern nach hinten auf die arabische Seite, wo sie mit einer Stichflamme explodierte, die noch über die Mauerkrone schlug.

In diesem Augenblick versagte das MG. Thomas versuchte noch, mit kräftigen Schlägen die Ladehemmung zu beseitigen. Aber nichts tat sich mehr.

* * *

Die Einnahme des Zionsberges durch den Palmach erinnerte an Gideons mitternächtliche Schlacht mit den Philistern, wie sie in der Bibel beschrieben wird.

Araber erschossen Araber in Panik. Mörsergranaten vom Zionstor flogen nicht weit genug und trafen die eigenen Leute, die gerade auf der Flucht waren und hinter dem Tor Schutz suchen wollten.

Überall erscholl der Ruf nach Sanitätern. Zwar hatte das sechzigköpfige Palmach-Kommando unter Commander Nachasch den Verlust von zehn Männern zu beklagen, so dass für den Kampf nur noch fünfzig Mann übrig blieben, doch unter den Kämpfern des Heiligen Krieges waren die Verluste ungleich höher. Über hundert Gefallene lagen zwischen dem Berg Zion und dem Zionstor.

Überall auf dem Berg wehten weiße Fahnen. Aus den Fenstern wurden Laken und Hemden gehalten. Und in Ermanglung anderer Materialien, zog so mancher Araber sein Obergewand aus, um es als Signal der Aufgabe aus den Türen oder Fenstern zu halten. Überall wurden unter dem Jubel der jüdischen Kämpfer arabische Gewehre zu Boden geworfen, und die Aufrufe zur Kapitulation befolgten die

Besiegten mit Betteln und Flehen um Gnade. Das Kriegsglück für die Männer vom Palmach hatte sich auf wunderbare Weise gewendet.

* * *

Mosche, der dicht am Mauerwerk zwischen zwei Flügeln der kreuzförmig gebauten St. Jakobskirche kauerte, rief Jakov zu sich. „Du sollst in die Hurva eine Nachricht überbringen."

„Für den Funker?"

„Genau. Sag Jehudit, sie soll zusehen, dass sie mit Schaltiel sprechen kann. Er soll wissen, dass die Moslems den Zionsberg aufgegeben haben und dass das Zionstor nur schwach verteidigt wird. Er soll sofort Verstärkung zum Zionsberg schicken. Alles mitbekommen?"

„Schaltiel ... Zionstor ... mehr Männer zum Zionsberg. Ich laufe so schnell ich kann."

„Guter Junge", sagte Mosche und gab, nachdem er aufgestanden war, Jakov einen Klaps auf die Schulter. „Lauf schnell, aber sei trotzdem vorsichtig!"

* * *

Daoud fiel auf die Knie und weinte. Er schlang seine Arme um die eigenen Schultern und ließ sich nach hinten fallen, bis er mit dem Rücken an einer gemauerten Brüstung lehnte. Gerade hatte er mit Benzin gefüllte Olivenölflaschen abgeliefert.

Ein Freischärler hatte ihm eine aus der Hand gerissen und entzündet. Doch gerade in dem Augenblick, da er seinen Arm erhob, um den Molotowcocktail zu werfen, wurde sein Kopf von Kugeln durchsiebt.

Das Blut spritzte und besudelte Daoud über und über. Gleichzeitig fiel die Flasche nach hinten und explodierte auf der arabischen Seite der Mauer mit einer Stichflamme, von der ein paar Moslems erfasst wurden. Sie liefen als lebende Fackeln schreiend und brennend umher.

Das war gerade vor ein paar Minuten geschehen. Jetzt aber saß Daoud zusammengekauert in einer Ecke und schluchzte, wobei sein Wimmern im lauten Kriegsgetümmel unterging.

Plötzlich ein Fußtritt. Kasim Dajani trat auf ihn ein, und als der Junge nicht gleich reagierte, schlug er ihm noch zweimal ins Gesicht. Daoud sah auf und blickte in das verbundene Gesicht seines Peinigers, das ihm hohläugig wie ein Totenkopf vorkam. „Steh auf!", brüllte der Mann. „Hier gibt es nichts zu flennen. Hol mir noch neue Cocktails."

Daoud schüttelte den Kopf. Es war ein schwacher und vergeblicher Versuch, sich aufzulehnen. Dajani trat wieder nach ihm. „Willst du, dass die Juden durchs Tor brechen?", fragte er. „Du solltest vor mir mehr Angst haben als vor den Kugeln der Juden. Wenn du nicht sofort abhaust, tränke ich dich mit Benzin und werfe dich eigenhändig über die Mauer."

Daoud stand auf und stieg die Treppe von der Mauer hinunter in den Hof der Zitadelle. Dabei hielt er sich sein Kopftuch vors Gesicht, denn unten brannte noch immer heiß und erstickend das Benzin aus der Flasche.

Kurze Zeit später tauchte Daoud wieder bei Dajani auf. Er wirkte noch bleicher als vorher. „Die Bombe!", rief er ganz außer Atem.

„Was ist los?"

„Eine ist hochgegangen. Sechs Männer sind verbrannt!"

Das brachte selbst Dajani aus der Fassung. „Das ist Mist! Kein Dynamit mehr und nur noch vier Benzinbomben übrig. Wir müssen uns also gut überlegen, wo wir sie einsetzen." Er spähte vorsichtig durch eine Schießscharte, um sich seine Ziele auszusuchen.

* * *

Jakob beobachtete durch den rückwärtigen Sehschlitz, was sich hinter ihm tat. Der Schützenpanzer mit Major Thomas war neben den Bus gefahren, und die Soldaten, die sich darin befanden, sprangen nun heraus und suchten sogleich Deckung entweder unter dem Bus oder hinter dem Schützenpanzer des Commanders. Jakob hatte sich in seinem Panzer ganz still verhalten, so dass die Freischärler oben auf der Mauer mittlerweile glaubten, er sei tot. Wie aber konnte *er* sich nur nützlich machen? Es würde den Soldaten hinten am Bus schwer fallen, sich unbemerkt bis an den vergitterten Einstieg in den Geheimgang vorzupirschen, um ihn zu sprengen.

Jetzt fiel ihm das Bündel Dynamitstangen wieder ein, das von seinem Panzer abgeprallt war und nicht gezündet hatte. Es musste ja noch irgendwo herumliegen.

Durch einen der Sehschlitze entdeckte er es - gut zehn Meter entfernt und unbeschädigt. Der Rest der nicht mehr abgebrannten Zündschnur war deutlich zu erkennen.

Eine weitere Leuchtrakete warf ihren fahlen Schein über das Gelände, und Jakob nutzte die Gelegenheit, nach dem Einstieg für den Geheimgang Ausschau zu halten. Und er entdeckte ihn auch. Das Gitter war zum großen Teil mit Buschwerk überwuchert. Jahrhundertelang war dieser Gang nicht benutzt worden. Und so kannte ihn auch kaum jemand.

Der Herr der Heerscharen ist mit uns! Er zerbricht den Bogen, zersplittert den Speer und verbrennt die Schilde mit Feuer!

Das Feuer von der Mauer konzentrierte sich inzwischen wieder ganz auf den Bus, so dass Jakob völlig unbehelligt blieb. Die Pioniere der Haganah waren durch den Dauerbeschuss auf keinen Fall in der Lage, sich der Mauer zu nähern. Es würde ihnen also nicht gelingen, ihre Sprengladung an dem Gitter anzubringen, um es wegzusprengen.

Ich bin am nächsten dran! Und außerdem halten sie mich für tot!, dachte Jakob.

Er ließ sich aus der Heckklappe gleiten. Ein paar schnelle Sprünge und schon war er dort, wo das Bündel Dynamitstangen lag. Das ging alles so schnell, dass keiner der arabischen Kämpfer zunächst etwas bemerkte. Aber dann entdeckten sie ihn doch noch. Jakob rannte um sein Leben und erreichte gerade noch die Deckung seines Panzers. Eine Benzinbombe kam geflogen und ging ganz in seiner Nähe in Flammen auf, so dass er die Hitze auf seiner Haut spürte.

Er sprang auf und rannte zur Mauernische, wo sich das Gitter befand, verfolgt von einem Kugelhagel. Unter einem Mauervorsprung fand er endlich Schutz, so dass er direkt von oben nicht getroffen werden konnte. Das Buschwerk war dornig an dieser Stelle und zerriss ihm die Haut und die Kleidung. Endlich spürte er das rostige Gitter. Ein kühler, dumpfer Geruch schlug ihm aus der Öffnung entgegen, und aus der Tiefe des Ganges hörte er die Stimmen des Feindes, was ihm bewies, dass dies ein Zugang mitten ins Herz der Zitadelle war!

21

Eine verschleierte arabische Frau lief zwischen den Toten und Verwundeten umher. Immer wieder beugte sie sich über einen von ihnen und rüttelte an der Schulter. Gab es keine Reaktion, begann sie die Taschen des Betreffenden nach unverschossenen Patronen zu durchsuchen. Diese verteilte sie dann an die Schützen auf der Mauer. Doch obwohl ihre Ausbeute immer geringer ausfiel, war die Lust der Freischärler am Schießen ungebrochen.

Achmed al-Malik lief zu Kasim Dajani. „Wo ist der Rest der Bomben? Warum versorgst du uns nicht anständig?“, tadelte der Offizier den Terroristen. „Unseren Kämpfern geht die Munition aus. Bei ihrem nächsten Angriff werden die Juden durchs Tor brechen!“

Dajani ließ sich nicht aus der Ruhe bringen. Er sah sein Gegenüber herausfordernd an. „Und wo bitte ist mein Dynamit, großer Führer? Wie kann ich die Juden killen, wenn andere mir meinen Sprengstoff klauen. Aber keine Angst, ich habe noch zwei Benzinbomben in petto, und ich weiß auch schon, wo ich sie hinwerfen werde.“

„Na, dann los! Wenn sie bei uns durchkommen, ist alles verloren! Sie kommen aus allen Richtungen. Einige schleichen schon unten am Fuß der Mauer herum.“

„Warum weinen Sie sich nicht beim Mufti aus – oder noch besser: Rufen Sie König Abdullah an. Die Arabische Legion hat wenigstens richtige Soldaten und nicht solche abgerissenen Banditen wie diese hier.“

Al-Malik fand diesen Vorschlag gar nicht so abwegig. „Aber zuerst müssen wir die Juden hier aufhalten.“

Dajani zuckte die Achseln, als ob ihm das alles hier letztlich egal wäre. „Mein Ziel ist nur, so viele Juden wie möglich abzumurksen. Angst habe ich jedenfalls nicht vor ihnen.“

* * *

Obgleich Jakob geschützt hinter einem Mauervorsprung stand, raubte ihm eine heftige Explosion drüben bei den Fahrzeugen den Atem. Dajani hatte eine seiner letzten großen Benzinbomben geworfen. Instinktiv hielt sich Jakob einen Arm vors Gesicht. Doch dann fiel ihm ein, was er gerade in Händen hielt. Und so schützte er lieber das Dynamit und versteckte es hinter seinem Rücken.

Der riesige Feuerball fiel in sich zusammen, und Jakob spähte vorsichtig hinter dem Mauervorsprung hervor. Ein riesiges Feuermeer hatte sich zwischen ihm und dem Rest der Truppe ausgebreitet. Da die Flammen den Bus einzukreisen drohten, begann man hektisch, die Verwundeten daraus zu evakuieren, bevor das Feuer sie erfassen würde. Die Vorderreifen begannen schon zu qualmen.

Der jüdische Angriff auf das Tor war offensichtlich fehlgeschlagen. Sollte Jakob nun auch seinen Versuch, das Gitter zu sprengen, aufgeben? Selbst wenn es ihm gelänge, den Zugang zum Tunnel endlich frei zu bekommen, so wäre es doch unmöglich, den Eingang mit den vorhandenen Soldaten zu erreichen. Das Sperrfeuer hatte nicht nachgelassen und immer noch musste man mit Benzinbomben rechnen.

Jakob untersuchte die jahrhundertealten Schrauben, die die Eisenstangen des Gitters festhielten. Der Zahn der Zeit hatte an ihnen genagt, und sie waren eine feste Verbindung mit dem Kalkstein der Mauer eingegangen.

Viele Haganah-Kämpfer waren gestorben, um dieses Gitter zu erreichen. Ihm aber war es gelungen. Sollte er da so kurz vor dem Ziel aufgeben? Jakob untersuchte die Zündschnur und versuchte abzuschätzen, wie lange der Rest noch brennen würde.

Vielleicht fünf Sekunden. Aber kaum mehr als sechs.

Das reichte für jemand, der das Paket von der Mauerkrone warf, aber nicht für die Flucht über Stock und Stein im Kugelhagel.

Aber was sollte er tun?

Liefe er von der Mauer weg, so würden ihn die Scharfschützen sicher schnell erwischen, und im Süden brannte die Feuerwalze beim Bus. Es blieb also nur die Flucht nach Norden an der Mauer entlang zum Neuen Tor. Vor der Druckwelle der Explosion gab es natürlich keinen Schutz. Er würde also schnell laufen, bis vier zählen und sich dann flach hinwerfen müssen.

Plötzlich ein sonderbares Geräusch von oben. Blätter raschelten. Vorsichtig spähte er nach oben, und dann sah er, was es war. Ein Molotowcocktail hatte sich in den dürren Ästen jenes in der Mauer wachsenden Feigenbaums verfangen, aber die Lunte verlöschte gerade.

„Her mit dem Gewehr!“, hörte Jakob oben jemand rufen. Offenbar wollten sie die Flasche mit einer Kugel zünden.

Nun, da über ihm eine Flasche mit Benzin hing, deren brennender Inhalt sich jeden Augenblick über ihn ergießen konnte, musste er sofort die Flucht ergreifen.

Jakob kam unter dem Mauervorsprung hervor, stolperte über Schutt und Geröll, und lief in Richtung Norden dicht an der Mauer entlang. Da aber die Türme der Zitadelle im rechten Winkel zur Mauer standen, konnte er von dort beschossen werden. Und schon nach wenigen Augenblicken schlugen tatsächlich über ihm im Mauerwerk Kugeln ein.

Fast gleichzeitig explodierte hinter ihm das Benzin in der Flasche. Offenbar hatte man auch noch Dynamitstangen daran gebunden, die gleichzeitig in die Luft gingen. Die Druckwelle warf Jakob um, wobei er mit dem Kopf aufs Pflaster prallte. Zwar war er durch den Knall halb taub, aber er hörte dennoch ein dumpfes Brummen, das sich von hinten näherte.

Er vermutete Gefahr und versuchte, so schnell wie möglich auf die Beine zu kommen. Ein dunkles Ungetüm kam auf ihn zu. Wollten sie ihn zum Schluss noch überrollen? Aber dann erkannte Jakob, dass es der Schützenpanzer von Major Thomas war.

„Steig ein!“, rief Daniel Caan von der Heckklappe aus.

Arabische Kugeln prasselten gegen die stählerne Panzerung, während Daniel hinauslangte, Jakob beim Gürtel packte und in die Luke zog.

„Zurück, Mordechai!“, rief Luke Thomas seinem Fahrer zu, während Daniel die Klappe verriegelte. „Bring uns zum Bus zurück.“

Die unverletzten Haganah-Kämpfer waren geflohen, aber einige

Verwundete blieben im Bus zurück, und nun wurden sie nach und nach von den Flammen eingeschlossen. Der Motorraum brannte bereits lichterloh, und immer mehr Flammen züngelten zwischen den Sitzen, dort, wo die Männer kauerten. Als der Schützenpanzer des Majors mit quietschenden Reifen an dem brennenden Bus anhielt, gab die Hupe des brennenden Wracks durch einen Kurzschluss einen letzten jammervollen Ton von sich.

Glücklicherweise ließ sich die Nottür am hinteren Ende öffnen. Jetzt kamen auch wieder Rekruten zurück, die zunächst in Panik geflohen waren, und halfen, die Verletzten zu bergen. Daniel schleppte auf seinen schmächtigen Schultern zwei Männer heraus, die wie Mehlsäcke an ihm hingen. Dann verschwand er mit ihnen in der Dunkelheit. Als Captain Isaacson einen Mann aus dem Bus zog, rief er: „Helft mir mal. Da drinnen sind noch Alfie Halder und Ibrahim!"

Das waren seine letzten Worte, denn ein Querschläger hatte ihn getroffen, und er stürzte zu Boden wie eine gefällte Eiche.

„Alfie soll noch da drin sein", sagte Jakob zu Major Thomas, der herbeieilte, um Isaacson zu helfen. „Ich kümmere mich darum."

Alfie im brennenden Bus! Oh, Alfie! Lieber Herr Jesus, nicht Alfie!

Drinnen hatte sich bereits dichter, schwarzer Qualm ausgebreitet, so dass Jakob husten musste und ihm die Augen heftig tränten. Die Taschenlampe, die er einschaltete, erwies sich schnell als wirkungslos, weil ihr schwacher Strahl kaum ein paar Zentimeter in die rabenschwarze Nacht hineinzuleuchten vermochte.

Jakob kroch bäuchlings den Gang entlang. Hier unten am Boden war der Qualm nicht so dicht. Die ersten Körper, die er ertastete, waren tote Soldaten. Mit dem Licht seiner Taschenlampe versuchte er, ihre Gesichter zu erkennen. Konnte Alfie dabei sein? Es waren fremde Gesichter. Mit heiserer Stimme rief er in die undurchdringliche Schwärze hinein: „Alfie, wo bist du denn?" Er lauschte bang, doch es kam keine Antwort.

Er robbte weiter nach vorn, immer weiter in den Qualm hinein, und das Atmen fiel immer schwerer. Womöglich war Alfie gar nicht mehr hier! Vielleicht hatte er sich längst retten lassen! „Alfiiiie!"

Das nächste Bein, das Jakob ertastete, bewegte sich. Da lebte noch jemand! Aber derjenige schien sich gestört zu fühlen. Er schüttelte Jakobs Hand mit heftigen Bewegungen ab, und ein riesiger Fuß trat dem Retter ins Gesicht.

„Ibrahim!", rief Jakob und schüttelte den Äthiopier wach. „Komm zu dir!" Langsam erwachte Ibrahim aus der Bewusstlosigkeit, röchelnd nach Atem ringend. „Schaffst du es allein? Du musst nach draußen kriechen!", sagte Jakob keuchend.

„Aber ich kann nicht weg", erwiderte Ibrahim. „Ich habe, bevor wir bewusstlos wurden, noch Alfies Fußgelenk zu packen bekommen und ihm versprochen, es nicht loszulassen."

„Alfie!", rief Jakob. „Er lebt?"

Der Äthiopier rang immer heftiger nach Luft, und sein ganzer Körper bebte. Als er sich wieder etwas beruhigt hatte, ließ er Alfie los und kroch nach hinten zur Nottür. Es qualmte jetzt nicht mehr ganz so stark, so dass Jakob die Flammen vorn am Armaturenbrett sehen konnte. Er durfte also keine Zeit verlieren.

Er sah Alfie am Boden liegen. „Alfie, wach auf!"

Der junge Mann rührte sich. „Jakob! Ich wusste, dass du mich finden würdest."

„Jetzt wollen wir aber zusehen, dass wir rauskommen. Der Qualm wird wieder dichter, und das alles hier kann jeden Augenblick in die Luft fliegen."

An der Tür wartete Major Thomas. „Kalner! Ich dachte schon, Sie schaffen es nicht mehr!"

„Helfen Sie mir. Alfie ist zwar bei Bewusstsein, aber er kann sicher nicht auf seinen Beinen stehen."

Die beiden packten den schweren Körper, zogen ihn heraus und legten ihn zu den anderen Verletzten auf den Schützenpanzer.

Erst als sie bereits ein Stück vom Jaffator entfernt waren, explodierte der Bus in einer Feuerwolke.

* * *

Als Dov, Mosche und zwanzig Haganah-Kämpfer die St. Jakobuskirche erreichten, waren sie ganz überrascht, dass die Moslems das Kirchenschiff längst aufgegeben hatten. Wahrscheinlich fürchteten sie, eingekreist und von ihrem Viertel abgeschnitten zu werden.

Doch das eigentliche Ziel der Haganah – der Glockenturm – war leider noch immer von ein paar Kämpfern besetzt.

Mosche und seine Männer waren kaum die Hälfte der Wendeltreppe hinaufgestiegen, als eine Granate die Stufen hinabgepoltert kam. Sie blieb allerdings noch ziemlich weit oben am Geländer hängen und explodierte so, dass die Männer von umherfliegenden Splittern nur leicht verletzt wurden. Auch hatten sie sich rechtzeitig die Ohren zugehalten, um von dem Knall nicht taub zu werden.

„Wir können da nicht so einfach hochmarschieren", meinte Dov. „Andererseits ist die Kirche ohne den Turm wertlos. Wir müssen sie von außen mit einem Granatwerfer beschießen."

„Ich habe eine Idee", sagte Mosche. „Verteilt euch überall auf dem Gelände und beschießt die Turmspitze von unten. Und dann gebt mir die Nebelgranate, die wir noch haben."

Er zündete sie im Treppenschacht des Turmes, und dicker, weißer Qualm zog nach oben wie in einem Kamin. Nachdem er einen Augenblick gewartet hatte rief er aus der Deckung der unteren Stufen heraus nach oben: „Hört mal da oben! Von der Plattform bis zum Erdboden sind es gut 30 Meter. Und ihr seid umzingelt. Eure Kameraden haben längst das Weite gesucht. Wir haben genug Benzin hier, das wir anzünden werden, wenn ihr eure Waffen nicht herunterwerft und euch ergebt. Es wird euch gleich ziemlich heiß unterm Hintern. Ich zähle bis drei: *Wahid, itsnajin ...*"

„Wartet!", rief eine Stimme von oben.

„Werft die Gewehre herunter", befahl Mosche.

Und tatsächlich kamen gleich darauf zwei Gewehre durch die offene Mitte des Schachtes geflogen. „Und jetzt die Granaten!"

Es folgte ein Sack mit Granaten.

„Keine Tricks!", warnte Mosche.

„Zündet das Benzin an! Dennen können wir nicht trauen", rief Dov mit einem Augenzwinkern nach oben.

„Nein!“, schrie jemand zurück. „Hier.“ Und noch ein Revolver kam geflogen. „Wir ergeben uns. Wir sind nur noch zu zweit, und Nebi ist verwundet.“

„Kommt langsam mit erhobenen Händen herunter!“

Nachdem die Freischärler verjagt worden waren und die Männer von der Haganah den Turm übernommen hatten, konnten ihre Scharfschützen endlich wieder die Dschihad-Moqhaden auf der Mauer am Zionstor beschießen. Da sie nun sowohl vom Zionsberg als auch vom Glockenturm aus unter Beschuss gerieten, zogen sich die Freischärler in das Innere der Toranlage zurück.

Dov und Mosche mussten sich über das weitere Vorgehen verständigen. „Wir können den Korridor von hier bis zum jüdischen Viertel sicher nicht offen halten“, meinte Dov. „Wer hier bleibt, wird unweigerlich abgeschnitten, bis der große Durchbruch gelingt. Und wenn unsere Leute ihn nicht schaffen ...“

„Wir können diese Position auf keinen Fall aufgeben“, entgegnete Mosche. „Nur so können wir überhaupt hoffen, dass wir das Zionstor erobern. Es war mein Fehler, dass wir diese Position aufgegeben haben. Und deshalb werde ich hier auch nicht wieder weggehen. Lass mir zehn Männer hier, und nimm die anderen mit zurück hinter die Barrikade.“

22

Daoud ergriff die Flucht. Er wollte nur fort, fort. Der Innenhof der Zitadelle war hell erleuchtet von menschlichen Fackeln, und ihre Todesschreie verfolgten ihn. Er sehnte sich nach Stille, nach Geborgenheit, nach einem Ort, wo er sich verstecken konnte – vor Dajani und den Kämpfern des Dschihad. Zehn Millionen Jahre bei Mohammad und Allah, 70.000 Jungfrauen und all die köstlichen Speisen des Paradieses würden ihn nicht mehr diesen Totentanz am Jaffator vergessen lassen.

Er begann zu schluchzen. Wie gern hätte er sich jetzt in die Arme seiner Mutter geschmiegt. Schon lange hatte er sich nicht mehr so sehr nach ihr gesehnt.

„*Uhm!*", rief er, während er ziellos durch die Gassen lief. „Mutter!"

Er lief und lief, wollte sie finden und ihr erzählen, dass Gawan verwundet worden war. Die Gassen waren erfüllt vom Singsang der Totenklage arabischer Frauen. Es klang wie Sirenen des Todes.

„Die Juden sind über uns hergefallen! Unsere Söhne liegen im Sterben auf den Mauern! *Allah! O Allah!*"

Das Blut des Mannes, der direkt neben Daoud sein Leben gelassen hatte, begann auf dem Gesicht des Jungen zu trocknen und zu spannen. Es war eine Maske aus Menschenblut, und er hielt es nicht mehr aus, sie zu tragen. Wasser musste her. Er musste sich waschen! Immer noch kamen ihm Freischärler in Gruppen entgegen. Sie alle strebten zum Jaffator. Von irgendwoher rief jemand: „Die Juden haben den Zionsberg erobert! *Jah Allah!* Und sie haben sich St. Jakobus wiedergeholt."

Wasser! Daoud konnte an nichts mehr denken als an die Reinigung seiner blutdurchtränkten Kleider. *St. Johannes! In der Kirche des Täufers ist bestimmt Wasser!*

Er bog in die Straße der Christen ein und lief bis zur Johanneskirche. Die Tür zum Innenhof war nicht verschlossen. Von einem Gewölbe überspannt stand eine gemauertes Wasserbecken.

Daoud riss sich noch auf dem Weg dorthin die Kleider vom Leib, setzte sich auf den steinernen Rand und ließ sich in das Wasser des nicht allzu tiefen Beckens gleiten. Das kühle Nass war eine Wohltat, und er begann auch sofort, das Blut des gefallenen Kriegers abzuwaschen. Doch das Bild der menschlichen Fackeln am Tor ließ sich nicht aus seinem Gedächtnis waschen. Wie sehr sehnte er sich nach Gawan, seinem Bruder! Er war immer der Schwächere gewesen. Aber erst mit Gawan an seiner Seite war Daoud der Starke.

„Gawan", schluchzte er, „was ist nur aus uns geworden!" Er saß im Becken, weinte bitterlich und rief immer wieder den Namen seines Bruders.

„Daoud?"

Jetzt rief jemand *seinen* Namen! Eine sanfte Frauenstimme.

„Mutter?"

„Nein, ich bin's, Rachel Sachar."

Er fuhr sich noch einmal mit der Hand übers Gesicht und stand auf, um aus dem kalten Wasser zu steigen und sich schnell seine Kleider zu holen. „Was machen Sie hier?", fragte er in die Dunkelheit hinein.

Und Rachel antwortete: „Wir haben hier Schutz gesucht vor den Kämpfen."

„Ist Dr. Baruch, mein Vater, auch da?"

Baruch antwortete selber: „Ich bin hier, Daoud."

Rachel sagte: „Wir haben uns außerdem verlaufen. Kannst du uns helfen?"

„Es ist Allahs Wille, dass ich hier bin! Daoud, Sohn des Baruch, ist euer Diener. Wohin soll ich euch führen?"

Rachel zögerte, aber fragte dann doch: „Kannst du uns einen sicheren Weg zu den Barrikaden in der Straße der Juden zeigen?"

Daoud, Baruchs Sohn, versuchte, etwas unter den dunklen Arkaden zu erkennen. Am Ende war es nur die Stimme eines Dämons, der ihn auf Abwege führen und für seine Feigheit töten wollte.

„Zeigt euch", verlangte der Junge.

Rachel, Lori und Baruch traten hervor. Tatsächlich, es waren zwei Frauen und ein Mann.

„Warum verlangt ihr von mir, einem Kämpfer des Dschihad, euch zu den jüdischen Barrikaden zu führen? Ihr seid doch Christen."

Baruch erwiderte in gebrochenem Arabisch: „Daoud, mein Sohn, ich bin Jude. Die Barrikaden sind unser Ziel, weil wir ins Krankenhaus im jüdischen Viertel wollen."

* * *

Die Kettenstraße im Norden des jüdischen Viertels, wo Ehud und Rabbi Vultch Wache hielten, war die ganze Nacht über ruhig geblieben. Auch wenn aus fast allen Richtungen Kriegsgeschrei herüberschwappte, ließ sich kein einziger arabischer Angreifer an der nördlichen Barrikade blicken.

Als irgendwann in der Nacht drüben beim Jaffator eine Garbe Leuchtmunition den Himmel erleuchtete, meinte Vultch: „Das ist wahrscheinlich eine ganze Horde Freischärler, die gerade zum Paradies aufsteigen."

Als dann aber keine Lichter mehr in den Himmel stiegen und der Lärm vor den Toren plötzlich abflaute, wurden die Verteidiger im Graben unruhig. Was war geschehen? War es Mosche und Dov gelungen, den Turm von St. Jakobus einzunehmen? War die Haganah durchgebrochen? War die Rettung nahe, vielleicht schon ein paar Häuserblocks entfernt? Oder waren alle Versuche fehlgeschlagen? Formierten sich die Freischärler neu, um das jüdische Viertel im Handstreich zu nehmen? Womöglich war es nur die Ruhe vor dem Sturm.

„Jemand ist hinter uns!", rief ein ziemlich nervöser Jeschiva-Student, sein Gewehr schussbereit.

„Warte!", rief Ehud und drückte den Lauf der Waffe nach oben.

Jakov kam über die Sandsäcke gesprungen mit Schaul auf den Fersen.

„Ach, du bist es, Junge! Was machst du hier? Weißt du, wie es Mosche und Dov geht?"

„Wir haben die St. Jakobuskirche umzingelt", berichtete Jakov. „Und Dov sagt, dass sich die Araber vom Zionsberg zurückgezogen haben. Selbst auf dem Zionstor soll unter den Freischärlern ein großes Durcheinander herrschen. Mosche schickt mich, damit ich Commander Schaltiel über Funk Bescheid gebe. Wenn jetzt am Zionsberg mehr Männer zur Verfügung stehen, können wir wahrscheinlich noch heute Nacht das Tor nehmen."

„Gibt es Neues von den anderen Toren?", fragte Rabbi Vultch.

„Vom Neuen Tor habe ich nichts gehört, aber es wird berichtet, dass die Haganah am Jaffator in Schwierigkeiten steckt."

„So, so", knurrte Vultch.

„Da draußen ist *doch* jemand", rief der Student und feuerte in die andere Richtung.

Jakov hockte sich hin und umarmte seinen Hund.

„Warte!", befahl Ehud.

„Stimmt, da bewegt sich was!", bemerkte Rabbi Vultch und entsicherte sein MG.

„Schießt nicht, bevor ihr euch vergewissert habt, wer es ist", warnte Ehud. „Jeder ungezielte Schuss ist einer zu viel."

„Da kommt jemand mit einem Fes auf dem Kopf", raunte ein anderer Verteidiger. „Ich kann ihm den Kopf wegschießen."

„Ich sagte: war-ten!"

„Ich habe ihn im Visier."

„Noch nicht!"

„Der winkt", raunte der Student. „Wahrscheinlich seinen Leuten. Sie kommen also."

„Wartet gefälligst!", wiederholte Ehud wütend, und er überschüttete seine Kameraden mit einem Schwall von Flüchen, die das fromme jüdische Viertel wohl noch niemals zu hören bekommen hatte.

„Ehud, bist du das?" Es war Rachel Sachars Stimme!

Ehud sprang auf, kletterte über die Barrikade und breitete seine Arme weit aus. „Ja, beim Ewigen!", rief er voller Freude. „Kommt rüber!"

* * *

In der Dormitionskirche auf dem Zionsberg starrte der Palmach-Commander Nachasch ungläubig den Lautsprecher seines Funkgerätes an. „Was soll das heißen?", brüllte er ins Mikrofon. „Ihr könnt keine Verstärkung schicken? Ich sage es noch einmal: Wir haben den Berg Zion genommen! Die Araber sind von allen wichtigen Gebäuden abgezogen. Zwar sitzen sie noch am Zionstor, aber mit etwas Verstärkung können wir durchbrechen. Kommen."

Schaltiels Stimme krächzte über den Äther: „Haganah ... gebunden ... Jaffa ... Können nicht ... Macht ihr was ..."

„Bei uns sind nur noch vierzig Mann einsatzfähig", erboste sich Nachasch. „Versteht ihr nicht? Vom Viertel aus haben unsere Leute sogar den Turm von St. Jakobus zurückerobert, so dass die Araber am Tor von zwei Seiten beschossen werden können. Das ist die Gelegenheit! Aber wir brauchen Verstärkung und Munitionsnachschub!"

Kein Ton aus dem Lautsprecher. Dann: „Versuchen ... Rückzug vom Jaffator. Haltet durch. Ende."

Nachasch blickte das Mikrofon in seiner Hand wütend an, bevor er es auf den Tisch warf.

* * *

Mit dem Traum vom glorreichen Sieg waren sie vor ein paar Stunden ausgezogen, doch geschlagen kehrten sie zurück – Jakob Kalner und all die anderen, die am Jaffator gekämpft hatten.

150 Krieger lagen abgekämpft in den Räumen verteilt in ihrem Quartier. Kaum einer sprach ein Wort. Die Gefallenen aber schienen mit stummer Wehklage den Raum zu erfüllen und die eigentliche Ursache für die tiefe Betrübtheit der Männer zu sein.

Captain Isaacson war tot. Sein Blut färbte das Weiß der israelischen Flagge rot, die er sich vor dem Kampf um die Hüften gebunden hatte. Chaim lebte, weil Alfie ihn noch vor seiner Ohnmacht versorgt hatte. Für ihn war aber wegen der schweren Verletzungen der Krieg zu Ende. Das gleiche galt auch für Pinky, dem Gesicht und Hände verbrannt worden waren. Jakob fand nach dem Kampf ein Durchschussloch in seiner weiten Hose. Um Haaresbreite wäre also auch er verwundet worden.

Auch Ibrahim hatte einen Streifschuss abbekommen, was allerdings erst entdeckt wurde, als Daniel Caan die Blutspur an der Wange des Äthiopiers bemerkte. Ein Granatsplitter hatte die Kopfhaut aufgeschlitzt, ohne dass Ibrahim es im Kampfgetümmel bemerkt hatte.

Jakob hielt plötzlich einen Blechnapf mit Suppe in der Hand, ohne sich erinnern zu können, wer ihn gereicht hatte. Er war tief in Gedanken versunken. Er nahm einen Schluck, bekam ihn aber nicht herunter.

Es war alles so gründlich schief gegangen. 17 der Toten waren erst vor zwei Tagen mit ihm auf der *Joshua Reynolds* angekommen. Er kannte alle ihre Gesichter. Und jeder von ihnen war zwar ohne Hab und Gut, aber dafür mit ganz vielen Hoffnungen an Land gegangen. Sie alle hatten zweifellos die gleichen Träume wie Jakob geträumt – von der großen Liebe in der neuen Heimat und vom eigenen Haus, in dem Frau und Kinder in Geborgenheit leben würden. Sie wollten ein neues Leben anfangen, nachdem die Nazis alles zerstört hatten, was ihnen lieb und teuer gewesen war.

Jakob spreizte die Finger und betrachtete voller Bewunderung seine Hand. Er lebte noch, atmete noch! Das Blut unter seinen Fingernägeln schimmerte rosig und frisch. Aber es war nicht mehr das Blut desselben Jakob, der vor ein paar Stunden ausgezogen war, um Heldentaten zu vollbringen.

Was würde wohl Lori sagen, wenn sie das alles mitbekommen hätte?

Daniel Caan lag ausgestreckt am Boden und stierte mit leerem Blick an die Decke. Auch er hatte seinen Blechnapf stehen gelassen.

„Was hätten alle, die tot sind, darum gegeben, jetzt hier unter uns sein zu können!“, murmelte er. „Was hätten sie darum gegeben, ihre Kinder in Erez Israel aufwachsen zu sehen, wo es genug Brot gibt und wo Apfelsinen auf den Bäumen wachsen, die man selbst gepflanzt hat. Seid trotz allem dankbar, rufen sie uns zu. Seid froh, dass ihr in Erez Israel seid – im verheißenen Land. Dieses Land bedeutet uns Juden doch so viel. Nutzt die Gelegenheit, denn sie ist Teil der Verheißung. Dass ihr jetzt hier seid, ist ein Beweis dafür, dass Gott niemals die Unwahrheit sagt."

Und Jakob fragte nachdenklich, ohne wirklich eine Antwort zu erwarten: „Lohnt es sich, dafür zu sterben? Eigentlich schon, oder?"

Daniel fuhr mit seinem Monolog fort: „Sie würden uns zurufen: Dankt Gott für jeden Tag, an dem ihr ein Dach über dem Kopf habt und ein Brot in der Hand, das ihr mit euren Brüdern teilen könnt. Manchmal ist es eben auch das ungesäuerte Brot der Drangsal. Das würden sie sagen. Es ist bekömmlicher, wenn man es teilt und in der Gemeinschaft isst."

Ibrahim, der mitgehört hatte, zog eine kleine Schachtel aus seiner Hemdtasche hervor. Er knüpfte den Faden auf, mit dem sie verschlossen war, hob den Deckel ab, und Einwickelpapier kam zum Vorschein. Als er es abgestreift hatte, hielt er ein Stück Matzen in der Hand.

„Das habe ich immer bei mir getragen", sagte er.

Alfie starrte ihn verständnislos an.

Pinky erklärte: „Das ist ungesäuertes Brot, das wir zum Pessachfest essen. Die nordafrikanischen Juden haben immer ein Stückchen davon bei sich, wenn sie mit dem Schiff auf Reisen gehen. Sie glauben, dass es die Wogen glättet, auch die im Leben. Fahren sie zur See, kann man beobachten, wie sie in stürmischem Wetter ihr Brot aufs Wasser werfen. Und solch ein Stücken Matzen ist das hier auch."

Ibrahim wandte sich an Alfie: „Möchtest du?"

Alfie schüttelte den Kopf.

Ibrahim hielt es ihm noch immer hin, worauf Daniel sagte: „Nimm es ruhig. Es bedeutet etwas. Du hast Gutes getan, warst tapfer und hast einen Bruder gerettet. Verstehst du? Nimm und iss!"

„Brüder", sagte Alfie, nahm das Stück, brach ein Bröckchen ab und gab den Rest an Ibrahim zurück. Der Äthiopier senkte den Kopf zum Dankgebet, brach das Stück in vier Teile, gab eins davon Jakob, schob das zweite Pinky zwischen die geschwollenen Lippen und reichte Daniel das letzte.

„Es stillt den Sturm", sagte Ibrahim feierlich, und sie alle verharrten einen Augenblick in Gedanken versunken.

Alfie, der das Stück Brot in seiner Hand betrachtete, sagte: „Wann immer ihr dies tut ... zu meinem Gedächtnis ...“

Jakob schloss die Augen und spürte das Brot auf seiner Zunge – das Brot des Lebens.

Montag
17. Mai 1948

Und ich will die Übriggebliebenen meiner Herde sammeln aus allen Ländern, wohin ich sie verstoßen habe, und will sie wiederbringen zu ihren Weideplätzen, dass sie sollen wachsen und viel werden. Und ich will Hirten über sie setzen, die sie weiden sollen, dass sie sich nicht mehr fürchten noch erschrecken noch heimgesucht werden, spricht der HERR.

Siehe, es kommt die Zeit, spricht der HERR,
dass ich dem David einen gerechten Spross erwecken will.
Der soll ein König sein, der wohl regieren
und Recht und Gerechtigkeit im Lande üben wird.
Zu seiner Zeit soll Juda geholfen werden
und Israel sicher wohnen.
Und dies wird sein Name sein,
mit dem man ihn nennen wird:
»Der HERR unsere Gerechtigkeit«.

Darum siehe, es wird die Zeit kommen, spricht der HERR, dass man nicht mehr sagen wird: »So wahr der HERR lebt, der die Israeliten aus Ägyptenland geführt hat!«, sondern: »So wahr der HERR lebt, der die Nachkommen des Hauses Israel herausgeführt und hergebracht hat aus dem Lande des Nordens und aus allen Landen, wohin er sie verstoßen hatte.« Und sie sollen in ihrem Lande wohnen.

Jeremia 23,3-8

23

Die Wiedersehensfreude an der Barrikade war groß, als Dr. Baruch, Lori und Rachel im jüdischen Viertel eintrafen.

„Wie habt ihr das bloß geschafft?"

„Seid ihr mit den Haganah-Truppen durchs Jaffator gekommen?"

„Haben unsere Männer etwa die arabischen Stellungen überrannt?"

„Hat die Haganah das Jaffator eingenommen? Ist die Belagerung durchbrochen?"

„Wie viele von unseren Männern kommen? Wann kommen sie hier an?"

Auf diese vielen Fragen gab es nur ein paar ernüchternde Antworten: „Wir sind als Zivilisten durch die feindlichen Linien geschmuggelt worden. Auch wir haben die Explosionen gehört, haben aber keine Truppen von uns in der Altstadt gesehen. Wir versteckten uns im Lateinischen Patriarchat. Und als wir auf dem Weg von den Kämpfen überrascht wurden, fanden wir Unterschlupf im Hof der Johanneskirche. Ein Araberjunge hat uns dann sicher bis hierher geleitet. Aber auf dem ganzen Weg ist uns nicht einer von unseren Soldaten begegnet, dafür viele hundert Freischärler."

Die Wachen hinter der Barrikade nahmen diese Informationen mit tiefer Enttäuschung zur Kenntnis. Das alles konnte nur bedeuten, dass die Angriffe auf das Jaffator und die Zitadelle zurückgeschlagen worden waren. Außer diesen drei Personen würde niemand mehr kommen.

Dr. Baruch und Lori wurden schnell zum Krankenhaus gebracht, wo schon viele Kranke auf den Fluren warteten.

Rachel aber begrüßte Jakov, ihren Bruder, und fragte: „Wo ist Mosche?"

„Mosche ist ... er ist ... er ist im armenischen Viertel ... und hält die Stellung auf dem Turm von St. Jakobus, bis Verstärkung durchs Zionstor kommt!"

„Und Großvater?"

„Was wird der schon machen? Er betet, dass die Verstärkung bald kommt."

* * *

Rachel und Jakov fanden Großvater in der Kellerwohnung. Die Kerze auf dem Tisch war fast heruntergebrannt. Und der alte Mann schlief mit dem Oberkörper über den Tisch gelehnt neben einer geöffneten Schriftrolle. Der Hund döste zu seinen Füßen.

Bruder und Schwester standen schweigend auf der Schwelle.

„Ich werde ihn aufwecken", meinte Jakov.

„Lass ihn schlafen", entgegnete Rachel. „Es reicht mir schon, dass ich ihn ansehen kann, selbst wenn es nur für einen kurzen Augenblick ist."

„Er gibt seine Essensrationen an die Kinder weiter. Er ist deshalb lange nicht mehr so stark, wie du ihn noch kanntest."

„Er hätte nicht in die Altstadt zurückkehren sollen."

Der alte Mann rührte sich. „Etta?", murmelte er. „Meine Tochter?"

„Er denkt, du seist Mama", flüsterte Jakov.

„Nein, Großvater, ich bin's, Rachel."

Er richtete sich auf, und versuchte, etwas bei dem Dämmerlicht zu erkennen. „Etta? Wo bist du gewesen? Ich ... Mutter und ich ... Etta?"

Rachel ging zu ihm hin und legte ihre Arme um seinen Hals. Er war so knochig geworden, so zerbrechlich. „Großvater, ich bin's. Deine Enkeltochter Rachel."

Es dauerte noch einen Augenblick, bis er richtig zu sich kam. Dann umarmte auch er sie und seufzte: „Ach, Rachel, Rachel! Du bist es. Ich habe gerade geträumt – von deiner Mutter. Von meiner Etta. Wir waren zusammen. Wir haben bessere Zeiten erlebt als diese, *nu?*"

Er streichelte ihre Wange. „Du siehst ihr so ähnlich. Sie war ein hübsches Mädchen ... und ein herzensguter Mensch ... manchmal ein richtiges Seelchen. So wie du, oder?"

„Es macht mich froh, das zu hören", sagte Rachel, die ihre Mutter so schrecklich vermisste. Heimweh beschwerte ihr Herz und ließ ein paar Tränen quellen. „Geht es dir gut?", fragte sie noch.

„Gut? Ja, doch. Es muss. Aber du bist jetzt hier! *Baruch haschem!* Gepriesen sei sein Name! Ich habe dich noch gar nicht so bald erwartet."

„Du hast mich erwartet?"

„Der Herr hat mir gesagt, dass ich dich noch einmal sehen werde, bevor ich sterbe."

Sie hockte sich neben seinen Stuhl, und er legte seine Hand auf den Kopf seiner Enkelin.

Der Gedanke, ihn zu verlieren, schnürte ihr die Kehle zu. „Sieh mich an und lebe noch für lange Zeit!"

„Gewiss. Es gibt noch viel zu tun. Aber für mich schließt sich der Kreis. Ich habe dich wieder gesehen. Du bist in Sicherheit, und ich bin zufrieden. Meine Freudentränen füllen ein ganzes Flussbett. Auch sonst bist du wohlauf? Natürlich bist du es. Schau dich doch an."

Er zog ein Taschentuch hervor, trocknete seine Augen und schnäuzte sich.

„Mosche und ich werden im Winter ein Kind haben."

„Ich weiß. Einen Sohn. Israel braucht Söhne. Und Mosche muss lange genug leben, um ein guter Vater zu werden. Er ist zuweilen ein bisschen zu verwegen, dein Mosche. Er muss nicht das Schicksal seines Vaters teilen, wahrhaftig nicht! Mosche hält die Schlüssel zu allem in seinen Händen. Ich hatte immer die Hoffnung, dass sie alle nach Jerusalem heimkehren würden – dein Papa, deine Mama und deine Brüder. Eine Zeit lang glaubte ich tatsächlich, dass sie alle es miterleben würden, dass die große Verheißung in Erfüllung geht. Ich hätte meinem Sohn den Schatz gezeigt. Es gibt keinen anderen Ort für uns auf der ganzen Welt. Der Herr hat alle anderen Türen zugeschlagen. Deutschland liegt zwar in Trümmern, aber die Mächte der Finsternis greifen jetzt von woanders an. So steht es auch geschrieben – in allen Einzelheiten. Hätten Mama und Papa es doch nur geschafft auszuwandern. Aber genug davon! Jakov aus dem Feuer gerettet und du ... Gott ist gut."

Rachel machte sich Sorgen. Sie spürte seine Resignation, und seine Rede wirkte irgendwie fahrig. „Großvater, ich werde dich nicht wieder verlassen“, versprach sie.

„Doch, doch. Du wirst ja gebraucht. Jakov, bring sie in die Hurva. Zeig ihr, wo Mosche ist. Die Hunde bellen schon vor den Toren! Wie in Warschau. Mosche hält Wache auf dem Turm. Und du musst dich auch nützlich machen. Ich werde schon zurechtkommen. Nun geht schon. Es gibt viel zu tun.“ Er wandte sich wieder seiner Schriftrolle zu. „Ich muss hier bleiben und dafür beten, dass heute ein Wunder geschieht. Der Herr wird uns retten, auf natürliche Weise oder durch ein Wunder. Wie oft hat uns in der Vergangenheit die starke Hand des Herrn gerettet. Wer weiß, durch welches Wunder die Armee heute den Durchbruch schafft!“

* * *

Es dämmerte bereits. Rachel und Jakov standen auf dem äußeren Umgang an der Kuppel der Hurva.

„Dort.“ Jakov deutete über die grauen Dächer der Altstadt hinweg auf ein Kuppeldach jenseits der Mauer. „Die Leute vom Palmach haben vergangene Nacht den Arabern die Dormitionskirche weggeschnappt. Heute Abend oder auch übermorgen werden sie von dort aus das Zionstor angreifen.“

Rachel kannte diese Kirche gut. Es war ein friedvoller Ort. Dort in der Nähe hatte Jesus mit seinen Jüngern das letzte Abendmahl gefeiert. Rachel dachte an das Fresco an einer der Decken, das Maria, die lebensüberdrüssige Mutter Jesu zeigt, die in den Himmel auffährt und von Engeln in Empfang genommen wird. Diese schlichte jüdische Frau, die von Gott auserwählt worden war, um Israels Messias zu gebären, hatte genug gelitten. Sie musste nicht länger bleiben. Das Schicksal ihres Sohnes war ihr in seiner ganzen Tragweite verborgen geblieben. Das alles war ihr zu hoch, und es machte ihr Angst. Seine Liebe zu ihr musste unweigerlich immer hinter seiner Liebe für die ganze Welt zurückstehen. Damit hatte sie sich abfinden müssen. Und so hatte ihr am Ende die Liebe das Herz gebrochen. *Es kommt schließlich nicht selten vor, dass die Liebe zum Kind einer Mutter das Herz bricht,* dachte Rachel.

Jakov nahm ihre Hand. „Es ist so gut, dass wir wieder zusammen sind", sagte er schüchtern. „Ich habe in den letzten Tagen ganz viel von Mutter geträumt. Das kommt sicher von diesem schrecklichen Krieg."

„Das kann ich mir vorstellen." Rachel legte ihren Arm um seine schmächtigen Schultern. Sie schloss die Augen und sah ihre eigene Mutter um ihre Kinder weinen – dort auf dem Umschlagplatz in Warschau. Wie Marias Sohn waren auch all jene Kinder unschuldig wie Lämmer in den Tod gegangen, während die Welt teilnahmslos zuschaute.

Für Rachel gab es nur den einen Trost: dass Etta Lubetkin inzwischen mit ihren Kindern in der Ewigkeit vereint war. Irgendwo priesen sie gemeinsam im neuen Eden den Herrn. Davon war Rachel fest überzeugt. Sie wusste, dass Gott nicht der Urheber ihres Leides gewesen war. Es waren Menschen, die ihnen all das Leid angetan hatten. Aber der Messias Israels hatte mit seinem Volk gelitten. Er war mit den Verzweifelten in die Gaskammern gegangen, um ihre Seelen in seinem Reich willkommen zu heißen, so wie es der alte Rabbi in Warschau vorausgesagt hatte. Doch trotz all dieser Erinnerungen wurde Rachel nicht von Groll und Bitterkeit verzehrt. Die Fähigkeit zur Liebe bewahrte sie davor.

Rachel legte ihre Hand auf den Bauch. *Schalom, Kleines. Hörst du mein Herz schlagen? Spürst du vom ersten Augenblick an meine Liebe zu dir? Ich werde dich immer lieben, auch wenn die Zeiten schwer werden. Wenn ich könnte, würde ich dich vor all dem bewahren. Seit Eva ist die Bürde der Mütter der Gedanke, dass sie ihre Kinder nicht wirklich bewahren können. Aber wir heute haben eine Hoffnung, dass sich in hundert Jahren die Sorgen dieser Welt in Luft aufgelöst haben, dass sie uns wie ein böser Traum vorkommen werden. Der Herr selbst wird alle unsere Tränen abwischen. Wir werden im Garten Gottes sitzen und es uns gut gehen lassen. Wir werden lachen und unbeschwert fröhlich sein. So steht es jedenfalls geschrieben.*

Rachel dachte an Maria – wie Mutter und Sohn sich im Himmel

in die Arme fallen nach all dem, was geschehen war: die einsame Geburt im Stall; die Erziehung eines hoch begabten Jungen, der selbst die Rabbiner im Tempel mit seiner Kenntnis der Thora in Staunen versetzte; die Wunder und die Verkündigung von Liebe und Erlösung; der Verrat und der Todeskampf am Kreuz; der Schreck am leeren Grab und die Himmelfahrt. Wie groß musste die Freude im Himmel gewesen sein, nachdem das blutige Drama auf dieser Erde zu Ende gegangen war!

„Wir werden Mutti ganz bestimmt wieder sehen, Jakov", sagte Rachel mit feuchten Augen. „Sie sind jetzt schon alle vereint, *nu?*"

Der Junge nickte. „Aber ich bin trotzdem ganz froh, dass ich nicht als Einziger hier unten übrig geblieben bin."

Im sanften Morgenlicht, das nach und nach die Konturen in der Landschaft hervortreten ließ, waren die Spuren des nächtlichen Kampfes nicht mehr zu übersehen. Plötzlich rief Jakov: „Dort, ich sehe Mosche auf dem Kirchturm!"

Tatsächlich! Mosche! Spürst du, dass ich in der Nähe bin? Sieh doch einmal zu uns herüber! Ich möchte, dass du weißt, hier betet einer für dich. Im Winter werden wir ein Kind haben, du und ich. Ich habe dir nicht gezeigt, wie sehr ich gelitten habe, als wir uns in Tel Aviv trennten. Du hattest den Kopf so voll. Ich sah die Sorgen in deinen Augen. Es hätte dich unnötig belastet, wenn du dir auch noch meinetwegen hättest Sorgen machen müssen. Du musst dich jetzt voll und ganz auf die Geburt unserer neuen Heimat konzentrieren. Deswegen ... lass es dir gut gehen, meine Liebe ... und lebe!

Jakov unterbrach ihre Tagträume. „Sieh mal dort. Arabische Frauen!"

Einer der Wachen auf der Hurva reichte Rachel einen Feldstecher. Sie sah die toten Araber, die überall in den Straßen beim Zionstor lagen. Und die Prozession der arabischen Frauen marschierte in diese Richtung. Die Erste trug einen Besenstiel, an dem ein weißes Bettlaken im Morgenwind flatterte. Sie war von Kopf bis Fuß in Schwarz gekleidet und bis auf die Augen verschleiert. Als die Frauen sich der Mauer näherten und die ersten Toten liegen sahen, begannen sie schrill zu schreien: „*Jah Allah!* O Allah!"

„Sie sind gekommen, um ihre Söhne zu begraben", sagte Rachel voller Mitgefühl.

„Da liegen bestimmt hundert Tote", sagte eine der Wachen nicht ohne Stolz über die tragische Ernte, die die Frauen einholen wollten.

Rachel sagte nichts dazu. Sie beobachtete nur schweigend und tief berührt, wie die Frauen des feindlichen Lagers ausschwärmten, um die heimzuholen, die ihnen lieb und teuer waren.

* * *

Die Sonne warf ihre ersten Strahlen über den Horizont auf die Heilige Stadt. Für Mosche, der auf dem Turm von St. Jakobus Wache hielt, bedeutete dies, dass die Altstadt der Juden wieder eine Nacht überlebt hatte, vor sich einen neuen Tag voller Entbehrungen, Tod und Gebete um Befreiung.

Er fragte sich, welcher Tag heute war und wie viele Tage bereits seit der Staatsgründung vergangen sein mochten. Als er sich aber erinnerte, erschrak er. Konnte sich so viel in so kurzer Zeit ereignen? Und lediglich 72 Stunden trennten ihn von dem Augenblick, da er sich von Rachel in Tel Aviv getrennt hatte.

Er glaubte sie in Sicherheit, und er war froh darüber. Gleichzeitig fragte er sich, wann er sie wieder sehen würde – und ob überhaupt.

In der klaren Luft des Morgens erschienen die Minarette, Kirchtürme und Synagogenkuppeln als gemeinsame schwarze Silhouette gegen das gleißende Licht der in den Himmel steigenden Sonne. Nach und nach traten auch die niedrigeren Gebäude der Stadt aus dem Dunkel der Nacht hervor und reflektierten das wärmende Licht aus dem Osten – die Türme der Zitadelle und Befestigungsanlage am Zionstor.

Nur in den Straßen und Gassen der Stadt war es noch dämmrig, dort, wo die Frauen und Mütter ihre Männer und Söhne beweinten. Schaurig klang ihre Totenklage zwischen den morschen Gemäuern der Altstadt.

Mosche lief es kalt den Rücken hinunter. Er kannte die typischen

Klagelieder der arabischen Frauen zwar, aber er konnte sich nicht daran gewöhnen. Jeder Schrei war die Klage über den Verlust eines Menschen, über eine brutale und sinnlose Tragödie.

Wie viele Leben würde der Krieg wohl noch fordern?

* * *

Der Tumult im arabischen Viertel in der Altstadt war an diesem Morgen groß. Daoud bahnte sich seinen Weg durch die aufgeregt debattierenden Menschen. Kriegsmüde Kämpfer diskutierten über die Stärke der jüdischen Streitkräfte, die den Zionsberg im Süden genommen hatten und fast durchs Jaffator im Westen gebrochen wären. Die Arroganz der vergangenen Tage war jedenfalls verflogen.

„Wir brauchen die Arabische Legion, um Jerusalem von den Juden zu befreien! *Jah Allah!* Als sie sich endlich zurückzogen, hatte ich fast keine Patronen mehr. Dem Propheten sei Dank, dass ich noch lebe!"

„Hätten sie noch einen weiteren Angriff aufs Jaffator gewagt, wären sie durchgebrochen. Aber sie haben sich plötzlich zurückgezogen. Allah sei gepriesen!"

„Ich habe immer nur auf die Dämmerung gewartet, denn bei Tageslicht werden sie kaum angreifen. Jetzt haben mein Vater und ich Zeit, aus Jerusalem zu fliehen. Wir wollen nur nach Hause – nach Marokko."

„Aber was wird aus dem Zionsberg? Ist er verloren!? Die Kämpfer dort erzählen, dass Tausende von Juden herangestürmt sind. Sie kamen über das Hinnom-Tal von der Augenklinik. Eine Angriffswelle nach der anderen. Sie fielen einfach über den Berg her. Habib erzählte, er sei von dort der Letzte gewesen, der noch durchs Tor entkommen konnte. Die Juden waren ihm schon auf den Fersen. Sie haben jetzt die Dormitionskirche besetzt und haben damit eine Festung ein paar hundert Meter vom Zionstor entfernt. Ihre Gewehre sind direkt auf die Verteidigungsanlage vom Tor gerichtet."

„Und im armenischen Viertel haben sie den Turm von St. Jakobus wieder besetzt. Man sagt, sie hätten Flammenwerfer eingesetzt und jede Menge Granaten. Und jetzt beschießen sie die Verteidiger am Zionstor auch noch von der anderen Seite. Das war el-Hassans Versagen!"

„Aber auch Dajani, dieser Irre, mit seinen Bomben hat Schuld. Sechs Kameraden aus Syrien sind durch ihn verbrannt!"

„Und was ist mit al-Malik? Er schwört, dass der Mufti Verstärkung und Munitionsnachschub aus Damaskus schickt. Aber wo bleiben die Männer? Warum taucht hier niemand auf? Wir sind schließlich nicht belagert wie die Juden! Die Straße zwischen Damaskus und Jerusalem ist frei. Warum schickt der Mufti keine Lastwagen mit Nachschub? Wo bleiben Patronen und Gewehre? Warum haben die Juden so viel Munition und wir fast gar nichts mehr?"

„Das haben wir den Amerikanern zu verdanken, dem großen Satan. Sie versorgen die Juden mit allem, was sie brauchen."

„Ich habe nur noch eine Hand voll Patronen. Wenn die Juden auch heute Abend wieder die Altstadt angreifen, wie sollen wir sie dann zurückschlagen?"

„Wenigstens haben wir genug zu essen", meinte ein alter Araber, der Limonen, Feigen und Orangen zum Verkauf anbot. „Sie aber verhungern."

„Weißt du, wie lange es dauert, bis ein Jude verhungert? In Warschau waren 100.000 auf ein paar Quadratkilometern zusammengepfercht. Ich war dort und habe es gesehen. Sie haben es immer wieder geschafft, sich irgendwo Nahrung zu organisieren. Und als sie nichts mehr fanden, überlebten sie immer noch eine Weile. Es ist nicht leicht, Juden durch Aushungern umzubringen. Das hat schon damals viel zu lange gedauert."

„Wir haben auch keine Zeit mehr zu verlieren. Mir reicht's. Ich bin hergekommen, um die Juden auszuplündern. Aber da läuft ja offenbar nichts. Ich und meine Männer werden wieder in den Libanon abhauen, bevor es zu spät ist."

„Meine Brüder und ich werden heute Nachmittag nach Syrien zurückkehren."

„Jetzt kann nur noch König Abdullah Jerusalem von den Juden

befreien. Er muss seine Panzer und Kanonen schicken, um sie endgültig aus der Stadt zu treiben!"

Daoud hörte solche Worte überall. Er wollte nicht zu Dajani zurückkehren. Dieser Mann war fest entschlossen, gegen die Juden auch dann weiterzukämpfen, wenn schon fast alle Freischärler im Kampf gefallen waren. Wie konnte er, Daoud, der einem jüdischen Arzt so viel verdankte, überhaupt noch Dajanis Bomben auf die Israelis werfen? Der Junge dachte an seinen Bruder, der jetzt im Lateinischen Patriarchat in einem sauberen Bett lag. War dies nicht der einzige sichere Ort in der Altstadt auch für ihn? Er stibitzte sich eine Limone und wollte sich gerade auf den Weg machen, als eine Hand schwer auf seine Schulter fiel.

„He, du Angsthase! Wo warst du gestern Nacht so plötzlich?"

Es war Dajani.

* * *

Die Telefone in König Abdullahs Hauptquartier hatten seit dem Vorabend der israelischen Unabhängigkeitserklärung pausenlos geklingelt. Der König wollte ständig auf dem Laufenden gehalten werden.

Auch Achmed al-Malik rief in der jordanischen Hauptstadt an. Er habe eine wichtige Botschaft für den König, ließ er seinen Gesprächspartner am anderen Ende der Leitung wissen. „Das dauert einen Augenblick," sagte der Mann.

„Aber es ist dringend!", rief al-Malik in die Muschel. „Die Juden haben schon fast die Mauern überwunden. Die Heilige Stadt kann jeden Augenblick fallen."

„Warten Sie", hörte er am anderen Ende der Leitung.

Al-Malik kochte vor Wut, aber er bemühte sich, nicht die Fassung zu verlieren, um einen anständigen Bericht abliefern zu können. Er hoffte, mit einem der ranghöchsten Militärberater sprechen zu können, der in der Lage wäre, dem König persönlich den Ernst der Lage zu schildern. Wenn er Glück hatte, kam Hazza Majali an den Apparat, der des Königs rechte Hand war, oder sogar der Premierminister Tewfic Abu Hoda.

Es klickte in der Leitung, dann ein Brummen. Schließlich klickte es wieder, und dann fragte eine Stimme: „Ja? Was ist los?"

„Ich habe eine äußerst wichtige Nachricht für den König", meldete al-Malik barsch und voller Ungeduld. „Wenn Sie sie nicht weiterleiten können, dann geben Sie mir jemand, der dazu in der Lage ist. Der König muss diese Nachricht hören!"

„Ich bin selbst am Apparat", sagte Abdullah. „Sie sagen, Sie rufen aus Jerusalem an?"

Al-Malik bemühte sich, den Schreck zu überwinden und sich nichts anmerken zu lassen, aber es gelang ihm kaum. Er stammelte: „Majestät, ... äh ... die Juden ... stehen vor den Toren. Wahrscheinlich sind sie im Augenblick dabei, sich neu zu formieren, um durch das Jaffator zu brechen, so dass sie über die Kettenstraße ins Herz Jerusalems vordringen können."

„Aber warum sagen Sie *mir* das? Ihr Ansprechpartner ist doch eigentlich der Mufti."

„Majestät, die Truppen des Großarabischen Rates schaffen es nicht, die Altstadt zu verteidigen. Es sind schlecht ausgebildete Söldner und freiwillige Kämpfer des Heiligen Krieges ohne Erfahrung. Was wir brauchen, ist eine ausgebildete Armee. Wenn Sie die Legion nicht in Marsch setzen, geht die Heilige Stadt verloren."

„Wissen Sie nicht, dass ich meinen britischen Alliierten versprochen habe, mich nicht in Jerusalem einzumischen?"

Al-Malik nahm all seinen Mut zusammen und entgegnete: „Was gilt schon das Wort einem Ungläubigen gegenüber, wenn eine der heiligsten Stätten unseres Glaubens verloren geht? Wollen Sie, dass die arabische Welt sagt, die Haschemiten seien Verräter des Propheten? Und haben Sie an das Grab Ihres Vaters gedacht? Wollen Sie, dass die Juden es besudeln?"

Abdullah entgegnete kühl: „Soll ich meinen Eid brechen und das Leben meiner Truppen aufs Spiel setzen, damit der Großmufti sich zum König von Jerusalem krönen kann?"

„Majestät", sagte al-Malik leidenschaftlich, „wenn Sie die Heilige

Stadt retten können, setze ich Ihnen eigenhändig die Krone auf, aber zögern Sie nicht länger! Schicken Sie Ihre Arabische Legion sofort!"

* * *

Glubb Pascha, der Oberbefehlshaber der Arabischen Legion, betrat kurz nach der Gebetszeit am Morgen die Privatgemächer des Königs. Der bescheidene Monarch, der nie viel Aufhebens um seine Person machte, saß noch im Schneidersitz auf dem Boden und streichelte seine einäugige Katze.

„Euer Majestät", sagte Glupp hastig, aber dennoch die Etikette wahrend.

Abdullah bedeutete seinem Gast mit der Hand, sich zu mäßigen. „Ganz ruhig, Sir John! Ganz ruhig! Ich kann mir vorstellen, warum Sie gekommen sind."

„Es ist also wahr? Sie haben die Legion nach Jerusalem in Marsch gesetzt, obwohl Sie den Briten Ihr Wort gegeben haben?"

Abdullah ließ sich nicht aus der Ruhe bringen. „Wollen Sie mir das Recht streitig machen, dies zu tun?"

„Nein, nein ... äh ..." Glubb brauchte Zeit zum Überlegen. „Sie können grundsätzlich natürlich mit Ihren Truppen machen, was Sie wollen. Aber die Vereinten Nationen ... Jerusalem soll doch eine internationale Stadt bleiben! Es wird einen weltweiten Aufschrei der Entrüstung geben, wenn Sie Jerusalem einnehmen."

Abdullah stieß die Katze fort und erhob sich. „Die Fanatiker des Muftis und seine Söldner fliehen bereits. Wir können nicht zulassen, dass El-Kuds in die Hände der Juden fällt. Ich denke, Sie verstehen, was ich meine, Sir John."

Glubb Pascha beruhigte sich ein wenig und meinte dann: „Ich werde mich mit ein paar Schützenpanzern in die Außenbezirke der Stadt begeben."

„Tun Sie das bald", sagte der König zum Schluss. „Wir werden nämlich Jerusalem zu unserer Hauptstadt machen. Und wenn wir den Juden und den Christen erlauben, ihre Religionen in unserer Stadt freizügig zu praktizieren, wird dann nicht die Welt unser Handeln nachträglich sanktionieren?“

24

Major Luke Thomas stürmte in David Schaltiels Büro im King David Hotel. „Wo bleibt die Verstärkung?", schnauzte er. „Wären uns 400 Mann von der Reserve zu Hilfe geeilt, hätten wir das Tor nehmen können. Aber Sie haben uns einfach im Stich gelassen!"

„Beruhigen Sie sich", sagte Schaltiel. „Wenn Benzinbomben von der Mauer geworfen werden, hätten wir auch so nichts ausrichten können. Wir hätten nur viel mehr Tote zu beklagen gehabt. Und wer sagt denn, dass Sie bis zum jüdischen Viertel hätten vordringen können?"

„Und der Palmach mit seinen sechzig Mann? Die haben immerhin den Zionsberg erobert. Auch er wäre mit entsprechender Verstärkung – um die er gebeten hat – durchs Zionstor marschiert. Aber niemand hat sich bei ihm blicken lassen. Hören Sie auf mich, und schicken Sie die 400 Mann zum Zionstor. Nach solch einer Attacke werden wir noch heute Abend in die Altstadt einmarschieren."

Schaltiel zuckte die Schultern. „Es ist zu riskant", sagte der Wankelmütige. „Wir müssen unsere Aktionen erst einmal abbrechen, neue Strategien entwerfen und uns gegen eine arabische Gegenoffensive wappnen."

Thomas packte Schaltiel beim Arm und zerrte ihn zu einem Fenster, durch das man nach Osten blicken konnte. „Sehen Sie die Flagge auf dem Turm von St. Jakobus?" Er deutete auf die blau-weiße israelische Fahne, die auf der Spitze des Turmes flatterte. „Mosche Sachar und seine Männer halten die Kirche. Damit beherrschen wir die Rückseite des Zionstores. Aber wie lange noch? Das Ganze ist eine Exklave, die von jeder Versorgung abgeschnitten ist – genauso wie das jüdische Viertel in der Altstadt, aber noch viel kleiner und verwundbarer. Wir müssen sofort handeln!"

Schaltiel schwieg. Er war offenbar entschlossen, sich nicht zu übereilten Handlungen verleiten zu lassen.

Thomas deutete in den sich rötlich färbenden Himmel über dem

Tempelberg. „Es dämmert schon“, sagte er, und es klang wie eine Anklage. „Man hätte dem Zionsberg noch Verstärkung schicken können, solange es dunkel war. Jetzt aber wird jeder, der das Hinnom-Tal in Richtung Zion durchquert, unter Beschuss von den arabischen Mauern geraten. Ihr Zögern wird Menschenleben kosten. Zwei Funksprüche der Araber an König Abdullah sind bereits abgehört worden. Man fordert die Hilfe der Arabischen Legion aus Jordanien an. Und sie werden sie bekommen. Wenn Abdullahs Kanonen dort drüben am Horizont auftauchen, dann können Sie über eine Gegenoffensive nachdenken. Aber es wird zu spät sein, um die Altstadt zu retten. Wenn Sie jetzt nicht handeln wollen, dann stellen Sie mir wenigstens Ihre Männer zu Verfügung.“

„Nicht die Reserven!“ Schaltiel stellte sich stur. „Wir nehmen den Rest von Isaacsons Truppe und dazu fünfzig Mann. Mehr kann ich Ihnen nicht geben.“

Thomas salutierte kurz, stapfte hinaus und rief nach Jakob Kalner.

* * *

Noch einmal versuchte Mosche oben auf der Kirchturmsspitze herauszubekommen, was sich drüben auf dem Zionsberg tat. Trotz aller Anstrengung konnte er nur wenig erkennen. Wie gern hätte er die Männer vom Palmach ermuntert, doch nun endlich gegen das Zionstor vorzugehen.

Worauf warteten sie noch? Es wurde bereits hell. Und eigentlich war es schon zu spät, denn jede Aktion von drüben würde nun sofort von den Arabern bemerkt werden.

Unter ihm versteckten sich seine Männer in Winkeln und Nischen auf dem Kuppeldach der Kirche. Sie waren freiwillig bei ihm geblieben.

Habe ich sie unnötig in Lebensgefahr gebracht? Und wenn man drüben am Zionstor keinen Durchbruch wagt, wird dann ihr Tod – unser aller Tod – auch noch vollkommen sinnlos sein?

* * *

Verzweiflung machte sich im jüdischen Viertel breit. Lediglich Rabbi Akivas Anhänger hatten noch einen Funken Hoffnung, dass es ihnen gelingen würde, sich mit den Moslems zu einigen und damit das Viertel vor der völligen Zerstörung zu retten.

Zehn sephardische und askenasische Rabbiner hatten sich in Akivas Arbeitszimmer versammelt. Weniger hätten es auch nicht sein dürfen, denn sonst wäre die Versammlung nach alter jüdischer Sitte nicht beschlussfähig gewesen.

Akiva eröffnete die Versammlung: „Nun wird deutlich, dass der Einsatz von Gewalt ein Fehlschlag war. Die falsche Siegesgewissheit der militanten Zionisten über unsere moslemischen Nachbarn hat uns gläubige Juden fast das Leben gekostet. Und noch immer ist unsere ganze Existenz bedroht."

Einer der Anwesenden fügte hinzu: „Mosche Sachar sitzt drüben im armenischen Viertel in der Falle. Er ist von seinen Männern abgeschnitten. Die Angriffe gegen die Dschihad-Moqhaden sind fehlgeschlagen und haben nur Leid und Elend gebracht. In meiner Gemeinde gibt es viele, die die Haganah ablehnen. Viele von ihnen haben all ihr Hab und Gut verloren."

Ein weiterer Rabbiner mischte sich ein: „Ich habe gehört, dass die Zionisten nicht genug Munition haben, um einen weiteren Kampf zu bestehen. Wir werden also sicher überrannt. Wenn wir dann in der Hitze des Gefechts gefangen genommen werden, werden die fanatisierten Moslems sicher kurzen Prozess mit uns machen. Sie werden unsere Frauen und Kinder gewiss nicht verschonen. Wir werden ausgelöscht wie der Kibbuz von Kfar Etzion."

Akiva blickte nachdenklich in die Runde. „Wir haben erlebt, was Kämpfe anrichten. Ein Viertel der Bewohner ist obdachlos. Häuser sind verbrannt oder ausgeplündert worden. Wohin das alles führt, können wir uns ausmalen. Die Männer des Muftis haben genügend Waffen und Munition, während die Haganah mit ihrem Latein am Ende ist. Wir können nicht gewinnen. Den Zionisten ist der Durchbruch nicht gelungen. Sie werden es auch nicht mehr schaffen. Wir sind gezwungen worden, mit den zionistischen Wölfen zu heulen, und nun bekommen wir die Folgen zu spüren. Sie haben uns fast ausgehungert. Dabei hätten wir noch Gelegenheit gehabt, viele Dinge auszuhandeln. Wie aber, liebe Freunde, sollen wir uns jetzt verhalten? Ich erwarte eure Vorschläge und Anregungen."

„Mosche Sachar wird sicher den Tag dort oben nicht überstehen, *nu?*"

„Innerhalb der nächsten Stunden wird St. Jakobus bestimmt von den Arabern eingenommen. Dann fehlt der Haganah ein wichtiger Kopf."

„Also sind wir uns einig, dass wir die Angelegenheiten unseres Viertels wieder selber in die Hand nehmen?"

„Ja, Rabbi Akiva, du solltest Kontakt zu unseren arabischen Nachbarn aufnehmen. Sag ihnen, dass wir nicht zu dieser Haganah-Bande gehören und eigentlich gar nicht kämpfen wollten."

„Ja, ruf Taj Khalidy im moslemischen Viertel an. Er ist ein besonnener Mann. Du hast doch immer alles mit ihm besprechen können, *nu?* Sag ihm, dass wir aufgeben."

Nur einer der Rabbis war sich nicht sicher. Es war der Älteste unter ihnen. „Bedenkt aber, dass die Kämpfer des Muftis eine Horde von Banditen sind, die aus allen möglichen Slums der islamischen Welt kommen. Sie werden sich kaum darum kümmern, was Khalidy sagt. Sie sind hier, um unsere Häuser zu plündern und uns auszurauben. Sie haben es darauf abgesehen, so viele Juden wie möglich umzubringen. Unser Volk fürchtet sie also zu Recht. Wie können wir uns diesen Männer ergeben? Sie sind Abschaum. Und wir werden so oder so umgebracht."

Akiva hatte eine Lösung parat: „Ich werde Khalidy sagen, dass wir uns nicht den Söldnern ergeben werden. Er soll wissen, dass wir uns vor ihrer Brutalität fürchten. Deshalb werde ich einen Waffenstillstand vorschlagen, bis die Armee König Abdullahs aus Jordanien hier eintrifft. Dann werden wir uns den Offizieren der Arabischen Legion ergeben."

Man stimmte ab, und alle waren dafür.

* * *

Taj Khalidy war selbst am Apparat. „*Salaam!*“

Froh, Khalidys Stimme zu hören, sagte Akiva: „Wir vom Jüdischen Rat sind hier zusammengekommen, weil wir uns Sorgen machen, denn Ihre Leute haben die ungläubigen Zionisten gestern zurückgeschlagen.“

„Unser Sieg?“, fragte Khalidy gespielt bescheiden.

„Ja. Die Haganah im jüdischen Viertel hat kaum noch eine Hand voll Patronen. Das jüdische Krankenhaus kann die Verwundeten kaum noch versorgen. Frauen und Kinder haben in den Synagogen Zuflucht gefunden. Wir sind am Ende. Wir sind nicht mehr bereit, auf die leeren Versprechungen der Zionisten aus der Neustadt zu bauen.“

„Das ist klug, Rabbi Akiva. Diese Tragödie müsste nicht sein. Dieser Zwist zwischen uns ist unvernünftig. Wären die Haganah und die säkularen Zionisten bereit, auf uns zu hören, so könnten wir in Frieden miteinander leben.“

„Das haben Sie gut gesagt, Khalidy. Das Leid unter den Unschuldigen ist besonders für uns unerträglich, die wir die Verantwortung für die tragen, die uns anvertraut sind. Die Kinder ... es gibt kaum noch Milch für die Kleinsten. Es ist Zeit, dass wir diesem Zustand ein Ende bereiten.“

„Allah sei gepriesen!“, rief Khalidy aus. „Das sind Neuigkeiten, mit denen ich wahrlich nicht gerechnet habe. Ich freue mich, das alles von Ihnen zu hören!“

„Gut. Dann sollen Sie auch unsere Vorschläge hören: Sagen Sie Ihrem Komitee, dass die gläubigen Juden sich ergeben wollen, dass wir keine Hoffnung haben – ja sie niemals gehabt haben –, Widerstand würde den Frieden bringen. Die Zionisten, die die Barrikaden halten, sind das letzte Aufgebot. Und auch sie werden bald aufgeben müssen. Wir Rabbiner des Jüdischen Rates werden uns den Offizieren der Arabischen Legion aus Jordanien ergeben – unter der Voraussetzung, dass wir als Zivilisten in unserem Viertel bleiben können.“

„Der Legion?“

„Wir fürchten die Fanatiker des Muftis. Bedenken Sie, wie die

Dschihad-Moqhaden dort gehaust haben, wo wir uns zurückgezogen haben. Sie sind für ihre Gewalttätigkeit bekannt und kennen keine Disziplin. Wir fürchten also, dass es zu einem Massaker kommen wird, wenn wir uns ihnen ergeben."

„So, so", sagte Khalidy nur, denn er war nicht ganz von der Ehrlichkeit dieses Angebotes überzeugt. „Aber die Arabische Legion ist gar nicht in Jerusalem. Natürlich hält man König Abdullah auf dem Laufenden über die Entwicklung hier. Er hat auch versprochen, Soldaten und Ausrüstung zu schicken. Ich glaube, sie sind auch bereits auf dem Weg nach Jerusalem. Aber ich kann nicht garantieren, dass sie vor dem nächsten Angriff der Freischärler hier sind."

Akiva blieb hart. „Wir werden uns nur der Legion ergeben. Übermitteln Sie Ihrem Komitee, was wir fordern. Sie entscheiden darüber, ob Sie mit uns zusammenarbeiten wollen, Khalidy. Sie können *Ihre* Fanatiker zurückhalten, so wie wir *unsere* bekämpfen."

„Gewiss. *Inschallah!* Ich bin sicher, dass wir uns einigen können."

* * *

Am späten Nachmittag desselben Tages verbreitete sich die Nachricht von der Aufgabebereitschaft der Juden wie ein Lauffeuer in den Souks des arabischen Viertels. Die bedrückte Stimmung unter den Dschihad-Moqhaden war sofort verflogen, und ihr Fanatismus bekam neue Nahrung.

Daoud, Sohn des Baruch, saß auf einer umgedrehten Kiste vor dem Kaffeehaus, während Kasim Dajani mit Hassan el-Hassan sprach.

„Ist das wahr? Rabbi Akiva hat mit Khalidy telefoniert? Die Juden haben kaum noch eine Handvoll Patronen?"

„Allah ist barmherzig, Dajani! El-Kuds wird wieder die Stadt des Propheten sein! Und unser Mufti wird in der Heiligen Stadt regieren. *Inschallah!*"

„Aber was wird aus uns, wenn erst die Arabische Legion hier einzieht? Werden sie uns nicht den Ruhm wegschnappen?"

„Sie brauchen bestimmt noch zwei Tage. Inzwischen haben wir längst das jüdische Viertel überrannt, und dann werden nach 3.000 Jahren zum ersten Mal keine Juden mehr am Fuß des Tempelberges hausen. Wir werden den Boden mit ihrem Blut tränken und damit reinwaschen!"

Daoud dachte über Hassans Worte nach. So viel Blut war bereits vergossen worden. Aber was war dadurch reiner geworden?

Der Junge blickte auf, als in dem engen Basar Jubelrufe hallten. Es waren Freischärler, die sich noch im Stadtgebiet herumtrieben.

Dajani sagte: „Die Kämpfer des Heiligen Krieges, die heute Morgen noch Jerusalem verlassen haben und inzwischen die gute Nachricht gehört haben, kommen jetzt zurück. Sie wollen wieder kämpfen und drängeln sich schon am Damaskustor!"

Daoud, der den ganzen Tag über kaum etwas geredet hatte, wagte nun doch, eine Frage zu stellen: „Aber wie sieht es denn mit unserer eigenen Munition aus? In den Souks habe ich die Männer reden hören, dass sie noch heute Abend die Juden mit Steinen bekämpfen müssten."

Dajani kam aus dem Laden und stieß die Kiste unter Daoud weg. „Unverschämter Zweifler!" Schon wollte er den Jungen selber treten, doch Hassan hinderte ihn daran.

Dem Freischärler war nämlich wieder eingefallen, wie Daoud seine Trophäen bewundert hatte, als all die Kinder des Viertels zu ihm gekommen waren. „Lass den Jungen in Ruhe. Er hat das Recht, solche Fragen zu stellen."

Dajani knurrte: „*Du* bist sein Held, Hassan. Erklär du es ihm."

Hassan schlürfte seinen Kaffee. „Du musst wissen, Daoud, dass der Sieg unser ist, selbst wenn wir sie mit Steinen bekämpfen müssen. Es ist der Wille Allahs. Und selbst Akiva ist sein Werkzeug. Die Juden zittern vor unserer Macht. Deshalb mach dir keine Gedanken. Wir haben noch Granatwerfer an der Südmauer. Wir werden immer wieder angreifen, bis die Juden ihre letzte Kugel verschossen haben. Und außerdem sind wir viele Tausende ... und sie sind ein kleiner Haufen. Das Ende ist gewiss, mein Freund Daoud."

Der Junge nickte, ohne sich zu freuen. Er wandte sich an Hassan mit seiner Frage: „Mein Bruder ist verwundet. Ich würde ihn gern besuchen, um ihm diese gute Nachricht zu überbringen. Darf ich mich entfernen?"

Hassan wollte schon seine Zustimmung geben, doch Dajani hinderte ihn daran, indem er seine Hand erhob. „Ich habe einen Plan, und dazu brauche ich meinen Gehilfen. Wenn wir fertig sind, kann er meinetwegen gehen."

Dienstag
18. Mai 1948

So spricht der HERR: Ich kehre wieder auf den Zion zurück und will zu Jerusalem wohnen, dass Jerusalem eine Stadt der Treue heißen soll und der Berg des HERRN Zebaoth ein heiliger Berg.
So spricht der HERR Zebaoth: Es sollen hinfort wieder sitzen auf den Plätzen Jerusalems alte Männer und Frauen, jeder mit seinem Stock in der Hand vor hohem Alter, und die Plätze der Stadt sollen voll sein von Knaben und Mädchen, die dort spielen.
So spricht der HERR Zebaoth: Erscheint dies auch unmöglich in den Augen derer, die in dieser Zeit übrig geblieben sind von diesem Volk, sollte es darum auch unmöglich erscheinen in meinen Augen? spricht der HERR Zebaoth.
So spricht der HERR Zebaoth: Siehe, ich will mein Volk erlösen aus dem Lande gegen Aufgang und aus dem Lande gegen Niedergang der Sonne und will sie heimbringen, dass sie in Jerusalem wohnen. Und sie sollen mein Volk sein, und ich will ihr Gott sein in Treue und Gerechtigkeit.
Sacharja 8,3-8

25

Von der Anhöhe aus, auf der sich die Augenklinik befand, beobachteten Major Thomas, Jakob und Alfie, wie 50 Haganah-Kämpfer versuchten, den Zionsberg zu erreichen, ohne von der Stadtmauer gesehen zu werden. Sie hatten sich im Gelände verteilt und suchten immer wieder Deckung hinter Buschwerk oder Steinhaufen, um den arabischen Scharfschützen kein Ziel zu bieten. Irgendwann hatte man sie aber doch entdeckt, und so krachten Gewehrschüsse von der Altstadtmauer.

Plötzlich der dumpfe Knall eines Granatwerfers, dann weitere Abschüsse und gleich darauf schwere Einschläge. Pflastersteine und jüdische Soldaten flogen durch die Luft.

„Geht in Deckung! Geht in Deckung!“, rief Jakob.

Fünf Minuten dauerte der Beschuss. Die überlebenden Soldaten nahmen ihre verwundeten und toten Kameraden mit und zogen sich in die Augenklinik zurück.

„Werden wir es jemals schaffen, das jüdische Viertel zu erreichen?“, fragte Jakob. „Die Araber sehen alles, was wir tun. Sie werden das Tal mit Blut tränken und mit Feuer überziehen.“

Das Hinnom-Tal ... Gai Hinnom ... die Gehenna. Seit die Menschen in diesem Tal Jahrhunderte zuvor dem Moloch ihre Kinder in den feurigen Schlund geworfen hatten, war dies ein Ort des Blutvergießens geblieben. Und heute wurden schon wieder Menschen dort vom Feuer verzehrt.

* * *

Luke Thomas war außer sich vor Wut. Wieder waren so viele Menschenleben bei dem Versuch, das Hinnom-Tal zu durchqueren, unnötig geopfert worden.

„Die Mörser machen uns ganz schön zu schaffen. Wir müssen zusehen, dass wir sie ausschalten, sonst bekommen wir keine Verstärkung zum Zionsberg hinüber. Und wenn wir Zion verlieren, ist auch das jüdische Viertel verloren. Selbst wenn die Araber bei ihrer Flucht Waffen und Munition zurückgelassen haben – Nachasch braucht Männer." Und an Jakob Kalner gewandt, fuhr er fort: „Wir brauchen wieder einmal euch Jungs vom Nachschub-Kommando. Ihr werdet das Tal mit einem einzigen LKW durchqueren. Das fällt vielleicht nicht so auf. Und außerdem seid ihr schnell. Versucht mal, auf irgendeine Art, die Granatwerfer auszuschalten, damit wir Truppen rüberschicken können. Gute Fahrt!"

* * *

Von der Südmauer der Altstadt kam eine Granate geflogen. Sie sauste über Mosche hinweg, der noch immer oben auf dem Turm von St. Jakobus Wache hielt, und explodierte auf dem Gebäude des Petra Hotels.

Als eine weitere Granate geflogen kam, duckten sich Mosche, Benny und Messer tief hinter ihre Sandsäcke. Diesmal hatten die Araber zu kurz gezielt, und das Geschoss explodierte auf der Ararat Road.

Die nächste Granate flog so dicht an Mosches Kopf vorbei, dass er den Luftzug spürte. Sie landete im armenischen Viertel, durchschlug das Fenster der von den Arabern gehaltenen Polizeistation, explodierte und drückte die ganze Hauswand nach außen auf die Straße.

„Das war jetzt schon zu dicht!", rief Mosche. „Jeder von euch schießt noch einmal, und dann ziehen wir uns zurück."

Die drei Männer waren kaum in Innern des Turmes verschwunden, als eine weitere Granate das goldene Kreuz auf dessen Spitze traf. Es folgten noch weitere Explosionen, so dass der ganze Turm wie bei einem Erdbeben erzitterte.

„Das war es also", sagte Mosche. „Sie haben sich eingeschossen. Wir müssen wohl oder übel den Turm aufgeben."

Die drei Männer eilten die Wendeltreppe hinunter. Sie rechneten damit, dass das nächste Geschoss ein Volltreffer sein und den Kirchturm in Trümmer legen würde.

Aber mehrere Minuten vergingen, ohne dass irgendetwas geschah. Warum vollendeten die Araber ihr Werk nicht? „Los, wir gehen wieder nach oben", meinte Mosche. „Vielleicht sind ihnen die Granaten ausgegangen."

„Vielleicht warten sie aber auch nur darauf, dass wir genau das tun, was du vorhast", bemerkte Messer trocken.

Immer wieder schlugen zwar noch Gewehrkugeln ins Mauerwerk des Turmes ein, und die Plattform oben war übersät mit Dachziegeln und Mauersteinen. Aber insgesamt machte der Turm noch einen stabilen Eindruck.

„Warum haben sie nur das Feuer eingestellt?", fragte sich Benny.

„Ich glaube, ich habe die Antwort", sagte Mosche, der durch eine Schießscharte Richtung Norden spähte. Die von den Arabern besetzte Polizeistation brannte lichterloh, wobei es immer wieder zu kleineren und größeren Detonationen kam. „Die Araber haben die Station als Munitionslager benutzt. Und jetzt haben sie ihre eigene Stellung getroffen. Sie werden uns erst mal nicht weiter beschießen, bis sie eine Schussrichtung gefunden haben, bei der sie nicht Gefahr laufen, eigene Einrichtungen zu zerstören!"

26

Der Lastwagen war mit einer Davidka und sechzig Granaten beladen worden und fuhr nun auf der Straße von Hebron in Richtung Zion, noch außer Sichtweite der Araber. Jakob Kalner steuerte ihn, während der spindeldürre österreichische Lehrer Kevel Gottlieb und Daniel Caan mit den anderen vom Nachschub-Kommando hinten auf der Ladefläche hockten.

Die Davidka war ein Granatwerfer aus eigener Produktion. Ihr Name leitete sich einerseits vom Konstrukteur her, der David Leibowitz hieß. Aber man hatte dabei gewiss auch an den schmächtigen David gedacht, der den Riesen mit der Steinschleuder getötet hatte. Zum Bau der Davidka benutzte man abgesägte Läufe alter türkischer Kanonen, und als Munition dienten Stücke von Wasserrohren, die mit Schießpulver gefüllt waren. Man konnte diesen Werfer schnell überall einsetzen. Seine Reichweite war allerdings nicht besonders groß, dafür machte er einen Höllenlärm und versetzte damit die Araber in Angst und Schrecken.

Für den Angriff auf das Zionstor war dieses Gerät bestens geeignet. Hinter einem der großen Grabsteine auf dem armenischen Friedhof postiert, konnte man die Geschosse bequem über die Mauer ins armenische Viertel schießen, um – mit ein bisschen Glück – die dort aufgestellten Mörser der Moslems auszuschalten. Das einzige Problem bestand darin, das monströse Ding auf den Zionsberg zu bringen und immer mit genug Munition zu füttern.

Niemand musste den Männern sagen, dass sie sich auf ein Himmelfahrtskommando einließen. Schließlich hatten sie beobachten können, was mit den Haganah-Kämpfern in dem offenen Gelände des Hinnom-Tales geschehen war.

„Ihr folgt der Straße bis ihr das griechische Priesterseminar erreicht habt“, instruierte Luke Thomas sie. „Dort werden euch unsere Männer, die den Berg halten, in Empfang nehmen.“

„Und woher sollen wir wissen, wo das ist?“, erkundigte sich Jakob. „Ich bin noch niemals dort gewesen.“

„Es ist das Gebäude mit den hellblauen Fensterläden. Ihr könnt es eigentlich nicht verfehlen."

Jakob legte krachend den Gang ein und ließ die Kupplung mit einem Ruck kommen, so dass der Lkw fast einen Satz nach vorn machte. „Festhalten!", rief er seinen Fahrgästen zu. Es brachte nämlich nichts, sich vorsichtig zu nähern, denn die Araber schossen auf alles, was sich bewegte, und deshalb war Geschwindigkeit ihr einziger Verbündeter.

Sie hatten bereits die Mitte des Weges durch das Tal erreicht, als Geschosse aus Maschinengewehren direkt vor ihnen aufs Pflaster schlugen. Jakob steuerte sofort im Zickzackkurs durch die Straße. Doch schon kurz darauf setzte der Beschuss mit Granaten ein.

Eine detonierte ein Stück vor dem Fahrzeug in einer Zisterne aus dem 16. Jahrhundert, während die zweite einen verlassenen Pkw traf und den Benzintank in die Luft jagte, wobei Granatsplitter in der Heckklappe des Lastwagens einschlugen. Eine schwarze, ölige Wolke stieg in den Himmel auf.

Überall Einschläge. Es schien kein Entkommen mehr aus dem Feuer zu geben. Jeder neue Einschlag konnte das Ende für sie bedeuten. Vor ihnen eine Brücke. Jakob bildete sich ein, nur sie müsse er erreichen. Dahinter seien sie in Sicherheit – wie im Märchen, wo es Wunder gab. Er drückte das Gaspedal bis zum Bodenblech durch und steuerte auf die vermeintlich rettende Brücke zu.

Fast geschafft. Doch da krachte es gewaltig, und Splitter flogen ins Führerhaus. Die Windschutzscheibe war in tausend Stücke zerborsten. Vor Schreck verriss Jakob das Steuer und trat abrupt auf die Bremse. Der Lkw prallte gegen einen Mast hinter der Brücke und rollte ein Stück den seitlichen Hang hinauf, als wolle er aus eigenem Antrieb aus dem Todestal fliehen. Doch dann kippte er seitlich um und blieb zwischen Mast und Brückengeländer liegen.

Jakob prallte gegen das Steuerrad und wäre beinahe durch die zersplitterte Windschutzscheibe hinausgeschleudert worden. Kevel, Alfie und Ibrahim fielen von der Ladefläche, und Daniel prallte gegen den Lauf der Davidka. Ibrahim und Alfie krochen sofort unter das Fahrzeug, um Deckung zu suchen.

Augenblicke später kam auch Daniel wieder zu Besinnung. Ein Maschinengewehr zog seine Spur auf dem Unterboden des Lkws. Daniel packte sein automatisches Gewehr und ließ sich über die Ladekante zu Boden rollen, so dass er bei den anderen landete.

Aber Kevel und Mangus kamen nicht hinterher.

„Wo ist Mangus?“, fragte Daniel.

„Tot.“

„Und Kevel?“

Der dürre Österreicher lag auf dem Rücken bewusstlos mitten auf der Straße.

Jakob war in der Fahrerkabine gefangen, eingeklemmt zwischen Sitz und Lenksäule. Die Kabine bot für den Augenblick ein wenig Schutz vor den Kugeln der Araber, aber es war nur eine Frage der Zeit, bis eine im richtigen Winkel geflogen kam und irgendeinen offenen Spalt fand.

Jetzt sprang Daniel aus der Deckung hervor, packte Kevel bei den Schultern und zog den Lehrer hinter den Lastwagen, verfolgt von Einschüssen.

Wohin sollten sie sich retten? Längs der Straße hatten die Araber freies Schussfeld. Dort lauerte also der Tod. Aber bleiben konnten sie auch nicht. Irgendwann würde eine gut gezielte Granate sie doch noch treffen und töten. Und der Zugang zum Zionsberg war noch ungefähr 30 Meter entfernt. Wie sollten sie diese Strecke hinter sich bringen, ohne erschossen zu werden? Die Möglichkeiten, irgendwo Deckung zu finden, waren rar.

Dann aber entdeckte Daniel ihn: einen riesigen, aufrecht stehenden Mühlstein, der wie ein Schild vor den arabischen Angriffen Schutz bot. Sicher, er schützte nicht den ganzen Weg, dennoch machte sein Anblick ein wenig Mut. Daniel erläuterte Alfie und Ibrahim seinen Plan.

Der muskulöse Ibrahim zog Kevel zum Fahrerhaus vor. Die nächste Granate schlug schon dichter als die vorige bei ihnen ein. Ihren Rauch als Deckung nutzend, sprang Ibrahim mit Kevel über den Schultern auf und lief zu dem schützenden Stein. Alfie, der drei Gewehre trug, schloss sich ihm an.

Unterdessen rief Daniel nach Jakob. War er verletzt? Konnte er überhaupt aus eigenen Kraft den Mühlstein erreichen?

„Ich bin nicht verletzt, aber ich stecke fest", rief er zurück.

Die Fahrertür war verklemmt und konnte nicht geöffnet werden. „Ich kriege dich schon raus, Jakob", versprach Daniel. Aber wie sollte er das anstellen? Zu der nach oben ragenden Beifahrertür konnte er nicht gelangen, denn dort wäre er dem Gewehrfeuer der Araber ausgesetzt gewesen. So kletterte er vorsichtig auf die zerbeulte Motorhaube, beugte sich durch das zerborstene Fenster und drückte das aus der Verankerung gerissene Steuer zur Seite. „Versuch jetzt, dich zu befreien", sagte er zu Jakob. „Jetzt!"

Eine Kugel kam durch das Dach des Fahrerhauses und verfehlte Jakob um Haaresbreite. Gleichzeitig spürte er, dass er frei war. Daniel zog ihn am Arm, und nach wenigen Augenblicken glitt er durch das vordere Fenster, in dem sich keine Scheibe mehr befand. Trotz der Hektik dachte Daniel noch daran, die zweite MP mitzunehmen.

Durch den Mühlstein in der Mitte des Weges gelang es ihnen schließlich, den rettenden Zugang zum Zionsberg zu erreichen, ohne getroffen zu werden. Als sie bereits ein gutes Stück entfernt waren, erhielt ihr Lastwagen doch noch einen Volltreffer. Das Wrack ging mit einem lauten Knall in Flammen auf, die Davidka flog in hohem Boden durch die Luft, und dann explodierte auch noch die Munition. Aber die Männer waren bereits so weit entfernt, dass ihnen die umherfliegenden Metallsplitter und Wrackteile nichts mehr anhaben konnten.

* * *

„Genau hier werden wir den Juden eine Falle stellen", sagte Dajani zu Daoud. „Direkt vor ihrer Haustür." Der Bombenleger und sein Gehilfe hatten sich bis zum südlichen Zipfel des armenischen Viertels durchgeschlagen und befanden sich nun genau zwischen dem Armenischen Seminar und der Grenze zum jüdischen Viertel. Sie mussten so vorsichtig sein, denn jederzeit hätten sie die jüdischen

Wachen im Viertel oder aber Mosche mit seinen Männern auf dem Turm entdecken können.

„Das verstehe ich nicht“, sagte Daoud, als sie einen verlassenen Laden betraten. „Das Zionstor ist doch schon von den Moqhaden besetzt. Und die Häuser hier sind längst verlassen. Warum jagen wir die denn in die Luft?“

„Idiot“, bellte Dajani. „Das kommt davon, wenn man immer nur el-Hassans Geschichten zuhört und Allah die Zeit stiehlt, statt sein Handwerk ordentlich zu lernen. Pass auf! Dieses Haus liegt genau zwischen dem jüdischen Viertel und dem Zionstor, stimmt's?“

„Stimmt.“

„Wenn Captain al-Malik Männer vom Zionstor abzieht, um die Juden vom Zionsberg zu vertreiben, dann könnten die Juden aus der Altstadt auf die Idee kommen, das Zionstor von innen zu erobern. Das ist nicht sehr wahrscheinlich, denn die Juden sind für ihre Feigheit bekannt, aber immerhin. Dann zünden wir unser Bömbchen hier, nicht in erster Linie, um das Haus in die Luft zu jagen, sondern all die Juden, die sich vorwagen.“

Dajani verband die verschiedenen Zündkabel, die von den Fenstern des ersten Stocks kamen mit den Kabeln des Erdgeschosses. „Jetzt kannst du dir einen Namen machen, Daoud“, sagte er. „Es wird deine Aufgabe sein, das alles hier im richtigen Augenblick in die Luft zu jagen. Aber denk dran: Warte bis du gleich mehrere von ihnen erwischst. Vergeude den Sprengstoff nicht für eine Person. Und wenn die umherfliegenden Steine ihnen die Schädel zertrümmern, dann werde ich mit ein paar Kämpfern kommen und auch dem letzten Überlebenden noch den Garaus machen.“

* * *

Es war schon der zweite, nicht enden wollende Tag, an dem Mosche auf dem Turm von St. Jakobus einsame Wache hielt.

Die Araber schossen keine Granaten mehr auf den Turm. Und Mosche redete sich ein, den Moslems sei die Munition ausgegangen. Aber er wusste, dass dies nicht stimmen konnte.

Das Ausbleiben der Granaten bedeutete letztlich nur, dass die Dschihad-Moqhaden keinen Grund sahen, eigene Stellungen mit ihrem Beschuss zu gefährden. Die Freischärler konnten es sich leisten, abzuwarten und den Turm dann einzunehmen, wenn sie dies ganz überraschend tun konnten.

In regelmäßigen Abständen erinnerte Mosche seine Männer daran, nicht zu schießen, solange sich nicht ein Pulk von Feinden zeige. Jede der so wertvollen Patronen müsse für die nächste Attakke aufbewahrt werden, und die komme bestimmt nach der Abenddämmerung.

Dann wieder warten und warten.

Würde er wohl noch einmal Gelegenheit bekommen, die Geheimnisse der verborgenen Rollen unter dem Tempelberg zu erforschen? Es war ein Witz, dass man ausgerechnet ihn zum Hüter dieses Schatzes gemacht hatte. Kaum, dass er diese Aufgabe übernommen hatte, verlor er sie wahrscheinlich gleich wieder. Mosche hoffte, dass Rabbi Lebowitz überleben würde, um einen neuen Nachfolger zu bestimmen. Vielleicht konnte ja Jakov diese Aufgabe übernehmen.

Und Rachel? Wie würde sie reagieren, wenn er fiele? Würde sie ihn verurteilen, weil er den Turm so leichtfertig aufgegeben hatte und dann bei dem sturen Versuch, seinen Fehler wieder gutzumachen, umgekommen war? Er hatte ihr doch versprochen, Schutz und Schild für sie zu sein. Und sie müsse nun nicht mehr fürchten, nach all den Verlusten noch mehr Leid zu erfahren.

Aber selbst bei der Einlösung dieses Versprechens hatte er versagt.

* * *

Der Ruf des Muezzins zum Abendgebet tönte über der Stadt. Lori und Rachel hatten sich während der Nacht mit ihrem Dienst abgewechselt, während Dr. Baruch ununterbrochen arbeitete. 14 Verwundete hatte er bereits behandelt. Drei davon waren hoffnungslose Fälle. Ihre Verletzungen waren so schwer oder bereits so infiziert, dass sie kaum eine Chance mehr hatten. Elf konnten überleben, wenn die Medikamente reichen würden oder wenn man sie in die Neustadt verlegen würde.

Als Dr. Baruch den Ruf des Muezzins hörte, fuhr er hoch: „Ach ja! Die Jungen! Daoud und Gawan. Gott, an sie habe ich gar nicht mehr gedacht, obwohl ich es doch versprochen hatte!“

Esther Rheinhart nahm ihm die Nierenschale ab und sagte: „Sie müssen jetzt erst mal an sich selber denken. Machen Sie mal Pause. Setzen Sie sich hin. Seit Sie hier eintrafen, sind Sie auf den Beinen. Rachel, sorgen Sie dafür, dass er sich mal hinsetzt.“ Esther verschwand mit der Schale.

„Sie hat Recht“, meinte Rachel. „Es wird bald dunkel. Morgen gibt es noch genug Arbeit. Sie müssen einfach mal ausruhen, bevor morgen der nächste Ansturm beginnt.“

Dr. Baruch schien nicht hinzuhören. Er hatte zwei Tage lang nicht geschlafen, und seine Augen waren rot unterlaufen. Doch er glaubte nicht, diese Nacht Schlaf zu finden. „Diese Brüder ... noch Kinder. Werfen Bomben auf Juden. Und dann sagt dieser Daoud, ich soll an ihn denken, wenn ich den Muezzin höre.“

Rachel nahm ihn beim Arm und geleitete ihn zu einem zerschlissenen Sofa. Er wich der sanften Gewalt und gehorchte. „Sie sollten jetzt schlafen.“

Baruch betrachtete ihr Gesicht. „Es ist ein Geschenk ...“

„Ein Geschenk?“

„Ihnen hier zu begegnen – Sie unter diesen Umständen wieder zu sehen.“

„Sie erinnern sich?“

„Das, was wir dort erlebt haben, verfolgt einen. Das vergisst man nicht so leicht.“ Er seufzte.

„Mir geht es genauso.“

„Es ist ein Geschenk“, wiederholte er und begann schläfrig zu werden. „Ihr Leben ist ... Ich habe Sie bei der Arbeit beobachtet – gestern Abend mit Gawan. Und heute während ich behandelte. Irgendwie scheinen Sie wieder heil geworden zu sein. Aber wie kann das sein? Ich habe oft an Sie gedacht ... für Sie gebetet und für das Baby, das Sie verloren haben ... ein kleines Mädchen ... so wie ich für die Brüder bete. Ich habe mich hin und wieder gefragt, ob Sie wohl überlebt haben würden ... und wenn ja, was mit Ihrer Seele geschehen sein mochte, nach all dem, was Sie durchgemacht hatten ..."

„Ich bin innerlich frei geworden, Dr. Baruch. Mein Leben, meine Seele ist mir zurückerstattet worden. Die Verheißung in Psalm 103 habe ich mir zu Herzen genommen: *Barmherzig und gnädig ist der HERR, geduldig und von großer Güte. Er wird nicht für immer hadern noch ewig zornig bleiben. Er handelt nicht mit uns nach unsern Sünden und vergilt uns nicht nach unsrer Missetat. Denn so hoch der Himmel über der Erde ist, lässt er seine Gnade walten über denen, die ihn fürchten. So fern der Morgen ist vom Abend, lässt er unsre Übertretungen von uns sein. Wie sich ein Vater über Kinder erbarmt, so erbarmt sich der HERR über die, die ihn fürchten.* Erst als ich meine Kleine auf den Armen wiegte, fiel es mir wie Schuppen von den Augen, und ich begriff, wie sehr mich der Herr liebt."

„Noch eine Tochter?"

Rachel lächelte. „Sie ist in Sicherheit. Dem Herrn sei Dank. Ich vermisse sie schrecklich. Ich sehne mich so danach, sie auf die kleine Stirn zu küssen. Ich würde mein Leben geben, um ihres zu retten. Erst als mir das bewusst wurde, begriff ich, wie sehr Gott mich liebt und was er alles für mich geopfert hat. Solch eine Liebe verbindet die klaffendsten Wunden und heilt ein gebrochenes Herz. Solch eine Liebe ist ..."

Rachel verstummte, denn Dr. Baruch war eingeschlummert. Sie hüllte ihn behutsam in eine Decke ein. *Solch eine Liebe ist Baruch... Baruch – was Lobpreis heißt.*

* * *

Als es schon fast dunkel war und die Araber wieder begannen, das Hinnom-Tal mit Granaten zu beschießen, stand Captain Achmed al-Malik auf dem Wehrgang über dem Zionstor. Er blickte über das Gebiet südlich der Stadt, das Ha-Ophel genannt wird. Ursprünglich bezeichnete man mit diesem Namen lediglich die Anhöhe, auf der die biblische Zionsfestung stand, die später die Stadt Davids wurde.

Er fühlte sich dort oben auf erhabener Position wie ein großer Feldherr, der siegesgewiss seinen Blick über das Schlachtfeld schweifen lässt.

„Dort drüben", sagte er zu Hassan el-Hassan und deutete auf die Dormitionskirche mit ihrem roten Ziegeldach, „dort drüben sitzt noch der Palmach, aber die Juden haben uns Arbeit erspart, als sie sich ausgerechnet dieses Gelände ausgesucht haben. Wir müssen ihnen dankbar sein."

„Was soll das heißen?"

„Das Gelände, wo sie sich eingegraben haben, ist doch ein Friedhof. Nach dieser Schlacht wird man sagen, dass sich die Juden im wahrsten Sinne des Wortes ihr eigenes Grab geschaufelt haben." Al-Malik kicherte über seinen eigenen Witz.

„Bist du so sicher, dass unsere Gegenoffensive Erfolg haben wird?"

„Nur weil sich ein paar Ziegenhirten und irakische Söldner von der Anhöhe haben vertreiben lassen, heißt das noch lange nicht, dass die Juden tolle Kerle sind", schnauzte Al-Malik. „Außerdem können sie von dieser Position gar nicht viel ausrichten. Sie binden ein paar Männer von uns, mehr nicht. Aber unsere Mörser verhindern wirkungsvoll den Nachschub. Die paar Juden auf dem Zionsberg sind umzingelt, und damit sind ihnen die Hände gebunden. Ihre einzige Hoffnung kann eigentlich nur noch sein, die Nordmauer am Damaskustor anzugreifen."

„Aber genau dort wird ihnen die Arabische Legion den Garaus machen", meinte Hassan siegesgewiss.

„Genau. In der Zwischenzeit werden wir die Juden vom Berg Zion vertreiben, worauf wir uns das jüdische Viertel innerhalb der Mauern vornehmen können. Dafür werden wir von König Abdullah und vom Mufti sicher viel Lob ernten", sagte al-Malik und fügte nachdenklich hinzu, nachdem er seine Zigarettenkippe weggeschnippt hatte: „Na ja, ganz sicher können wir natürlich nicht sein, wer später mal das Sagen hier in Jerusalem hat – der Mufti oder der König. Aber beide sind uns dann zu Dank verpflichtet."

„Bitte", bettelte Hassan, „erlaube mir, dich in die Schlacht zu begleiten."

„Nein", antwortete al-Malik, „du musst leider hier auf dem Tor bleiben und mich vertreten. Du hast das Kommando. Jemand muss das Tor sichern."

* * *

Dr. Baruch hatte seine Assistenten um sich versammelt. Anwesend waren Esther Rheinhart, Rachel, Lori, Jehudit Avram, Jakov, Joseph Rabinowitz und die Krepske Brüder.

„Ihr wisst, dass es wahrscheinlich heute Abend zur Schlacht mit der Arabischen Legion kommen wird", sagte der Doktor. „Ich werde ganz bestimmt hier alle Hände voll zu tun haben, genauso die Schwestern und Esther. Es ist ja kein Geheimnis, dass die Palmachniks versuchen werden, das Zionstor mit der Unterstützung der Männer von St. Jakobus zu durchbrechen." Er sah Rachel einen Augenblick schweigend an, denn sie wusste, dass ihr Mann auf dem Turm ausharrte und hoffnungslos umzingelt blieb, wenn der Durchbruch nicht gelänge.

Dann fuhr er in geschäftsmäßigem Ton fort: „Ich brauche Sanitäter im Feld, die sich bei der kämpfenden Truppe aufhalten. Ihr drei ...", er deutete auf Jehudit, Lori und Rachel, „ ... ihr seid die Jüngsten und Gesündesten. Ihr könnt das Material schleppen und mit den Soldaten mithalten, wenn es schnell gehen muss. Wir werden hinter den Linien ein Feldlazarett einrichten. Eure Aufgabe wird es sein, blutende Wunden zu stillen. Selbst eine kleinere Verletzung kann schlimme Folgen haben, wenn die Blutung nicht gestillt wird. Ihr habt verstanden: Jede Minute zählt!"

Er blickte zu Lori. „Mit Ihrer Erfahrung in der Traumatologie sind Sie der verantwortliche Offizier. Aber bitte keine Heldentaten! Sie werden nicht alle retten *können*. Aber Sie müssen überleben, um anderen zu helfen. Und sehen Sie zu, dass sie niemals ganz vorn in die Schusslinie geraten. Ihre Aufgabe ist es, *hinter* der Front Wunden zu versorgen."

An die Jungen gerichtet, sagte er: „Wir brauchen Helfer, die die Verwundeten vom Feldlazarett auf Tragen zu uns hier in die Chirurgie transportieren. Ich habe schon ein kräftiges Leinentuch mit Ösen versehen. Ich denke, ihr vier schafft einen schweren Mann mit vereinten Kräften. Alles klar?“

27

Ein langer Tag ging zu Ende und schlich sich im Zwielicht davon. War es die Stille vor dem Sturm? Mosche hockte noch immer auf seinem Turm und bewunderte das imposante Panorama, das sich ihm bot. Im Norden zeichneten sich gegen den schon dunkelblauen Himmel die massigen Türme der Zitadelle ab. Sie wirken finster und bedrohlich. Unter ihm duckte sich still und menschenleer das armenische Viertel, und im Osten schimmerte die goldene Kuppel des Felsendoms im versiegenden Licht des Tages. Würde in dieser Nacht aus dem Osten der Tod über sie alle kommen?

Mosche wurde aus seinen Gedanken gerissen. Kugeln schlugen unter ihm im Turm ein und hinterließen handtellergroße Absprengungen. „Achtung!“, rief er, als er Schatten in den Straßen sah. „Sie kommen vom früheren türkischen Gefängnis.“

„Auf dieser Seite auch!“, rief Benny, der in Richtung Westen Ausschau hielt. Die Angreifer kamen aus dem Schatten des Zionstores hervor. Gleichzeitig detonierten drüben am Zionsberg Granaten, und ein unheimliches Kriegsgeheul erhob sich in der ganzen Gegend. Hatte der arabische Angriff bereits begonnen?

* * *

Von den Zinnen des Zionstores verkündete das Tackern eines schweren MGs den Juden auf dem Berg den Ernst der Lage. *Lauft, solange ihr könnt,* schien die Botschaft zu lauten. Gleichzeitig begannen arabischen Frauen ihr gellendes Geschrei, das durch schnellen Zungenschlag seinen typisch trällernden Klang erhielt. Damit trieben sie ihre Männer in den Kampf und versetzten gleichzeitig die Juden in Angst und Schrecken.

Selbst al-Malik lief ein kalter Schauer über den Rücken, als er mit gezogener Pistole aus dem Tor stürmte und seine Freischärler anführte. Ihr Ziel war das armenische Kloster, das auch als das *Haus des Kaiphas* bekannt war.

„*Deir Jassin! Deir Jassin!*“, skandierten die Männer und schossen drohend in die Luft, noch bevor sie den ersten Feind zu Gesicht bekamen.

* * *

Die ausschwärmenden Dschihad-Moqhaden rannten den Abhang hinauf zu den Stellungen des Palmach. Wenn sich ein Kämpfer hingekniet und sein Gewehr abgefeuert hatte, preschte der hinter ihm vor, kniete sich seinerseits hin und schoss ebenfalls. So stürmten sie heran. Einige strebten zur Dormitionskirche, während andere direkt auf den Friedhof zusteuerten.

Im flackernden Licht der Leuchtmunition wirkten die anstürmenden Freischärler wie böse Geister, die auftauchten, dann verschwanden, wenn es dunkel wurde, um kurze Zeit später beim nächsten Blitz viel näher wieder zu erscheinen.

Jakob kauerte hinter einem Grabstein, und immer wieder erhellte das künstliche Licht vom Himmel die Inschrift, die darauf stand:

> Fremder, spende ein Gebet für
> GREGORY
> den Lampenwart,
> der 40 Jahre Psalmen sang
> und für die Kerzen sorgte
> am Grab des Herrn

Es stand kein Datum auf dem Stein. Jakob erfuhr also nicht, wann Gregory gestorben war. Aber er hatte wahrscheinlich vierzig Jahre Dienst in der Grabeskirche getan. Und Jakob fragte sich, ob dieser Mann, der da unter ihm ruhte, wohl zufrieden und lebenssatt gestorben war. Auch für ihn, Jakob, konnte dies die letzte Nacht sein. Würde er sich noch heute zu Gregory gesellen? Und würde er lebenssatt sterben können?

Klack. Eine Kugel hatte Gregorys Grabstein getroffen. Jakob duckte sich, hielt die Mündung seiner MP nach draußen und schoss eine Salve ab. Dann rollte er schnell zur anderen Kante des Steins.

Nicht weit von ihm entfernt stand Daniel Caan hinter einem knorrigen Myrthenbaum, feuerte und rannte zu einer noch sichereren Deckung.

Hinter Jakob stand der dürre Kevel und hantierte fahrig mit seinem Gewehr, bis es seinen Händen entglitt und im Schmutz landete.

Eine Granate kam geflogen, schlug gegen die Zweige eines Baumes und fiel klackend auf eine steinerne Grabplatte. Kevel war wie gelähmt und starrte regungslos auf das tödliche Geschoss, während Jakob an ihm vorüberhechtete.

Im Fallen griff er die Granate, sprang wieder auf und warf sie dorthin, woher sie gekommen war. Noch bevor er „Deckung!“ rufen konnte, explodierte sie schon jenseits des Grabsteins. Schmerzensschreie auf Arabisch verrieten ihm, dass dort jemand getroffen worden war.

Eine Explosion weiter oben. Feuer. Kevel drehte sich um, das Gewehr im Anschlag. Ein Treffer hinter ihm im Baumstamm. Kevel schwang zurück, zielte dorthin. Von Osten eine MG-Salve, und Kevel riss sein Gewehr wieder herum – kopflos, ohne zu wissen, was er tat.

Jakob, der ihm mitleidig zusah, rief hinüber: „Kevel, komm zu mir. Hock dich hier hin. Gib mir dein Gewehr, und lade meins nach.“

Mit bebenden Händen tat Kevel, worum Jakob ihn gebeten hatte, während die Schlacht um sie herum weiter tobte.

* * *

Mosche beobachtete alles von seinem Turm aus. Arabische Leuchtraketen stiegen immer wieder außerhalb der Stadtmauer in den dunklen Nachthimmel und beleuchteten die Szene. Er hörte die Schüsse, das Bersten der Granaten und die Schreie der Kämpfenden. Mosche war klar, dass die Dschihad-Moqhaden die Stellungen des Palmach auf dem Zionsberg attackierten. Mit jeder Minute, die verging, sank die Hoffnung auf einen jüdischen Durchbruch am Tor.

Mosche hatte nur drei Mann bei sich, die leicht verletzt waren, und es war ihnen gelungen, drei Attacken der Moslems abzuwehren. Trotzdem war es nur eine Frage der Zeit, bis sie irgendwann doch kapitulieren mussten. Jeder von ihnen hatte noch zwei Magazine mit Patronen und eine Handgranate. Diese Vorräte mussten sie für den Notfall aufbewahren.

Glücklicherweise ließ das direkte Gewehrfeuer auf den Turm immer mehr nach, bis es ganz aufhörte. „Sie setzen alle Kräfte am Zionsberg ein", sagte Mosche zu Benny. „Wenn wir doch den Palmachniks helfen könnten!"

Vom Wehrgang über dem Zionstor spie das schwere Maschinengewehr pausenlos den Tod hinüber zu den Stellungen der Juden. Sein Kaliber erlaubte Munition, die selbst leichte Panzerungen durchschlug und menschliche Körper zerfetzte, sobald sie in die Schusslinie gerieten. Mosche meinte: „Es hat wenig Sinn Munition zu sparen, wenn wir den Zionsberg verlieren. Versuch doch mal, den Schützen auszuschalten."

Benny stützte sein Gewehr auf einem Sandsack ab, schätzte die Entfernung zwischen Mündungsfeuer und dem Schützen, zielte dorthin, wo er ihn vermutete und drückte ab.

Das Mündungsfeuer schwankte hin und her und begann sich gen Himmel zu richten. Dann schwieg die todbringende Waffe. Benny hatte sie ausgeschaltet.

* * *

Al-Malik erschrak, als er mitten im Kampfgetümmel plötzlich Hassan el-Hassan auf sich zukommen sah. „Es läuft ja richtig gut! Wir vertreiben die Juden vom Berg!", rief Hassan.

„Was machst du hier? Du solltest doch oben auf dem Tor bleiben!", wetterte al-Malik. „Warum hast du deinen Posten verlassen, verdammt noch mal?"

„Ich habe gesehen, wie unsere Männer so schnell vorrücken ... Vergib mir, Captain. Es hat mich nicht mehr da oben gehalten. Ich wollte unbedingt dabei sein. Außerdem kommt der MG-Schütze ganz gut ohne mich zurecht."

In diesem Augenblick verstummte die Waffe. Al-Malik und Hassan warteten ungeduldig darauf, dass der Schütze einen neuen Gurt einlegte und das Feuer wieder eröffnete. Aber nichts geschah – minutenlang. Der unerlässliche Feuerschutz für die Freischärler blieb aus.

Al-Malik bekam Panik. Ihre wichtigste Waffe war ausgefallen und Freischärler kamen ihm bereits entgegen – ebenfalls in Panik und auf der Flucht. Zwei wurden von einer Granate getroffen und wirbelten in die Luft.

„Lauf!", schrie al-Malik. „Lauf zurück zum Tor. Jemand muss dort das Kommando übernehmen und die Verteidigung organisieren! Ich kümmere mich inzwischen um die versprengten Männer hier am Berg. Bete zu Allah, dass du noch rechtzeitig ankommst!"

* * *

Auch wenn die Leuchtmunition nur ein schwaches Licht abgab, war Daniel Caan sicher, den Araber erkannt zu haben, der offensichtlich den Angriff befehligte. Es musste al-Malik sein. Die wulstigen Lippen und die Hakennase waren unverkennbar. Dieser Mann war stattlicher als all die anderen Kämpfer, die er befehligt. So fiel er schon durch seine Statur auf.

Daniel tastete nach einem neuen Magazin an seinem Gürtel und lud seine MP. Plötzlich Gewehrsalven aus einer unerwarteten Richtung. Einer der jüdischen Verteidiger hatte offenbar die Anhöhe mit einem leichten MG umrundet. Er schoss nun in die rechte Flanke der Araber und traf viele völlig ungedeckt.

Als Daniel sich wieder nach al-Malik umsah, war der verschwunden. Eilig suchte der Junge das Schlachtfeld nach ihm ab. Dabei entdeckte er eine Gruppe, in der er den Anführer vermutete. Die Männer liefen geduckt von Grabstein zu Grabstein.

Daniel legte an. Vielleicht würde er ja zwischen zwei Steinen al-Malik erkennen und erledigen können. Mit dem Finger spürte er den Abzug, während er gleichzeitig den Atem anhielt.

Dann aber explodierte ganz in seiner Nähe eine weitere arabische Granate und heiße Metallsplitter sausten in alle Richtungen durch die Luft. Vor Schreck schoss Daniel eine Salve ungezielt ab. Er spürte einen brennenden Schmerz in der linken Hand. Ein zehn Zentimeter langer Splitter stak darin. Mit zusammengebissenen Zähnen zog er ihn vorsichtig heraus. Als er dann aber sein Gewehr wieder aufnehmen wollte, erschrak er, und ein kalter Schauer lief ihm über den Rücken. Über einem der Grabsteine sah er den Kopf eines Freischärlers, der ihn fixierte. Der Mann legte blitzschnell an, zielte auf Daniel und drückte auch sofort ab. Aber es klickte nur.

Jetzt versuchte jeder der beiden Kontrahenten dem anderen zuvorzukommen. Es ging um Leben und Tod. Und wer schneller war, überlebte. Der Freischärler lud seine Waffe, während Daniel die Suche nach seinem Gewehr schnell aufgab. Glücklicherweise hatte er noch Handgranaten bei sich. Er nahm eine und zog den Sicherheitsstift.

Daniel schleuderte die Granate in dem Augenblick, da der Freischärler wieder anlegte. Er warf sich zu Boden, und die Kugel pfiff noch an seinem Ohr vorbei. Gleichzeitig hechtete der Araber nach der Granate. Würde es ihm gelingen, die todbringende Stahlkugel zurückzuwerfen?

Sie lag zwischen zwei Gräbern und explodierte genau in dem Augenblick, da der Freischärler sie mit den Händen erreichte.

Aber es war nicht Achmed al-Malik. Der war ihm also wieder entwischt.

Als Daniel sich erhob und seinen zerfetzten Gegner betrachtete, der ihn gewiss getötet hätte, erkannte er an den zierlichen Gliedmaßen, dass es noch ein Junge gewesen sein musste, der kaum älter war als er.

Die letzte Leuchtrakete erlosch, und Finsternis hüllte die beiden ein – den toten Jungen und den, der überleben durfte.

28

„Halt! Halt! Bleibt stehen!“, befahl al-Malik seinen Dschihad-Moqhaden, die in panischer Angst dem rettenden Tor zustrebten. Sie liefen jetzt schneller als vorhin beim Angriff. Al-Malik zog seine Pistole und schoss in die Luft, um seinen Befehlen Nachdruck zu verleihen. „Bleibt endlich stehen!“ Doch die Fliehenden beachteten ihn kaum. Drei stattlichen Männern befahl er, die Flügel des Tores im Auge zu behalten und auf seinen Befehl zu warten. Auch er selber durchquerte nun das Tor und war erst einmal in Sicherheit. „Sollen wir das Tor schließen?“, fragte einer der Freischärler.

Es jetzt schon zu schließen hieße, die flüchtigen Brüder, die draußen noch um ihr Leben rannten, ihrem Schicksal zu überlassen. Man konnte es also erst verbarrikadieren, wenn es unerlässlich war. „Wir warten noch“, sagte der Captain.

Al-Malik stieg die ausgetretenen Stufen zum Wehrgang des Tores hinauf und fand den knienden Hassan dort inmitten der verstreuten Teile des schweren MGs, hastig bemüht, sie wieder zusammenzusetzen.

„Wo sind denn die anderen?“, fragte al-Malik grimmig.

„Weg! Sie sind abgehauen, als ich herkam“, antwortete Hassan. „Das MG ist durch ein paar Treffer kaputt gegangen, aber ich denke, ich kriege es wieder hin.“ Er betrachtete nachdenklich die Feder in seiner öligen Hand, bevor er sie an der richtigen Stelle einfügte.

„Wir haben keine Zeit zu verlieren!“, warnte al-Malik. „Die Männer vom Palmach werden sich bestimmt ermuntert fühlen und versuchen das Tor zu stürmen ...“ Er kam nicht weiter, denn eine Kugel schrammte am Mauerwerk einer Schießscharte entlang und flog dicht an al-Maliks Kopf vorbei. Vorsichtig streckte er den Kopf durch die Zinnen und rief nach unten: „Zieht euch zurück und schließt sofort das Tor! Zieht ...“ Er stutzte. Die drei Männer, die er dort unten postiert hatte, waren längst über alle Berge.

Mit einem Fluch auf den Lippen stieß er Hassan beiseite. Der strauchelte und fiel zwischen die Teile des MGs. Von Panik getrieben, hastete al-Malik die Stufen hinunter. Das Tor, jemand musste es schließen! Der Feind würde es jeden Augenblick erreichen. Die Schreie der Männer, die um ihr Leben rannten und verzweifelt versuchten, das rettende Tor zu erreichen, kümmerten ihren Anführer wenig. Er schlug die eisernen Flügel ins Schloss und verriegelte sie. Draußen prasselten die Kugeln der Juden ans Tor, und die verzweifelten Moqhaden pochten mit ihren Fäusten dagegen.

* * *

Jakob und Kevel durchquerten einen brachliegenden Teil des Friedhofs, zwängten sich durch Dornbüsche, die die Haut ritzten, und durch krüpplige, alte Ölbäume, deren störrische Zweige ihrem stürmischen Drängen nur unwillig nachgaben.

Irgendwo hier war Judas Ischariot auf dem Acker begraben worden, den er mit dem Blutgeld für Jesu Verrat erworben hatte. Loris Vater, dieser gebildete Mann, hätte genau sagen können, wo das war. Aber ihn konnte man ja nicht mehr befragen, weil er vom Rachen der nazistischen Bestie verschlungen worden war.

Das Böse ist mit Hitler nicht ausgestorben, dachte Jakob. *Es hat nur Gestalt und Ort verändert und darauf gewartet, erneut sein Unwesen treiben zu können.*

Jakob wunderte sich, wie weit seine Gedanken schweifen konnten, obwohl die Gegenwart ihn doch so vollkommen forderte, wenn er überleben wollte.

Plötzlich verschwand der Boden unter ihren Füßen. Sie rutschten in ein hastig ausgehobenes Grab, das dann offenbar nicht mehr belegt worden war. Hier fanden sie Deckung und konnten einen Augenblick verschnaufen.

Es waren kaum noch Freischärler zu sehen. Offenbar war der arabische Angriff zum Erliegen gekommen.

„Wir haben sie aufgehalten", meinte Kevel euphorisch. „Sie fliehen! Und ich lebe! Ich hätte nie geglaubt, dass ich diesen Kampf überstehe. Ich war sicher, dass mein erster auch gleich mein letzter sein würde. Und nun hocke ich hier, kann sehen, hören und riechen! Ich kann nicht fassen, dass ich noch nicht mal einen Kratzer abgekriegt habe ..." Kevel hätte am liebsten immer so weiter geplappert, aber Jakob unterbrach ihn: „Mensch, das Tor!"

„Wieso?"

„Die schießen schon eine Weile nicht mehr vom Tor! Auch das schwere MG ist stumm. Offenbar ist dort oben keiner mehr. Die sind alle abgehauen, und das Tor ist unbewacht!"

Kevel war entsetzt. „Du meinst, wir müssen noch mal ran?", raunte er, ohne noch gehört zu werden.

Jakob kletterte aus dem Versteck, und Kevel blieb ihm auf den Fersen. Es dauerte eine Weile, bis sie ihren Kameraden gefunden hatten. „Daniel, Daniel, das Tor muss unbesetzt sein!" Der Junge kniete noch immer neben dem toten Araber.

„Los, komm", drängte Jakob, „solange bei denen noch alles drunter und drüber läuft, haben wir eine Chance, das Tor zu knacken."

Die Drei liefen zum Kommandostand des Palmach am Davidsgrab und trafen dort Nachasch an. Der war ganz ihrer Meinung: „Die Chance sollten wir nutzen", meinte er. „Wir sollten sie schlagen, während niemand das Tor verteidigt." Er deutete auf Jakob und Kevel. „Du und du, ihr nehmt hier das Dynamit und jagt das Tor in die Luft, falls es schon verschlossen ist."

* * *

„Die laufen wie die Hasen", rief Benny zu Mosche und deutete vom Turm der St. Jakobuskirche hinüber zum Zionstor. Im Schein der arabischen Leuchtraketen waren die fliehenden Gestalten tatsächlich zu sehen. „Die Männer vom Palmach haben sie zurückgeschlagen!"

Benny zielte in die zurückströmende Menge der Dschihad-Moqhaden, schoss und traf sogar einen von ihnen. Aber keiner seiner Kameraden kümmerte sich um ihn. Sie wichen dem Toten aus, als habe er eine ansteckende Krankheit.

Benny zielte wieder, aber Mosche verhinderte, dass er noch einmal abdrückte. „Das ist nicht unsere Aufgabe. Die Araber haben vielleicht den Berg Zion verloren, aber das Tor halten sie noch immer."

Mosche sah gerade noch, wie ein Araber die eisernen Flügel des Tores zu schließen begann. „Erledige ihn!", rief er. Und dann fiel ihm der Schlüssel ein, den er immer noch am Hals trug. Er packte ihn und rief: „Der Schlüssel! Ich habe ja den Schlüssel!"

Benny drückte ab, verfehlte den Araber jedoch, der darauf verschwand.

„Gib mir Feuerschutz so gut du kannst", sagte Mosche.

„Was?"

„Bleib hier oben, und sieh zu, dass du mir die Araber vom Hals hältst", sagte Mosche und gab Benny seine Patronenreserve, während er nur das Gewehr behielt. „Die Leute vom Palmach kommen, und dann brauchen sie den Schlüssel. Sollte ich es nicht schaffen ..."

„Halt den Mund!", sagte Benny. „Nun hau schon ab!"

* * *

Es war kein gutes Gefühl, auf dem Rücken Sprengstoff zu transportieren. Jakob und Kevel waren auf dem Weg zum Zionstor, um den Eingang frei zu sprengen. Die Araber hatten bei ihrer übereilten Flucht genug Dynamit auf dem Zionsberg zurückgelassen, so dass jetzt genug davon zur Verfügung stand.

Endlich der Torbogen! Niemand hatte sie daran gehindert, sich dem Eingang zur Altstadt zu nähern. Nach dem Gemetzel auf dem offenen Feld fühlte sich Jakob jetzt irgendwie geborgen unter dem steinernen Bogen der uralten Stadtmauer.

Die beiden jungen Männer bündelten Dynamitstangen und befestigten die Zündschnüre. Dann legten sie die Sprengstoffpakete vor den eisernen Flügeln nieder. Die Zündschnüre waren kurz – gefährlich kurz. Aber daran ließ sich jetzt nichts mehr ändern.

„Lauf!", rief Jakob. „Such irgendwo Deckung!"

Das erste Streichholz flammte auf, flackerte kurz und ging sofort wieder aus. Erst das zweite brannte lange genug für die Zündschnur.

Jakob rannte um sein Leben.

Und kaum hatte er das rettende Haus des Kaiphas erreicht, das ihm Deckung geben konnte, da ging die Sprengladung in die Luft. Es war die gewaltigste Detonation dieser unruhigen Nacht, deren Druckwelle Jakob noch in seiner Deckung zu Boden riss. Noch während er zum Tor lief, um nachzusehen, wie breit der Zugang zur Altstadt geworden war, hörte er ein Singen in den Ohren. Dabei gesellte sich Daniel zu ihm, der Jakob und Kevel nachgegangen war.

Enttäuscht mussten sie allerdings feststellen, dass das solide Eisenportal zwar eingedrückt, aber ansonsten noch immer intakt war. Das Tor blieb geschlossen.

„Versuchen wir es mit einer zweiten Ladung“, meinte Daniel. „Ich kann das machen.“

„Dafür ist keine Zeit“, sagte Kevel, der inzwischen auch aus seinem Versteck gekommen war. „Die Araber werden jeden Augenblick wieder verteidigungsbereit am Tor sein.“

„Vielleicht ist das unsere letzte Chance! Wir müssen es wenigstens versuchen!“, meinte Daniel.

* * *

Die Gassen im armenischen Viertel waren inzwischen menschenleer. Eine unheimliche Stille lag über allem. Mosche schlich von Haus zu Haus, spähte um Ecken und Vorsprünge, sein Gewehr jederzeit schussbereit. Doch nirgends ein verdächtiger Schatten. Er konnte es kaum glauben, aber er war ganz allein hier. Die Dschihad-Moqhaden hatten offenbar Zuflucht im moslemischen Viertel gefunden. Womöglich hatten sie schon längst die ganze Altstadt aufgegeben, waren über den Ölberg geflohen – nach Hause in den Irak, nach Syrien, in den Libanon oder nach Ägypten!

Aber sicher konnte Mosche nicht sein. Jeden Augenblick konnte ihm ein Gewehrlauf in Bauch oder Rücken gebohrt werden. Die Vorstellung ließ ihn schaudern, und schon lief er ein bisschen schneller.

Auf dem Platz vor dem Tor lagen überall Leichen verstreut, alles Moslems. Sie mussten durchs offene Tor hindurch erschossen worden sein. Mosche hatte den Knall gehört. War das Tor etwa offen? Bereits von weitem sah Mosche, dass es noch intakt war. Aber erst als er es erreicht hatte, bemerkte er die Wölbung nach innen. Wenn die Explosion nun den Schließmechanismus zerstört hatte! Am Ende konnte man das Tor gar nicht mehr mit dem Schlüssel öffnen! Was dann?

Mosche schob den großen, eisernen Schlüssel ins Schloss. Es war hoch angebracht, und so musste er sich sogar dafür recken. Aber nichts rührte sich.

Er versuchte es noch einmal mit aller Kraft. Und ihm war bewusst, dass ihn jeden Augenblick eine arabische Kugel von hinten in den Rücken treffen konnte. „Nun komm schon!", murmelte er. „Gib nach!"

Kaum hatte er das letzte Wort gesprochen, da kreischte es im Schloss und der Riegel gab nach.

Welche Freude! Das Tor war offen! Vorsichtig öffnete er es einen Spaltbreit. Er musste schließlich damit rechnen, vom Zionsberg beschossen zu werden.

Er spähte hinaus und blickte in das verdutzte Gesicht eines Teenagers, der dreinblickte, als habe man ihn bei einer Schandtat erwischt. Zu seinen Füßen lag eine Dynamitstange, und in der Hand hielt er ein brennendes Streichholz.

„Jetzt habe ich mich aber erschrocken", rief der Junge und schüttelte sich. „Ich dachte, ich wäre gleich tot!"

„Das sind wir beide gleich, wenn du nicht ganz schnell dein Streichholz ausbläst", erwiderte Mosche.

„Wo geht's zum jüdischen Viertel?", fragte Daniel, nachdem er die Flamme ausgeblasen und sich von dem Schreck erholt hatte.

„In die Richtung!"

„Los, kommt!", rief Daniel hinter sich, nahm sein automatisches Gewehr auf und verschwand in den Gassen der Altstadt, ohne auf seine Kameraden zu warten.

* * *

Lori und Rachel befanden sich ganz in der Nähe. Sie hatten sich in einem Haus neben dem Armenischen Patriarchat eingerichtet und warteten nun darauf, von der Haganah Nachrichten über mögliche Verwundete zu bekommen. Doch bislang hatte die große Schlacht mit der Arabischen Legion noch nicht stattgefunden.

Niemand kam, um ihre Dienste in Anspruch zu nehmen. Sie hatten das Kampfgetümmel drüben auf dem Berg Zion mitbekommen und sich versteckt, als die Dschihad-Moqhaden auf dem Rückzug durchs armenische Viertel stürmten. Doch dann war es still geworden – bis zu der Detonation am Tor.

Sie wollten nachsehen, ob nicht doch irgendjemand ihrer Hilfe bedurfte. Und so machten sie sich zum Tor auf.

„Da ist jemand!“, flüsterte Lori plötzlich.

„Warte!“ Rachel zog ihre Freundin in den Eingang eines Buchladens. Es war ein großer Mann. Aber war es ein Araber oder ein Jude? Sie konnten es bei dem schwachen Mondlicht nicht erkennen. Er rannte und hatte ein Gewehr in der Hand. Aber er schien allein zu sein.

„Er läuft direkt ins jüdische Viertel!“, meinte Rachel. „Das täte er bestimmt nicht, wenn es ein Moslem wäre.“

„Er kommt aus Richtung Zionstor. Aber das hieße ja, dass wir es eingenommen haben!“, meinte Lori. „Komm schon, wir sehen es uns an.“

* * *

Daouds Hand lag auf dem Auslöser der Zündmaschine, und er war unerwartet ruhig dabei. Die meiste Zeit saß er im Schneidersitz reglos und in Gedanken versunken da. Zuweilen schien er ganz und gar zu vergessen, dass er hier war, um auf Befehl einen ganzen Wohnblock in die Luft zu sprengen.

Er dachte an seinen Bruder und fragte sich, ob Gawan traurig war, weil er heute keinen Besuch bekommen hatte. Dann dachte er an Dajani, und er hoffte, dass der Bombenleger irgendwo da draußen umgekommen war. Andererseits war dies nicht sehr wahrscheinlich. Dieser Kerl schien die sieben Leben einer Katze zu besitzen.

Plötzlich kamen Stimmen vom jüdischen Viertel her. Daoud kniete sich vors Fenster und spähte gespannt durch die Schlitze der Läden. Tatsächlich, da kam jemand! Es waren mehrere Personen – mindestens zwei. Wahrscheinlich brachen sie jetzt aus. Durfte er schon sprengen? Waren es genug Personen? Lohnte es sich schon? Aber er wollte es auch hinter sich bringen. Er fluchte, weil er sich nicht sicher war.

Der fahle Schein des Mondes fiel plötzlich in die Gasse hinein, als eine Wolke sich verzog. Nur zwei Frauen? Kamen die anderen hinterher? Er kannte sie! Es waren Rachel Sachar und Lori Kalner, die seinen Bruder gerettet hatten! Wie konnte er ausgerechnet sie töten? Noch ein paar Schritte, und er würde sie in jedem Fall erwischen. Gewissen und Gehorsam, die zwei Kräfte kämpften in seinem Herzen um die Vorherrschaft. Wem sollte er folgen? Und da er's nicht wusste, ließ er sich verzagt über den Drücker der Zündmaschine fallen. Der versank im Kasten, der Generator gab Strom und eine weitere Explosion erschütterte das alte Jerusalem.

Allah hatte ihm übel mitgespielt, er hatte ihn zum Schuldner seiner Feinde gemacht! Sollte er, Daoud Ben Baruch, denen das Leben nehmen, die es seinem Bruder wiedergeschenkt hatten?

* * *

Lori und Rachel und der unbekannte Mann näherten sich dem Armenischen Priesterseminar von verschiedenen Seiten. Die Frauen sahen den Soldaten noch laufen. Dann brach über ihm die Wand nach außen, begleitet von einem gewaltigen Donnerschlag. Ein schweres Stück Mauer fiel direkt auf den Jungen und begrub ihn unter sich. Der Himmel klarte jetzt völlig auf, und der Mond beleuchtete die grausige Szene mit seinem milden Licht.

29

Sein linkes Bein konnte er nicht bewegen. Es lag fest unter dem Mauerstück .

„Mutti, Mutti! Hilf mir bitte!“, schluchzte der Soldat mit schmerzverzerrtem Gesicht auf Deutsch.

Nachdem der Staub sich gelegt hatte, waren Rachel und Lori an den Verletzten herangetreten. Er sah noch so jung aus, vielleicht 16. Mörtelstaub bedeckte ihn, bis auf die Augen. Es sah gespenstisch aus. Haut und Haare – alles war weiß bepudert. Auch der Mund war voll Staub. Nur seine weit aufgerissenen Augen blickten lebendig – noch. Lori hielt seinen Kopf, während Rachel versuchte, das Mauerstück zu bewegen.

„Ich schaffe es nicht“, rief sie verzweifelt und voller Wut über ihr Unvermögen.

Dann versuchte sie, den Druck unter dem Bein zu mindern, indem sie Steine darunter entfernte. Aber jede Berührung vergrößerte seine Pein, und er stöhnte laut.

„Mutti! Mutti! Wo bist du? Mutti!“

Lori beugte sich zu ihm herab und strich über sein staubiges Haar. „Ich bin hier! Ich bin doch hier!“

Lori schob die Sanitätertasche zu Rachel. „Sieh mal nach, wo das Morphium ist.“

Rachel wühlte in der Tasche. „Aderpresse ... Bandagen ... Jod ... kein Morphium! Da sind überhaupt keine schmerzstillenden Mittel drin.“

Lori war fassungslos. In London hatte ihr für die Versorgung von Bombenopfern immer genug Morphium zur Verfügung gestanden.

„Er wird bewusstlos! Wahrscheinlich der Schock!“

Lori schaufelte mit bloßen Händen den Schutt unter seinem Kopf und unter den Schultern fort, um den Oberkörper flacher zu lagern.

Rachel hielt ein paar Bandagen hoch und zuckte mit den Achseln. Es war eine verzweifelte Geste und ein Hohn für den schwer verletzten jungen Soldaten, auf dessen Oberschenkel ein Mauerstück lastete.

„Ich werde bei ihm bleiben", sagte Rachel. „Lauf du zurück. Und beeil dich. Sag ihnen, dass wir Hilfe brauchen. Vor allem brauchen wir jemand, der die Steine wegräumt!"

* * *

Von seinem Versteck im zweiten Stock aus beobachtete Daoud die zwei Frauen, die um das Leben des verwundeten Soldaten kämpften. Dann sah er, wie Lori ins jüdische Viertel davonlief, während Rachel Sachar bei dem Verwundeten blieb. Daoud begann sich Sorgen zu machen. Dajani hatte die Detonation bestimmt gehört. Und für ihn war es das Signal, sich auf den Weg zu machen. Er würde gewiss eine Horde Dschihad-Moqhaden mitbringen, die sofort über den hilflosen Soldaten herfallen würden wie Jäger über die Beute, die sie in einer Falle finden.

Und Daoud war sicher, dass auch Rachel Sachar mit ihm sterben würde. „Hau ab! Lass ihn liegen!", rief er und schlug mit der Faust gegen die Wand.

Dajani konnte jeden Augenblick eintreffen, begleitet von einem Trupp Freischärler, um den vermeintlichen Ausbruch der Juden zu verhindern.

Er hatte keine andere Wahl. Er musste sich zeigen. Dajani sollte ihn nicht sehen, und so blieb er möglichst in Deckung, bis er dann blitzschnell die Straße überquerte. Er sah sofort, dass der Verletzte im Sterben lag und keine Chance hatte. „Rachel Sachar!"

Sie drehte sich erschrocken um. „Daoud, du?", rief sie verwundert.

„Sie müssen so schnell wie möglich hier weg! Sie kommen! Hunderte von Dschihad-Moqhaden – mit meinem Herrn, Dajani. Gehen Sie weg! Die werden Sie töten. Gehen Sie schon!"

Rachel schüttelte den Kopf. „Ich lasse ihn nicht im Stich."

„Er ist ein toter Mann."

„Ich kann ihn nicht einfach so liegen lassen."

Jetzt mischte sich der Verwundete ein: „Geh ... ! Er ... er hat Recht. Ich werde ... sterben ... Mutti.“ Er rang nach Atem. „Suzannah!“

„Sie sehen es doch“, drängte Daoud. „Gehen Sie!“

„Nein! Du stirbst nicht! Wie heißt du?“

„Daniel.“

„Halte durch, Daniel. Hilfe ist schon unterwegs.“

„Mutti, ich ... ich habe so Angst.“

„Du brauchst keine Angst zu haben, Daniel“, sagte Rachel, und dann flüsterte sie ihm etwas ins Ohr.

Daniel nickte und lächelte.

Sie raunte: „Sondern das ewige Leben haben ...“

Warum sprach sie ausgerechnet in diesem Augenblick vom Leben? Überall wütete der Tod. Aber ihre Worte schienen Wunder zu wirken! Der helle Mond beschien das Gesicht eines Sterbenden, der tiefen inneren Frieden zu haben schien. Sie hatte ein Wort gesprochen, und der Todgeweihte schien voller Zuversicht.

Daoud legte seine Hand auf ihre Schulter. „Bitte, freundliche Lady. Rachel Sachar! Der da muss sterben. *Inschallah.* Sie müssen nicht bleiben. Dajani wird Sie in Stücke reißen!“

Lori Kalner kam zurück. Über Daouds unerwartete Gegenwart verlor sie kein Wort. Stattdessen berichtete sie Rachel atemlos: „Der Palmach ist wieder auf dem Vormarsch.“

„Kann uns irgendjemand helfen?“

„Nein, niemand! Alle sind beschäftigt. Die Araber ziehen sich immer weiter zurück.“ Nun erst wandte sie sich an Daoud. „Und du, Junge, was machst du hier?“

„Ich habe das Haus in die Luft gesprengt. Ich bin ... Sie müssen den Jungen jetzt liegen lassen! Ich habe schon Rachel Sachar gesagt, dass mein Herr, Dajani, gleich kommt. Ihm ist sein Leben nichts wert. Er würde nur zu gern für Allah und den Propheten sterben, wenn er nur ein paar Juden mitnehmen kann. Sie müssen also unbedingt gehen.“

Daniel rang wieder nach Atem. „Es geht mit mir zu Ende. Geht also. Ich habe mit angesehen, was sie denen antun ...“

Rachel unterbrach ihn: „Es reicht, wenn einer von uns hier bleibt. Geht also!"

Lori schüttelte den Kopf. „Jemand wird kommen! Irgendjemand wird kommen, um uns zu helfen."

* * *

Daoud sah nach Westen zum Zionstor, dann nach Osten, wo das jüdische Viertel lag. Irgendwann würden die Juden vom Zionsberg durchs Tor kommen. Die Dschihad-Moqhaden würden sich ihnen entgegenstellen, und das bedeutete, genau zwischen die Fronten zu geraten.

Plötzlich Schritte. Sie kamen von hinten. Daoud drehte sich um und erkannte Dajani.

„Was hast du gemacht?", fragte der Bombenleger aufgebracht, während er abwechselnd mit seiner Pistole auf die Anwesenden zielte. „Wo sind denn die Juden? Ich sehe nur einen Mann und zwei Frauen. Du verdammter Kerl! Deinetwegen war alle Mühe umsonst! Am Ende hast du es mit Absicht gemacht. Aber du wirst es nicht lange bedauern können. Ich habe genug Patronen, um euch alle zu erledigen."

Daoud bemerkte, dass sich etwas zwischen dem Schutt bewegte. Der verletzte Jude lebte offenbar noch. Einen Arm konnte er frei bewegen. Er hatte etwas in der Hand und hob es an.

Dajani richtete seinen Revolver auf Daouds Kopf. „Zuerst die Verräter", sagte er. „Allah ..."

Daniel Caan zog den Abzug seiner MP durch, eine Salve krachte und durchsiebte Dajani von unten nach oben.

* * *

Der Terrorist lag am Boden, zuckte noch ein paar Mal und war offenbar tot. Der Junge starrte den reglos daliegenden Mann an. Was für ein unwürdiger Tod für einen Krieger des Dschihad! Wie hätte er sich geschämt, wenn er geahnt hätte, einmal so zu sterben

– erschossen von einem halb toten jüdischen Halbwüchsigen und vor den Augen seines Lehrlings und zweier Frauen! War ihm so vielleicht sogar der Zugang zum Paradies versperrt? Womöglich wurde er nun gar nicht von schönen Jungfrauen willkommen geheißen!

Das war ein schöner Gedanke!

Rachel nahm Daniel die Waffe aus der Hand, hielt sie im Anschlag und sah sich prüfend um. Es konnte ja sein, dass inzwischen in irgendeiner finsteren Ecke Dschihad-Moqhaden lauerten.

Daoud meinte: „Es kommt wohl keiner mehr. Sie wären sonst mit Dajani hier eingetroffen." Und an Daniel gewandt, fuhr er fort: „Sie haben mir das Leben gerettet, Sir. Vergeben Sie mir bitte! Ich habe Sie nicht gesehen, als ich das Haus in die Luft gejagt habe. Ich wollte nur auf keinen Fall, dass die Frauen näher kommen. Ich wollte sprengen, bevor ich sie erwische."

Rachel sagte: „Du bist frei. Du kannst gehen."

Lori nickte zustimmend. „Geh schon, Daoud."

„Aber wohin?", fragte er.

Rachel antwortete: „Geh zu deinem Bruder ins Patriarchat. Dort wirst du Unterschlupf finden. Du bist noch ein Junge und wirst bei den Nonnen erst einmal bleiben können. Du solltest jedenfalls nicht ins moslemische Viertel zurückkehren."

Daoud stieß mit dem Fuß gegen den toten Dajani. „Mausetot!", sagte er und bückte sich nach der Geldbörse, die Dajani um den Hals trug. „Er schuldet mir noch mehrere Monate den Lohn."

Der Junge zog den Dolch des Mannes aus der Gürtelscheide und schnitt ihm die Börse vom Hals ab.

Da schlug der Leblose die Augen auf. Alle, die es sahen, schrien auf. Der Mann traf das Messer mit seinem Arm, es flog im hohen Bogen irgendwohin in die Dunkelheit. Und schon legten sich Dajanis Hände um Daouds Hals.

Rachel schrie noch immer. Dajanis verzerrtes Gesicht im Mondlicht – wie eine schaurige Fratze. Er öffnete den Mund. Es war eine blutige Höhle, die gefletschten Zähne dunkelrot.

Daoud kämpfte, zerrte, keuchte. Umsonst. Wie konnte ein Mann, der von Kugeln durchsiebt war, noch solche Kräfte mobilisieren? Es war wohl kein Mensch mehr, sondern ein Dämon, der Daoud die Luft abdrückte. Der Junge sah noch verschwommen, wie Rachel mit dem Gewehr hantierte, um Dajani den Fangschuss zu geben. Sie zielte und drückte den Abzug. Aber nichts geschah.

Jetzt schwanden dem Jungen die Sinne. Der letzte Sauerstoff in der Lunge war aufgebraucht. Er fiel, fiel immer tiefer in eine schwarze Grube. *Gawan!*, war sein letzter Gedanke. *Es tut mir Leid!*

* * *

Mosche hörte den Schrei – den Schrei einer Frau.

Er zögerte nicht, kümmerte sich nicht darum, ob seine Freunde ihm folgten, ob Freischärler lauerten. Er rannte los. Eine Frau war in Not. Er stolperte über Leichen – zwei Dschihad-Moqhaden, erschossen auf der Flucht. Er lief an einer finsteren Häuserflucht entlag. Überall Fenster ohne Scheiben wie Augenhöhlen in einem Schädel. Hier war alles tot. Aber dort, mitten auf der Straße, lag jemand, eine zweite Person über ihn gebeugt. Da war jemand im Begriff, einen Menschen zu töten, der am Boden lag.

Mosche legte an, zielte auf den Mann und drückte ab. Es klickte nur. Keine Munition mehr!

Mosche rannte weiter und holte mit dem Gewehrkolben aus, als er dicht bei dem Mann stand.

„Nicht!“, schrie eine Frau.

Jetzt erst erkannte Mosche, dass der am Boden liegende Mann einen Jungen über sich würgte. Er ließ das Gewehr sinken und versuchte, den Griff des Mannes zu lösen. Aber der Mann hatte die Finger im Nacken des Jungen gefaltet. Und so gelang es Mosche nicht, die Umklammerung zu lösen. Der Junge strampelte mit den Beinen, sein Körper bebte. Sollte es schon zu spät sein?

Schritte. Jemand kam gelaufen. Waren es Moslems? Nein, es waren drei Männer, aber keine Araber. „Helft mir!“, rief Mosche. „Ich kann nicht ...“

Ein Hüne mit schwarzer Hautfarbe beugte sich vor, nahm einen Stein und zertrümmerte den Schädel des Dämons auf dem Pflaster.

* * *

Daoud lag, nach Atem ringend, in Rachel Sachars Armen. Dabei beobachtete er, wie ein dunkelhaariger Mann sich über die junge Frau beugte und sie küsste. „Du bist zu Hause!", sagte er, und es klang, als wolle er es gar nicht glauben.

Ein weiterer Soldat gesellte sich zu ihnen. Er sah Lori, und die beiden fielen sich schweigend in die Arme.

Der Hüne, der den Schädel des Bombenlegers zertrümmert hatte, wandte sich nun dem Schuttberg zu, wo Daniel halb vergraben lag. Ein vierter, breitschultriger Mann kam herbei. Er und der dunkelhäutige Riese hoben gemeinsam das Mauerstück an, bis es krachend seitlich zu Boden fiel und zerbarst.

Plötzlich kamen sie von überallher gelaufen – nicht Dschihad-Moqhaden, sondern die Männer der Haganah, die auf dem Weg ins jüdische Viertel waren.

Es war schon merkwürdig, dachte Daoud, dass er von Menschen umgeben war, die eigentlich seine Todfeinde sein sollten. Und dennoch fühlte er sich sicher und geborgen.

Er verstand kaum etwas, denn alle redeten durcheinander: „Immer noch gefährlich ... kann nicht glauben, dass ihr ... Zeit, den Korridor zu öffnen ... muss ins Krankenhaus bringen ... solche Angst um dich gehabt ... müssen die Kräfte am Turm verstärken ..."

Daoud begriff plötzlich, dass er doch nicht hierher gehörte, dass er ein Fremder unter Fremden war. Was den anderen wichtig war, bedeutete ihm wenig. Und als sie sich in Gruppen in Richtung Osten aufmachten, fühlte er sich furchtbar einsam.

Rachel Sachar strich ihm über die Wange. „Alles in Ordnung?", fragte sie. „Komm mit mir ins Krankenhaus. Dort ist auch Dr. Baruch. Dort wird man sich um dich kümmern."

Daoud aber schüttelte den Kopf. „Nein", sagte er und tat einen

Schritt zurück. „Ich gehöre dort nicht hin. Ich gehe lieber zu meinem Bruder."

„Dort bist du aber nicht sicher."

„Sicher genug. Ich muss jetzt gehen."

„Dann *Salaam* dir, du Sohn des Baruch", sagte Rachel.

„*Schalom* für dich", erwiderte Daoud und machte sich auf den Weg. Schon im Gehen rief er noch: „Und wenn du meinen Freund Jakov Lubetkin triffst, grüße ihn bitte von mir."

Rachel sah ihm nach und schmiegte sich in die Arme ihres Mannes.

* * *

Noch in derselben Nacht saß Daoud an Gawans Bett. Die Schwestern hatten dem Ankömmling frische Kleider gegeben und ihm ein Bad eingelassen. Er war überglücklich, denn Gawan war erwacht, aber noch ein bisschen erschöpft. Glücklicherweise hatte der Junge keine Erinnerung mehr an die schrecklichen Ereignisse nach der Explosion.

Eine Nonne schwebte herein, in der Hand ein Tablett, auf dem ein Napf mit Brühe und ein Glas Orangensaft standen. Sie verweilte einen Augenblick am Bett, lächelte Gawan freundlich an und sagte etwas auf Französisch, was er allerdings nicht verstand.

Sie stellte das Tablett auf den Nachttisch und begann, Gawan mit dem Löffel zu füttern, wobei sie freundlich, aber für ihn unverständlich auf ihn einredete. Er ließ es geschehen und schluckte begierig die Suppe.

Als Gawan alles aufgegessen hatte, bemerkte sie erst, wie Daoud sie mit großen Augen ansah. „Hast du auch Hunger? Soll ich dir was bringen?" Sie streichelte ihm übers Haar und verließ den Raum. Doch schon kurze Zeit später erschien sie wieder. „Pitahbrot mit Lamm und Reis. Der Orangensaft ist gerade frisch ausgepresst." Sie gab Brot und Saft dem darbenden Jungen, der hoch erfreut war, sich endlich stärken zu können.

Als sie wieder gegangen war, fragte Gawan: „Was hat sie gesagt?"

„Weiß nicht", antwortete Daoud. „Aber erzähl mir doch mal, woran du dich noch erinnern kannst. Ich werde dir dann berichten, was du nicht mehr weißt."

„Ich sehe noch Jakov Lubetkin vor mir ... dann war da die Leichenhalle. Wir haben irgendwo Limonen geklaut. Ich erinnere mich an Dajani ... aber was war mit ihm los?"

„Dajani ist übrigens tot", sagte Daoud, als berühre es ihn gar nicht. „Und der Palmach ist durchs Zionstor ins jüdische Viertel durchgebrochen. Endlich können sie das Viertel wieder versorgen."

„Sie haben gewonnen? Dann ist Dajani ja noch nicht mal ins Paradies gekommen!", bemerkte Gawan. „Aber wo sind *wir* hier eigentlich?"

Daoud biss herzhaft in sein Brot, kaute und biss wieder hinein. Er schloss die Augen. „Weißt du was, Gawan?", murmelte er mit vollem Mund. „*Wir* sind hier im Paradies."

„Und wer ist die freundlich lächelnde Frau, die uns die guten Sachen bringt?"

Daoud dachte nach, was er antworten konnte. Wie sollte er mit wenigen Worten erklären, was sich alles in so wenigen Tagen zugetragen hatte? Auch würde er sich längst nicht mehr an alles erinnern. „Wer sie ist? Was glaubst du?"

Gawan sah seinen Bruder mit großen Augen an, als ihm die Antwort einfiel. „Du meinst ... ja natürlich! *Allahu akbar!* Sie kann eigentlich nur ... eine der siebzig Jungfrauen sein!"

Neu: Zion für Teens

Robert Elmer
Nächstes Jahr in Jerusalem
Bestell-Nr. 330 516
ISBN 3-86122-516-6
160 Seiten, gebunden

Auf der Suche nach einer Heimat in einer Welt unter dem Schatten des Krieges.

1947: Dov Zalinski ist dreizehn Jahre alt und hat das Warschauer Getto überlebt.

Nichts ist ihm geblieben in den Ruinen des Zweiten Weltkrieges - außer dem Versprechen, das ihm seine Mutter 7 Jahre zuvor gab, als sie ihn vor dem Warschauer Waisenhaus zurückließ: „Ich komme wieder, um dich zu holen, und zusammen gehen wir nach Jerusalem."

In der verzweifelten Hoffnung, dass seine Familie die Todeslager der Nazis überlebt hat, schlägt er sich nach Israel durch. Mitten hinein in ein Pulverfass, in dem sich auch Emily Parkinson, die Tochter eines britischen Offiziers zurechtfinden muss. Im blutigen Ringen zwischen Juden und Arabern lernt das überbehütete Mädchen eine fremde Seite des Lebens kennen ...